# 플로스 강의 물방앗간 1

**The Mill on the Floss**

세계문학전집 142

# 플로스 강의 물방앗간 1

## The Mill on the Floss

### 조지 엘리엇
#### 한애경, 이봉지 옮김

민음사

## 제3부 몰락

## 2권 차례

# 제1부
## 소년과 소녀

# 1
## 돌코트 물방앗간 밖

드넓은 들판을 따라 점점 넓어지는 플로스 강은 그 푸른 강둑 사이로 재우치며 바다로 흘러가고, 정겹게 치는 파도는 그 강을 마중하러 달려와서는 격렬하게 포옹하며 길을 막는다. 이 힘찬 조류에 밀려, 신선한 냄새가 나는 전나무 판자나 기름 짤 씨가 담긴 둥근 자루나 까맣게 반짝거리는 석탄 등이 적재된 검은 배들은 세인트오그스 읍까지 온다. 그 읍에는 나지막한 나무들이 심긴 언덕과 강기슭 사이로, 선창의 세로 홈이 팬 낡은 붉은 지붕과 넓은 박공벽이 보이고, 덧없이 비치는 2월의 햇살 아래 강물은 부드러운 자줏빛으로 물들어 있다. 멀리 양쪽으로 비옥한 목초지와 검은 토지가 펼쳐지는데, 이 토지들은 장차 잎이 넓고 푸르게 자랄 곡물 씨앗을 맞을 준비가 되었거나, 가을에 심었던 옥수수의 연녹색 잎으로 이미 물들어 있다. 산울타리 너머에는 작년에 쌓아두었다가 남은 벌집 모양의 황금빛

짚가리가 아직도 군데군데 세워져 있다. 산울타리 어디에
나 나무가 심겨 있다. 죽 뻗은 물푸레나무 가지들 사이로,
멀리 떠 있는 돛배가 적갈색 돛을 활짝 펼친 것처럼 보인
다. 그 붉은 지붕 마을 바로 옆에는 리플 강의 지류가 플
로스 강으로 활기차게 흘러 들어간다. 꿈틀대듯 어두운 잔
물결이 일렁이는 그 작은 강은 매우 아름다웠다! 강둑을 따
라 거닐며, 귀먹은 연인의 목소리처럼 나지막하고 평온한
음성을 들을 때면 그 강은 마치 살아 있는 친구 같다. 나는
물속에 잠긴 저 커다란 버드나무를 기억한다……. 그 돌다
리를 기억한다…….

　이것이 돌코트 물방앗간이다. 구름이 잔뜩 찌푸린, 벌써
늦은 오후 시간이지만, 나는 다리 위에 잠깐 서서 물방앗
간을 바라보아야겠다. 2월이 지나 나뭇잎 하나 없는 시절
에도, 물방앗간을 바라보는 것은 즐거운 일이다. 아마도
이 춥고 습한 계절 때문에 편히 지낼 수 있도록 잘 손질된
집의 매력이 돋보이는 것 같다. 이 집은 북쪽에서 불어오
는 돌풍을 막아주는 느티나무와 떡갈나무만큼이나 오래되
었다. 강물은 이제 넘칠 정도여서, 실버들가지 늘어진 이
작은 농장까지 다가와 집 앞의 수풀 무성한 밭두렁을 적시
고 있다. 넘치는 강물과 생기 있는 잔디, 그리고 껍질 벗
어진 보랏빛 나뭇가지 아래 희미하게 빛나는 큰 나무 기둥
과 가지의 윤곽을 부드럽게 만드는 엷은 연녹색 가루들을
바라보노라면 어느새 촉촉한 습기가 사랑스러워지고, 버드
나무 가지 사이로 물속 깊이 머리를 담근 흰 오리가 부러
워진다. 그 위에 더욱 메마른 땅 위를 거니는 오리들은 자

12

기들 모습이 얼마나 꼴사나운지 전혀 개의치 않는다.

　세찬 물살과 윙윙거리는 물방앗간 소리에 꿈을 꾸듯 귀가 멍멍해지고, 그것이 이 풍경에 평화로움을 더해 주는 듯하다. 그것은 소리의 커다란 장막처럼, 바깥세상을 차단해 준다. 이제 곡식 자루를 싣고 집으로 달려오는 포장마차의 소리가 우레처럼 크게 들린다. 그 정직한 마부는 이렇게 늦은 시간에 유감스럽게도 오븐에서 말라갈 자신의 저녁밥에 마음이 가 있다. 하지만 그는 자기 말을 먹이기 전에는 그 음식에 손을 대지 않을 것이다. 튼튼하고 고분고분하고 유순한 눈을 지닌, 내가 좋아하는 그 말은 왜 그리 사납게 채찍질을 하느냐고 부드럽게 질책하는 것처럼 눈가리개 사이로 마부를 바라본다. 마치 그런 주의가 필요하다는 듯이. 이제 집에 거의 다 왔기 때문에, 그 말들이 한층 힘 있게, 다리 쪽 언덕을 향해 두 앞발을 높이 들며 한껏 기지개를 켜는 것을 보라. 단단한 땅을 꽉 밟고 있는 털투성이의 큰 발과 무거운 마구 아래 수그린 참을성 있는 강인한 목, 그리고 힘겹게 분투하는 탄탄한 엉덩이 근육을 보라! 나는 그 말들이 힘들게 얻은 옥수수 여물을 먹으며 내는 울음소리를 듣고 싶다. 마구를 벗고 진흙투성이 웅덩이에 열렬히 코를 처박은 그 윤기 흐르는 목을 보고 싶다. 이제 말들은 다리 위에 있다가, 다시 더 빠른 속도로 내려간다. 아치 모양의 포장마차가 나무 뒤 모퉁이로 사라진다.

　이제 나는 눈길을 다시 물방앗간으로 돌려 다이아몬드와 같은 물줄기를 쉬지도 않고 내뿜는 수차 바퀴를 바라본다. 저 어린 소녀도 수차 바퀴를 바라보고 있다. 내가 다리 위에 멈춰 선 후, 그 아이는 물가 바로 같은 지점에 줄곧 서 있었던 것이다. 밤색 귀를 가진 기묘한 흰 잡종 개가 쓸데없이 바퀴에 대들듯 뛰면서 짖고 있다. 아마 그 녀석은 수달피 모자를 쓴 제 놀이 친구가 바퀴의 움직임에 너무 열중한 데 질투를 느낀 듯하다. 내 생각으로는 이제 그 꼬마가 들어갈 시간이 된 듯싶다. 그 소녀를 유혹하는 밝디밝은 불빛이 있다. 짙어가는 회색 하늘 아래 그 붉은 불빛이 빛난다. 이제 나도 이 다리의 차가운 돌난간에 걸친 팔을 내려놓을 때가 되었다……

아, 팔에 정말로 감각이 없다. 나는 팔꿈치를 의자 팔걸이에 걸치고, 벌써 여러 해 전의 어느 2월 오후 한때 보았던 돌코트 물방앗간 앞 다리에 서 있는 몽상에 잠겨 있었다. 잠들기 전에, 나는 내가 꿈을 꾸던 바로 그날 오후에 털리버 씨 부부가 왼편 거실의 환한 난로 옆에 앉아 무슨 이야기를 나누었는지 말할 참이다.

# 2
## 돌코트 물방앗간 주인 털리버 씨가
## 톰에 관한 결심을 밝히다

"알다시피 내가 원하는 건 말이지, 톰에게 훌륭한 교육을 시키는 거야. 그 애가 돈을 벌 수 있는 교육 말이야. 그게 바로 성모 마리아 축일\*에 그 애에게 학교를 그만두라고 일렀을 때 생각했던 거지. 세례 요한 축일\*\*이 되면, 정말 좋은 학교에 보낼 생각이야. 그 앨 물방앗간 주인이나 농부로 만들 생각이었다면, 이 년간 아카데미 학교에 다닌 것으로 충분해. 그 앤 나보다 훨씬 교육을 많이 받았으니까. 우리 아버지가 내게 시킨 교육이라곤 한 손에 회초리를 들고 다른 손으로는 알파벳을 가르친 게 전부였어. 하지만 톰은 말도 잘하고 글도 제법 쓰는 재치 있고 학식 있는 사람이 되었으면 좋겠어. 그렇게 되면 이런 소송이나

---

\* Lady day: 3월 25일. 수태 고지 축제일.
\*\* Midsummer: 6월 24일.

중재 재판 같은 일을 할 때 도움이 될 거야. 그 애를 진짜 변호사로 만들고 싶진 않아. 그 애가 그런 악당이 된다면 속상할 거야. 하지만 기술자나 측량사, 또는 라일리처럼 경매인 겸 감정 평가사 같은, 돈도 잘 벌고 큰 회중시계의 쇠줄이나 높은 의자를 사는 것 말고는 돈 쓸 일이 없는 그런 멋진 직업을 가졌으면 좋겠어. 그런 직업은 대개, 변호사 못지않게 좋은 것 같아. 라일리는 다른 사람을 볼 때처럼 웨이컴 변호사를 똑바로 쳐다보더라니까. 그는 웨이컴을 전혀 겁내지 않는다고."

털리버 씨는 아내에게 말하고 있었다. 그의 아내는 부채 모양의 모자를 쓴 금발의 아름다운 여인이었다. (언제부터 부채 모양의 모자를 썼는지는 생각하고 싶지 않다. 그 모자는 틀림없이 다시 유행하려는 참이었다. 털리버 부인이 거의 마흔 살이 되던 시절에, 그 모자는 세인트오그스에서는 새로운 것이었으며 멋진 물건으로 여겨졌다.)

"글쎄요, 털리버, 당신이 제일 잘 아시겠죠. 난 반대하지 않아요. 그렇지만 글레그 언니와 풀릿 언니가 뭐라 할지 들어보도록, 다음 주에 닭을 두 마리 잡아 언니와 형부들을 초대하는 게 좋지 않겠어요? 잡을 만한 닭이 두 마리 있거든요."

"베시, 당신이 좋다면 마당에 있는 닭을 모조리 잡아. 하지만 내 아들을 어떻게 할지 그 애 이모나 이모부에게 묻진 않겠어." 털리버 씨가 도전적으로 말했다.

"여보!" 이 지독한 말에 충격을 받은 털리버 부인이 말했다. "무슨 말을 그렇게 해요, 털리버? 우리 친정에 대해 무례하게 말하는 게 당신 습관이긴 하죠. 글레그 언니는 그게 모두 내 탓이래요. 분명히 난 태어나지도 않은 아기처럼 아무 죄가 없는데 말이에요. 독립해서 살 만큼 넉넉한 이모와 이모부들이 우리 애들에게 있다는 게 별로 행운이 아니라고 내가 말하는 걸 들은 사람은 아무도 없을 테니까요. 어쨌든, 톰이 새 학교에 가야 한다면 내가 그 아이 빨래도 해주고 옷도 수선해 줄 수 있는 그런 곳에 보내고 싶어요. 아니면 그 앤 리넨 옷보다 옥양목을 입는 게 좋을 거예요. 여섯 번쯤 빨기도 전에 다른 옷처럼 누렇게 바랠 테니까요. 그리고 짐이 오갈 때, 그 애에게 케이크나 돼지고기 파이나 사과를 보낼 수도 있겠죠. 그러면 학교 식사가 충분치 못해도, 그 애가 좀 더 많이 먹을 수 있을 테니까요. 우리 애들이 남들만큼 넉넉히 먹을 수 있어서 감사해요."

"글쎄, 다른 조건이 맞는다면 우편배달 마차가 가지 않는 곳에 그 애를 보내진 않을 거요." 털리버 씨가 말했다. "하지만 아주 가까운 학교를 찾을 수 없다 해도 빨래 갖고 간섭하지는 마요. 그게 바로 당신 흠이라고. 당신은 항상 길에서 막대기를 보면 건너뛸 수 없다고 공연히 걱정하지. 내가 좋은 마부를 고용하려 해도 마부 얼굴에 점이 있다고 말릴걸."

"맙소사!" 털리버 부인이 조금 놀라서 말했다. "언제 얼굴에 점이 있다고 사람을 못 쓰게 반대한 적 있어요? 죽은 남동생 이마에 점이 있었기 때문에 난 확실히 점을 좋아하는 편이라고요. 그런데 털리버, 당신이 점 있는 마부를 쓰겠다고 했는지 기억나지 않네요. 존 깁스는 당신처럼 얼굴에 점이 없었죠. 당신이 그 사람 쓰는 데 난 대찬성했어요. 그래서 당신이 그를 고용했잖아요. 우리가 의사 턴불에게 그의 치료비를 내주었을 때, 그가 염증으로 죽지 않았다면, 아마 지금도 우리 마차를 몰걸요. 그 사람 어디보이지 않는 데 점이 있었는지도 모르죠. 하지만 털리버, 그걸 어떻게 알겠어요?"

"아냐, 아냐, 베시. 내 말은 단지 점 얘기가 아냐. 다른 뜻이라고. 하지만 그만두지. 얘기하기 골치 아프니까. 내가 지금 고민하는 건 톰을 보낼 좋은 학교를 어떻게 찾아내는가 하는 거야. 아카데미 학교처럼 또 속을지도 모르니 말이야. 다시는 아카데미 학교 따위는 상관하지 않겠어. 톰을 어디 보내든 아카데미 학교는 안 돼. 그 애가 다닐 학교에서는 학생들이 가족의 신발을 닦거나 감자를 수확하는 일 말고 다른 일에 시간을 보낼 거야. 어떤 학교를 택해야 할지 알아내기가 정말 어렵네."

털리버 씨는 잠시 말을 멈추고 어떤 암시를 찾으려는 듯 바지 주머니에 두 손을 집어넣었다. 곧 이렇게 말하는 것으로 보아 그가 실망하지 않았다는 사실이 분명했다. "좋은 방법이 떠올랐어, 라일리와 의논해 봐야지. 강둑 건을 중재하러 내일 그가 올 거야."

"그런데 털리버, 최고급 침대에 깔려고 홑이불을 꺼냈는데, 케지아가 그걸 난롯가에 널어놨어요. 최상품은 아니지만, 누구나 덮고 자는 데는 아주 그만이죠. 하지만 최고급 네덜란드제 홑이불을 산 건 후회해요. 우리 수의감으로나 쓰일 거예요. 털리버, 당신이 내일 죽는다 해도, 그 홑이불은 잘 다듬이질해서 만반의 준비를 해놓았으니 깔면 향긋한 라벤더 향기가 날 거예요. 그건 뒤편에 놓인, 참나무로 만든 커다란 리넨 옷장의 왼쪽 구석에 놨지요. 나 말고 누가 간수를 잘할 거라고 믿을 수가 있어야죠."

털리버 부인은 마지막 말을 하며 주머니에서 반짝거리는 열쇠 꾸러미를 꺼냈다. 그녀는 환한 난롯불을 보면서, 그중 하나를 골라 온화한 미소를 지으며 엄지와 검지를 그 열쇠에 대고 위아래로 문질렀다. 털리버 씨가 부부 관계에 민감한 사람이었다면, 그녀가 자신의 상상력을 돕기 위해 그 열쇠를 꺼냈다고 생각했을 것이다. 그가 최고급 네덜란드제 홑이불을 정당화할 순간을 예상하고 말이다. 다행히도 그는 그렇지 않았다. 그는 물방앗간에 대한 권리에만 민감했던 것이다. 게다가 그는 남편으로서 습관적으로 아내의 말을 별로 세심하게 듣지 않았다. 그는 라일리 씨를 언급하고 나서 틀림없이 모직 양말의 감촉을 살피는 데 정신이 팔려 있었다.

"베시, 내 생각이 맞았어." 잠시 침묵한 뒤 그는 다시 이렇게 말했다. "라일리는 학교에 관해서라면 누구 못지않게 잘 알 만한 사람이야. 그 자신이 학교 교육도 좀 받았고, 중재니 가격 평가니 해서 안 가본 데가 없거든. 내일 밤 일이 끝나면 그 문제를 얘기할 시간이 있을 거야. 알다시피, 톰이 라일리 같은 그런 사람이 되었으면 좋겠어. 그는 마치 모든 게 자길 위해 쓰인 것처럼 아주 말도 잘하고, 법으로 알 수 없는 별 의미 없는 말도 꽤 많이 알아.

또 사업에 관해서도 확실히 알지."

"글쎄요." 털리버 부인이 말했다. "적당히 말도 잘하고 뭐든 다 알고 등이 구부정하게 걷거나 머리를 세우는 걸로 말하자면, 그 애를 그렇게 기르는 데 개의치 않겠어요. 하지만 거드름을 피우며 말하는 대도시 출신 사람들은 대부분 셔츠 앞가슴받이를 입죠. 그들은 주름 장식을 아주 엉망이 될 때까지 달고 그걸 앞가슴받이로 감춰요. 라일리가 그렇죠. 톰이 라일리처럼 머드포트에 가서 살게 된다면, 돌아서지도 못할 만큼 작은 부엌이 딸린 집에서 살고, 신선한 계란도 아침에 못 먹고, 3층이나 어쩌면 4층에서 자다가 불이라도 나면 내려오기도 전에 타 죽을 거예요."

"아냐, 아냐." 털리버 씨가 말했다. "그 애를 머드포트로 보낼 생각은 없어. 우리 가까이 세인트오그스에 사무실을 내어 집에서 살게 할 생각이야. 하지만," 털리버 씨는 잠시 후 말을 이었다. "조금 걱정되는 건, 톰에게는 영리한 사람에게 필요한 두뇌가 없다는 거요. 그 애는 좀 둔한 것 같아. 베시, 그 애는 외가를 닮았어."

"그래요, 맞아요." 털리버 부인은 그 마지막 말을 아주 좋은 의미로 받아들이며 말했다. "짠 고깃국을 좋아하는 걸 보면 신기하다니까요. 우리 오빠도 그랬고, 오빠 이전에 아버지도 그랬거든요."

"하지만 좀 안된 일이야." 털리버 씨가 말했다. "어린 계집애도 아닌 사내아이가 외가를 닮다니 말이야. 그건 혈통이 섞일 때 생길 수 있는 최악의 경우지. 어떤 일이 생길지 당신은 제대로 알지 못해. 작은애는 날 닮았거든. 그 앤 톰보다 두 배나 영리해. 여자 애치고 너무 똑똑한 게 아닌가 싶어." 털리버 씨는 잘 모르겠다는 듯이 고개를 좌우로 저으며 말을 이었다. "어릴 땐 해가 될 게 없지만, 너무 똑똑한 여자 애는 꼬리 긴 양보다 나을 게 없지. 그렇다고 값을 더 받을 것도 아니고 말이야."

"맞아요, 털리버. 그 앤 어린데도 걱정거리예요. 온통 말썽만 부리거든요. 난 그 애에게 두 시간 동안 깨끗한 옷을 입게 할 자신이 없어요. 지금 당신이 말하니까 생각나는데요." 털리버 부인은 일어나 창가로 가면서 말을 이었다. "지금 그 애가 어디 있는지 모르겠네요. 차 마실 시간이 거의 다 됐는데. 아, 난 이런 생각을 했어요. 그 앤 언젠가 야생 동물처럼 물가를 헤매다가 물에 빠지고 말 거라고요."

털리버 부인은 창문을 날카롭게 두드려 오라는 손짓을 하고는 고개를 저었다. 그녀는 자기 의자로 돌아오기 전에 두세 번 이렇게 반복했다.

"털리버, 당신은 개가 영리하다고 하는데요." 그녀는 자리에 앉으며 말했다. "분명히 그 앤 뭔가 모자라요. 뭘 가져오라고 2층에 보내면 뭘 가지러 갔는지 잊어버리거든요. 그러고는 햇빛 잘 드는 바닥에 앉아 머리를 땋으면서 미친 애처럼 혼자 노래를 불러요. 아래층에서 내내 그 애를 기다리는데 말이에요. 다행히 우리 친정에는 그런 피가 없고, 그 아이를 혼혈아처럼 보이게 하는 갈색 피부도 없어요. 신의 섭리에 맞서고 싶진 않아요. 하지만 하나밖에 없는 딸이 그렇게 이상하다니 너무한 것 같아요."

"무슨 바보 같은 소릴!" 털리버 씨가 말했다. "그 앤 누구나 보고 싶어 하는 까만 눈에 직모를 지녔소. 그 애가 다른 애들보다 못한 건 없소. 그 앤 거의 목사님 수준으로 글을 잘 읽는다오."

"하지만 그 애 머리카락은 아무리 해도 곱슬거리지 않아요. 종이에 머리를 말아놓으면 그 애는 미친 듯이 화를 내서, 세워놓고 고데로 구부리자면 너무 힘들어요."

"잘라버려. 짧게 잘라버려." 아버지가 성급하게 말했다.

"털리버, 무슨 말을 그렇게 해요? 그 앤 너무 컸어요. 아홉 살인 데다 나이에 비해 키도 커요. 사촌인 루시는 곱슬곱슬한 머리를 늘어뜨리고도 머리카락 한 올 흐트러뜨리지 않아요. 딘 언니에게 그렇게 예쁜 딸이 있다는 건 참기 어려운 일이에요. 분명히 루시는 내 딸보다 날 더 닮았다니까요. 매기, 매기." 조물주의 작은 실수 같은 아이가 방에 들어서자 어머니는 반은 어르고 반은 화난 어조로 계속 말했다. "물가에서 멀리 떨어지라고 타일러 봐야 무슨 소용이 있겠니? 언젠가 물에 빠져 죽고 말 거야. 그땐 엄마 말 안 들은 걸 후회할걸."

매기가 보닛을 벗어 던지자, 가슴 아프게도 매기의 머리카락은 어머니가 비난한 대로였다. '다른 집 애들처럼' 딸의 머리를 곱슬머리 단발로 해주고 싶었던 털리버 부인이 딸의 앞머리를 너무 짧게 자르는 바람에 머리카락을 귀 뒤로 넘길 수가 없었다. 보통 곱슬머리 만드는 컬 페이퍼를 풀고 한 시간만 지나면 머리가 곧게 풀어졌으므로, 매기는 숱 많은 까만 머리카락이 반짝이는 검은 눈을 가리지 않도록 끊임없이 머리를 치켜들었다. 그런 행동은 셰틀랜드 제도* 산 조랑말의 모습과 아주 흡사했다.

"쯧쯧, 매기, 보닛을 거기 집어 던지다니 어쩔 셈이니? 2층으로 가져가거라. 착하지. 머리 얌전히 빗고 옷 갈아입고 신발도 바꿔 신으렴. 어서, 부끄러운 줄 알아야지. 와서 작은 아가씨답게 헝겊 잇기나 계속하렴."

"엄마," 매기가 몹시 화나서 말했다. "헝겊 잇기 하기 싫어."

"뭐라고! 글레그 이모의 이불을 만들 그 예쁜 헝겊 잇기를 안 하겠다고?"

"그건 바보 같은 짓이야." 매기가 늘어진 머리카락을 쓸어 올리면서 말했다. "여러 조각으로 잘랐다가 다시 꿰매는 거 말이야. 게다가 글레그 이모를 위해서라면 아무것도 하고 싶지 않아. 그 이모 싫어."

틸리버 씨가 다 들리게 웃는 동안, 매기는 보닛의 끈을 잡고 나갔다.

"틸리버, 저 앨 보고 웃다니 당신도 참 놀랍군요." 어머니가 무력하지만 노여운 어조로 말했다. "당신은 버릇없는 저 애의 행동을 부추기고 있어요. 그런데도 이모들은 내가 저 앨 망쳤다고 하니."

틸리버 부인은 소위 성격 좋은 사람이었다. 갓난아기 때도 배가 고프거나 핀에 찔리지 않으면 우는 법이 없었다. 어릴 적부터 건강하고 예쁘고 포동포동하고 머리가 좀 아

---

* 영국의 북쪽, 북대서양에 위치해 있다.

둔한, 즉 아름답고도 상냥한, 집안의 꽃이었다. 그러나 우유와 유순함이 가장 간직하기 좋은 것은 아니다. 그런 것은 조금만 맛이 변해도 젊은 사람들 비위에 전혀 맞지 않을 것이다. 라파엘로의 초기 작품에 등장하는 황금빛 얼굴에 조금 멍청한 표정을 짓고 있는 성모 마리아가, 팔다리 튼튼하고 고집 센 남자 아이들이 좀 더 자라 옷을 입지 않겠다고 할 때도, 과연 당황하지 않고 평온을 유지했을지 가끔 궁금하다. 그 남자 아이들은 틀림없이 별 영향 없는 훈계를 받았을 것이고, 그 훈계의 효과가 없어질수록 점점 더 까다로워졌을 것이다.

# 3
## 톰이 다닐 학교에 대해 라일리 씨가 충고하다

　넓은 흰 넥타이에 주름 장식이 있는 티셔츠를 입고, 착한 친구 털리버와 물 탄 브랜디를 즐겁게 마시는 신사가 바로 라일리 씨였다. 창백한 피부에 손이 통통한 그는 경매인이자 감정 평가사치고는 교육을 많이 받았는데, 자신을 반기는 소박한 시골 친지들을 매우 점잖게 대할 만큼 도량이 넓은 사람이었다. 라일리 씨는 이들을 다정하게 '옛 학교 친구들'이라고 불렀다.

　대화가 잠시 중단되었다. 털리버 씨는 라일리가 딕스에 대해서 여러 번 너무나 냉담하게 반박하자 일곱 번째에는 맞장구치지 않았다. 그리고 이제 댐 문제가 중재로 해결되었으니 웨이컴이 난생처음 패배를 당한 것이며, 모든 사람이 자기 할 도리를 하고 악마가 변호사를 만들어내지 않았다면 물의 수위에 관해 전혀 논쟁할 게 없을 거라고 말하지 않은 데는 특별한 이유가 있었다. 대체로 털리버 씨는 전통적인 의견을 지닌 믿을 만한 사람이었다. 하지만 한두 가지 점에서 그는 자신의 독자적인 지성을 믿었고, 쥐와 바구밋과의 곤충, 그리고 변호사는 악마가 만들어냈다는 몇 가지 이상한 결론을 내렸다. 불행히도 이것이 과격한 마니교*의 교리라고 그에게 말해 주는 사람은 없었다. 그렇지 않았다면 그는 자기 잘못을 깨달았을지도 모른다. 하지만 분명히 오늘날엔 선한 법칙이 이겼다. 어떤 면에서 이 수력 사건은 물이 물인 것처럼 단순해 보이면서도 아주 복잡하게 뒤얽혀 있었다. 하지만 어려운 문제라 하더라도 라일리가 감당 못할 사건은 아니었다. 틸리버 씨는 물 탄 브랜디를 여느 때보다 좀 진하게 마셨다. 여유 자금 수백 파운드를 은행에 굴리는 사람으로서, 좀 신중치 못하게도 그는 친구의 사업 솜씨를 터놓고 높이 평가했다.

그러나 댐은 뒤로 미루어도 되는 화제였다. 즉 언제나 같은 관점에서, 아주 똑같은 상황에서 재론할 수 있는 문제였다. 알고 있겠지만, 틸리버 씨는 다른 문제에 관해 라일리 씨에게 조언을 구했다. 이것은 그가 브랜디의 마지막 모금을 마신 뒤 잠시 가만히 앉아 명상에 잠긴 태도로 무릎을 비비고 있는 각별한 이유이기도 하다. 그는 갑자기 화제를 바꾸는 사람이 아니었다. 종종 그가 하는 말처럼 이 세상은 수수께끼같이 알 수 없고, 만약 마차를 급히 몰아버린다면 여러분은 난처한 입장에 처할 것이다. 그동안 라일리 씨는 조급해하지 않았다. 그럴 이유가 어디 있겠는

---

* 3~7세기에 페르시아에서 교세를 떨쳤던 이원적 종교.

가? 아무리 핫스퍼*처럼 성미가 급한 사람이라도 따뜻한 가정에서 슬리퍼를 신고 코담배를 넉넉히 들이마시며 물 탄 브랜디를 공짜로 마시고 있으면 저절로 인내심이 생길 거라고 생각될 것이다.

"한 가지 생각하는 일이 있소." 마침내 털리버 씨가 고개를 돌려 부동자세로 친구를 단호하게 바라보면서 여느 때보다 좀 나지막하게 말했다.

"그래요?" 라일리 씨가 다소 관심을 표시했다. 생기 없는 두툼한 눈꺼풀과 높은 아치형 눈썹을 지닌, 어떤 상황에서도 한결같아 보이는 사람이었다. 그 확고한 표정과 대답하기 전 코담배를 한 줌 집는 습관 때문에 그는 털리버 씨보다 세 배나 권위 있게 보였다.

"아주 특별한 일이오," 털리버 씨가 말을 이었다. "내 아들 톰에 관한 일이라오."

큰 책을 무릎에 올려놓은 채 난롯가의 낮은 의자에 앉아 있던 매기는 이 이름을 듣고 무거운 머리카락을 뒤로 젖히며 열심히 쳐다보았다. 매기가 책을 읽으면서 꿈을 꿀 때 그녀를 깨울 만한 소리는 별로 많지 않았다. 그러나 톰의 이름은 가장 시끄러운 호루라기 소리와도 같았다. 그녀는 불행을 즉시 감지한 스카이 테리어처럼 눈을 반짝이며, 어쨌거나 톰을 위협하면 누구에게든지 달려들겠다는 결심을 하고 지켜보았다.

"알다시피, 세례 요한 축일에 그 앨 새로운 학교로 보내

* 셰익스피어의 『헨리 4세』 1막에 나오는 헨리 퍼시 경.

고 싶소." 털리버 씨가 말했다. "그 아이는 성모 마리아 축일에 아카데미 학교를 떠날 거요. 한 학기 동안 그 앨 쉬게 할 작정이오. 하지만 그다음엔 그 아일 학식 있는 인물로 만들 만한 좋은 학교에 보내고 싶소."

"그럼요," 라일리 씨가 말했다. "좋은 교육을 시키는 것이 그 애에게 가장 유익한 일이죠." 그가 점잖고도 의미심장하게 덧붙였다. "교사의 도움을 많이 못 받는다고 해서 훌륭한 물방앗간 주인이나 농부, 그리고 거래를 잘하는 영리하고 현명한 사람이 될 수 없는 건 아니죠."

"당신 말이 맞소." 털리버 씨가 눈을 깜박이며 고개를 갸웃했다. "하지만 바로 그게 문제라오. 톰을 물방앗간 주인이나 농부로 만들 생각은 없소. 그건 재미없는 일이지요. 그 아일 물방앗간 주인이나 농부로 만든다면, 그 앤 물방앗간과 토지를 손수 돌보고 내가 누워서 죽음을 생각할 때가 됐다고 넌지시 알릴 날만 기다릴 거요. 아니, 안 돼. 그러는 자식 놈들 많이 봤소. 잠자리에 들기 전에 성급하게 옷을 벗지는 않을 거요. 톰을 교육시켜 사업을 하게 하고 싶소. 스스로 집 장만을 하여 집에서 날 쫓아내지 않도록 말이오. 내가 죽은 뒤에 집을 차지하는 건 괜찮지요. 아직 기운이 있는 동안은 내 권한을 물려주지 않을 참이오."

이것은 분명히 털리버 씨가 단호하게 생각하던 점이었다. 그는 흥분해서 이례적으로 말이 빨라지고 어조가 강해졌으며, 그 후 한동안 여전히 흥분한 상태였다. 그가 시비조로 머리를 좌우로 흔드는 것이나 이따금 낮게 으르렁거리듯 "안 되지, 안 돼."라고 말하는 걸 보면 알 수 있었다.

매기는 이 화난 기미를 예리하게 살폈고, 마음이 아팠다. 아버지는 오빠 톰이 아버지를 집 밖으로 쫓아내고, 어떤 면에서는 오빠의 나쁜 마음씨 때문에 훗날 비극을 일으킬 거라고 생각하는 것처럼 보였다. 그것은 견딜 수 없는 일이었다. 매기는 무거운 책이 난로 망에 쿵 소리를 내며 떨어지는 것도 다 잊은 채, 자리에서 벌떡 일어났다. 그녀는 아버지 무릎으로 다가가 반은 울먹이며 반은 화난 목소리로 말했다.

"아빠, 톰 오빠는 아빠에게 그런 나쁜 짓 하지 않을 거예요, 오빤 그러지 않을 거예요."

털리버 부인은 저녁 식단을 지시하느라 방 밖에 있었고 털리버 씨는 감동받은 터라, 매기가 책 때문에 야단을 맞지는 않았다. 그동안 라일리 씨는 조용히 그 책을 집어 들여다보았다. 아빠가 주름진 굳은 얼굴로 부드럽게 웃더니 어린 딸의 등을 두드리고는 딸의 손을 잡아 무릎에 앉혔다.

"그래! 톰에 관해 나쁜 얘기를 하면 안 된다는 거지?" 털리버 씨가 눈을 반짝이며 매기를 보았다. 그리고 나서 매기가 못 듣는 듯 라일리 씨에게 돌아서서 나지막하게 말했다. "저 애처럼 사람 말을 잘 이해하는 아이는 없지요. 저 애가 책 읽는 걸 들어봐야 해요. 미리 다 아는 듯이 줄줄 읽지요. 게다가 늘 책을 읽어요! 하지만 그건 안 되지요, 안 되고말고요." 털리버 씨는 비난을 받을까 봐 이런 우쭐한 마음을 억제하고 서글픈 어조로 덧붙였다. "여자란 그렇게 똑똑할 필요가 없지요. 똑똑하면 문제가 생긴다니까요. 하지만!" 여기서 확실히 좀 전의 우쭐함이 이겼다. "다 자란 어른 중 반은 저 애가 책을 읽고 이해하는 것보다 못할 거요."

의기양양해지고 흥분한 탓에 매기의 뺨이 붉게 물들기 시작했다. 그녀는 라일리 씨가 좀 전에는 분명 자기를 무시했지만 이제는 자기를 존중할 거라 생각했다.

라일리 씨는 책장을 넘기고 있었고, 그녀는 높은 아치형 눈썹을 한 그의 얼굴에서 아무것도 눈치 챌 수 없었다. 이윽고 그는 그녀를 보고 이렇게 말했다.

"자, 와서 이 책에 관해 뭔가 말해 보렴. 여기 그림 몇 장이 있는데, 무슨 뜻인지 알고 싶구나."

얼굴이 더욱 붉어진 매기는 주저하지 않고 라일리 씨 옆으로 가서 책을 훑어보고는, 책 모서리를 꼭 잡고 숱 많은 머리카락을 뒤로 넘기면서 말했다.

"오, 무슨 뜻인지 말씀드릴게요. 끔찍한 그림이에요, 그렇죠? 하지만 안 볼 수는 없죠. 그 물속에 빠진 늙은 여자는 마녀예요. 마녀인지 아닌지 알아내려고 물속에 처넣은 거죠. 수영을 한다면 마녀이고, 물에 빠져 죽으면 결백한 여자지요. 마녀가 아니라 그냥 불쌍하고 어리석은 노파일 뿐이죠. 하지만 물에 빠져서 죽고 난 다음에, 그게 무슨 소용 있겠어요? 그녀는 다만 천국에 갈 테고 하느님은 그녀의 죽음을 보상해 주시겠죠. 그리고 팔꿈치를 굽혀 두 손을 허리에 대고 웃고 있는 이 무서운 대장장이는요, 아, 못생겼죠? 누군지 말씀드릴게요. 진짜 악마예요."(여기서 매기의 목소리는 더 크고 높아졌다.) "착한 대장장이가 아니

30

에요. 이 악마는 악한의 모습으로 걸어 다니면서 사람들이 나쁜 짓을 하게 만들죠. 다른 모습보다 나쁜 사람 모습으로 자주 나타나죠. 만약 그가 악마라서 사람들에게 고함치는 걸 알면 모두 달아날 거고, 그러면 자기가 하고 싶은 걸 사람들에게 시킬 수 없을 테니까요.”

틸리버 씨는 대경실색하며 매기의 설명을 들었다.

“아니, 저 애가 무슨 책을 들고 있는 거요?” 그가 마침내 말문을 열었다.

“대니얼 디포의 『악마의 역사』*란 책이오. 어린 여자 애가 읽기에 적당한 책은 아니지요.” 라일리 씨가 말했다. “틸리버 씨, 어떻게 이런 책이 당신 책 가운데 있게 됐소?”

아버지가 말할 때, 매기는 속상하고 낙담한 모습이었다.

“아, 그건 파트리지 세일에서 산 책들 중 하나요. 모두 함께 제본되어 있었소. 보다시피 제본이 잘되었소. 그래서 모두 다 좋은 책이라 여겼지요. 그중엔 제러미 테일러의 『경건한 삶과 죽음』**도 있소. 일요일이면 종종 읽곤 하지요.”(틸리버 씨는 그 작가의 이름이 제러미였기 때문에 그 위대한 작가에게 뭔가 친근감을 느꼈던 것이다.) “그 외에도 더 많은데, 대부분 설교 책인 것 같소. 표지가 다 같아 비슷한 종류거니 생각했다오. 하지만 표지로 내용을 판단하면 안 되겠군. 세상은 알 수 없는 곳이니.”

“자,” 라일리 씨는 후원자 같은 훈계조로 매기의 머리를

---

* 1726년에 출판된 대니얼 디포의 책.
** 1650년에 출판되어 1695년까지 17판이 나왔다.

쓰다듬으며 말했다. "『악마의 역사』는 갖다 두고, 좀 더 좋은 책을 읽으라고 권하고 싶구나. 더 좋은 책은 없니?"

"아, 있어요." 매기는 자기가 다양하게 독서한다는 사실을 보여줄 마음에 생기가 조금 살아났다. "이런 책을 읽는 게 좋지 않은 줄은 알아요. 하지만 이 그림들이 좋아요. 그리고 아저씨도 알다시피 전 이런 그림을 보고 이야기를 지어내죠. 하지만 『이솝 이야기』도 있고, 캥거루와 그 밖에 다른 것에 관한 책도 있고, 『천로역정』*도 있어요……."

"아, 멋진 책이지," 라일리 씨는 말했다. "그보다 더 좋은 책은 없을 게다."

"그런데 거긴 악마 이야기가 많아요." 매기가 의기양양하게 말했다. "기독교인과 싸우는 악마의 진짜 모습을 그린 그림을 보여드릴게요."

매기는 곧장 방구석으로 달려가 의자에 뛰어올라 작은 책장에서 초라하고 낡은 버니언의 책을 꺼냈다. 그녀는 아주 쉽사리 그 책을 찾아서는 단번에 펼쳐 찾던 그림을 보여주었다.

"여기 있어요." 그녀는 라일리 씨에게 달려가며 말했다. "지난 방학 톰 오빠가 집에 있을 때 물감으로 악마를 색칠해 줬어요. 알다시피 온몸이 검고 몸 안이 모두 불이라서 눈도 불처럼 빨개요, 눈에서 불빛이 나죠."

"그만, 그만!" 털리버 씨가 단호하게 말했다. 변호사를 만들 만큼 대단한 능력이 있는 악마의 외모에 대한 이런

---

* 1678년에 출판한 존 버니언의 책.

거침없는 말을 듣고 마음이 조금 불편해졌던 것이다. "책 덮어라, 그런 얘기 더 듣고 싶지 않구나. 내 생각대로군. 저 아인 책에서 좋은 것보다 나쁜 걸 배울 거야. 그만, 가서 엄마나 도와드려."

매기는 기분이 나빠져서 곧 책을 덮었다. 그러나 엄마를 돕고 싶은 마음이 나지 않아, 의자 뒤 어두운 구석에 가서 인형을 돌보는 것으로 이 문제를 해결했다. 톰이 없을 때면 그녀는 가끔 그 인형에 맹목적으로 매달렸다. 그녀가 인형의 단장을 무시하고 너무 열렬히 뽀뽀를 해대서, 그 창백한 인형의 두 뺨은 지치고 병들어 보였다.

매기가 물러나자 털리버 씨가 말했다.

"이런 얘기 들어본 적 있소? 참 안된 일이오, 저 녀석이 사내가 되었어야 했는데 말이오. 그럼 변호사들의 호적수가 되었을 텐데. 아주 잘한 일이죠. (여기서 그는 목소리를 낮추었다.) 예쁜 데다, 살림 잘하는 집안 딸이긴 하지만 지나치게 똑똑하지 않아서 저 애 엄마를 택한 것 말이오. 자매 중에 좀 아둔해서 일부러 아내를 택했지요. 집에서까지 권리 운운하는 소리를 듣고 싶지 않았거든요. 하지만 남자의 머리가 좋다 해도 그 머리가 어디로 갈지는 모르죠. 상냥하고 유쾌한 부인이 계속 멍청한 아들과 똑똑한 딸을 낳을지도 모르니까요. 마치 세상이 뒤죽박죽인 때처럼. 아주 황당한 일이지요."

엄숙한 라일리 씨의 모습이 흐트러졌다. 그는 말하기 전에 코담배를 들이마시며 몸을 조금 흔들었다.

"하지만 댁의 아드님은 멍청하지 않잖아요? 저번에 여기

왔을 때 그 애가 낚시 도구 만드는 걸 봤는데, 꽤 잘 만들던데요."

"그렇소. 멍청하진 않지요. 그 애가 바깥일을 제대로 파악하는 걸 보면 상식도 있소. 하지만 언어 능력이 부족하다오. 책에 잘 붙어 있질 못해요. 철자도 엉망이라더군. 낯선 사람 앞에서는 수줍음을 타고. 딸아이처럼 똑똑하게 말하는 걸 도무지 들어볼 수가 없소. 그래서 그 아이를 말도 잘하고 글도 영리하게 쓰는 똑똑한 녀석으로 만들어줄 만한 학교에 보냈으면 해요. 아들놈이 나보다 좋은 교육을 많이 받아서 내게 선수 친 자들과 맞섰으면 해요. 하느님이 만든 대로 세상이 되었다면, 내 길을 찾아 그들 중 제일 잘났다는 놈들을 내가 이겼을 거라는 말은 아닙니다. 하지만 놈들이 그들답지 않게 터무니없는 말로 세상일을 왜곡하고 망쳐놓아서 내가 종종 낭패를 보지요. 만사가 이렇게 꼬여서, 정직할수록 더 당황하게 된다오."

털리버 씨는 천천히 술을 따라 마시고는 침울하게 고개를 저었다. 그는 이 미친 세상에서는 자신이 온전한 정신으로 편히 지낼 수 없다는 사실을 보여주는 산증인임을 알고 있었다.

"당신 말이 꼭 맞네요, 털리버 씨." 라일리 씨가 말했다. "유언장에 돈을 남기는 것보다 아들 교육에 100~200파운드를 투자하는 게 더 낫지요. 나한테 아들이 있었다면 나도 그렇게 했을 겁니다. 하지만 하느님도 아시다시피, 당신처럼 쓸 만한 돈도 없는 데다 딸만 잔뜩 있지요."

털리버 씨는 "그래, 톰에게 꼭 맞는 학교를 알고 계시죠?"라고 물었다. 그는 라일리 씨에게 돈이 없다는 사실을 동정하느라고 자기 의도를 잊지는 않았다.

라일리 씨는 코담배를 들이마시고는, 말하기 전에 일부러 뜸을 들여 털리버 씨를 긴장시켰다.

"필요한 만큼 돈 있는 사람에게 아주 좋은 기회를 알죠. 바로 털리버 당신이 그런 돈을 가졌고요. 사실 여유 있는 친구라면 아들을 보통 학교에 보내라고 추천하지 않습니다. 하지만 일류 선생님을 만날 수 있는 곳에서 아들에게 우수한 교육과 훈련을 받게 하고 싶다면, 그런 선생님을 압니다. 아무에게나 그런 기회를 얘기해 주지 않습니다. 모든 사람이 그렇게 해보려 한다고 해서 할 수 있는 건 아니니까요. 하지만 털리버 씨, 우리 사이니까 얘기해 주는 겁니다."

친구의 엄숙한 얼굴을 궁금한 듯 뚫어지게 바라보던 털리버 씨의 시선이 꽤나 진지해졌다.

"아, 들어봅시다." 그는 중요한 정보를 들을 자격이 있다고 인정받은 사람처럼 흡족한 태도로 의자에 앉아 자세를 가다듬었다.

"그는 옥스퍼드 출신이랍니다." 라일리 씨가 점잔을 빼며 말했다. 그는 이처럼 놀라운 정보가 미치는 효과를 살펴려고 입을 꼭 다문 채 털리버 씨를 바라보았다.

"뭐라고! 목사란 말이오?" 털리버 씨는 다소 의아한 듯 물었다.

"그럼요, 석사죠. 내가 알기로는 주교님께서 그분을 아주 높이 평가했답니다. 바로 주교님께서 그분을 지금의 목사직에 임명했거든요."

"그래요?" 털리버 씨가 말했다. 그에게는 이 뜻밖의 사실이 모두 놀라웠다. "그렇다면, 그분은 톰에게 뭘 바랄까요?"

"아, 사실 그분은 학생 가르치길 좋아하고 계속 공부하고 싶어 하죠. 교구에서 맡은 의무를 하다 보면 목사에게는 그럴 기회가 거의 없거든요. 그분은 자기 시간을 유익하게 활용하려고 학생을 한두 명 정도만 받으려고 해요. 그 아이들은 스텔링 씨에게 지속적으로 지도받으면서 마치 한 가족처럼 지낼 겁니다. 세상에서 가장 좋은 기회지요."

"그런데 그들이 어린 학생들에게 하루에 푸딩을 두 번씩 줄 거라고 생각하세요?" 이제 자리에 돌아온 털리버 부인이 말했다. "그 애가 푸딩을 아주 좋아하거든요. 자라는 아이들이야 다 그렇겠지만요. 그 아이의 음식을 줄인다는 생각만 해도 끔찍해요!"

"그렇다면 사례비를 얼마나 원할까?" 털리버 씨가 말했다. 그는 이 훌륭한 석사 선생님이 높은 수업료를 부를 거라는 사실을 본능적으로 직감했다.

"가장 어린 학생에게도 150파운드나 요구하는 교구 목사님을 압니다. 물론 그분은 내가 말하는 스텔링 씨와 비교도 할 수 없는 선생님이지요. 권위 있는 소식통에 따르면, '스텔링 씨가 원하기만 한다면 최고 영예를 얻을 것'이라고 옥스퍼드 대학의 고위 당직자가 말했다더군요. 하지만 그분은 대학교의 영예 따위엔 개의치 않습니다. 그는 조용한 분입니다. 허세를 부리거나 시끄러운 분이 아니지요."

"아, 더 잘된 일이군요, 훨씬 좋아." 털리버 씨가 말했다. "하지만 150파운드라면 비싸군. 그렇게 많은 학비를 낼 거라곤 생각지 못했는데."

"좋은 교육을 위해서라면, 털리버 씨, 내 말을 좀 들어보세요. 좋은 교육에 비하면 그 정도 학비는 싼 겁니다. 스텔링 씨가 받는 학비는 보통 수준입니다. 그는 돈에 집착하는 분이 아니지요. 확실히 그분은 아드님을 100파운드에 받아줄 겁니다. 이 가격은 다른 목사에게서는 바랄 수도 없는 가격이지요. 원하신다면, 그분에게 편지를 써 드리지요."

털리버 씨는 무릎을 문지르면서 생각에 잠겨 카펫을 바라보았다.

"그분은 아마도 총각이시겠죠." 그사이에 털리버 부인이 말했다. "전 가정부가 싫어요. 한번은 돌아가신 오빠가 가정부를 둔 적이 있어요. 그런데 그 가정부가 가장 좋은 침대에서 깃털을 반이나 빼내어 몰래 포장해 빼돌렸답니다. 그리고 그 여자가 리넨을 훔쳐 달아난 것도 몰랐죠. 그 여자 이름은 스톳이었어요. 가정부가 있는 곳에 톰을 보낸다면 내 마음이 찢어질 거예요. 털리버, 그런 생각은 안 했으면 좋겠어요."

"털리버 부인, 그 점은 마음 놓으셔도 됩니다." 라일리 씨가 말했다. "스텔링 씨는 남자라면 모두 결혼하고 싶어 할 만한 아담하고 멋진 여성과 결혼했답니다. 세상에 그보다 더 친절한 분은 없지요. 그 부인의 가족을 잘 압니다. 사모님은 부인과 안색이 아주 비슷하고 약간 곱슬머리지요. 훌륭한 머드포트 가문 출신입니다. 그 집안에서는 청혼을 한다고 해서 늘 받아들이는 게 아니랍니다. 하지만 스텔링 씨는 평범한 분이 아니지요. 오히려 관계를 맺으려고 드는 사람에 관해 좀 까다로운 편입니다. 하지만 아드님을 받아들이는 데 반대하지 않을 겁니다. 내 얼굴을 봐서라도 반대하진 않을 겁니다."

"그분이 뭣 때문에 우리 아이를 반대하겠어요." 털리버 부인은 어머니로서 조금 노여운 기색이었다. "누구나 보고 싶어 하는 참신하고 멋진 앤데요."

"하지만 한 가지 걸리는 점이 있소." 털리버 씨가 카펫을 한동안 노려본 뒤 고개를 돌려 라일리 씨를 바라보았다. "사내아이를 사업가로 키우기에 목사님은 너무 고귀한 학문을 하신 분이 아니오? 목사는 대부분 겉으로 보이지 않는 학식을 지닌 분이라 생각되는데요. 난 톰에게 그런 지식을 원하지 않소. 톰이 숫자를 알고, 글을 인쇄체로 쓰는 법을 알고, 사물을 재빨리 이해하길 바라오. 사람들 의도를 알고, 소송을 걸 수 없도록 말로 일을 매듭짓는 법을 알기 바라고요. 아주 고마운 일이오." 털리버 씨는 고개를 저으며 이렇게 결론을 내렸다. "아무 대가 없이 그분에 대한 당신 생각을 알려줘서 말이오."

"오, 털리버 씨." 라일리 씨가 말했다. "목사님을 완전히 오해하시는군요. 좋은 교장 선생님은 모두 목사랍니다. 교장 선생님 중에서 목사가 아닌 분은 대개 수준이 아주 낮습니다……."

"아, 아카데미 학교의 제이콥스라는 분이 그랬지요." 털리버 씨가 끼어들었다.

"사실, 대부분 다른 직업에서는 실패한 사람들이죠. 하지만 그 목사님은 직업이나 교육적인 면에서 신사랍니다. 게다가 그분은 아이에게 기초를 가르쳐주고 어떤 직업이든 믿고 시작하게 준비시킬 지식이 있답니다. 학자에 불과한 목사들도 있지만 그 점은 안심하셔도 됩니다. 스텔링 씨는 그런 분이 아닙니다. 그분은 광범위한 분야에 깬 분이라고 할 수 있습니다. 그분에게는 힌트만 주면 그걸로 충분합니다. 셈을 말씀하시는데, 스텔링 씨에게 '우리 아들이 숫자에 통달하길 바랍니다.'라는 말만 하고 나머진 그분에게 맡기면 됩니다."

라일리 씨는 잠시 말을 멈추었다. 한편 털리버 씨는 목사에게 교육을 받는다는 사실에 어느 정도 마음이 놓여, 스텔링 씨에게 "아들이 숫자에 통달하길 바랍니다."라고 말하는 자신의 모습을 머릿속으로 거듭 상상해 보았다.

"털리버 씨, 알다시피," 라일리 씨가 말을 이었다. "스텔링 씨처럼 완벽하게 교육받은 분을 구하면, 어떤 분야도 교육할 수 있답니다. 일꾼이 자기 연장을 쓸 줄 알면 창문뿐 아니라 문도 만들 수 있잖습니까."

"그래, 그 말이 맞소." 이제 털리버 씨는 그 목사가 가장 훌륭한 선생이라고 거의 확신하게 되었다.

"자, 이제 제가 할 일을 말씀드리겠습니다." 라일리 씨가 말했다. "아무한테나 이렇게 해드리는 건 아닙니다. 머드포트로 돌아가면 스텔링 씨의 장인어른을 만나든지 편지를 쓰겠습니다. 당신이 아드님을 사위에게 맡기고 싶어 한다고 말씀드리겠습니다. 그러면 스텔링 씨가 당신에게 편지를 써서 조건을 알려줄 겁니다."

"하지만 서두를 필요 없잖아요." 털리버 부인이 말했다. "여보, 세례 요한 축일 전에는 톰을 새 학교에 보내지 않았으면 해요. 그 애가 성모 마리아 축일에 아카데미 학교를 다니기 시작했는데, 어떻게 됐는지 아시잖아요."

"그래, 베시. 미카엘 축제*에 나쁜 맥아로 술을 담그면 안 되지. 맥주 맛이 형편없을 거야." 털리버 씨는 라일리 씨에게 윙크를 하면서 미소를 지었다. 그는 분명히 자기보다 아둔하지만 통통하고 매력적인 부인을 둔 사람이 자연스럽게 내비치는 자부심이 있었다. "서두를 필요 없어. 당신 말이 맞아, 베시."

"이 일은 너무 미루지 않는 게 좋을 겁니다." 라일리 씨가 조용히 말했다. "스텔링 씨가 다른 데서 제안을 받을지도 모르고, 학생을 두세 명 이상은 받지 않을 테니까요. 내가 당신이라면 스텔링 씨와 당장 이 일을 추진할 겁니다. 세례 요한 축일 전에 아드님을 보낼 필요는 없겠지요. 하지만 나라면 아무도 선수 치지 못하게 일을 확실히 해둘 겁니다."

"그렇군. 일리 있는 말이오." 털리버 씨가 말했다.

"아빠," 매기가 끼어들었다. 그녀는 자기도 모르는 사이 아버지 곁으로 다가와 입을 벌린 채 이야기를 듣고 있었다. 그동안 그녀는 자기 인형을 거꾸로 들고 의자의 나무

---

* Michaelmas day: 9월 29일.

부분에 인형 코를 문지르며 물었다. "아빠, 톰 오빠가 먼 곳으로 가나요? 우리가 오빠를 만나러 가지 못하나요?"

"잘 모르겠구나, 꼬마야." 아버지가 다정하게 말했다. "라일리 씨에게 여쭤보렴. 아저씬 아실 거다."

매기는 재빨리 라일리 씨 앞으로 와서 "얼마나 멀어요, 아저씨?" 하고 물었다.

"아주 멀단다." 버릇없지 않다면 아이들에게 늘 유머 있게 대답해 줘야 한다고 생각하는 그 신사는 이렇게 대답했다. "오빠에게 가려면 한 걸음에 7리그* 가는 신발을 빌려야 한단다."

"말도 안 돼요!" 매기는 거만하게 고개를 쳐들고 눈물을 글썽이며 돌아섰다. 그녀는 라일리 씨가 싫어졌다. 그가 자신을 어리석고 별 볼일 없는 아이로 생각하는 게 분명했기 때문이다.

"쉿, 매기. 창피하게, 물어보고 쫑알거리다니." 털리버 부인이 말했다. "이리 와 의자에 앉아 입 좀 다물어라. 그런데," 털리버 부인이 덧붙였다. "그 애 옷을 빨아주거나 수선해 줄 수 없을 만큼 먼가요?"

"약 25킬로미터 정도 됩니다." 라일리 씨가 대답했다. "하루면 아주 편안히 그곳에 다녀올 수 있습니다. 스텔링 씨는 친절하고 쾌활한 분이라, 기꺼이 당신이 묵어 가게 할 겁니다."

"하지만 옷 때문에 가긴 너무 멀군요." 털리버 부인은

---

* 거리의 단위. 1리그는 약 5킬로미터.

서글프게 말했다.

　때마침 들여온 저녁 식사는 이 어려운 문제를 미루기에 더할 나위 없이 좋은 기회였고, 이로써 라일리 씨는 해결책이나 타협안을 제시해야 할 수고를 덜었다. 그렇지 않았다면 분명히 그 수고를 감수해야 할 터였다. 짐작대로 그는 친절한 성격의 소유자였기 때문이다. 그는 사실 자신에게 확실하고도 뚜렷한 이익이 돌아올 거라는 기대를 하고 친구인 털리버 씨에게 스텔링 씨를 추천한 것은 아니었다. 지나치게 명민한 관찰자라면 오해할 법한, 지금 한 얘기와는 반대되는 미묘한 암시가 있긴 했지만 말이다. 잘못 파악한다면 영리함만큼 널리 오류에 빠뜨리는 것도 없기 때문이다. 또한 보통 사람이 하는 언행이 확실한 동기와 의식적으로 제안된 뚜렷한 목표에서 나왔다고 할 때, 영리함은 분명히 상상 속에서 하는 게임에 에너지를 소모할 것이기 때문이다. 이기적인 목표를 달성하려는 탐욕과 의도적인 계략은 극작가의 세계에서만 풍부하다. 그런 것은 우리 대다수 교구민에게 너무도 팽팽한 정신 활동을 요구하므로 그런 죄를 지을 수 없다. 우리는 별문제를 일으키지 않고도 이웃의 삶을 손쉽게 망쳐버린다. 게으른 묵인과 게으른 태만, 이유를 거의 알 수 없는 시시한 거짓말, 좀 사치하느라 효과가 없어진, 그리고 서투른 아부와 즉석에서 둘러대는 서투른 환심 사기 등으로 그렇게 망칠 수 있다. 우리는 대부분 눈앞에 닥친 욕망이라는 보잘것없는 가족을 거느리고 하루 벌어 하루 먹고산다. 우리는 종자용 옥수수나 내년에 추수할 곡식을 생각할 겨를도 없이, 배고픈 아이들의 배를 채워주려 냉큼 음식 한 조각을 집는 것 이상은 하지 못한다.

라일리 씨는 사업가였으므로 자기 이익에 무관심하지 않았다. 하지만 그는 장기적인 계획보다 당장 눈앞의 이익에 관심이 있었다. 그는 월터 스텔링 목사를 개인적으로 잘 알지 못했다. 오히려 그와는 반대로 문학 석사나 스텔링의 학식에 관해서라면 거의 아는 게 없었다. 안다고 해도, 친구 털리버에게 했듯이 그렇게 강력히 추천하고 보증할 만큼 알지는 못했다. 그러나 그는 스텔링 씨가 썩 훌륭한 고전학자라고 생각했다. 개즈비가 그런 말을 했고, 개즈비의 친사촌이 옥스퍼드 대학 교수였기 때문이다. 그것은 자기가 직접 관찰한 것보다 더 분명히 믿을 만한 근거였다. 라일리 씨는 '훌륭한 머드포트 무료 학교'에서 고전 문학에 관해 껍데기뿐인 지식을 조금 얻었고, 라틴어라면 대강 알았지만 특별히 잘 알지는 못했기 때문이다. 물론 젊은 시절에 『노년에 관하여 De Senectute』*와 『아이네이스 Aeneid』** 4권을 접한 향기가 그에게 묘하게 남아 있긴 했다. 그러나 그 향기는 고전 지식으로 확실히 인정할 수 없었고, 더 완전하고 힘 있는 그의 경매 방식에서만 감지될 뿐이었다. 스텔링은 옥스퍼드 출신이었고, 옥스퍼드 출신은 늘…… 아니, 아니다, 훌륭한 수학자는 늘 케임브리지 대학 출신이었다.

---

\* 로마의 정치가이자 법률가인 키케로의 저서로서, 키케로의 명성을 높여준 도덕서다.
\*\* 고대 로마의 시인 베르길리우스의 서사시로 아이네이아스와 디도의 관계를 그리고 있다.

그런데 대학 교육을 받은 사람은 마음만 먹으면 무엇이든 가르칠 수 있었다. 특히 스텔링 같은 사람은 그렇다. 그는 머드포트에서 정치 행사가 열리자 만찬 연설을 했다. 처신을 아주 잘해서, 팀슨의 사위는 명석한 사람으로 널리 알려졌다. 성 우르술라 교구 출신의 머드포트 사람이라면 팀슨의 사위에게 잘해 줄 거라고 기대할 수 있었다. 팀슨은 그 교구에서 가장 쓸모 있고 영향력 있는 인사 중 하나였고, 적임자에게 맡길 만한 사업도 많이 했기 때문이다. 라일리 씨는 이런 사람들을 좋아했다. 그것은 그들의 훌륭한 판단 덕분에 자기보다 못한 사람의 호주머니에서 자기 호주머니로 들어올 돈과는 전혀 상관이 없었다. 집으로 돌아가 팀슨에게 "당신 사위를 위해 좋은 학생 한 명을 확보했습니다."라고 말한다면 그에게 그 말은 만족스러울 것이다. 팀슨은 딸부자였고, 라일리 씨는 그를 동정했다. 게다가 거의 십오 년 동안 일요일마다 교회 의자 너머로 봐온 가벼운 곱슬머리인 루이자 팀슨의 얼굴은 그에게 아주 익숙했다. 당연히 그녀의 남편은 칭찬받을 만한 선생님일 것이다. 더군다나 라일리 씨는 특별히 추천할 만한 다른 선생님을 전혀 몰랐던 것이다. 그렇다면 왜 스텔링을 추천하지 않겠는가? 친구인 털리버는 그의 의견을 물어왔다. 해줄 말이 없다고 하는 것은 다정한 교우 관계에 찬물을 끼얹는 일이다. 그리고 어차피 의견을 말해 줄 거라면, 충분히 근거 있는 지식에 입각하여 확신에 찬 태도로 말하지 않는 것은 어리석은 일일 뿐이다. 어떤 의견을 말할 때 그 의견은 당신 의견이 되고, 자연스럽게 그 의견을 좋아하게 된다. 우선 라일리 씨는 스텔링의 단점을 몰랐고, 그 사람에게 바라는 게 있다면 그가 잘되기를 바랄 뿐이었다. 이렇게 해서 라일리 씨는 스텔링을 추천하자마자 그렇게 자신 있게 추천한 사람을 우러러보기 시작했고, 곧 그 문제에 아주 열렬히 관심을 품게 되었다. 털리버 씨가 마침내 톰을 스텔링에게 보내지 않겠다고 했다면, 라일리 씨는 자신의 '옛 학교 친구'를 고집불통이라고 여겼을 것이다.

라일리 씨가 그런 사소한 이유 때문에 스텔링을 추천했다고 해서 몹시 비난한다면, 그 비난은 그에게 좀 심한 것이다. 무료 학교에서 배운 라틴어를 까맣게 잊어버린 경매인이자 감정 평가사한테서, 심지어 도덕이 진보한 오늘날에 학식 있는 직업의 신사도 늘 보여주지 못하는 예민하고 신중한 모습을 삼십 년 전에 어떻게 기대하겠는가?

게다가 본래 따뜻한 마음을 가진 사람은 좋은 일을 하지 않고는 못 배기고, 어떤 사람이든 매사에 착할 수는 없다. 자연도 가끔 동물에게 불편한 기생충을 준다. 그다음엔 어떻게? 우리는 기생충을 허락한 자연의 배려에 경의를 표한다. 라일리 씨가 확실한 증거에 기초하지 않았다고 해서 추천해 주길 꺼렸다면, 스텔링 씨에게 돈을 벌어줄 학생을 구해 주지 못했을 것이다. 그런 일은 그 목사에게 좋지 않았을 것이다. 또한 막연하지만 즐겁고 사소한 생각과 자기만족이 — 즉 팀슨과 잘 지내는 것, 의견을 물었을 때 충고해주는 것, 친구인 털리버에게 깊은 인상을 주고 존경받는 것, 뭔가 더 강조하여 얘기하는 것, 그때 따뜻한 난로와 물 탄 브랜디와 더불어 라일리 씨의 의식 속에 알 수 없는

세심한 다른 요소가—모두 공허해졌을 거라는 사실도 고
려하기 바란다.

# 4
## 톰을 기다리다


아버지가 학교로 톰을 데리러 갈 때, 아버지와 함께 이륜마차를 타고 가도록 허락을 받지 못해 매기는 퍽 실망했다. 틸리버 부인은 어린 소녀가 제일 좋은 보닛을 쓰고 외출하기에는 꼭 비가 올 것 같은 아침이라고 말했고, 매기는 그 모자를 쓰겠다고 우겼다. 그리고 이 다른 의견의 직접적인 결과로 어머니가 억센 검은 단발머리를 빗겨줄 때 매기는 갑자기 어머니 손에서 빠져나와 옆에 있던 대야 물에 머리를 담갔다. 이런 행동은 그날 더 이상 자기 머리를 말지 못하도록 하겠다는 앙칼진 결의에서 나온 것이었다.

"매기, 매기." 틸리버 부인은 빗을 무릎에 내려놓고 단호하지만 힘없이 앉아 외쳤다. "얘가 이렇게 못되게 굴어, 도대체 뭐가 되려고? 다음 주에 글레그 이모와 풀릿 이모가 오면 다 이를 거야. 그럼 이모들이 앞으로 널 예뻐하지 않을걸. 저런, 저런, 새로 갈아입은 원피스 좀 봐. 온통 젖었구나. 내 죗값으로 저런 앨 낳았다고 생각하겠지. 뭔가 내가 나쁜 짓을 했다고 생각할 거야."

이렇게 야단을 다 치기도 전에 매기는 낡고 경사가 심한 지붕 밑에 있는 큰 다락으로 가버려서, 이미 야단치는 소리가 들리지 않았다. 목욕탕에서 도망친 스카이 테리어처럼, 그녀는 검은 머리에서 물을 줄줄 흘리며 달렸다. 그 다락은 그리 춥지 않고 비가 올 듯한 날이면 매기가 즐겨 찾는 피난처였다. 기분이 아주 언짢을 때면 거기서 슬퍼했다. 그녀는 벌레 먹은 마룻바닥과 선반, 그리고 거미줄 쳐진 어두운 서까래에 대고 혼자 큰 소리로 말했다. 온갖 불행을 겪을 때마다 벌을 주는 물건*이 거기 하나 있었다. 바로 큰 나무 인형의 몸통이었다. 한때는 새빨간 뺨에 동그란 눈으로 응시했지만, 지금은 오랫동안 그녀 대신 고통을 받아온 탓에 아주 흉측한 모습이었다. 머리에 박힌 못 세 개는 매기가 구 년 동안 이 세상과 싸우면서 겪은 많은 위기를 알려준다. 그런 식으로 복수하는 즐거움은 구약에서 야엘이 시스라를 죽이는** 그림으로부터 힌트를 얻은 것이었다. 이번에는 그 나무 인형이 글레그 이모를 나타냈기 때문에, 마지막 못은 여느 때보다 더 세게 박혔다. 그러나 매기는 곧 이런 생각을 해냈다. 못을 많이 박으면, 벽에 인형 머리를 대고 때릴 때 인형 머리가 다쳤다는 상

---

* 엘리엇은 초기 편지(1846년 11월 5일, Letters, I, 225쪽)에서 자신의 잘못된 행동 때문에 다른 물건에게 벌주는 자신의 종교적 습관을 언급한 바 있다.
** 『구약 성서』 「사사기」 4장 7~22절.

상을 하거나 다친 인형을 잘 위로할 수 없으며, 자신의 분노가 사그라졌을 때 인형에게 거짓으로 찜질해 줄 수도 없을 것이다. 조카에게 용서를 빌어야 할 만큼 심한 고통을 받고 철저한 굴욕을 당했을 때는 아무리 글레그 이모라 해도 불쌍해질 테니까. 그 이후 그녀는 더 이상 못을 박지 않았다. 대신 사각기둥 둘로 지붕을 떠받치고 있는 큰 굴뚝의 거친 벽돌에 대고 그 나무 인형 머리를 번갈아 문지르고 때려서 마음을 진정시켰다. 오늘 아침 다락에 도착하자마자 그녀가 바로 그렇게 했다. 그녀는 내내 울컥하는 감정 때문에 펑펑 울었다. 그 감정은 다른 생각, 심지어 그런 감정을 일으켰던 불만조차 모두 기억할 수 없게 만들었다. 마침내 흐느끼는 소리가 잦아들고 나무 인형 머리를 문지르는 소리도 덜 난폭해졌다. 그때 벌레 먹은 선반 위철망의 격자창 사이로 갑자기 햇빛이 비쳐 들자 그녀는 인형을 던지고 창가로 달려갔다. 구름 사이로 정말 햇빛이비쳤고, 물방앗간 소리가 다시 즐거워진 듯했다. 곡창 문이 열렸다. 흰 털에 갈색 점박이인 별난 테리어 야프의 한쪽 귀가 뒤로 젖혀져 있었다. 그 개는 친구를 찾는 것처럼부지런히 돌아다니면서 아무 데나 코를 대고 킁킁거렸다. 더 이상 가만있을 수가 없었다. 매기는 머리카락을 뒤로넘기고 아래층으로 뛰어가 보닛을 집어 들었으나 쓰지는않았다. 그녀는 조심스레 엿보고 나서 어머니와 마주치지않도록 복도를 따라 달려 잽싸게 뜰로 나갔다. 그러고는 무당 파이소네스*처럼 빙빙 돌면서 노래를 했다. "야프야,야프야, 톰 오빠가 집에 온대." 그러는 동안 야프는 그녀

주위를 뛰어다니면서 짖어댔다. 마치 누가 소리를 내야 한다면, 바로 자기가 적임자라고 말하는 듯이.

"아이고, 아이고, 아가씨, 어지러워서 진흙에 넘어지겠어요." 방아꾼 우두머리 일꾼인 루크가 말했다. 그는 키가 크고 어깨가 떡 벌어진 마흔 살 남자로, 눈동자도 머리카락도 검었다. 앵초처럼 온몸에 흰 가루를 뒤집어써서 눈과 머리가 덜 까매 보였다.

매기는 돌다가 멈추고는 약간 비틀거렸다. "아니에요, 어지럽지 않아요. 루크 아저씨, 아저씨랑 물방앗간에 들어가도 돼요?"

매기는 넓은 물방앗간에서 빈둥거리는 걸 좋아했다. 그녀는 가끔 검은 머리에 부드러운 흰색 밀가루를 뒤집어쓰고 나왔다. 그 때문에 그녀의 검은 눈이 새로이 반짝였다. 확실한 소음, 통제할 수 없는 힘 앞에서처럼 뭔지 모를 멋진 경외심을 불러일으키는 거대한 돌들의 끊임없는 움직임, 끝없이 쏟아져 나오는 거친 가루, 모든 표면을 부드럽게 만들고 저 거미줄을 요정의 레이스처럼 보이게 하는 고운 흰 가루, 빻은 밀가루의 달콤하고도 순수한 냄새, 이 모든 것 때문에 매기는 물방앗간을 일상적인 바깥 생활과는 별개의 작은 세계라고 생각했다. 특히 거미는 여러 가지 생각을 해볼 수 있는 대상이었다. 물방앗간 밖에 거미 친척이 있는지 궁금했다. 그렇다면 거미가 가족과 교류할 때 틀림없이 가슴 아픈 고통이 있을 테니까. 빻은 가루로

---

* 신들린 여인이나 예언자, 마녀를 가리킨다.

50

뒤덮인 파리를 잡아먹는 데 익숙한 밀가루투성이의 뚱뚱한 거미는 파리가 알몸으로 사촌네 식탁에 앉으면 조금 괴로울 것이며, 틀림없이 거미 부인들은 상대방 모습에 깜짝 놀랄 것이기 때문이다. 물방앗간에서 그녀는 맨 꼭대기 층을 제일 좋아했다. 그곳은 곡식 더미가 쌓인 곳간으로, 곡식 더미 위에 올라앉아 계속 미끄럼을 탈 수 있었다. 그녀는 루크 아저씨와 이야기할 때면 이런 식으로 기분 전환을 하곤 했다. 루크가 아버지처럼 자신의 이해력을 높이 평가해 주기를 바라면서 그와 허물없이 이야기했다.

아마 매기는 이번 기회에 그에게 자기 입장을 드러낼 필요가 있다고 느낀 모양이다. 분주히 일하는 루크 곁 곡식 더미 위에 앉아 미끄럼을 탈 때, 그녀는 물방앗간 일꾼들 사이에서 필요 이상 높은 목소리로 말했기 때문이다.

"성경 말고는 아무것도 안 읽었죠, 루크?"

"그럼요, 아가씨, 그것도 많이는 못 읽었어요," 루크는 아주 솔직하게 말했다. "책하고는 담을 쌓았거든요."

"그러면, 루크 아저씨, 책 한 권 빌려줄까요? 아저씨가 쉽게 읽을 만큼 아주 재미있는 책은 없지만 『원숭이의 유럽 여행기』가 있어요. 그 책을 읽으면 다른 세상 사람을 알 수 있어요. 글을 모르면, 그림을 보면 돼요. 사람들의 모습과 습관, 그리고 직업을 그림으로 보여주죠. 네덜란드 사람들이 있는데, 아주 뚱뚱하고 담배를 피워요. 어떤 사람은 배가 불룩한 통 위에 앉아 있어요."

"아니에요, 아가씨, 난 네덜란드 사람들을 별로 좋게 생각하지 않아요. 그 사람들 알아봤자 별로 소용도 없거든요."

"그렇지만 루크 아저씨, 그들도 우리와 같은 사람들이에요. 우리와 같은 사람들에 관해 알아야죠."

"아가씨, 내 생각엔 그다지 소용없는 이웃이죠. 내가 아는 거라곤, 우리 선생님이 유식한 분이셨는데 이런 말씀을 하신 게 전부랍니다. 그분 말씀이 '밀을 소금물에 담그지 않고 뿌리는 사람은 네덜란드인'이라는 거예요. 네덜란드 사람이라면 바보이거나 거의 바보라는 말이죠. 아니, 네덜란드 사람은 신경 쓰지 않겠어요. 굳이 책을 찾아보지 않아도 바보나 악당은 많거든요."

루크가 네덜란드인에게 갖고 있는 뜻밖의 확고한 의견 때문에 매기는 좀 당황했다. "아, 그렇다면 아저씨는 아마 『동물의 세계』*를 더 좋아할 거예요. 그건 네덜란드 사람 얘기가 아니에요. 코끼리와 캥거루, 사향고양이와 개복치, 그리고 이름은 잊었지만, 자기 꼬리를 깔고 앉는 새가 나오는 얘기지요. 말과 소 대신 이런 동물로 가득 찬 나라가 있어요. 이런 거 알고 싶지 않아요, 루크?"

"아니에요, 아가씨, 밀가루와 옥수수를 계산해 봐야 해요. 내가 하는 일 말고 너무 많이 알아봤자 소용없어요. 바로 그 때문에 사람들이 교수형을 당하거든요. 밥벌이 말고 다른 걸 알아서 말이죠. 그런 건 대부분 다 거짓말이라고 생각해요, 책에 인쇄된 것 말이에요. 어쨌든 인쇄되어 있는 건 사람들이 거리에서 외치는 것과 마찬가지예요."

"루크 아저씨는 꼭 톰 오빠 같아요." 매기는 이야기를

---

* 1774년에 출판된 올리버 골드스미스의 『지상의 동물 세계의 역사』.

기분 좋게 다른 데로 돌리려 했다. "톰 오빠는 책 읽기를 싫어해요. 루크 아저씨, 난 톰 오빠가 너무 좋아요. 이 세상 누구보다 말이에요. 오빠가 크면, 오빠 집에서 살림할 거예요. 우린 늘 같이 살 거예요. 오빠가 모르는 거 다 말해 줄 수 있어요. 오빠가 책은 싫어하지만, 영리하다고 생각해요. 오빠는 멋진 채찍 끈과 토끼우리를 만들 줄 알거든요."

"아, 그런데 토끼가 다 죽었으니 도련님이 몹시 화를 내겠군요." 루크가 말했다.

"죽다니요!" 매기는 옥수수 더미 위에서 미끄럼을 타다 말고 벌떡 일어나 소리를 질렀다. "루크 아저씨! 뭐라고요! 귀가 늘어진 놈하고 얼룩진 암놈이요? 톰 오빠가 전 재산으로 산 건데."

"두더지처럼 죽었죠." 루크는 마구간 벽에 못 박힌, 누구나 다 아는 시체*에 비유했다.

"오, 루크." 매기는 뺨에 커다란 눈물을 흘리며 처량하게 말했다. "톰 오빠가 토끼를 돌봐주라고 신신당부했는데 깜빡했어요. 어떡하죠?"

"글쎄요, 아가씨, 토끼는 저기 먼 공구실에 있었고 토끼를 돌보는 건 누구 일도 아니었죠. 톰 도련님은 해리에게 토끼 먹이를 주라고 말씀하셨겠죠. 하지만 해리 놈을 믿을 수가 있어야죠. 그 약속에서 볼 수 있듯이 녀석은 형편없는 놈이랍니다. 자기 뱃속밖에는 기억하지 못한다니까요.

---

* 예수를 가리킨다.

이번 일로 그놈이 혼 좀 났으면 좋겠네요."

"오, 루크, 톰 오빠는 매일 토끼 돌보는 걸 절대로 잊지 말라고 신신당부했어요. 하지만 토끼 생각이 안 난 걸 어 떡해요. 안 그래요? 나한테 마구 화를 낼 거예요, 틀림없 어요. 토끼 때문에 슬퍼할 거예요. 나도 슬퍼요. 아, 어쩌 면 좋죠?"

"아가씨, 걱정하지 마세요!" 루크가 위로하며 말했다. "귀가 늘어진 토끼는 약한 놈들이라 먹이를 줬어도 죽었을 거예요. 동물은 자연계에서 벗어나면 잘 살 수 없거든요. 전지전능한 하느님은 동물을 싫어하시지요. 하느님이 토끼 귀를 뒤로 젖히게 만드셨죠. 그 귀를 마스티프*처럼 늘어 지게 만든 건 고집일 따름이에요. 톰 도련님은 영리하니까 이제 그런 토끼는 안 살 거예요. 아가씨, 걱정 마세요. 집 에 같이 가서 우리 마누라 볼래요? 지금 막 갈 건데."

이 초대 덕분에 매기는 슬픈 일을 기분 좋게 잊었다. 즐 거운 오두막을 향해 루크와 나란히 바삐 걸어가면서 눈물 도 점차 잦아들었다. 오두막에는 사과나무와 배나무가 있 었다. 오두막은 리플 강가 근처에 있었으며, 그 집에 붙은 돼지우리는 한층 위엄 있게 보였다. 루크의 아내인 모그스 부인은 분명 사귀기 좋은 사람이었다. 그녀는 당밀 바른 빵을 주며 반기는 마음을 드러냈고, 그림을 여러 장 갖고 있었다. 매기는 의자 위에 올라서서 찰스 그랜디슨 경의 옷을 입은, 돌아온 탕자**를 나타내는 멋진 연작 그림을

---

* mastiff: 사나운 큰 맹견의 일종.

구경하며, 오늘 아침 특별히 슬퍼할 만한 이유가 있었다는 사실을 잊어버렸다. 물론 그의 도덕적 결함에서 예측되듯이, 돌아온 탕자는 그 세련된 영웅처럼 가발 없이도 지닐 만한 취향과 강한 정신력이 없었다는 사실을 그녀는 잊지 않았다. 그러나 죽은 토끼가 마음에 남긴 이루 말할 수 없는 무게 때문에 그녀는 이 마음 약한 청년이 지나온 여정에 여느 때보다 동정심을 느꼈다. 분명 외국산 돼지들이 신나게 옥수수 껍질을 먹으면서 그를 모욕하는 듯할 때, 반바지 단추도 잠그지 않고 가발을 비스듬히 쓴 채 나무에 힘없이 기대어 있는 그의 그림을 볼 때 특히 그랬다.

"루크 아저씨, 그의 아버지가 아들을 다시 받아줘서 참 기뻐요, 아저씨도 그렇죠?" 매기가 말했다. "무척 후회하고, 다시는 나쁜 짓 안 했을 테니까요."

"그런데 아가씨, 그의 아버지가 그를 위해 뭘 해줘 봤자 그 아들은 그다지 훌륭한 인물이 되지 못했을 거예요." 루크가 말했다.

그것은 매기에게 가슴 아픈 생각이었다. 그녀는 이 청년의 후일담이 공백으로 남지 않았더라면 더 좋았을 거라고 생각했다.

---

** 「요한복음」에서 아버지를 떠나 유산을 탕진하고 돌아와 용서받은 탕자. 찰스 그랜디슨 경은 새뮤얼 리처드슨의 1754년 소설에 나오는 남자 주인공이다.

# 5
# 톰이 집으로 돌아오다

톰은 이른 오후에 도착할 예정이었다. 고대하는 이륜마차 바퀴 소리가 예상보다 늦어지자 매기 말고도 가슴 두근거리는 사람이 또 하나 있었다. 털리버 부인에게 강렬한 감정이 있다면, 그건 바로 아들에 대한 사랑이었으니까. 마침내 그 소리, 빠르고 가볍게 돌아가는 이륜마차 바퀴 소리가 들렸다. 구름을 흩뜨리고 털리버 부인의 곱슬머리와 모자 끈에 주의하지 않는 듯 바람이 불고 있었지만, 부인은 문밖에 나와 아침에 있었던 언짢은 일을 까맣게 잊고 거슬리는 매기의 머리에 손을 얹기까지 했다.

"저기 왔구나, 귀여운 녀석! 그런데 맙소사, 저 애가 칼라도 안 달고 있네. 오다가 잃어버린 모양이야, 틀림없어. 차림새가 엉망이 됐네."

털리버 부인은 두 팔을 벌리고 서 있었다. 매기는 먼저 한쪽 다리로, 다음에는 다른 쪽 다리로 깡충깡충 뛰어갔다. 한편 톰은 마차에서 내려 남자답게 다정한 감정을 드러내지 않으려고 이렇게 말했다. "야! 야프, 너였구나."

그런데도 그는 매기가 좀 숨 막히게 목에 매달려 입을 맞추도록 기꺼이 몸을 맡겼다. 그러면서 푸른 회색 눈으로는 목초지와 양, 그리고 내일 아침 제일 먼저 낚시부터 해야겠다고 마음먹은 강 쪽을 두리번거렸다. 그는 영국 어디서나 자라는 열두세 살 애송이 같은 평범한 소년이었다. 밝은 갈색 머리에, 뽀얀 장밋빛 뺨, 통통한 입술, 아직 윤곽이 또렷하지 않은 코와 눈썹을 지니고 있었다. 이런 용모에는 또래 소년과 공통점밖에 없는 듯했다. 가련한 매기의 용모*와는 전혀 달랐다. 그녀의 외모는 자연이 아주 확고한 목적을 갖고 빚어 색칠을 한 것처럼 보였다. 그러나 바로 그 자연은 솔직해 보이지만, 그 이면에 심오한 교활함을 감추고 있다. 그래서 단순한 사람들은 자연의 참모습을 꿰뚫어 볼 수 있다고 생각하지만, 자연은 언제든 이 사람들의 확실한 예언을 남몰래 뒤집을 준비를 하고 있다. 자연이 대량으로 만들어낸 듯 이 평범한 소년의 용모 속에, 자연의 가장 엄격한 불굴의 목적과 가장 변치 않는 자연의 특징 일부가 숨어 있었다. 아직 채 자리 잡히지 않은 용모의 이 뽀얀 장밋빛 사내아이와 비교해 볼 때, 감정을 잘 드러내며 반항적인 까만 눈의 그녀는 결국 순종적인 사람임이 증명될 것이다.

어머니가 자기 짐을 살피러 나가고, 따뜻한 응접실에서

---

* phiz: 관상(physiognomy)의 준말.

마차를 오래 타느라 느꼈던 추위가 가시자마자, 톰은 그녀를 한쪽 구석으로 데려가서 "매기, 내 주머니에 뭐가 있는지 모르지?" 하고 은밀하게 물었다. 그는 궁금증을 불러일으키려고 고개를 위아래로 끄덕였다.

"그래, 아주 불룩해 보이는데, 톰 오빠! 공깃돌이야, 아니면 개암나무 열매야?" 매기가 물었다. 매기는 가슴이 조금 철렁했다. 톰은 이런 놀이를 할 때면 늘 그녀와 노는 게 '재미없다'고 말했기 때문이다. 사실 그녀는 그런 놀이라면 영 서툴렀다.

"공깃돌이라고! 아냐. 공깃돌은 꼬마들과 몽땅 바꿨어. 이 바보야, 개암나무 열매는 덜 익었을 땐 재미없어. 여기 좀 봐!" 그는 오른쪽 주머니에서 뭔가 반쯤 꺼냈다.

"뭔데?" 매기가 속삭였다. "노란 것 말고 아무것도 안 보이는데."

"이건…… 새……. 맞혀봐, 매기!"

"모르겠어, 톰 오빠." 매기가 참지 못하고 말했다.

"화내지 마. 아니면 말 안 해줄 거야." 톰이 호주머니에 도로 손을 집어넣고 단호한 표정을 지었다.

"아냐, 오빠." 매기가 호주머니 속에 단단히 집어넣은 팔을 붙잡고 애원했다. "나 화 안 났어, 톰 오빠, 알아맞히기 싫어서 그랬을 뿐이야. 제발 그러지 마."

톰은 팔의 힘을 서서히 풀었다. "그럼 좋아. 낚싯줄인데 둘 다 새것이야. 매기, 하나는 네 거야. 돈 모으느라 일부러 과자와 생강 빵을 반으로 안 나누었어. 그래서 깁슨과 스파운서랑 싸웠어. 여기 낚싯바늘도 있어. 이것 봐! 저,

우리 내일 라운드 연못에 가서 낚시 안 할래? 매기, 넌 네 고기를 잡고, 미끼랑 모두 네가 끼우는 거야. 재미있을 것 같지 않니?"

매기는 대답 대신 톰의 목에 두 팔을 둘러 껴안고 말없이 오빠 뺨에 자기 뺨을 비볐다. 그사이 톰은 낚싯줄을 서서히 풀고는 잠시 뒤 이렇게 말했다.

"네 낚싯줄도 따로 사주고, 이만하면 나 좋은 오빠 아니니? 그럴 맘이 없었다면 살 필요 없다는 거 알지?"

"그럼, 너무너무 착해…… 오빠 진짜 좋아."

톰은 낚싯줄을 주머니에 집어넣고, 바늘을 하나하나 들여다보다가 이윽고 다시 말했다.

"내가 과자를 양보하지 않아서 친구들과 싸웠어."

"저런! 톰 오빠, 학교에서 친구들과 안 싸웠으면 좋겠어. 다친 데는 없어?"

"다쳤냐고? 아니." 톰이 바늘을 다시 집어넣고, 큰 주머니칼을 꺼내 제일 큰 칼날을 천천히 폈다. 그는 칼날에 손가락을 대고 문지르면서 생각에 잠겨 들여다보았다. 그가 덧붙였다.

"스파운서의 한쪽 눈을 멍들게 해줬지. 그 녀석 날 때리려 했으니 자업자득이지. 날 때린대도 반쪽으로 나눠 먹진 않을 거야."

"오빠는 정말 용감해. 오빠는 삼손 같아. 사자가 나한테 으르렁거리며 달려든다면 오빤 사자와 싸울 거야. 그치, 오빠?"

"이 바보야, 사자가 어떻게 너한테 으르렁거리며 달려드니? 사자는 곡마단에나 있는데."

"그래. 하지만 우리가 사자 나라, 그래, 아주 더운 아프리카에 있다면 말이야. 거기선 사자가 사람을 잡아먹잖아. 내가 책에서 읽은 것 오빠한테 보여줄 수 있어."

"그럼 총 갖고 사자를 쏴야지."

"하지만 총이 없다면. 무심히 밖에 나갈 수도 있잖아. 낚시 갈 때처럼 말이야. 커다란 사자가 으르렁거리면서 달려들 수도 있고, 사자한테서 도망을 못 칠 수도 있잖아. 오빠라면 어떻게 할 거야?"

톰은 말을 멈추더니 마침내 경멸하듯 돌아섰다. "사자 같은 건 오지 않아. 말해 봐야 무슨 소용 있어?"

"그래도 난 어떻게 될지 상상해 보고 싶어." 매기가 오빠를 따라가며 말했다. "오빠, 어떻게 할 건지 생각해 봐."

"귀찮게 하지 마, 매기! 참 멍청하구나. 나가서 토끼나 볼 거야."

두려움으로 매기의 가슴이 두근거리기 시작했다. 그녀는 감히 그 서글픈 사실을 당장 말하지 못했다. 그러나 그 소식을 어떻게 전해야 톰의 슬픔과 화가 동시에 누그러질까 생각하면서, 톰이 밖으로 나갈 때 덜덜 떨며 말없이 따라 걸어갔다. 매기는 톰이 화내는 걸 제일 두려워했던 것이다. 그녀가 화내는 것과는 전혀 차원이 달랐다.

"톰 오빠," 밖에 나오자, 매기가 조심스럽게 말했다. "그 토끼들 사는 데 얼마 들었어?"

"반 크라운* 두 개에 6펜스였지." 톰이 얼른 대답했다.

"2층 쇠 지갑에 그보다 훨씬 많은 돈이 있을 거야. 그 돈 오빠에게 주라고 엄마한테 말할게!"

"왜?" 톰이 반문했다. "네 돈 같은 건 필요 없어, 이 바보야. 난 사내아이라서 너보다 훨씬 돈이 많아. 난 남자 어른이 될 테니까, 크리스마스 선물로 언제나 반 파운드짜리 금화와 1파운드짜리 금화를 받거든. 넌 여자 애라서 5실링짜리 은화나 받지만."

"하지만 톰 오빠, 엄마가 내 지갑에서 반 크라운 두 개와 6펜스를 꺼내 오빠 주머니에 넣게 허락해 주시면, 그 돈으로 토끼 몇 마리 더 사는 게 어때?"

"토끼를 더 사라고? 더는 필요 없어!"

"오, 그런데 톰 오빠, 토끼가 다 죽었어."

톰은 즉시 걸음을 멈추고 매기에게로 돌아섰다. "너 먹이 주는 것 잊었구나. 해리도 까맣게 잊어버렸고." 잠시 그의 안색이 붉으락푸르락했다가 곧 가라앉았다. "해리 녀석 혼내줘야지. 쫓아낼 거야. 그리고 매기, 너도 싫어. 너 내일 낚시 못 가. 매일 토끼한테 가서 보살펴 주라고 말했잖아." 그는 다시 걷기 시작했다.

"그래, 하지만 깜빡 잊어버렸어. 실은 어쩔 수 없었어. 오빠, 정말 미안해." 매기가 눈물을 줄줄 흘렸다.

"넌 나쁜 애야." 톰이 가차 없이 말했다. "너한테 낚싯줄 사준 게 후회되는구나. 네가 싫어."

"톰 오빠, 너무해." 매기가 흐느꼈다. "난 오빠가 뭘 잊어도 용서해 줄 거야. 오빠가 뭘 하든 상관없어. 난 오빠

---

* 영국의 5실링 은화.

를 용서하고 좋아할 거야."

"그래, 넌 바보야. 하지만 난 절대 잊어버리지 않아, 절대로."

"제발 용서해 줘, 오빠. 가슴이 터질 것 같아." 매기는 흐느낌으로 몸을 들썩이며 톰의 팔에 매달려 눈물로 젖은 뺨을 오빠 어깨에 기대었다.

톰은 그녀를 떨치고 다시 걸음을 멈춘 채 단호히 말했다. "자, 매기, 듣기만 해. 난 좋은 오빠였지?"

"그렇고말고." 매기는 흐느꼈다. 턱이 경련을 일으키며 위아래로 떨렸다.

"난 이번 학기 내내 네 낚싯줄 생각을 했어. 그걸 사려 마음먹고 일부러 돈을 모으고, 과자도 안 나눠 먹고, 그래서 스파운서와 싸우기까지 했잖아?"

"그―으―래…… 난…… 오빠가 너무 좋―좋―좋아."

"하지만 넌 못됐어. 지난 방학 땐 내 마름모꼴 상자의 색칠을 긁어 없애버렸지. 지지난 방학 때는 잘 지켜보라고 했더니 내 낚싯줄을 보트에 끌리게 했고. 또 공연히 내 연에 머리를 내밀었어."

"하지만 일부러 그런 건 아냐. 어쩔 수 없었어." 매기가 말했다.

"아니야, 그러지 않을 수 있었어. 네 행동에 신경을 썼다면 말이야. 넌 못됐어. 내일 낚시에 안 데려갈 거야." 톰이 말했다.

이렇게 끔찍한 결론을 내리고, 톰은 매기로부터 돌아서

서 물방앗간 쪽으로 달려갔다. 거기서 루크를 만나 해리의 잘못을 불평할 생각이었다.

매기는 흐느낄 때만 빼고 잠시 꼼짝하지 않고 서 있었다. 이윽고 그녀는 돌아서서 집으로 뛰어들어 다락으로 올라갔다. 거기서 그녀는 짓눌리는 비참한 심정으로 바닥에 앉아 벌레 먹은 선반에 머리를 기댔다. 톰이 집에 돌아오면 매우 행복할 거라 기대했는데, 지금 그는 너무나 잔인했다. 톰 오빠가 사랑해 주지 않는다면 만사가 다 무슨 소용 있겠는가? 오, 그는 너무나 잔인했다! 그녀는 오빠에게 돈을 주려 했고 정말 미안하다고 말하지 않았던가? 그녀는 자기가 엄마에게 잘못했던 건 알고 있지만, 톰 오빠에게 잘못한 적은 없었다. 일부러 잘못하려 한 적은 한번도 없었다.

"아, 오빠는 잔인해!" 매기는 큰 소리로 울었고, 다락의 길고 텅 빈 공간에 공허한 반향이 울리자 비참한 쾌감을 느꼈다. 그녀는 나무 인형을 때리거나 비벼댈 생각도 하지 못했다. 너무나 비참해서 화를 낼 수도 없었다.

유년 시절의 이 쓰라린 슬픔이라니! 이 시기의 슬픔은 하루하루 새롭고 낯설며, 희망은 하루하루 날짜와 주를 넘어 비상할 날개를 아직 갖지 못했으며, 여름에서 다음 여름까지의 기간은 헤아릴 수 없이 길게 느껴진다.

매기는 자기가 다락에 오랫동안 있었으니 틀림없이 차 마실 시간이 되었는데, 온 가족이 차를 마시면서도 자기 걱정은 통 안 한다고 생각했다. 좋아, 그렇다면 여기서 버티다가 굶어 죽어야지. 밤새 여기 목욕통 뒤에 숨어 있어야지. 그럼 온 가족이 놀라고 톰 오빠도 후회하겠지. 매기는 목욕통 뒤로 기어가면서 자신의 강심장을 자랑스럽게 여겼다. 그러나 곧 자기가 거기 있는지 가족들이 신경도 쓰지 않는다는 생각에 다시 울기 시작했다. 지금 톰 오빠에게 다시 내려간다면 용서해 줄까? 아마 아버지가 거기 계셔서 자기편을 들어줄 것이다. 하지만 그녀는 용서해 주라는 아버지 말씀 때문이 아니라, 톰이 자기를 사랑해서 용서해 주길 바랐다. 아니야, 톰이 데리러 오지 않는다면 결코 내려가지 않을 거야. 이런 결심은 목욕통 뒤에 있는 암울한 오 분 동안 아주 굳게 계속되었다. 그러나 가엾은 매기의 천성 중에서 가장 강력한 사랑받고 싶은 욕구가 자존심과 싸우기 시작하자 그녀는 곧 자존심을 던져버렸다. 그녀는 목욕통 뒤에서 나와 긴 다락에 비친 황혼으로 기어 나왔다. 바로 그때 계단에서 빠른 발소리가 들려왔다.

톰은 루크와 얘기하고, 건물 주위를 돌아다니고, 마음 내키는 대로 들락날락하며 걷고, 단지 학교에서 나뭇가지를 꺾어보지 못했다는 이유만으로 나뭇가지를 꺾는 데 몰두하느라, 자기가 화낸 것이 매기에게 미친 영향이나 매기 생각은 할 겨를이 없었다. 그는 그녀에게 벌을 줄 심산이었다. 그리고 일이 그렇게 되자, 그는 실용적인 사람으로서 다른 문제로 마음이 분주했다. 그런데 그가 차 마시러 들어오라는 부름을 받았을 때, 아버지가 "아니, 동생은 어딨니?"라고 말하는 것과 거의 동시에 털리버 부인이 "네 누이는 어딨니?"라고 물었다. 둘 다 매기와 톰이 오후 내내 함께 지냈다고 생각했던 것이다.

"모르겠는데요." 동생에게 화를 내긴 했지만, 매기에 관해 '말' 하고 싶지 않았다. 왜냐하면 톰 털리버는 신의를 지키는 소년이었기 때문이다.

"뭐라고! 너랑 내내 놀지 않았단 말이냐?" 아버지가 말했다. "그 앤 네가 집에 오기만 고대하고 있었는데."

"못 본 지 두 시간 됐어요." 톰은 건포도 케이크를 먹으며 말했다.

"맙소사! 물에 빠진 거로구나!" 털리버 부인은 자리에서 일어나 창가로 달려가며 소리를 질렀다. "어쩌면 그 애가 그렇게 되도록 내버려둘 수 있니?" 그녀는 겁에 질려 누구를 어떻게 나무라야 할지 몰라 하며 이렇게 덧붙였다.

"아냐, 아냐, 물에 안 빠졌어." 털리버 씨가 말했다. "톰, 그 애에게 못되게 굴었지?"

"정말 안 그랬어요, 아버지." 톰이 발끈했다. "집 안에 있을 거예요."

"아마 다락에 있겠지." 털리버 부인이 말했다. "노래를 부르다가 혼자 중얼거리다가 식사 시간이 된 것도 까맣게 잊고 말이야."

"톰, 가서 데리고 내려와." 털리버 씨가 조금 엄하게 일렀다. 통찰력 내지는 매기에 대한 아버지로서의 사랑으로 그는 톰이 '동생'에게 심하게 굴었을 거라고 짐작할 수 있었다. 그렇지 않다면 그 애는 결코 오빠 곁을 떠나지 않았을 것이다. "그 애에게 잘해 줘라, 알겠지? 그러지 않으면 혼내줄 거야."

톰은 아버지 말에 결코 거역하지 않았다. 털리버 씨는

독단적인 사람이어서, 그의 말마따나 누가 자기를 지배하게 내버려둘 사람이 아니었기 때문이다. 하지만 톰은 먹던 건포도 케이크를 들고 매기의 벌을 면제해 줄 생각 없이 좀 시무룩해져서 밖으로 나갔다. 그것은 그녀가 받을 만한 벌이었다. 톰은 겨우 열세 살이었다. 그는 문법과 산수를 확실히 몰라, 대부분 풀지 못할 미제로 간주했다. 그러나 그는 벌받아야 할 사람이라면 누구든지 벌을 주겠다는 한 가지만큼은 각별히 분명하고 단호했다. 자신이 벌을 받아야 한다면 스스로 벌받는 데도 개의치 않을 것이다. 하지만 이번에는 자신이 벌을 받을 이유가 전혀 없었다.

바로 그때 매기는 계단에서 톰의 발소리를 들었다. 사랑받고 싶은 욕구가 자존심을 이겨, 그녀는 퉁퉁 부은 눈과 흐트러진 머리를 한 채 동정을 구하기 위해 내려가려던 참이었다. 적어도 아버지라면 그녀의 머리를 쓰다듬으면서 이렇게 말해 줄 테니까. "괜찮다, 내 딸아." 이 말은 사랑받고 싶은 욕구, 이 굶주린 마음의 열망을 놀라울 만큼 진정시켜 준다. 이 말은 자연이 우리로 하여금 세상의 멍에에 순종해 그 외양의 변화를 강요하는 다른 열망처럼 절대적인 것이다.

그런데 그녀는 톰의 발소리를 알고 있었으며 갑작스러운 희망의 충격 때문에 가슴이 몹시 뛰기 시작했다. 그는 계단 맨 위에 가만히 서서 "매기야, 내려가야 돼."라고 말했을 따름이다. 그러나 그녀는 그에게 달려가 목을 껴안고 울었다. "톰 오빠, 제발 용서해 줘. 난 견딜 수 없어. 항상 잘할게. 꼭 기억할게. 날 사랑해 줘. 제발, 톰 오빠."

우리는 나이가 들어가면서 자제하는 법을 배운다. 싸웠을 때 거리를 두며, 점잖은 말로 자기 의사를 표현한다. 요지부동의 단호함을 보이는 한편 많은 슬픔을 삼키면서, 소원한 관계를 격식 있게 유지한다. 우리는 더 이상 충동적인 단순한 하등 동물처럼 행동하지 않고, 매사에 고도로 문명화된 사회의 구성원답게 행동한다. 매기와 톰은 아직 어린 동물과 매우 비슷했다. 그래서 그녀는 자기 뺨을 오빠 뺨에 비볐고 울면서 오빠 귀에 마구 입을 맞추었다. 그에게는 매기의 응석에 응하던 다정한 기질이 있었다. 매기가 마땅히 받아야 할 만큼 벌을 주겠다는 결심과는 반대로 그는 나약하게 행동했다. 실제로 이번에는 그가 그녀에게 입을 맞추며 이렇게 말했다.

"이제 울지 마, 맥지. 자, 케이크 좀 먹어봐."

매기의 울음이 잦아들기 시작했고, 그녀는 입을 내밀어 케이크를 한 입 깨물었다. 다음에는 톰이 덩달아 한 입 깨물었다. 그들은 함께 케이크를 먹었으며 먹는 동안 뺨과 이마, 코를 서로 비벼댔다. 그 모습은 부끄럽게도 다정한 두 마리 조랑말 같았다.

"가자, 맥지, 차 마시자." 아래층에 있는 것 말고 더 이상 먹을 케이크가 없어졌을 때 톰이 마침내 말했다.

이렇게 해서 이날의 슬픈 일은 모두 끝났다. 다음 날 아침 매기는 한 손에 자기 낚싯대를 들고, 다른 손에는 바구니 손잡이를 잡고 바삐 걸어갔다. 그녀는 특이한 재능으로 항상 가장 진창이 심한 곳을 골라 디뎠고, 톰이 다정하게 대해 준 덕에 비버 보닛을 쓴 그녀의 표정이 은근히 밝아

보였다. 그녀는 지렁이를 자기 낚싯바늘에 끼워주면 좋겠다고 톰에게 말했다. 지렁이가 무감각하다(감각이 있다 하더라도 그리 큰 문제가 아니라는 게 톰의 개인적인 의견이었다.)는 톰의 말을 그녀가 인정하긴 했지만 말이다. 그는 지렁이와 물고기 등에 관해서라면 뭐든 알고 있었다. 어떤 새가 해롭고 맹꽁이자물쇠는 어떻게 열리며 대문 손잡이는 어느 방향으로 열어야 하는지 다 알고 있었다. 매기에게는 이런 지식이 매우 놀라웠다. 책 내용을 기억하는 것보다 훨씬 어려운 일이라 생각했다. 그녀는 톰의 우월함을 다소 우러러보았다. 왜냐하면 그는 그녀의 지식을 '보잘것없다'고 말하며 그녀의 영리함에 놀라지 않는 유일한 사람이었기 때문이다. 사실 톰은 매기를 어리석은 바보라고 생각했다. 여자 애들은 모두 바보라고. 여자 애들은 돌을 던져 뭘 맞힐 수도 없고, 주머니칼로 아무것도 못 하며, 개구리를 보고도 기겁을 했던 것이다. 그러나 여동생만큼은 무척 좋아했다. 그는 항상 동생을 돌봐주고, 자기 집 살림을 맡겨 잘못하면 혼내줄 작정이었다.

그들은 라운드 연못으로 가는 중이었다. 그것은 오래전에 홍수로 생긴 멋진 못이었다. 수심이 얼마나 깊은지는 아무도 몰랐다. 또한 신비롭게도 버드나무와 키 큰 갈대로 둘러싸여, 거의 완전한 원형을 이루고 있었다. 그래서 물가 가까이 가야만 물을 볼 수 있었다. 오래전부터 좋아하던 이 장소가 보이면 늘 톰의 기분은 한층 유쾌해졌다. 그는 소중한 바구니를 열어 낚시 도구를 준비할 때, 매기에게 아주 다정하게 속삭였다. 그는 그녀를 위해 낚싯줄을 던져주고, 손에 낚싯대를 쥐여주었다. 매기는 아마도 작은 물고기는 자기 낚싯바늘에 걸리고, 큰 물고기는 톰의 바늘에 걸릴 거라 생각했다. 그녀는 물고기 따위는 까맣게 잊고 거울같이 잔잔한 물을 꿈꾸듯 바라보았다. 바로 그때 톰이 "저기 봐, 매기!"라고 큰 소리로 말하고는 그녀가 낚싯줄을 낚아채지 못하게 달려왔다.

매기는 여느 때처럼 자기가 뭘 또 잘못하지는 않았나 겁이 덜컥 났다. 톰은 곧 그녀의 낚싯줄을 잡아당겨 펄쩍펄쩍 뛰는 큰 잉어를 잔디 위로 끌어냈다.

톰은 흥분했다.

"오, 맥지! 귀여운 녀석! 바구니를 비워!"

매기는 특별한 공로를 의식하지 못했지만, 톰이 자기를 맥지라 부르고 자기를 마음에 들어 하는 것으로 충분했다. 아무것도 그 속삭임과 꿈같은 고요 속에 잠긴 그녀의 기쁨을 망치지 못했다. 그때 그녀는 뛰어오른 물고기가 가볍게 물속에 잠기는 소리, 버드나무와 갈대, 그리고 물이 마치 즐겁게 속삭이듯 부드럽게 스치는 소리를 들었다. 매기는 이렇게 야단맞지도 않고 연못가에 앉아 있는 것은 아주 행복한 일이라 생각했다. 그녀는 톰이 말해 줄 때까지 자신이 별로 먹지 않았다는 사실을 몰랐지만, 낚시질은 무척 즐거웠다.

이것이 그들이 함께 보낸 행복한 아침 한때였다. 둘은 걷다가 함께 앉아 있었다. 그들의 인생이 크게 변할 거라는 생각 없이. 그들은 더 자라겠지만 학교에 가지 않을 것이며, 하루하루가 항상 휴일 같으리라. 언제나 같이 살면

서 서로 좋아하리라. 요란한 소리와 함께 돌아가는 물방앗
간, 밑에서 소꿉장난하던 커다란 밤나무, 강둑이 마치 집과
도 같았던 작은 리플 강, 매기가 나중에 깜빡 잊고 떨어뜨
린, 끝이 자주색 깃털 모양인 갈댓잎을 모으는 동안 톰이
계속 물쥐를 보던 일, 무엇보다도 밀어닥치는 큰 물결—
무서운 큰 밀물—이 굶주린 괴물처럼 달려드는 걸 보거
나, 예전에는 사람처럼 울부짖고 신음했던 큰 물푸레나무
를 보려고 방랑자처럼 발길 닿는 대로 거닐었던 큰 플로스
강 등. 이런 것들이 그들에게는 항상 지금과 같으리라. 톰
은 지구 다른 곳에 사는 사람은 불리하다고 생각했다. 매
기는 '다리 없는 강'을 지나가는 크리스티아나* 이야기를
읽을 때면 늘 푸른 초원 사이 큰 물푸레나무 옆의 플로스
강을 떠올렸다.

　톰과 매기에게 인생은 변했다. 그러나 이러한 인생 전반
부에 지녔던 생각과 사랑이 언제나 삶의 일부가 되리라 믿
었던 그들의 믿음이 잘못된 것은 아니었다. 유년 시절이
없다면, 우리는 이 지상의 삶을 그렇게 사랑할 수 없을 것
이다. 혼자 혀 짧은 소리를 중얼거리면서 풀밭 위에 앉아
자그마한 손가락으로 따던 꽃들이 매년 봄 똑같이 다시 싹
트는 대지가 없다면, 가을 울타리에 똑같이 맺히는 찔레나
무 열매와 산사나무 열매가 없다면, 귀중한 곡식에 아무
해도 끼치지 않기 때문에 '하느님의 새'라고 부르던 저 똑
같은 방울새가 없다면 말이다. 모든 것을 알고, 알기 때문

---

* 존 버니언의 죽음의 강.

에 사랑하는 그런 달콤한 단조로움처럼 가치 있는 신기함
이 어디 있겠는가?

이 온화한 5월 어느 날 거니는 숲에는 어린 황갈색 참나
무 잎새가 나와 푸른 하늘 사이에 나부끼고, 흰 아네모네
꽃과 파란 꽃이 핀 꼬리풀과 담쟁이덩굴이 내 발치에 깔려
있다. 어떤 열대 야자나무 숲이, 어떤 기이한 고비와 대형
꽃잎의 화려한 꽃이, 이런 고향 정경처럼 내 마음을 깊고
섬세하게 울려줄 수 있겠는가? 이 낯익은 꽃과, 추억의 새
소리, 종잡을 수 없이 밝아지는 하늘, 변화무쌍한 산울타
리 때문에 저마다 일종의 개성을 가진 것처럼 보이는 고랑
지고 풀잎 무성한 들판, 이런 것들이 우리 상상력의 모국
어이며, 흘러가는 유년기가 남긴 온갖 미묘하고 불가해한
연상으로 가득 찬 언어이다. 만약 마음속에 여전히 살아남
아 우리가 이해한 것을 사랑으로 바꾸어주는 오래전 그 옛
날의 햇빛과 풀에 대한 추억이 없다면, 오늘날 햇빛 속에
서 잎새 긴 풀을 보고 느끼는 기쁨은 다만 지친 영혼의 희
미한 인식에 지나지 않으리라.

# 6
## 이모 내외분들의 방문 소식

부활절 주간이었다. 털리버 부인이 만든 치즈케이크는 여느 때보다 더욱 절묘하게 가벼웠다. "바람이 살짝 불기만 해도 케이크가 깃털처럼 날아가겠어요." 그런 과자를 만들 수 있는 여주인 밑에서 산다는 데 자부심을 느끼며 가정부인 케지아가 말했다. 가족이 모여 파티를 하기에 이보다 더 좋은 계절이나 기회는 없을 터였다. 비록 톰의 학교 문제에 관해 큰언니 글레그와 둘째 언니 풀릿에게 의논하는 것이 현명한 일은 아니지만 말이다.

"이번엔 셋째 언니 딘은 초대하고 싶지 않아요." 털리버 부인이 말했다. "그 언닌 샘이 무척 많은 데다 욕심쟁이라서요. 게다가 언제나 언니와 형부들에게 우리 애들 얘기를 나쁘게만 하거든요."

"아냐, 아냐." 털리버 씨가 말했다. "한번 오시라고 해. 요즘 딘과 얘기할 기회가 거의 없었어. 못 본 지 여섯 달이나 됐지. 처형이 뭐라든 뭐가 문제요? 우리 애들은 누구 신세도 질 필요 없어."

"또 그 소리로군요. 털리버. 확실히 고모건 고모부건 우리 애들에게 단돈 5파운드라도 유산을 물려줄 당신 친척은 아무도 없어요. 글레그 언니와 풀릿 언니에게는 아무도 몰래 저금한 돈이 있어요. 자기들 이자와 버터 판 돈까지 모두 저금하기 때문이죠. 남편들이 뭐든 다 사주니까요." 털리버 부인은 온순한 여자였지만, 순한 양이라도 어린 새끼가 있으면 조금은 대담해질 것이다.

"쳇!" 털리버 씨가 말했다. "나눠 먹을 사람이 많을 땐 떡이 커야 떡고물도 많다고. 재산을 나눠줄 조카들이 대여섯 명이나 되는데 당신 언니들 몇 푼이 뭐 그리 대단하겠소? 내 생각엔 딘 처형이 그 돈을 몽땅 한 명에게 남기지 않게 해서, 처형이 돌아가셨을 때 부끄러운 짓을 했다고 마을 사람들이 비난하지 않도록 해야 하지 않겠소?"

"그 언니는 아이들에게 뭘 못 하게 할지 몰라요." 털리버 부인이 말했다. "우리 애들은 이모나 이모부 앞에서 매우 어색해하니까요. 매기는 친척이 오면 다른 때보다 열 배는 더 말을 안 들어요. 톰도 친척을 싫어하죠. 참, 여자 애보다 남자 애가 그러는 게 당연하긴 하지만요. 루시 딘은 너무 착해요. 의자에 앉히면 한 시간 내내 앉아서 결코 내려오지 않을 거예요. 그 앨 친자식처럼 귀여워하지 않을 수 없어요. 틀림없이 그 앤 딘 언니보다 날 더 닮았어요. 딘 언니는 우리 가족 중에서 늘 혈색이 좋지 않았다니까요."

"알았어, 알았다고. 그 앨 좋아한다면, 그 애 부모에게 데려오라고 해요. 모스 고모부 내외와 그 집 애들도 몇 명 오라고 하지 않겠소?"

"참, 당신도. 아니, 애들 말고도 어른이 여덟이나 되는데, 식기를 더 꺼내고 식탁도 덧대어야 해요. 게다가 우리 언니들과 당신 여동생이 잘 어울리지 못하는 거 나만큼 잘 알잖아요."

"그래, 그럼, 좋을 대로 하구려, 베시." 틸리버 씨가 모자를 집어 들고 물방앗간 쪽으로 걸어가며 말했다. 자기 친척과 무관한 일이라면 매사에 틸리버 부인만큼 고분고분한 아내도 없었다. 그러나 그녀는 도슨가(家)의 딸이었으며, 사실 도슨가는 매우 존경받는 집안이었다. 그들 교구나 이웃 교구에서 어느 가문 못잖게 존경받았다. 도슨가의 딸들은 항상 자부심이 대단하다고 여겨졌으며, 이른 나이도 아닌 두 큰딸이 결혼을 잘했다고 해서 아무도 놀라지 않았다. 이른 나이에 결혼하는 것은 도슨가의 관례가 아니었기 때문이다. 그 집안에서는 모든 일을 특별한 방식으로 해나갔다. 리넨을 표백하고 앵초주를 담그고 햄을 가공하며 병에 담근 구스베리를 보관하는 데도 특별한 방법이 있었다. 그래서 그 집안 딸은 누구도 깁슨 집안이나 왓슨 집안이 아니라 도슨 집안사람으로 태어난 특권에 무심할 수 없었다. 도슨 집안에서는 장례식도 항상 특별한 예를 갖추어 거행되었다. 모자에 두른 상장은 결코 푸른빛을 띠지 않았고, 장갑은 엄지에서 갈라지는 일이 없었으며, 누구든지 의무적으로 문상객이 되었고, 상여꾼들은 항상 스카프를 매었다. 집안의 누군가가 어려운 일에 처하거나 병이

들면, 보통 나머지 일가들은 모두 동시에 그 불행한 친척을 방문하고, 적당한 가족애가 요구하는 일이라면 아무리 불쾌한 말이라도 주저하지 않고 사실대로 말해 주었다. 고통 당하는 본인의 잘못 때문에 병이나 문제가 생겼다면, 도슨가의 관습에서는 그런 말을 해주는 데 주저하지 않았다. 그 집안에는 집안 살림과 사회 예절상 옳은 일에 대해서라면 나름대로 전통이 있었다. 이런 우월함에 따르는 유일한 단점이라면 도슨가의 전통에 지배되지 않는 집안의 음식에 들어가는 양념이나 행동을 지나칠 만큼 인정하지 않는다는 점이었다. 도슨가 출신 여성은 '잘 모르는 사람 집'에 가면 언제나 버터를 바르지 않은 맨빵과 차를 마셨다. 버터는 믿을 수 없고, 잼에는 적당량의 설탕이 부족하고 덜 끓여 아마 발효하기 시작했을 거라 여겨서 그 어떤 잼도 사양했다. 도슨 가문 중에서도 유난히 이 집안을 닮지 않은 사람이 몇 명 있었지만——이 사실은 인정된 바 있다——그들도 일가친척인 한, '일가친척이 아닌' 사람보다는 당연히 더 훌륭했다. 특정한 도슨가 사람이 다른 도슨 집안사람을 흡족하게 여기지 않아도, 도슨가의 남녀는 각기 자신뿐 아니라 도슨 집안 전체에 대해서는 만족한다는 게 특이한 점이다. 한 가문에서 제일 나약한 사람, 즉 제일 개성 없는 사람이 그 가문의 관습과 전통을 가장 단순하게 축약해 보여주는 경우가 종종 있다. 도슨 부인은 온순하지만 철저한 도슨가 사람이었다. 순한 맥주도 맥주인 이상 매우 도수가 약한 맥주라고 묘사하는 것과 마찬가지다. 비록 어렸을 때 언니들 등쌀에 좀 시달렸고 아직도 언니들 꾸지람에 가끔 눈물을 흘리긴 하지만, 털리버 부인에게는 가문의 사고방식을 뜯어고치는 개혁가란 어울리지 않았다. 그녀는 자신이 도슨가 사람이라는 사실과, 적어도 외모와 안색에서 털리버 집안사람답지 않게 소금을 좋아하고 콩을 먹는다는 이유로 외탁을 한 자식이 하나 있다는 사실에 감사했다.

그 밖에 다른 점에서도 톰에게는 진정한 도슨가의 특성이 일부 잠재되어 있었다. 그는 매기처럼 '외가 친척'을 결코 이해할 수 없었다. 이모와 이모부들이 온다는 예고를 받으면 그날은 대개 음식을 잔뜩 챙겨 갖고 하루 종일 달아나 있었다. 이것은 글레그 이모가 그의 장래를 매우 어둡게 보게 된 도덕적 징후였다. 톰이 항상 자기 소재를 알려주지 않고 슬그머니 도망치는 것이 매기에게는 좀 섭섭한 일이었지만, 더 나약한 존재인 여성은 함께 도망치기에는 심각한 장애물로 여겨졌다.

이모와 이모부들이 오기 전날인 수요일, 오븐 속에서 건포도 케이크가 구워지고 뜨거운 판에서는 젤리가 만들어지고 있음을 알리는 갖가지 냄새가 육수 냄새와 함께 풍겨오자, 마냥 우울하게 있을 수는 없었다. 대기에 희망이 가득차 있었다. 톰과 매기는 여러 번 부엌에 침입했고, 다른 약탈자들처럼 전리품을 충분히 가져가게 해줘야만 한동안 부엌에 가까이 오지 않았다.

양딱총나무 가지에 톰과 앉아 슈크림을 먹을 때, 매기는 "톰 오빠, 내일 도망갈까?" 하고 말했다.

"아니." 톰은 자기 몫의 슈크림을 다 먹고 둘이 나눠 먹을 세 번째 슈크림을 바라보며 말했다. "아니, 안 갈 거야."

"왜, 오빠? 루시가 와서?"

"아니." 톰이 주머니칼을 펴서 망설이는 태도로 고개를 한쪽으로 갸우뚱한 채, 슈크림에 칼을 대고 말했다. (그렇게 울퉁불퉁한 다각형을 똑같이 둘로 나누기란 퍽 어려운 일이었다.) "루시가 뭔데? 그래 봤자 여자 애야. 그 앤 하키도 할 줄 몰라."

"그럼 팁시케이크* 때문이야?" 공중에 떠다니는 칼에 시선을 고정하고 톰 쪽으로 몸을 기울이면서, 매기가 상상력을 발휘했다.

"아니, 바보야, 그건 모레나 되어야 맛있을 거야. 푸딩 때문이야. 그 푸딩 맛이 뭔지 난 알지. 살구 롤 푸딩이야. 얏!"

그가 큰 소리를 치는 동시에 칼이 내리꽂혀 슈크림이 나뉘었지만, 결과는 만족스럽지 못했다. 그는 여전히 그 반쪽을 의심스럽게 쳐다보았다. 마침내 그가 말했다.

"눈 감아, 매기."

"왜?"

"왜는 왜야. 내 말대로 눈 감아."

매기가 시키는 대로 했다.

"자, 어느 것 먹을 거야? 오른쪽 아니면 왼쪽?"

"크림이 나온 것 먹을래." 매기가 톰의 마음에 들려고 눈을 감은 채 말했다.

---

* 포도주에 적신 카스텔라의 일종.

"이건 좋아하지도 않으면서, 바보. 네 차례가 되면 먹어도 좋아. 하지만 이건 주지 않을 거야. 오른쪽 아니면 왼쪽. 자, 골라봐. 응?" 매기가 살짝 눈을 뜨고 엿보자 톰이 화를 내며 말했다. "자, 눈 감으라니까, 안 그러면 하나도 못 먹어."

매기가 희생하는 힘은 그리 멀리 미치지 못했다. 사실 내 생각에, 매기는 톰이 슈크림을 아주 많이 먹기보다 제일 좋은 슈크림을 오빠에게 주어 톰이 자기를 좋아하기를 바랐던 것이다. 그녀는 톰이 "어느 쪽인지 말해."라고 할 때까지 눈을 꼭 감았다가 이윽고 "왼쪽."이라고 말했다.

"맞혔네." 톰이 좀 씁쓸하게 말했다.

"뭐! 크림 나온 것?"

"아니, 자, 이것 가져." 톰이 가장 큰 슈크림 조각을 매기에게 서슴없이 넘겨주며 단호하게 말했다.

"오빠가 이것 먹어. 난 괜찮아. 난 그게 더 좋아. 받아."

"아니, 그럴 수 없어." 톰이 거의 시무룩해져서 작은 조각을 먹기 시작했다.

더 이상 옥신각신해 봐야 소용없다고 여기고 매기도 슈크림 반쪽을 먹기 시작해 재빨리 아주 맛있게 먹어치웠다. 그런데 톰은 먼저 다 먹고, 조금 더 먹을 수 있을 거라 생각하며 매기가 마지막 한두 입을 먹는 동안 계속 쳐다보았다. 매기는 톰이 자기를 뚫어지게 쳐다보는 것을 전혀 몰랐다. 그녀는 슈크림과 나태를 막연히 느낄 뿐 거의 아무 생각 없이 말오줌나무 가지에 걸터앉아 시소를 타고 있었다.

"에이, 이 욕심꾸러기!" 매기가 마지막 한 입을 꿀꺽 삼

키자 톰이 말했다. 그는 자기가 매우 공평하게 행동했다고 생각했으므로, 매기가 이를 고려해 보상해 줘야 한다고 여겼던 것이다. 그가 자기 슈크림을 먹기 전에 매기가 제 것을 준다고 했으면 거절했을 테지만, 제 몫을 먹기 전과 먹고 난 후에 생각이 달라지는 것은 당연한 일이다.

매기의 안색이 아주 창백해졌다. "오빠, 왜 달라고 안 했어?"

"네게 한쪽을 달라고 하진 않았어, 이 돼지야. 큰 것 준 걸 알면, 말 안 해도 줄 생각을 했어야지."

"하지만 난 오빠가 이걸 먹었으면 했어. 알잖아." 매기가 상심하여 말했다.

"그래, 하지만 난 스파운서처럼 불공평한 짓은 하고 싶지 않았어. 한 방 갈기지 않으면, 그 앤 언제나 제일 좋은 걸 갖거든. 그리고 눈을 감은 채 제일 좋은 걸 고르면, 그 앤 슬쩍 바꿔 치기 하지. 하지만 난 반씩 공평하게 나눠. 욕심 부리지 않는다고."

이렇게 심하게 빈정대며, 톰은 나뭇가지에서 뛰어내렸다. 그는 다정하게 야프의 주의를 끌려고 "어이!" 하면서 돌을 던졌다. 이 개도 역시 먹을 것이 사라지는 동안 귀를 흔들며 지켜보았고 비통함을 느끼지 않을 수 없었다. 그러나 이 뛰어난 개는 너그러운 대접을 받았을 때처럼 톰의 주의를 매우 민첩하게 받아들였다.

그러나 매기는 아무리 우울한 침팬지라 해도 인간이 침팬지와 다르며 침팬지와 거리가 있다는 데 자부심을 느끼게 하는, 그런 비참한 심정을 느낄 수 있는 탁월한 능력을 부여받았다. 그녀는 여전히 나뭇가지에 앉아서, 자기가 부당한 비난을 받았다는 예리한 느낌에 마음을 쏟았다. 그녀는 자기 몫의 슈크림을 다 먹지 않고 톰을 위해 몇 입 남겨줄 수도 있었을 것이다. 슈크림 맛이 형편없었던 것은 아니다. 매기의 미각은 결코 둔하지 않았으므로. 하지만 톰이 자기를 욕심꾸러기라 부르고 자기에게 심술을 부리게 하느니 차라리 슈크림을 먹지 않았을 것이다. 게다가 그는 안 먹겠다고 하지 않았던가. 그래서 그녀는 아무 생각 없이 먹었던 것이다. 달리 어떻게 할 수 있었겠는가? 눈물이 펑펑 흘러내려 매기는 십 분 동안 주변을 전혀 둘러볼 수 없었다. 그러나 이윽고 원망은 사라지고 화해할 마음이 생겨 톰을 찾으려고 나뭇가지에서 뛰어내렸다. 그는 이미 짚가리가 있는 쪽 뒤의 작은 방목장에는 없었다. 어디로 가 버렸을까? 야프와 함께 있을까? 매기는 큰 서양 감탕나무 근처 높은 둑으로 달려갔다. 멀리 플로스 강 쪽이 바라다보였다. 톰이 있긴 있었다. 그런데 그가 그 큰 강 쪽으로 꽤 멀리 있으며 야프 말고 다른 친구, 행실 나쁜 봅 제이킨과 같이 있는 것을 보자 매기의 가슴은 다시 철렁 내려앉았다. 타고난 것은 아니지만, 봅의 공식 임무는 새를 쫓는 일인데 지금은 그 일을 하지 않았다. 이유는 분명히 모르겠지만 매기는 봅이 나쁜 사람이라고 확신했다. 봅의 엄마가 무서울 만큼 몸집이 크고 뚱뚱했기 때문이다. 봅의 엄마는 강 아래 이상하게 생긴 둥근 집에 살고 있었다. 한번은 매기와 톰이 발길 닿는 대로 그쪽으로 가자 얼룩 개가 계속 짖어댔다. 그러자 봅의 엄마가 개 뒤에서 나와 무서워하지 말라고 개 짖는 소리보다 더 크게 소리를 질렀다. 그때 그 아줌마가 자기들을 무섭게 야단친다고 생각한 매기는 두려워서 가슴이 뛰었다. 매기는 그 둥근 집 마루에 뱀이 득실거리며 침실에는 박쥐가 들끓을 거라고 생각했다. 그녀는 봅이 모자를 벗어 그 안에 든 작은 뱀을 톰에게 보여주는 모습을 본 적이 있으며, 또 한번은 어린 박쥐를 손에 한 움큼 쥐고 있는 걸 본 적이 있기 때문이다. 이 모든 사실과 그가 뱀이나 박쥐와 친하다는 사실을 종합해 볼 때, 그는 정상이 아니거나 조금은 악마 같은 성격의 소유자일 터였다. 게다가 톰은 봅과 있을 때면 매기에게는 도통 관심이 없었고 매기가 그와 함께 가도록 해주지도 않았다.

톰이 봅과 같이 있는 걸 좋아한다는 사실은 인정해야 한다. 그럴 수밖에 없지 않겠는가? 봅은 새알을 보자마자 그게 제비 알인지 박새 알인지 혹은 멧새 알인지 알아맞혔다. 그는 말벌 집이라면 모조리 찾아냈고 무슨 덫이든 놓을 줄 알았다. 그는 다람쥐처럼 나무를 잘 탔고, 고슴도치와 담비를 알아내는 데 대단한 능력이 있었다. 그는 산울타리 틈을 벌려놓는다거나, 양에게 돌팔매질을 한다거나, 몰래 돌아다니는 도둑고양이를 죽이는 등 용감하게 나쁜 짓을 저질렀다. 자기보다 아는 게 많음에도 불구하고 늘 권력을 갖고 다룰 수 있는 신분 낮은 인물의 이런 자질에는 필연적으로 톰의 마음을 끄는 숙명적인 매력이 있었다. 방학 때마다 톰이 봅과 나가버렸기 때문에 매기는 언제나 슬픈 나날을 보내야 했다.

할 수 없지! 톰을 찾을 가망은 없었다. 그는 이제 사라져버렸고, 매기는 서양 감탕나무 옆에 앉아 있거나 산울타리 곁을 어슬렁거리거나, 그녀의 작은 세계를 바로 자신이 원하는 세계로 바꾸어놓고 만사가 달라졌다고 상상하는 것 말고는 마음을 달랠 만한 위로를 생각할 수 없었다. 매기의 삶은 문제투성이였으며, 그녀는 이런 식으로 아픔을 잊었다.

그동안에 톰은 매기에 대해서도, 또한 자기가 매기의 마음에 남긴 찌르는 듯한 비난 같은 것도 모두 까맣게 잊어버렸다. 그는 우연히 만난 봅과 근처 헛간에서 신나게 쥐를 잡으려고 급히 가고 있었다. 봅은 특히 이런 일이라면 뭐든 알고 있었다. 그는 사내다운 씩씩한 감정을 잃지 않았거나 쥐잡기를 전혀 모르는 사람이 아니라면 누구나 상상할 수 있는 그런 열정적인 태도로 쥐잡기에 대한 이야기를 했다. 불가사의한 악을 지녔다고 의심받는 사람치고, 실제로 봅은 그렇게 나쁜 사람처럼 보이지 않았다. 숱 많은 빨간 고수머리에 들창코인 그의 얼굴에는 호감을 주는 뭔가가 있었다. 그런데 그의 바지는 언제든 물을 건너기 좋게 무릎까지 걷어 올려져 있었다. 그의 장점은, 만약 장점이 있다면, 그건 틀림없이 '누더기를 걸쳤다는 점'이었다. 옷을 잘 차려입은 사람들의 이점이 과분한 평가를 받는 거라고 생각하는 까다롭고 권위 있는 철학자들에 따르면, 그런 장점은 (아마 사람들 눈에 거의 보이지 않기 때문에) 사람들의 인정을 받지 못할 가능성이 많은 것으로 유명하다.

"흰족제비 주인을 알아요." 봅은 물속으로 뛰어들 기회를 예상한 양서류처럼, 푸른 눈으로 강을 계속 응시한 채 발을 질질 끌면서 거칠고 높은 목소리로 말했다. "세인트 오그스의 케널 야드 위쪽에 살아요. 틀림없어요. 그 사람만 한 쥐 사냥꾼은 없지요. 그럼요. 난 무엇보다 쥐 사냥꾼이 되고 싶어요, 꼭요. 쥐에 비하면 두더지는 아무것도 아니죠. 맙소사! 흰족제비가 있어야 돼요. 개는 아무짝에도 쓸모없거든요. 저기 개가 있네요." 봅은 싫은 듯 야프를 가리키며 말을 이었다. "저놈은 쥐 잡는 데 아무 쓸모도 없다고요. 도련님 아버님이 헛간에서 쥐 사냥을 할 때 직접 봤어요, 직접 봤다고요."

야프는 이런 멸시를 받자 그만 기가 죽어 꼬리를 사타구니에 끼우고 톰의 다리 옆에 바싹 다가와 몸을 움츠렸다. 톰은 야프 때문에 기분이 좀 상했지만, 그렇게 가련한 개를 멸시할 때 봅이 밀리는 것으로 보이게 만들 그런 초인적인 용기는 없었다.

"그래그래." 톰이 말했다. "야프는 사냥엔 쓸모없어. 공부 마치면, 쥐든 뭐든 잘 잡는 멋진 개를 기를 거야."

"톰 도련님, 흰족제비를 기르세요." 봅이 열심히 말했다. "분홍색 눈의 흰족제비 말이에요. 아, 쥐를 잡아서 우리 안에 족제비와 같이 넣고 싸우는 걸 보세요, 볼 수 있어요. 제가 바로 그렇게 하죠. 사람 둘이 싸우는 걸 구경하는 것보다 재미있어요. 과자와 오렌지 장사꾼들이 바구니에서 물건을 내던지고 과자를 박살 내는 시장통 싸움보다는 못하지만 말이에요……. 하지만 재미있어요." 봅은 잠시 멈추었다가 설명 삼아 또는 빠진 걸 보충하려고 이렇게 덧붙였다.

"그런데 말이야, 밥." 톰이 신중하게 말했다. "흰족제비는 굉장히 잘 무는 놈이거든. 건드리지 않아도 사람을 문다고."

"아! 그러니까 족제비가 좋다는 거죠. 어떤 녀석이든 도련님 족제비에 손을 댔다가는 곧 한바탕 비명을 지를 거예요. 그럼요."

바로 그 순간에 일어난 놀라운 사건 때문에 두 소년은 갑자기 걸음을 멈췄다. 근처의 큰고랭이* 사이에서 뭔가 작은 것이 물속으로 뛰어들었다. 그게 물쥐가 아니라면 어떤 불쾌한 결과라도 감수하겠다고 밥이 말했다.

"야! 야프. 야! 저기 있다." 톰이 손뼉을 치며 말하자 그 개의 작고 검은 코가 쏜살같이 반대편 둑으로 달려갔다. "저놈 잡아라, 야, 저놈 잡아!"

야프는 귀를 흔들고 눈썹을 찌푸렸지만, 물에 뛰어들려고 하지는 않았다. 짖는 게 목적인지 짖기만 했다.

"에이! 겁쟁이!" 톰은 이렇게 말하고 개를 걷어차 넘어뜨렸다. 그는 사냥꾼으로서 그렇게 용기 없는 개를 데리고 있다는 데 굴욕감을 느꼈다. 밥은 말을 삼가며 계속 갔는데, 기분 전환 삼아 물이 넘실대는 강의 얕은 물가를 걷기로 했다.

"지금은 플로스 강물이 그다지 가득 차지 않았군요." 밥

---

* 방동사니과에 딸린 여러해살이풀.

은 강을 우습게 보는 데 쾌감을 느끼면서 자기 앞에 있는 물을 발로 차올리며 말했다. "작년에는 저 풀밭이 온통 물바다였어요. 그렇고말고요."

"아, 그런데." 톰에게는 완전히 일치하는 진술 사이에서 정반대를 보려는 경향이 있었다. "옛날 저 둥근 연못이 생겼을 때 큰 홍수가 났거든. 아버지가 말씀해 주셔서 알고 있지. 양과 소가 몽땅 물에 빠져 죽고, 배가 들판 위를 이리저리 떠다녔대."

"홍수가 나도 상관없어요." 붑이 말했다. "저는 육지도 물도 상관없어요. 헤엄칠 테니까요, 그럼요."

"아, 하지만 꽤 오랫동안 먹을 게 없으면 어떻게 할 건데?" 두려움 때문에 상상력이 아주 풍부해진 톰이 말했다. "어른이 되면, 노아의 방주처럼 위에 나무집이 있는 배를 만들어서 배 안에 음식을 넉넉히 장만할 거야. 토끼랑 다른 동물도 모두 구해 둬야지. 그러면 홍수가 닥쳐도, 붑, 너도 알다시피 걱정 안 해도 돼……. 그리고 네가 허우적거리는 걸 보면 태워줄게." 톰은 자비로운 후원자처럼 덧붙였다.

"전 겁나지 않아요." 붑이 말했다. 그에게는 굶주림이 그다지 두렵지 않은 듯 보였다. "하지만 배는 타겠어요. 그리고 도련님이 토끼 고기를 먹고 싶다면 토끼 머리를 후려칠게요."

"아, 동전이 있어야겠어. 그래야 동전 앞뒤 맞히는 놀이를 하지." 톰은 그런 놀이가 자기가 다 자랐을 즈음에는 재미없을지 모른다는 생각을 못 하고 말했다. "우선 공평하게 나눌 거야. 그런 다음 누가 이기나 보자고."

"저도 동전 있어요." 봅이 물에서 나와 공중에 동전을 던지고는 으스대며 말했다. "뒤예요, 앞이에요?"

"앞." 톰은 곧 이기고 싶어 몸이 달았다.

"뒤." 봅은 동전이 떨어지자 성급히 주워 올렸다.

"아냐." 톰이 큰 소리로 단호하게 말했다. "그 동전 내놔. 내가 정당하게 딴 거야."

"못 내놔요." 봅은 주머니 속에 동전을 꽉 움켜쥐며 말했다.

"그렇다면 내가 내놓게 하지. 내가 못 하나 두고 봐." 톰이 말했다.

"도련님은 아무 일도 제게 시킬 수 없어요, 없다니까요." 봅이 말했다.

"아냐, 할 수 있어."

"천만에, 할 수 없어요."

"내가 주인이야."

"상관없어요."

"상관 있게 해주지, 이 사기꾼아." 톰은 봅의 멱살을 잡고 흔들었다.

"꺼져버려." 봅이 톰을 발로 차버리며 말했다.

톰은 완전히 피가 곤두서는 것 같았다. 톰이 봅에게 와락 달려들어 그를 쓰러뜨렸으나, 봅은 고양이처럼 악착같이 톰을 붙잡고 늘어져 그의 뒤를 따라 톰을 쓰러뜨렸다. 둘은 잠시 땅바닥에서 치열하게 치고받았다. 마침내 톰은 봅의 어깨를 꽉 잡자 자기가 이겼다고 생각했다.

"이제 그 동전 주겠다고 말해." 톰은 봅의 양팔을 계속 누르려 애쓰며 겨우 말했다.

그런데 바로 그 순간, 앞서 달려가던 야프가 그들이 싸우는 곳으로 짖으며 되돌아왔다. 야프는 봅의 맨살이 드러난 다리를 물어도 벌받지 않을 뿐 아니라 명예를 되찾을 좋은 기회임을 알아차렸다. 야프의 이빨에 아프게 물려 놀란 봅은 손의 힘을 늦추기는커녕 더욱 세게 붙잡고 늘어졌다. 그는 다시 힘을 내어 톰을 뒤로 밀어붙이고는 유리한 자세를 취했다. 그런데 좀 전에 충분히 물지 못했던 야프가 이제 다른 데를 물었다. 계속 이렇게 공격당하자 봅은 톰을 잡았던 손을 놓고 야프의 목을 졸라 강 속에 던졌다. 이번에는 톰이 다시 일어나서, 봅이 야프를 내던진 뒤 몸의 균형을 마저 추스르기도 전에 그에게 달려들어 쓰러뜨리고는 무릎으로 봅의 가슴을 타고 꽉 눌렀다.

"이제 그 동전 내놔." 톰이 말했다.

"가져가." 골이 난 봅이 말했다.

"싫어, 안 가져가. 네가 나한테 줘."

봅은 주머니에서 동전을 꺼내 멀리 땅바닥에 내던졌다.

톰은 붙잡았던 손을 놓고 봅이 일어나게 내버려두었다.

"저기 돈 있어." 톰이 말했다. "난 네 돈 갖고 싶지 않아. 가질 생각도 없었어. 그런데 넌 속이려 했어. 난 속이는 것 딱 질색이야. 너랑 더는 안 놀 거야." 그는 이렇게 덧붙이고 집 쪽으로 돌아섰다. 그는 봅과 어울리지 않기로 함에 따라 포기해야 하는 쥐 사냥과 다른 즐거운 놀이에 대해 후회가 없는 것은 아니었다.

"그럼, 그만둬." 봅은 톰의 뒤에 대고 소리쳤다. "맘 내키면 속일 거야, 속이지 않으면 노는 게 재미없어. 그리고 방울새 집 있는 곳도 알지만, 너한텐 안 알려줄 거야…….넌 싸움질이나 하는 비열한 칠면조 수컷 같은 놈이야, 넌 말이야……."

톰은 뒤도 안 돌아보고 계속 걸어갔고, 야프도 톰을 그대로 따랐다. 물에 빠져 찬물로 목욕한 것이 야프의 격한 감정을 누그러뜨렸던 것이다.

"그래, 물에 쫄딱 빠진 개랑 같이 꺼져버려. 난 그런 개 안 기를 거야, 안 기른다고." 봅은 끝까지 도전적인 태도를 유지하려 하면서 더 크게 말했다. 그러나 약을 올린다고 톰이 돌아서지는 않았다. 봅의 목소리가 조금 더듬거리기 시작했다.

"난 너한테 뭐든 다 주고, 뭐든 다 보여줬어. 그리고 네게 아무것도 바라지 않았어……. 그래, 네가 준 뿔 손잡이 달린 칼이 하나 있지……." 여기서 봅은 톰이 물러간 뒤에 대고, 칼을 가능한 한 멀리 내던졌다. 그러나 이제 칼이 없어지자 봅은 제 몫의 물건이 한순간에 없어졌다고 마음으로 느꼈을 뿐, 그 행동에는 아무 효과도 없었다.

톰이 문을 지나 산울타리 뒤로 사라질 때까지 봅은 가만히 서 있었다. 저 칼은 저기 땅에 떨어져 있으면 아무 쓸모도 없을 것이다. 그건 톰의 마음을 괴롭히지 못할 것이다. 주머니칼에 지닌 애착에 비하면 봅의 마음속 자존심이나 분노는 미미한 열정이었다. 그의 손가락 마디마디에서는 어서 가서 익히 잘 아는 저 거친 수사슴 뿔로 만든 손잡이를 잡아보라고 간청하는 전율이 전해졌다. 그의 손가락은 주머니 속에 칼이 쓸모없이 들어 있을 때 그저 애착 때문에 그 손잡이를 자주 만지작거렸다. 칼날이 두 개였는데, 그 날은 막 날카롭게 벼려져 있었다. 이미 더 나은 생활을 맛본 그에게 주머니칼 없는 인생이란 어떤 것일까? 안 되지. 거듭 손해를 보는 것은 절망적인 행위로 이해할 수 있으나, 화해하기 어려운 친구가 떠난 자리에 주머니칼을 던지는 것은 어느 모로 보나 분명히 지나친 행동이다. 그래서 봅은 흙 속에 아끼던 칼이 놓여 있는 곳으로 발을 질질 끌며 다시 가서, 잠시 헤어졌던 칼을 만져보고, 칼날을 하나하나 차례로 꺼내 굳은살 박인 엄지로 전혀 새로운 기쁨을 느끼며 그 칼날을 만져보았다. 가련한 봅이여! 그는 명예에 예민하지 못했고, 기사도적인 성격도 아니었다. 스스로 그런 데 눈떴다 해도, 그런 멋진 도덕적 기품은 봅의 세계에서 가장 중요한 케넬 야드의 여론에 의하면 중시되지 않았을 것이다. 그런데도 우리 친구 톰의 성급한 결론처럼, 봅은 결코 좀도둑이나 도둑이 아니었다.

그러나 여러분도 알아차렸겠지만, 톰은 퍽 강직한* 성품이어서 자기 또래 소년들보다 정의감이 강했다. 그 정의감이란 잘못을 범한 사람에게는 마땅한 고통을 주고 싶어 하며, 정확히 얼마만큼이나 벌을 받아야 하는지에 관해서 전혀 고민하지 않는 그런 것이었다. 톰이 집에 돌아왔을 때

---

\* Rhadamanthine: 그리스 신 제우스와 에우로페의 아들인 라다만토스의 이름에서 유래한 말이다. 사후에 명부(冥府)의 재판관이 된 그는 정의와 강직함의 모범으로 여겨진다.

매기는 그의 찌푸린 안색을 보았다. 그래서 톰이 기대보다 일찍 돌아온 것에 대해 기쁜 마음을 자제했다. 그녀는 물방앗간 둑에 서서 말없이 자갈을 던지는 그에게 감히 말을 걸지 못했다. 이미 하기로 작정했던 쥐 사냥을 포기한 것은 유쾌한 일이 아니었다. 그러나 그 순간에 톰이 자신의 가장 강력한 감정을 토로했다면, 이렇게 말했을 것이다. "다시 한다 해도 똑같이 행동했을 거야." 톰은 자신의 과거 행동을 늘 이런 식으로 바라보았다. 반면에 매기는 항상 자기가 달리 행동했더라면 하고 바랐다.

# 7
## 이모 내외분들의 등장

도슨가 사람들은 확실히 잘생겼으며, 글레그 부인은 자매 중에서 인물이 빠지는 편이 아니었다. 털리버 부인의 안락의자에 앉아 있는 글레그 부인의 모습을 아무 편견 없이 관찰하는 사람이라면, 오십 세의 여성치고 그녀의 얼굴과 몸매가 매우 아름답다는 사실을 부인할 수 없을 것이다. 비록 톰과 매기는 글레그 이모가 아주 못생겼다고 생각했지만 말이다. 사실 그녀는 옷으로 돋보이는 걸 경멸했다. 그녀가 종종 말하듯, 가장 좋은 옷을 갖고는 있지만, 낡은 옷보다 새 옷을 먼저 입는 것은 그녀의 방식이 아니었기 때문이다. 다른 여자들은 마음이 내키면, 세탁 때마다 가장 좋은 실로 짠 레이스를 내놓았을 것이다. 그러나 글레그 부인이 죽는다면, 세인트오그스에 사는 울 부인이 평생 사들인 것보다 더 좋은 레이스를 얼룩덜룩한 방의 옷장 오른쪽 서랍에 간직해 두었다는 사실이 밝혀질 것이다.

울 부인은 값을 다 지불하기도 전에 그 레이스 옷을 입었지만 말이다. 앞머리 가발도 마찬가지다. 글레그 부인이 컬의 굵기가 다양한 머리 타래뿐 아니라, 제일 윤이 나는 갈색 고수머리 타래들을 서랍에 넣어두었다는 사실은 의심할 여지가 없다. 그러나 곱슬곱슬하고 윤기 나는 앞머리 가발을 쓰고 평일의 세계를 내다본다면, 매우 막연하고 불쾌하게도 성스러운 것과 세속적인 것을 혼동했을 것이다. 물론 글레그 부인은 가끔 평일에 방문할 때면 세 번째로 좋은 가발을 쓰기도 했지만, 동생 집에는 쓰고 가지 않았다. 특히 털리버 부인 집에 갈 때는 더욱 그랬다. 글레그 부인이 딘 부인에게 말한 것처럼, 항상 소송 중인 남편을 둔 베시 같은, 한 가정의 어머니에게 분별력을 기대할 수도 있겠지만, 털리버 부인은 결혼한 뒤 가발을 쓰지 않아 언니들의 마음을 몹시 아프게 했던 것이다. 그런데 베시는 늘 마음이 약했다!

그래서 오늘 글레그 부인의 앞머리 가발이 여느 때보다 곱슬거리고 단정치 못했다면 거기에는 나름대로 계획이 있었다. 그녀는 가르마 양쪽에 적당히 부드러운 물결 모양으로 갈라진 털리버 부인의 금발 곱슬머리에 대해 매우 날카롭고도 통렬히 지적할 생각이었다. 글레그 언니가 이처럼 결혼한 여자답지 않은 곱슬머리에 관해 냉정한 말을 하는 바람에 털리버 부인은 몇 번이나 눈물을 흘렸다. 그러나 그 머리 덕분에 더 아름다워 보인다는 생각으로 당연히 버틸 수 있었다. 글레그 부인은 오늘 집 안에서 모자를 쓰기로 마음먹었다. 물론 끈을 묶지 않고 약간 비스듬히 기울여 썼다. 이런 행동은 남의 집을 방문하여 기분이 썩 좋지 않을 때 자주 하는 버릇이었다. 낯선 집에 있으면 외풍이 들어올지도 모를 일이었다. 같은 이유로 그녀는 겨우 어깨까지 내려와 풍만한 앞가슴을 가리기에는 턱없이 부족한 작은 검은담비 목도리를 두르고 있었다. 한편 그녀의 기다란 목은 여러 잡다한 주름 장식으로 보호되어 있었다. 글레그 부인의 회색 실크 겉옷이 얼마나 유행에 뒤떨어졌는지 알려면 당시 유행을 알 필요가 있다. 그러나 그 옷 위에 작고 누런 반점이 무리를 이루고, 습기 찬 옷장에서 꺼냈음을 알려주는 곰팡이 냄새로 미루어볼 때, 아마 최근에서야 꺼내 입은 아주 낡은 옷일 것이다.

글레그 부인은 여러 겹의 시곗줄을 손가락에 감은 채 커다란 금시계를 손에 잡고, 부엌에서 막 돌아온 털리버 부인에게 다른 사람들의 괘종시계나 손목시계로는 몇 시인지 모르겠으나, 자기 시계로는 12시 30분이라고 말했다.

"풀릿이 웬일인지 모르겠네." 글레그 부인이 계속 말했다. "다 같이 일찍 오는 게 우리 가족의 관습인데. 아버님 생전엔 확실히 그랬지. 누가 다른 자매보다 삼십 분 먼저 와 앉아 있는 법이 없었어. 그런데 우리 집 관습이 변했다면 그건 내 탓이 아냐. 난 다른 사람들이 모두 떠날 때쯤 집에 들어오는 그런 사람이 아니야. 딘이 웬일일까. 나보다 더했는데. 그런데 베시, 내 말대로 식사 늦추지 말고 조금 앞당겨. 그러면 안 된다는 걸 알 만한 사람들이 늦으니 말이야."

"글쎄, 언니, 시간이 되면 모두 오겠죠." 털리버 부인은 조금 언짢은 듯이 말했다. "1시 30분까지는 식사 준비가 안 될 거예요. 하지만 기다리기가 너무 지루하면 치즈케이크와 포도주 한 잔 갖다줄게요."

"참, 베시!" 글레그 부인이 쓸쓸한 미소를 지으며 거의 눈에 띄지 않게 고개를 뒤로 젖혔다. "네가 이 언니를 더 잘 알 거라 생각했는데. 난 절대 간식은 안 먹는단다. 앞으로도 먹을 생각이 없고. 하기야 1시에 먹어도 될 식사를 1시 30분에 먹겠다는 터무니없는 네 생각도 좋아하진 않는다만. 베시, 넌 그런 식으로 자라진 않았어."

"참, 제인 언니도. 어떡해요? 남편은 2시 전에 식사하는 걸 싫어해요. 언니 때문에 삼십 분이나 일찍 차리는 거예요."

"그래그래. 남편들이 어떤지 나도 알아. 뭐든 미루길 좋아하지. 아내가 그런 일을 양보할 정도로 마음이 약하다면 식사도 차 마신 다음으로 미룰 거야. 베시, 넌 마음이 좀 더 모질지 못해 문제야. 그 때문에 네 아이들이 고통 받지 않으면 좋을 텐데. 우리를 위해 일부러 가서 거창한 식사를 차리진 않겠지. 낭비해서 널 파산하게 하느니 차라리 기꺼이 맨빵 한 조각을 먹을 언니들 위해 돈 쓰지 마라. 네가 딘을 본받지 않은 게 이상해. 그 앤 훨씬 똑똑해. 그리고 넌 부양할 애가 둘에다 남편은 소송 때문에 네 재산을 다 날렸지, 자기 재산도 다 날릴 거야. 부엌 사람들 먹을 국거리로는 삶은 고기하고," 글레그 부인은 힘주어 주장하며 이렇게 덧붙였다. "향료 없이 설탕 한 숟갈 넣은 보통 푸딩이 형편에 훨씬 어울릴 거야."

글레그 언니의 기분이 이랬으므로, 그날 하루는 즐거울 전망이 있었다. 털리버 부인은 언니와 싸우지는 않았다. 그것은 소년이 돌을 던지자 물새가 비난조로 다리를 내밀었다고 해서 그 소년과 싸웠다고 할 수 없는 것과 마찬가지다. 그러나 이 식사 문제는 까다롭고 전혀 새로운 것도 아니어서, 털리버 부인은 전에 종종 했던 대답을 다시 했다.

"남편은 돈을 낼 수 있을 땐 친구들에게 늘 극진한 식사 대접을 하고 싶어 해요." 털리버 부인이 말했다. "그리고 언니, 자기 집에서는 하고 싶은 대로 할 권리가 있어요."

"그래, 베시, 내 저금에서 네 아이들이 파산하지 않을 정도로 충분히 남겨줄 순 없단다. 그리고 형부 돈은 전혀 기대하지 마. 내가 먼저 죽지 않으면 다행일 테니 말이야. 형부네는 장수 집안이란다. 그리고 만약 형부가 먼저 죽어 내 평생 넉넉히 지낼 만한 유산을 남긴다 해도, 형부는 돈을 모두 자기 일족에게 돌아가도록 꽁꽁 묶어둘 거야."

글레그 부인이 이렇게 말하는 동안에 들린 마차 소리 때문에 이야기가 중단된 것이 털리버 부인에게는 아주 반가운 일이었다. 그녀는 서둘러 풀릿 언니를 맞이했다. 사륜마차 소리로 미루어 틀림없이 풀릿 언니였던 것이다.

글레그 부인은 '사륜마차' 생각에 고개를 뒤로 젖히고 입가가 다소 뾰로통해졌다. 그녀는 그 문제에 관해서라면 확고부동했다.

말 한 마리가 끄는 사륜마차가 털리버 부인의 집 앞에 섰을 때 풀릿 언니는 눈물을 글썽이고 있었다. 내리기 전에 마차에서 틀림없이 몇 번 더 눈물을 흘렸을 것이다. 남편과 털리버 부인이 그녀를 부축하려고 서 있는데, 그녀는 가만히 앉아 눈물을 글썽이며 먼 곳을 바라보면서 서글프게 고개를 저었기 때문이다.

"언니, 왜 그래요, 무슨 일이에요?" 털리버 부인이 물었다. 그녀는 상상력이 풍부하지는 않았지만, 아마 풀릿 언니의 제일 좋은 침실에 걸린 커다란 화장대 거울이 두 번째로 깨졌을 거라 생각했다.

풀릿 부인은 천천히 일어나 마차에서 내리며 아무 대답도 하지 않고 고개를 한 번 더 저었다. 그러면서도 남편이 자신의 아름다운 실크 옷을 상하지 않게 보호하는지 보려고 풀릿 씨에게 시선을 던졌다. 풀릿 씨는 높은 코에 키가작은 사람이었다. 그의 눈은 작고 반짝였으며 입술은 얇고, 새것으로 보이는 검은 옷에 흰 넥타이를 매고 있었다. 그저 몸의 편안함보다는 뭔가 더 고상한 원칙 때문에 넥타이를 아주 꼭 끼게 맨 것처럼 보였다. 그의 아내는 키가크고 아름다우며, 부풀린 소매와 풍성한 외투 차림에 깃털과 리본 장식이 달린 커다란 모자를 쓰고 있었다. 그래서 풀릿 씨와 그 아내의 관계는 마치 작은 어선과, 돛이란 돛이 모두 활짝 펼쳐진 쌍돛대 범선 같았다.

유행에 따라 한껏 옷을 차려입은 여성이 슬픔에 잠긴 모습, 그것은 고도로 발전된 문명 때문에 감정이 복잡해졌다는 사실을 알려주는 놀라운 예가 되며, 보기 딱한 광경이다. 남아프리카의 미개한 토인인 호텐토트의 슬픔에서부터, 크고 빳빳한 아마포 소매 옷을 입고 양팔에 여러 개의 팔찌를 끼고 섬세한 리본 모양의 줄이 달린 건물 모양의 보닛을 쓴 여자의 슬픔에 이르기까지, 그것은 얼마나 기나긴 변화의 단계인가! 개화된 문명인이 겪는 슬픔의 특징인 자포자기는 아주 미묘한 방법으로 절제되고 다양해져서 분석적인 정신을 지닌 사람에게 재미있는 문제를 제시한다. 엉망이 된 마음으로 눈물 때문에 눈앞이 뿌예져 휘청거리며 문을 지나가면 빳빳한 아마포 소매가 망가질 것이다. 이런 가능성을 깊이 의식하면 그녀는 복합적인 힘이 생기고, 그 힘으로 겨우 문기둥을 비켜 지나간다. 황급히 흐르는 눈물을 깨닫고, 모자 끈을 풀어 기운 없이 뒤로 젖힌다. 이 애처로운 동작은 가장 우울할 때도 장차 눈물이 마르고 모자 끈이 다시 매력을 갖게 될 순간을 바라고 있음을 나타낸다. 눈물이 잦아들고 모자를 망가뜨리지 않는 각도로 고개를 뒤로 기대고 있는 동안, 그녀는 만사를 피곤하게 만든 슬픔 자체가 지긋지긋해진 그런 끔찍한 순간을 참아내고 있다. 그녀는 생각에 잠겨 팔찌를 내려다보고 일부러 짐짓 우연인 척 팔찌 고리를 가다듬는다. 평온하고 건강한 상태에서 다시 그렇게 한다면 마음이 흐뭇할 것이다.

풀릿 부인은 어깨 너비로 양쪽 문기둥을 아주 정확히 스쳐 지나갔다.(당시 어깨를 1미터 반 부풀리지 않은 여성은 그렇게 부풀리도록 교육받은 사람의 눈에는 매우 우스꽝스러워 보였다.) 그러고 나서 글레그 부인이 앉아 있는 거실로 갈 때 그녀의 얼굴은 다시 눈물을 흘리려는 듯 울상이었다.

"그래, 애, 늦었구나. 무슨 일 있었니?" 글레그 부인이 악수를 하면서 다소 신경질적으로 물었다.

풀릿 부인은 대답하기 전 외투를 조심스럽게 뒤에 올려

놓고 앉았다.

"그 여자가 가버렸어요." 그녀는 무의식적으로 인상적인 수사학적 비유를 사용했다.

'그럼 이번에는 거울이 아니로군.' 털리버 부인은 속으로 생각했다.

"그저께 죽었어요." 풀릿 부인이 말을 이었다. "그 여자 다리가 내 몸만큼이나 부었더랬어요." 그녀는 잠시 말을 멈추었다가 깊이 슬퍼하며 덧붙였다. "배에서 끝없이 물을 뺐지요, 그 물에서 수영도 하겠더군요."

"자, 소피. 그 여자가 누군지 몰라도 죽었다니 잘됐구나." 글레그 부인은 신속히, 그리고 천성적으로 분명하고 결단력 있는 정신을 강조했다. "하지만 도대체 누구 얘길 하는지 모르겠구나."

"내가 알지요." 풀릿 부인이 한숨을 쉬더니 고개를 저었다. "교구에 수종증을 앓던 다른 사람은 없거든요. 투웬티 랜즈에 사는 서턴 노파 말이에요."

"글쎄, 그 여자는 네 일가도 아니고, 여태 들어본 적도 없는 사람인데." 글레그 부인이 말했다. 그녀는 다른 때는 그렇지 않지만 자기 '일가친척'에게 무슨 일이 생기면 항상 예의를 차려서 울었다.

"부레처럼 부은 양다리를 봐줄 정도로 친한 사이였지요……. 그녀는 여러 차례나 돈을 배로 불려서, 죽을 때까지 자기 스스로 모두 관리하고, 열쇠 주머니를 늘 베개 밑에 숨겨두곤 했죠. 그 여자만큼 나이 든 사람도 우리 교구엔 많지 않아요."

"그리고 그 부인은 마차 한 대를 가득 채울 만큼 약을 많이 먹었다고 하더군." 풀릿 씨가 말했다.

"아," 풀릿 부인이 한숨을 내쉬었다. "수종증에 걸리기 몇 해 전에는 다른 병에 걸렸는데, 의사들이 그 병이 뭔지 알아내지 못했지요. 지난 크리스마스에 만나러 갔더니 날 보고 '풀릿 부인, 수종증에 걸리면 내 생각이 날걸요.'라고 말하더군요. 그렇게 말했다니까요." 풀릿 부인은 다시 서글프게 울기 시작하면서 덧붙였다. "바로 그렇게 말했다니까요. 토요일에 매장될 예정이라, 남편이 장례식을 하라고 일렀죠."

"소피," 이성적인 충고를 해줘야겠다는 생각을 더는 참지 못하고 글레그 부인이 말했다. "소피, 너와 무관한 사람 때문에 안달하고 건강을 해치다니 이해가 안 되는구나. 내가 듣기로는 돌아가신 아버님도, 프랜시스 아줌마도, 우리 가족 누구도 그렇게 하지 않았어. 우리 사촌 애벗이 유서도 안 남기고 갑자기 죽었다는 소식을 들어도 너는 이보다 애태우진 않을 게다."

풀릿 부인은 지나치게 운다는 비난을 받고 화를 내기보다는 오히려 기분이 좋아져서 울음을 그치고 말없이 있었다. 유산도 남겨주지 않는 이웃 사람 때문에 그렇게 운다는 것은 누구나 할 수 있는 일이 아니었다. 그러나 풀릿 부인은 부유한 농부와 결혼해서, 울든지 뭘 하든지 한껏 존경받을 만한 여가와 돈을 지녔다.

"하지만 서턴 부인은 유언도 없이 죽진 않았어요." 풀릿 씨가 아내가 흘린 눈물을 인정하는 말이라고 착각하며 이렇게 말했다. "우리 교구가 부자 교구이긴 하지만, 서턴 부인처럼 수천 파운드를 남긴 사람은 아무도 없다고 해요. 그녀는 이렇다 할 만한 유산은 전혀 안 남겼어요. 남편 조카에게 몽땅 물려줬거든요."

"그럼, 그렇게 부자라 해도 별로 좋을 게 없네." 글레그 부인이 말했다. "남편 친척밖에 유산을 상속할 사람이 없다면 말이야. 고작 그렇게 하려고 고생했다면 가련한 일이지. 내가 이자를 다른 사람들이 기대하는 것보다 적게 남기고 죽을 사람도 아니고. 돈이 자기 가족에게 상속되지 않는다는 건 안된 얘기야."

"물론이죠, 언니." 풀릿 부인은 베일을 벗어 조심스레 개킬 만큼 충분히 회복되었다. "언니, 서턴 부인이 돈을 남겨준 사람은 좋은 사람일 거예요. 그 사람은 천식을 앓고 있어서 매일 밤 8시에 잤지요. 그가 우리 교회에 왔던 어느 일요일에, 아주 터놓고 직접 말해 주었어요. 가슴에 토끼 가죽을 입고, 좀 떨면서 말하더군요. 매우 신사다운 사람이었죠. 내가 의사에게 치료받지 않는 게 연중 몇 달 안 된다고 했더니 그 사람이 '풀릿 부인, 부인 심정을 알 수 있습니다.'라고 말하더군요. 바로 그렇게 말했어요. 바로 그렇게 말이에요, 아!" 풀릿 부인은 한숨을 내쉬었다. 그녀는 핑크색 혼합액과 흰색 혼합액, 작은 병에 든 독한 약, 그리고 18펜스짜리 물약을 복용해 본 자기 경험을 충분히 알아줄 사람이 거의 없다는 생각에 고개를 저었다. "언니, 난 이제 가서 모자를 벗어야겠어요. 당신 그 모자 상자 꺼내는 것 봤어요?" 그녀는 남편에게 몸을 돌려 이렇게 덧붙였다.

풀릿 씨는 건망증 때문에 그만 그 일을 잊고 있었다. 그는 양심의 가책으로 깜박했던 일을 수습하려고 급히 밖으로 나갔다.

"언니, 그거 위층으로 가져올 거예요." 곧 자리를 뜨고 싶어 하면서 털리버 부인이 말했다. 소피 언니가 도슨 가문에서는 최초로 의사의 약 때문에 몸을 망쳤다는 생각을 글레그 부인이 설명하기 시작할까 봐서였다.

털리버 부인은 풀릿 언니와 같이 2층으로 가서, 언니가 모자를 쓰기 전에 샅샅이 살펴보고 여성 모자에 대해 이런저런 이야기를 나누는 걸 좋아했다. 글레그 부인은 언니로서 베시의 이런 약함을 딱하게 여겼다. 즉 글레그 부인은 베시가 옷을 지나치게 잘 입고, 너무 센 자존심 때문에 오래된 자기 옷장에서 꺼내준 좋은 옷가지를 아이에게 입히지 않는다고 생각했다. 신발이라면 모르겠지만, 아이에게 입히기 위해 뭘 산다는 건 죄악이자 수치스러운 일이라고 생각했다. 그러나 이 점에서 글레그 부인은 여동생인 베시를 조금 오해하고 있었다. 사실 털리버 부인은 매기에게 밀짚모자를 씌우고 글레그 이모의 옷을 수선해 염색한 실크 가운을 입히려고 무척이나 애를 썼기 때문이다. 그러나 결과적으로 털리버 부인은 엄마로서 그 일을 가슴속에 묻어야만 했다. 매기는 그 가운에서 염색 냄새가 고약하게 난다며, 그 옷을 처음 입은 일요일에 기회를 봐서 옷에다 로스트비프와 고깃국물을 부어버렸던 것이다. 그리고 그 계획이 성공하자 이번에는 시든 양상추를 얹은 세이지 치즈와 대강 비슷해 보이도록, 초록 리본이 달린 모자에 고 깃국물을 부어버렸다. 나는 매기의 입장을 변명하기 위해, 모자 쓴 매기를 비웃고 주디 할망구처럼 보인다는 톰의 말을 강조해야겠다. 또한 풀릿 이모도 옷을 선물했는데, 그 옷들은 매기의 엄마뿐 아니라 매기도 기뻐할 만큼 새것이었고 예뻤다. 털리버 부인은 언니 중에서 확실히 풀릿 언니를 좋아했는데, 언니가 자기를 좋아해 주기 때문에 이에 보답하려는 마음이 전혀 없지는 않았다. 그러나 베시의 애들이 말을 잘 안 듣고 다루기 힘들다는 것이 풀릿 부인에게는 유감스러운 일이었다. 그녀는 그 애들에게 최대한 잘해 주려 했지만, 그 애들이 같은 또래인 딘의 딸만큼 착하고 예쁘지 않다는 것은 아무래도 안된 일이었다. 매기와 톰은 자기들대로 다만 글레그 이모가 아니므로 풀릿 이모를 참을 만한 존재라고 생각했다. 톰은 방학 때면 두 이모 중 누구에게도 한 번 이상 가려고 하지 않았다. 물론 이모부들은 모두 톰에게 용돈을 주었다. 그러나 톰은 풀릿 이모 집 지하실 부근에 돌을 던질 두꺼비가 아주 많아서, 풀릿 이모를 방문하는 걸 좋아했다. 매기는 그 두꺼비를 보며 몸서리치고 끔찍한 두꺼비 꿈을 꿨지만, 음악이 흘러나오는 풀릿 이모부의 코담배 상자는 좋아했다. 그런데도 털리버 부인이 없을 때 털리버가의 피와 도슨가의 피는 잘 어울리지 않는다는 데 언니들 의견이 일치했다. 즉 베시의 아이들은 사실 털리버 집안이며, 톰이 외모상 도슨가를 닮았지만 아버지만큼 고집이 셀 거라는 것이다. 매기로 말하자면, 그녀는 털리버의 누이인 모스 고모를 빼다 박았다.

이 고모는 덩치 큰 여자로 지지리도 가난한 남자와 결혼해서 변변한 그릇 하나 없었으며, 남편은 집세를 내느라 쩔쩔맸다. 그러나 풀릿 부인이 털리버 부인과 단둘이 2층에 있을 때는 당연히 글레그 부인에게 불리한 의견이었다. 다음번에는 제인 언니가 어떤 놀라운 모습으로 나타날지 모른다는 데 자신 있게 의견이 일치했다. 그러나 어린 루시를 동반한 딘 부인이 나타나자 두 사람의 밀담은 중단되었다. 털리버 부인은 루시의 단정한 금발 곱슬머리를 아무 말 없이 비통하게 바라봐야 했다. 도슨가의 모든 자매 중 가장 마르고 창백한 딘 부인에게, 털리버 부인의 딸로 오해받을 만한 아이가 있다는 것은 언제나 아주 이상한 일이었다. 루시 옆에 있을 때면 매기는 늘 여느 때보다 두 배나 검게 보였다.

오늘 매기와 톰이 아버지와 글레그 이모부와 함께 정원에서 들어왔을 때, 그녀는 그렇게나 검게 보였다. 아무렇게나 모자를 벗어 던지고 말아 올린 컬이 다 풀려 머리가 부스스한 채 들어오더니, 매기는 곧 엄마 무릎 옆에 서 있는 루시에게 달려갔다. 확실히 사촌 간은 두드러지게 대비되고, 외모로 볼 때 매기에게 매우 손해였다. 비록 안목 있는 사람이 과연 루시의 흠잡을 데 없는 완벽함보다 매기에게서 성숙의 가능성을 더 많이 볼지도 모르겠지만 말이다. 두 소녀는 마치 거칠고 덩치 큰 검은 강아지와 눈부시게 하얀 강아지처럼 대조적이었다. 루시는 입을 맞추려고 깨끗하고 작은 장미 봉오리 같은 입술을 내밀었다. 그녀 주변의 모든 것은 단정했다. 산호 구슬 목걸이를 두른 가

늘고 둥근 목, 들창코가 아닌 자그마하고 곧은 코, 작고 또렷한 눈썹 등. 루시의 눈썹은 말아 올린 머리보다 더 짙어서, 매기를 바라보고 수줍게 기뻐하는 개암 빛 눈과 잘 어울렸다. 채 한 살도 차이 나지 않지만 매기의 키가 머리 하나는 더 컸다. 매기는 항상 루시를 보면 기뻐했다. 매기는 사람들이 자기 또래 아이 이상으로 자라지 않는 세계에 관해 상상하길 좋아했다. 그녀는 그 세계의 여왕이 머리에 왕관을 쓰고 손에는 작은 홀을 든 루시의 모습과 똑같다고 상상했다……. 그 여왕은 모습만 루시인 매기 자신이었다.

"오, 루시." 매기가 그녀에게 입을 맞춘 뒤 갑자기 소리쳤다. "톰하고 나랑 같이 있지 않을래? 오빠, 루시에게 입 맞춰줘."

톰도 루시에게 다가왔지만, 입 맞출 생각은 전혀 없었다. 이모와 이모부에게 "안녕하세요?"라고 인사하는 것보다야 쉬운 일이었기 때문에, 톰은 매기와 있는 루시에게 다가왔던 것이다. 그는 여러 사람과 있을 때면 수줍어하는 소년들에게서 흔히 볼 수 있듯이 낯을 붉힌 채 어색한 태도로 반쯤 미소를 지으며 서서, 특별히 어디에도 시선을 두지 않았다. 마치 실수로 어디에 들어왔다가 벌거벗은 모습을 보고 매우 당황한 소년의 표정과 비슷했다.

"야아!" 글레그 이모가 크게 힘주어 말했다. "애들이 이모부와 이모들을 못 본 체하면서 방에 들어온단 말이야! 내가 어렸을 땐 이렇지 않았어."

"애들아, 가서 이모와 이모부께 인사드려라." 털리버 부인이 걱정스럽고 우울한 얼굴로 말했다. 그녀는 가서 머리 좀 빗으라고 매기에게 귓속말하고 싶었다.

"그래, 잘 지내니? 착하지?" 글레그 이모는 여전히 큰 소리로 힘주어 말했다. 아이들과 악수할 때 자신의 큰 반지가 아이들을 아프게 해서 아이들이 싫어하는 것도 아랑곳하지 않고 그녀는 뺨에 입을 맞추었다. "고개 좀 들어라, 톰, 고개 좀 들어. 기숙학교에 갈 사내 녀석이 고개를 들어야지. 자, 나 좀 봐라." 톰이 손을 뒤로 빼려는 것으로 보아 톰은 틀림없이 그녀의 말을 거절했다. "매기, 머리 좀 뒤로 넘겨라. 가운은 어깨에 잘 걸치고."

글레그 이모는 마치 톰과 매기가 귀먹거나 좀 멍청하다고 생각하는 것처럼, 늘 이렇게 크게 힘주어 말했다. 그녀는 이렇게 해야 아이들이 스스로 책임 있는 사람이라 여기고 버릇없는 행동을 적당히 통제할 거라고 생각했다. 베시의 애들은 아주 버릇이 없다. 그 애들은 스스로 해야 할 의무를 생각나게 해줄 누군가가 필요하다.

"참, 얘들아." 풀릿 이모가 자비로운 목소리로 말했다. "너희들 몰라보게 많이 컸구나. 너무 빨리 커서 미처 못 따라가겠는걸." 그녀가 우울한 표정으로 아이들 머리 위로 애들 엄마를 바라보며 덧붙였다. "쟨 머리숱이 너무 많아. 얘, 나 같으면 그 머리카락 좀 짧게 잘라주겠다. 애 건강에도 좋지 않아. 저러니 저 애 피부가 까매진 것도 무리는 아니지. 안 그러니, 딘?"

"글쎄, 모르겠어요." 딘 부인은 다시 입술을 꼭 다물고는 매기를 매섭게 바라보았다.

"괜찮아요, 괜찮다니까요." 털리버 씨가 말했다. "저 앤 아주 건강해요. 아픈 데도 없고요. 하얀 밀도 있고 붉은 밀도 있는 법이죠. 검은 곡물을 제일 좋아하는 사람도 있어요. 그래도 애 엄마가 머리카락을 단정히 잘라주었더라면 좋았을 텐데."

매기의 마음속에서는 무서운 결심이 점점 더 커졌다. 그러나 딘 이모가 루시를 남겨둘 건지 알고 싶어서 그 결심을 억제했다. 딘 이모는 좀처럼 루시가 그들을 만나러 오게 해주지 않았기 때문이다. 온갖 이유로 거절한 뒤에, 딘 부인은 루시에게 직접 호소했다.

"루시, 엄마 없이 남고 싶지 않지?"

"아니요, 엄마. 여기 있게 해주세요." 가느다란 목 주위로 온통 분홍빛 물이 든 루시가 수줍게 말했다.

"잘했어, 루시! 여보, 남게 해주지그래." 영국 사회의 계층 어디서나 볼 수 있는 전형적인 체형의 딘 씨는 몸집은 크지만 빈틈이 없어 보였다. 대머리에 붉은 구레나룻과 훤한 이마, 둔해 보이지는 않았지만 전체적으로 단단한 인상 등. 귀족 중에서도, 식료품 장수나 날품팔이 노동자 중에서도 딘 씨 같은 사람을 볼 수 있을 것이다. 그러나 그와 외모가 비슷한 사람은 많아도, 그처럼 예리한 갈색 눈은 그리 흔치 않았다. 그는 은제 코담뱃갑을 손에 꼭 쥐고는, 가끔 털리버 씨와 코담배를 집어 교환했다. 털리버 씨의 담뱃갑은 은으로만 장식된 것이어서, 당연히 담뱃갑을 바꾸고 싶다는 털리버 씨의 농담이 두 사람 사이에 오갔다. 딘 씨의 담뱃갑은 그가 경영자로서 뛰어난 기여도를 인정받아 주식 배당을 받을 때, 상사에게서 함께 받은 것이었다. 딘 씨만큼 세인트오그스에서 존경받는 사람도 없었다. 도슨가에서 제일 기울게 결혼한 딸로 여겨졌던 수잔 도슨 양이 언젠가 풀릿 부인보다 더 좋은 마차를 타고 더 좋은 집에서 살게 될 거라 여긴 사람도 더러 있었다. 은행 부속 업체와 더불어 게스트 회사같이 큰 공장과 선박을 소유한 사업체에 발을 들여놓은 사람이 얼마나 출세할지는 알 수 없는 일이었다. 그리고 친한 친구들의 말처럼 딘 부인의 자존심은 대단했다. 즉 그녀는 뒷바라지를 못해서 남편의 출셋길을 가로막을 여자가 아니었다.

"매기." 털리버 부인은 루시가 머물기로 결정되자마자 매기를 곁에 불러서 귀에 대고 속삭였다. "가서 머리 좀 빗어라. 어서, 창피하구나. 마서에게 먼저 갔다가 들어오라고 내가 일렀지, 그치."

"오빠, 나랑 같이 나가." 매기는 톰의 옆을 지날 때 소매를 끌어당기면서 속삭였다. 톰은 기꺼이 따라갔다.

"같이 2층 가자, 오빠." 문밖으로 나오자 매기가 속삭였다. "저녁 먹기 전에 할 일이 있어."

"식사 전에 놀 시간 없어." 톰은 중간에 뭔가 한다는 걸 상상할 수 없었다.

"괜찮아, 이건 할 수 있어. 와봐, 오빠."

톰은 매기를 따라 2층 어머니 방으로 올라갔다. 그는 매기가 곧장 서랍으로 가서 커다란 가위를 꺼내는 걸 보았다.

"매기, 뭐 하려고?" 호기심을 느낀 톰이 물었다.

매기는 대답 대신 앞머리를 잡고는 이마 한가운데 머리카락을 싹둑 잘랐다.

"아니, 매기. 야단맞으려고!" 톰이 큰 소리로 외쳤다. "더 이상 자르지 않는 게 좋을걸."

싹둑! 톰이 말하는 동안 다시 큰 가위 소리가 났다. 그는 그 일을 재미있게 생각지 않을 수 없었다. 매기의 모습이 아주 우스꽝스러워질 테니 말이다.

"자, 오빠, 뒷머리 좀 잘라줘." 매기는 자신의 대담함에 흥분해서 벌인 일을 끝내고 싶어 했다.

"야단맞을 거야, 알지." 톰이 고개를 끄덕이며 훈계조로 말하고는, 가위를 받고 잠시 망설였다.

"걱정 마, 서두르라니까!" 매기는 발을 가볍게 굴렀다. 볼이 빨갛게 상기되어 있었다.

검은 머리숱은 무척 많았다. 조랑말의 갈기를 자르는 금단의 즐거움을 이미 맛본 소년에게 이보다 더한 유혹이 있을까. 나는 어지간히 뻣뻣한 머리카락을 가위로 자를 때의 만족감을 아는 사람에게 말하는 것이다. 유쾌하게 싹둑 잘리는 소리가 한 번, 또 한 번, 또 한 번. 이렇게 뒷머리카락이 마룻바닥에 무겁게 떨어졌다. 머리카락이 들쭉날쭉 고르지 않게 잘려 있었지만, 매기는 마치 숲 속에서 나와 시야가 탁 트인 들판에 들어선 것처럼, 거칠 것 없는 해방감을 느끼며 서 있었다.

"오, 매기." 톰은 그녀 주위를 뛰어다니면서 제 무릎을 치며 웃었다. "야, 너 엄청 이상해 보여! 거울 좀 들여다봐. 우리가 학교에서 호두 껍데기 던지며 놀렸던 바보 같아."

매기는 예기치 못했던 고통을 느꼈다. 그녀는 주로 자기를 괴롭히던 머리카락과 그것 때문에 듣던 귀찮은 잔소리로부터의 해방, 그리고 아주 단호한 이런 행동으로 어머니와 이모들에게 승리를 거둘 거라고 예상했었다. 그녀는 자기 머리를 예쁘게 보이고 싶지 않았다. 그것은 전혀 불가능한 일이었다. 단지 사람들이 자기를 영리한 소녀라 생각하고 흠잡지 않기만 바랐을 따름이다. 그러나 이제 톰이 그녀를 비웃으면서 바보 같다고 하자, 그 문제는 전혀 새로운 측면을 갖게 되었다. 매기는 거울을 들여다보았고, 톰은 여전히 웃으면서 손뼉을 쳤다. 매기의 상기된 뺨이 창백해졌고, 입술이 조금 떨렸다.

"오, 매기, 곧 밥 먹으러 내려가야 할 텐데, 맙소사!" 톰이 말했다.

"비웃지 마." 매기는 격렬하게 말했다. 그녀는 화가 나서 눈물을 왈칵 쏟으며 발을 구르더니 톰을 밀쳐버렸다.

"성미도 고약하군! 그럼 뭐 때문에 잘랐니? 난 내려갈 거야. 저녁 식사 시작하는 냄새가 나는데." 톰이 말했다.

톰은 서둘러 아래층으로 내려갔다. 그는 가여운 매기가 이제 돌이킬 수 없는 일을 저질렀다고 절망하게 내버려두었다. 이런 생각은 그녀의 어린 영혼이 거의 날마다 경험하던 것이다. 매기는 머리카락을 자르고 난 뒤 분명히 깨달았다. 그것은 매우 어리석은 일이며, 전보다 머리카락에 관해 잔소리를 더 많이 듣고 머리카락 생각을 더 많이 해야 한다는 것을. 매기는 격한 감정에 충동적으로 일을 저지른 것이었다. 그녀는 머리카락을 자른 행동에서 나온 결과뿐 아니라 그렇게 하지 않았다면 어떤 일이 벌어졌을까 하는 것을, 풍부한 상상력으로 모든 것을 세세히 과장해서 알 수 있었다. 톰은 결코 매기처럼 어리석은 짓을 저지르지 않았다. 그는 무엇이 자신에게 유리하거나 불리할지 놀라울 만큼 본능적으로 잘 파악했다. 그래서 톰이 매기보다 고집도 훨씬 세고 융통성도 없었지만, 어머니가 그를 말썽꾸러기라고 부르는 일은 거의 없었다. 그러나 만약 그런 실수를 저질렀다면, 톰은 그 실수를 불가피한 것이라 옹호하고 방관했다. 즉 그는 '개의치 않았던 것이다.' 그가 문에 채찍질을 해서 아버지의 말채찍 끈을 끊어버렸다 해도 어쩔 수 없는 일이고, 문의 돌쩌귀에 걸린 채찍이 잘못이었다. 톰 털리버가 문을 채찍으로 때린다고 해서 문을 채찍으로 때리는 모든 소년들의 행동이 정당화될 수는 없지만, 바로 톰 털리버는 그 문을 채찍으로 때려도 정당화될 거라 확신했으며 후회도 하지 않을 것이다. 그러나 매기는 거울 앞에 서서 울며 이런 생각을 했다. 톰과 루시, 식사 시중을 드는 케지아, 그리고 아마 아빠와 이모부들까지 나를 보고 웃을 텐데, 저녁 먹으러 아래층에 내려가 이모들의 매서운 눈초리와 심한 말을 어떻게 견딜까. 톰이 나를 보고 웃었다면 당연히 모든 사람이 웃을 텐데. 다만 머리카락을 그대로 두었다면 톰과 루시랑 앉아서 살구 푸딩과 커스터드를 먹을 수 있었을 텐데! 울 수밖에 없지 않은가? 그녀는 도살당한 양 떼들 사이에 엎드려 통곡하는 아이아스* 처럼, 검은 머리카락이 널려 있는 가운데 어찌할 바를 모

---

* 그리스 신화에 나오는 인물로 트로이 전쟁 때의 영웅. 소포클레스의 『아이아스』 참조.

르고 절망하며 앉아 있었다. 크리스마스에 내야 할 청구서와 죽은 애인, 그리고 깨져버린 우정을 생각해야 할 세파에 시달린 사람들에게는 이런 고민이 아마 매우 하찮게 보일 것이다. 그러나 매기에게는 이런 고민이 대조적으로 우리가 어른들의 인생에서 겪는 진짜 고민이라 부르는 것보다 덜 쓰라리지는 않았다. 아마 그 고민은 더 쓰라렸을 것이다. "애야, 이제 너도 진짜 고민을 하게 될 거다." 이런 말은 우리 대부분이 어린 시절에 들었던 위로이며, 성장한 뒤에 다른 아이들에게 되풀이해 준 위로이기도 하다. 낯선 곳에서 어머니나 유모를 잃었을 때, 우리는 모두 작은 양말을 신고 마른 맨살 종아리로 서서 너무나 가엾게 훌쩍거렸다. 그러나 오 년이나 십 년 전 겪은 고통을 기억하고 우는 것처럼, 그때 그 순간의 가슴 아팠던 일을 회상하고 울지는 않는다. 이처럼 날카로운 순간들은 하나하나 우리 마음에 상흔을 남기고 여전히 살아 있지만, 그와 같은 상흔은 청년이 되고 성인이 되면서 다시는 찾을 수 없게 보다 강한 기질과 섞여버린다. 그래서 우리는 미소 지으며 어린애가 겪는 고통을 볼 때, 실제로 아이들에게도 고통이 있다는 걸 믿지 않는다. 프록코트와 바지를 입었을 때 했던 일, 자기에게 일어났던 일, 그리고 자기가 좋아하고 싫어했던 일을 기억할 뿐 아니라, 기억을 친히 뚫고 들어가 생생히 의식하고 어린 시절의 경험을 되살리는 사람이 있을까? 그 당시 어느 해 여름에서 다음 여름까지 그렇게나 길었던 그 시절에 느꼈던 일, 즉 일부러 공을 잘못 던진다고 학교 친구들이 놀이에 끼워주지 않았을 때, 방학 중이던 어느 비 오는 날 재미있게 노는 방법을 몰라 빈둥대다 장난치고, 장난치다 반항하고, 반항하다 골났을 때, 또는 자기 또래 아이들이 이미 다 연미복을 입었는데도 어머니가 그 '학기'에는 절대로 연미복을 입혀주지 않겠다고 할 때 등. 정말 그 어린 시절의 괴로움과 막연한 추측, 그리고 강한 고통을 주었던 이상하게 원근감 없이 보이는 인생관을 회상할 수 있다면, 어린이들이 느끼는 슬픔을 비웃지 말아야 한다.

"매기 아가씨, 곧 내려와야 해요." 케지아가 급히 방으로 들어오며 말했다. "저런! 뭘 하고 있었던 거예요? 그런 흉한 꼴은 본 적이 없는데."

"그러지 마, 케지아." 매기는 화가 났다. "가버려!"

"하지만 아가씨, 당장 내려가야 해요. 어머니 명령이에요." 케지아가 매기 쪽으로 올라와 마룻바닥에서 일으키려고 매기의 손을 잡았다.

"저리 가, 케지아. 밥 먹기 싫어." 매기는 케지아의 팔을 뿌리치며 말했다. "안 갈 거야."

"좋아요, 난 여기 있을 수 없어요. 상 차리는 것 거들어야 해요." 케지아는 다시 나가버렸다.

"매기, 이 바보야." 톰이 십 분 후에 방 안을 들여다보며 말했다. "왜 와서 밥 안 먹어? 사탕 많이 있던데. 엄마가 오래. 이 바보야, 왜 울어?"

아, 너무했다! 톰은 너무나 무정하고 무심했다. 만약 그가 마루에서 울었다면, 매기도 덩달아 울었을 것이다. 게다가 매우 맛있는 식사가 있었고, 그녀는 무척이나 배가 고팠다. 몹시 고통스러운 일이었다.

그러나 톰이 아주 무정하지는 않았다. 그는 좀처럼 울지 않았으며, 매기가 슬픔 때문에 사탕을 마다하는 일은 없을 거라는 자기 예상이 빗나갔다고 생각지도 않았다. 하지만 그는 매기 가까이 가서 고개를 기울이고 달래는 투로 낮게 말했다.

"맥지, 안 갈래? 내 거 다 먹고 푸딩 좀 갖다줄까? 커스터드랑 다른 것도?"

"그으래." 매기는 세상이 전보다 좀 더 견딜 만해지는 것 같았다.

"좋아." 톰이 가면서 말했다. 그러나 문간에서 되돌아서며 말했다. "네가 오는 게 낫겠어. 후식이 있거든. 호두 말이야, 알지. 그리고 앵초주도 있어."

매기의 눈물이 멈췄다. 톰이 가버리자 그녀는 생각에 잠긴 것처럼 보였다. 톰의 친절한 마음이 그녀의 가슴 아픈 고통을 없애주었고, 앵초주와 더불어 호두가 진짜 영향력을 발휘하기 시작했다.

그녀는 흩어져 있는 머리카락들 사이에서 슬며시 일어나 아래층으로 천천히 내려갔다. 이윽고 그녀는 식당 문기둥에 한쪽 어깨로 기대어 서서, 문이 조금 열리자 안을 들여다보았다. 톰과 루시가 빈 의자를 사이에 두고 앉아 있는 게 보였고, 탁자 위에는 커스터드 과자가 있었다. 참을 수가 없었다. 살짝 안에 들어가 빈 의자 쪽으로 갔다. 그러나 앉자마자 후회했고 되돌아가고 싶었다.

털리버 부인은 매기를 보자 짧은 비명을 질렀다. 너무나

'놀라' 커다란 국자를 접시에 떨어뜨려 식탁보를 엉망으로 만들어버렸다. 여주인이 고기를 썰고 있을 때 충격을 주고 싶지 않아 케지아는 매기가 내려오지 않는 이유를 밝히지 않았고, 털리버 부인은 괜한 고집을 부린 벌로 매기에게 저녁을 절반 정도 못 먹게 하는 것 이상 문제될 게 없다고 생각했던 것이다.

털리버 부인이 비명을 지르자 시선이 모두 부인 쪽으로 쏠렸고, 매기의 두 뺨과 귀가 붉어지기 시작했다. 한편 친절해 보이는 백발의 노신사 글레그 이모부가 말했다.

"야! 이 어린 아가씨가 누구더라. 아니, 모르겠는데. 케지아, 네가 길에서 데려온 어린 아가씨냐?"

"오라, 가서 머리카락을 혼자 잘랐군." 털리버 씨가 매우 즐겁게 웃으면서 딘 씨에게 낮은 목소리로 말했다. "저런 꼬마 말괄량이를 본 적 있으세요?"

"아니, 꼬마 아가씨. 아주 우스꽝스러운 모습을 하셨군." 풀릿 이모부가 말했다. 아마 그는 평생 이처럼 남의 마음을 아프게 하는 말을 한 적이 없었을 것이다.

"저런, 부끄러운 줄 알아야지!" 글레그 이모는 매우 엄한 비난조로 크게 말했다. "자기 머리를 자르는 여자 애는 회초리로 때리고 빵과 물만 먹여야 해. 이모와 이모부들 옆에 앉지 마."

"그럼, 그럼." 글레그 이모부는 이 비난을 재미있게 만들려고 이렇게 말했다. "저 앨 감옥에 보내야 될 것 같아. 그럼 거기서 머리를 마저 깎아 고르게 다듬어줄걸."

"꼭 집시 같구나." 풀릿 이모가 동정 투로 말했다. "저 애 피부가 저렇게 까마니까 운이 영 안 좋은 거야. 사내 녀석은 제법 하얀데 말이야. 저렇게 까만 피부는 아마 저 애 앞날에 방해가 될 거야."

"저 앤 말썽꾸러기예요. 엄마 속을 푹푹 썩인다니까요." 털리버 부인이 눈물을 글썽이며 말했다.

매기는 비난과 조롱이 함께 어우러진 합창을 듣는 것 같았다. 처음에는 분노 때문에 얼굴이 붉어졌고, 그 분노는 잠시나마 도전할 힘을 주었다. 톰은 매기가 조금 전에 나온 푸딩과 커스터드 과자 덕분에 용감하게 버틴다고 생각했다. 그는 속삭였다. "거봐, 매기, 혼날 거라고 했잖아." 그는 다정하게 위로할 심산이었지만, 매기는 톰이 자기가 모욕당하는 걸 기뻐한다고 확신했다. 간신히 버티던 힘이 순식간에 빠져, 가슴이 미어졌다. 그녀는 의자에서 벌떡 일어나 아빠에게 달려가 아빠 어깨에 얼굴을 파묻고 큰 소리로 울음을 터뜨렸다.

"그만, 그만, 에구 내 새끼." 아버지가 두 팔로 딸을 감싸주며 달랬다. "괜찮아. 머리카락이 귀찮아서 잘라버린 거라면 잘했다. 뚝 그쳐. 아빠가 네 편 들어주마."

이 다정한 말에 얼마나 기뻤는지! 매기는 아버지가 '자기편을 들어준' 순간을 단 한 번도 잊지 않았다. 그녀는 그런 순간을 가슴에 새겼고, 오랜 세월이 흘러 모두 아버지가 자식들에게 아주 잘못했다고 말하게 된 때도 그 순간을 기억해 냈다.

"베시, 네 남편이 저 앨 망치는구나!" 글레그 부인은 다른 사람이 '모두 들으라고' 털리버 부인에게 큰 소리로 말했다. "네가 신경 쓰지 않으면 영 글러먹겠어! 우리 아버지는 자식을 저렇게 키우진 않았단다. 그러지 않았다면 우리 집안은 지금과 달랐을 거야."

그 순간 털리버 부인의 가정에 관한 슬픔은 무감각한 지점에 도달한 것 같았다. 그녀는 언니 말에 전혀 주의를 기울이지 않았지만, 모자 끈을 뒤로 넘기고 체념한 듯 말없이 푸딩을 나눠 주었다.

후식이 나오자 매기는 완전히 해방되었다. 날씨가 좋으니 아이들은 호두와 과실주를 가지고 정자에 가서 먹어도 좋다는 허락을 받은 것이다. 아이들은 볼록 렌즈 밑에서 도망쳐 버리는 작은 동물처럼 민첩하게 싹이 트기 시작한 정원 관목 사이로 달려 나갔다.

털리버 부인이 이것을 허락한 데는 특별한 이유가 있었다. 이제 식사가 끝나 사람들 마음이 다 한가해져서 톰에 관한 털리버 씨의 의중을 전하기에 적합한 때였고, 당사자인 톰이 이 자리에 없는 게 좋을 터였다. 아이들은 새처럼 자유롭게 자기들 얘기를 듣곤 했는데, 아무리 목을 길게 늘여 들어봐야 아무것도 이해하지 못했다. 그런데 이번 경우 털리버 부인은 여느 때와 달리 신중한 태도를 보였다. 최근에 그녀는 공부하러 목사에게 가는 게 톰에게는 괴로운 일이라는 증거를 잡은 것이다. 톰은 이 일이 공부하러 순경에게 가는 것과 마찬가지라고 여겼다. 글레그 언니나 풀릿 언니가 뭐라 하든지 남편은 자기 하고 싶은 대로 할 것이다. 하지만 털리버 부인은 만약 일이 잘못되더라도, 적어도 자기가 친척들에게 한마디도 알리지 않고 남편의 어리석은 행동에 동의했다고 언니들이 말할 수 없을 거라는 생각에 한숨을 내쉬었다.

"털리버 씨," 그녀는 딘 씨와 남편의 대화를 가로막았다. "지금이 톰에 관한 당신 생각을 애들 이모와 이모부들에게 말하기 좋은 때 아닌가요?"

"좋아." 털리버 씨는 조금 날카롭게 말했다. "그 애에게 어떻게 할 건지 다른 사람들에게 말하는 것 반대 안 해. 난 결정했어요." 그는 글레그 씨와 딘 씨 쪽을 바라보며 이렇게 덧붙였다. "스텔링 씨에게 우리 아일 보내기로 했어요. 저기 킹스 로턴에 사는 목사인데, 보기 드물게 똑똑한 사람이에요. 내가 알기로는 우리 애에게 거의 모든 걸 가르쳐줄 사람이지요."

그 자리에 모인 사람들이 부스럭거리며 놀라움을 나타냈다. 시골 교회 모임에서 평일에 일어난 사건을 목사에게서 들을 때 볼 수 있는 그런 놀라움이었다. 털리버 씨의 가정사에 목사가 개입되었다는 사실을 안 것은 이모나 이모부들에게도 마찬가지로 놀라운 일이었다. 풀릿 이모부로 말하자면, 털리버 씨가 톰을 대법관에게 보낼 거라고 말했더라도 이보다 더 당황하지는 않았을 것이다. 왜냐하면 풀릿 이모부는 폭이 넓은 고급 나사 옷을 입고, 높은 지방세와 국세를 내고, 교회에 다니며, 일요일에는 특별히 훌륭한 만찬을 먹지만, 영국 교회와 국가 조직에 태양계나 항성들 이상으로 추적할 만한 기원이 있다고는 꿈도 꿔보지 못한, 지금은 사라진 영국 소지주 계급에 속해 있기 때문이다. 풀릿 씨가 일종의 준남작으로서, 주교란 성직자일 수도 있고 아닐 수도 있다는 식으로 혼동한 것은 우울한 일이지만 사실이었다. 그의 교구 목사는 상류 가정 출신의 재력가였으므로, 목사가 선생님이 된다는 것은 풀릿 씨의 경험과는 너무나 동떨어진 생각이라 쉽게 상상을 할 수 없었다. 지금처럼 잘 교육받은 시대에는 풀릿 이모부의 무지가 쉽사리 믿어지지 않는다는 걸 나는 안다. 그러나 그들이 좋은 환경에서 천부적으로 위대한 능력이 가져오는 놀라운 결과에 대해 생각하도록 내버려두자. 풀릿 이모부는 무식에 매우 천부적인 재능이 있었다. 맨 먼저 그가 놀라움을 표시했다.

"아니, 왜 그 앨 목사에게 보낸다는 건가?" 그는 깜짝 놀라 눈을 반짝이면서, 다른 사람은 이해했는지 글레그 씨와 딘 씨를 바라보았다.

"그야 내가 아는 바로는 목사가 최고의 선생님이기 때문이죠." 이 미로처럼 영문 모를 세상에서 어떤 단서든지 아주 재빨리 집요하게 붙잡는 가련한 털리버 씨가 말했다. "아카데미 학교의 제이콥스는 목사가 아니었죠. 그는 그 애를 영 잘못 가르쳤어요. 그래서 나는 그 애를 다시 학교에 보내야 한다면, 제이콥스와는 아주 다른 사람이어야 한다고 생각했죠. 내가 아는 바로는, 이 스텔링 씨는 내가 원하는 바로 그런 사람이에요. 그래서 세례 요한 축일에 우리 애를 그분에게 보낼 작정이에요." 그는 코담뱃갑을 가볍게 두들겨 담배를 조금 꺼내면서 단호하게 말을 끝맺었다.

"그럼 반년마다 많은 청구액을 내야겠군, 털리버? 목사들이란 대체로 고고한 생각을 갖고 있지." 딘 씨는 중립적 위치를 유지하고 싶을 때면 늘 그랬듯이 코담배를 열심히 들이마시며 말했다.

"글쎄, 그 애가 좋은 밀을 알아보게 그 목사가 가르쳐줄 거라 생각하나, 동서?" 글레그 씨가 말했다. 그는 농담을 좋아했고, 사업에서 은퇴했으니 매사를 농담조로 바라보아도 될 뿐 아니라 자기에게 어울린다고 생각했다.

"아, 눈치 챘겠지만 내 머릿속에는 톰에 관해 한 가지 계획이 있어요." 털리버 씨는 이렇게 말한 뒤 잠시 쉬었다가 안경을 집었다.

"글쎄, 이런 말 해도 될지 모르겠지만, 하기야 그런 일은 좀처럼 없겠지만," 하고 글레그 부인이 신랄한 의미를 담고 말했다. "자기 분수 이상으로 가르쳐 그 애에게 무슨 유익이 있을지 알고 싶군요."

"글쎄요," 털리버 씨는 글레그 부인보다 부인의 남편을 보며 말했다. "알다시피 톰이 내 사업을 물려받게 교육시키지는 않기로 결심했어요. 내내 그렇게 생각했지요. 가넷과 그 아들을 보고 그렇게 마음먹었어요. 자본 없이도 할 수 있는 사업을 시킬 생각이에요. 그 애가 변호사 같은 사람들과 대등해지고 가끔 내게 어떤 생각을 알려줄 만한 교육을 시키고 싶어요."

글레그 부인은 꼭 다문 입술로 연민과 조소가 뒤섞인 미소를 지으며 목구멍으로 긴 소리를 낸 다음 이렇게 말했다.

"어떤 사람에게는 변호사를 건드리지 않는 게 훨씬 좋을 수도 있다오."

"그럼, 그 목사는 마킷 불리의 교장 같은 고전 문법학교 교장인가?" 딘 씨가 물었다.

"아니에요, 그렇지 않아요." 털리버 씨가 말했다. "그는 학생을 두세 명 이상은 받지 않아요. 그러니 맡은 학생을 돌볼 시간이 더 많겠지요."

"아하, 그럼 교육도 더 일찍 끝내겠군. 두세 명의 학생이라면 한꺼번에 많이 배울 수도 없으니까." 풀릿 이모부는 자기가 이 어려운 문제에 관해 매우 통찰력이 있다고 생각했다.

"그렇지만 수업료를 더 많이 요구할 텐데." 글레그 씨가 말했다.

"아, 아, 에누리 없이 연간 100파운드예요. 그게 다예요." 털리버 씨는 자기가 용기를 갖고 정한 방향에 다소 자부심을 느꼈다. "말하자면 투자 같은 거죠. 톰이 받는 교육은 큰 밑천이 될 거예요."

"그래, 그 말엔 일리가 있어." 글레그 씨가 말했다. "그럼, 그렇고말고. 동서, 자네 말이 옳아, 자네가 옳을지도 몰라.

'땅도 없어지고 돈도 다 써버렸을 때,
그땐 학문이 제일이더라.'

어느 집 창문에 이렇게 두 줄로 쓰여 있는 걸 벅스턴에서 본 기억이 나는군. 그러나 우린 배운 게 없으니 돈을 간직하는 게 낫겠지. 안 그런가, 동서?" 글레그 씨는 풀릿 씨를 보고 말하며 무릎을 문질렀고 썩 즐거워 보였다.

"글레그, 당신에게 놀랐어요." 글레그 부인이 말했다. "가족을 거느린 나이깨나 든 양반이 그런 말을 하다니 참 어울리지 않는군요."

"뭐가 안 어울린다는 거요, 여보?" 글레그 씨는 모여 있는 사람들에게 유쾌하게 윙크를 보냈다. "내가 입고 있는 푸른 새 코트 말이야?"

"당신의 어리석음이 딱하다고요. 친척이 곧 망하게 된 걸 보면서도 농담이나 하는 게 어울리지 않는단 말이에요."

"날 두고 하시는 말씀이라면." 털리버 씨는 상당히 화가 났다. "나 때문에 걱정하실 필요 없습니다. 다른 사람들에게 폐 끼치지 않고 내 일은 알아서 처리할 수 있습니다."

"아 참," 딘 씨가 지혜롭게 다른 생각을 끌어들였다. "이제 생각났는데, 웨이컴이 '자기' 아들을, 그 불구 아들 말이야, 목사에게 보낸다고 누가 그러던데. 안 그래, 수잔?"(그는 아내에게 도움을 청했다.)

"그 일에 대해선 정말이지 아무 말도 못 하겠군요." 딘 부인은 다시 입술을 꼭 다물었다. 딘 부인은 총알이 날아다니는 전투 현장에 뛰어들 여자가 아니었다.

털리버 씨는 자기가 글레그 부인 말에 개의치 않는다는 사실을 보여주려고 더한층 쾌활하게 말했다. "글쎄, 웨이컴이 아들을 목사에게 보낼 생각이라면, 톰을 목사에게 보내려는 내 생각도 확실히 잘못된 건 아니군요. 웨이컴은 사탄이 만들어낸 최고 악당이죠. 하지만 자기와 관련된 사람들 약점이라면 모두 알고 있지요. 그래, 누가 웨이컴의 도살자인지 말해 보세요. 그럼 여러분의 고기를 어디서 얻을지 말해 드리리다."

"하지만 웨이컴 변호사의 아들은 꼽추야." 만사를 우울하게 보는 풀릿 부인이 말했다. "그 애를 목사에게 보내는 게 더 당연하지."

"그래." 글레그 씨는 풀릿 부인의 말을 그럴듯하지만 잘못 해석하고는 이렇게 말했다. "동서, 그 점을 고려해야지. 웨이컴의 아들은 아무 일도 못 할 거야. 웨이컴은 그 애를 신사로 만들 거야. 가엾은 사람이지."

"글레그." 글레그 부인이 말했는데, 그 어조는 참으려 했지만 들끓는 화를 감출 수 없음을 드러냈다. "당신은 입다물고 있는 게 훨씬 낫겠어요. 털리버 씨는 당신이나 내의견을 듣고 싶어 하지 않아요. 세상에는 누구보다 더 잘안다고 생각하는 사람들이 있거든요."

"참, 처형 얘기를 믿을 사람은 바로 처형 같군요." 털리버 씨는 다시 화가 났다.

"어머, 난 아무 말 안 했는데요." 글레그 부인이 빈정거렸다. "충고를 부탁받은 적이 없으니, 충고도 안 했지요."

"그럼 이번이 처음이겠네요." 털리버 씨가 말했다. "부탁하지 않아도 너무나 쉽게 충고해 주시니 말예요."

"너무나 쉽게 충고해 준 적은 없어도, 너무나 쉽게 돈을 빌려준 적은 있지요." 글레그 부인이 말했다. "돈을 빌려준 친척은 있지요. 아마 돈 빌려줬던 일을 후회하지만요."

"자, 그만, 그만." 글레그 씨가 달래듯이 말했다. 그러나 털리버 씨는 글레그 씨 말에 방해받지 않고 응수했다.

"그 돈에 대한 차용 증서를 갖고 계실 텐데요. 그리고 지금까지 오부 이자를 받아왔을 텐데요, 친척이든 아니든."

"언니," 털리버 부인이 간청하듯 말했다. "와인 좀 마셔요. 아몬드와 건포도 좀 갖다 드릴게요."

"베시, 딱하구나." 글레그 부인이 말했다. 다분히 그녀는 몽둥이 없는 사람에게 짖을 기회를 얻은 들개와 같은 심정이었다. "이 상황에 아몬드와 건포도 얘길 하다니, 한심하구나."

"아이고, 언니, 그렇게 싸우지 마세요." 풀릿 부인이 조금 울기 시작했다. "식사 후에 저렇게 얼굴이 빨개지면 발작 때문에 졸도할지 몰라요. 우리 모두 이제 막 상복을 벗었는데, 다같이 상장 달린 가운을 이제 막 벗었는데. 자매끼리 싸우는 건 좋지 않아요."

"좋지 않은 일이라고 생각해야겠지." 글레그 부인이 말했다. "일부러 싸움이나 걸고 욕이나 하자고 형제들을 자기 집에 초대한다면 심각한 일이야."

"제인, 조용, 조용히 해. 합리적으로, 합리적으로." 글레그 씨가 말했다.

그러나 그가 말하는 동안 화가 나서 제대로 말하지 못했던 털리버 씨가 다시 큰 소리로 말문을 열었다.

"누가 싸우고 싶어 한다는 겁니까? 사람을 내버려두지 않고 내내 괴롭히는 사람은 바로 처형이잖아요. 자기 분수를 지킨다면, 어떤 여자하고도 싸우고 싶지 않아요."

"자기 분수라고, 정말!" 글레그 부인이 더 날카롭게 말했다. "털리버 씨, 당신보다 지체 높은 사람들이 죽어 무덤에 있긴 하지만, 그들은 지금 당신의 행동과는 달리 날 존중했어요. 집안에 잘못 결혼한 사람이 없었다면 절대 그러지 못했을 사람에게 모욕당하는 내 꼴을 남편은 옆에 앉아 보고 있지만 말이에요."

"그렇게 말한다면, 우리 가문도 당신네 가문만큼 훌륭해요. 차라리 더 낫죠. 우리 집안에는 성질 못된 여자는 없으니까."

"뭐라고요!" 글레그 부인이 자리에서 일어났다. "글레그, 당신은 옆에 앉아 내가 욕이나 먹는 게 좋을지 모르겠지만, 난 이 집안에 한시도 더 못 있겠어요. 남아 있다가 마차 타고 와요. 난 집에 걸어갈 테니."

"여보, 여보!" 글레그 씨는 아내 뒤를 따라가며 침울하게 말했다.

"털리버, 어쩌면 그렇게 말할 수 있어요?" 털리버 부인이 눈물을 글썽이며 말했다.

"가게 내버려둬." 털리버 씨는 너무 화가 난 나머지 부인이 눈물을 펑펑 흘린다 해도 진정할 수 없었다. "가게 내버려둬, 빨리 가면 더 좋지. 이제 두 번 다시 날 쥐고 흔들려 하지 않겠지."

"언니." 털리버 부인이 풀릿 부인에게 무력하게 말했다. "언니가 따라가서 진정시키는 게 낫지 않겠어요?"

"안 그러는 게 낫지, 안 그러는 게 낫다고." 딘 씨가 말했다. "나중에 처제가 원만히 수습해."

"그럼 언니들, 가서 애들 볼까요?" 털리버 부인이 눈물을 닦으며 말했다.

이보다 더 적합한 제안은 없었을 것이다. 털리버 씨는 여자들이 방에서 나가자 눈에 거슬리는 파리를 공중에서 없애버린 바로 그런 기분이었다. 그는 딘 씨와 이야기하기를 제일 좋아했다. 딘 씨는 사업에 열심이어서 그에게서 그런 즐거움을 얻기란 아주 드문 일이었다. 털리버 씨는 자기가 아는 사람 중에서 딘 씨가 가장 유식한 사람이라고 생각했다. 게다가 딘 씨의 말투는 신랄해서, 조금 미숙하거나 자기 의사를 잘 표현하지 못하는 털리버 씨의 말버릇을 그런 식으로 유쾌하게 보완해 주었다. 이제 여자들이 나가버리자, 그들은 사소한 일에 방해받지 않고 진지하게 이야기를 나눌 수 있었다. 그들은 웰링턴 공작*에 관해 의견을 나누었다. 웰링턴 공작은 가톨릭교도에게 투표권을 부여하는 문제에 관한 행동 때문에 전혀 새로운 각도에서 그의 성격을 조명받게 되었다. 또한 워털루 대전에서 그가 한 행동**을 이야기할 수도 있었다. 털리버 씨가 특히 이 문제를 잘 아는 사람에게 들은 바로는, 때마침 도착한 블뤼허 장군과 프로이센인들은 말할 것도 없고 그를 지지하는 많은 영국인이 없었다면 웰링턴은 결코 승리하지 못했을 것이다. 여기서 약간 의견 차이가 났지만, 딘 씨는 프로이센인들에게 큰 공을 돌리고 싶지 않다고 말했다. 만족스럽지 못한 단치히(Dantzic) 맥주 거래와 더불어 선박 건설 때문에, 딘 씨는 대체로 프로이센인의 용기를 조금 낮

---

* 영국의 군인이자 정치가로서 워털루에서 나폴레옹 군을 격파하고 파리를 점령했다.
** 웰링턴은 1828년에 영국 수상이 되어 구교도 해방령을 내렸다.

게 평가했다. 이 문제에서 다소 밀린 털리버 씨는 영국이 다시 예전처럼 되지 못할까 봐 두렵다고 말했다. 그러나 계속 수익이 증대되는 회사에 재직하는 딘 씨는 당연히 현재를 더욱 긍정적으로 평가했다. 그는 특히 짐승 가죽과 아연의 수입 상태를 자세히 설명했다. 영국이 가톨릭교도와 급진주의자들에게 전적으로 희생되어 정직한 사람에게 더 이상 기회가 없는 그런 시대를 한층 더 머나먼 장래 일로 보이게 함으로써, 털리버 씨의 상상력을 위로해 주었다.

풀릿 이모부는 옆에 앉아 눈을 반짝이며 이런 고상한 문제에 귀를 기울였다. 그 자신은 정치를 이해하지 못했다. 정치는 타고난 재능이라 생각했다. 그러나 그가 이해한 바로는, 그 웰링턴 공작이란 사람은 기대만큼 훌륭한 인물이 아니라는 것이었다.

# 8
## 털리버 씨가 약한 마음을 보이다

"글레그 언니가 돈을 돌려달라고 한다면, 당신이 지금
당장 500파운드를 장만하긴 아주 어려울 텐데요." 그날 저
녁 털리버 부인은 낮에 있었던 일을 서글프게 돌이켜보며
남편에게 말했다.

털리버 부인은 남편과 십삼 년을 살아왔지만, 여전히 신
혼 때처럼 자기가 바라는 것과는 정반대로 남편을 몰아가
는 말솜씨가 있었다. 놀랍게도 어떤 사람들은 이런 식으로
한창때를 간직하고 있다. 그것은 마치 아주 늙은 금붕어가
어항 유리를 넘어 곧바로 헤엄칠 수 있다는 소싯적 환상을
죽을 때까지 간직하는 것과 같다. 털리버 부인은 말하자면
이런 귀여운 물고기였고, 십삼 년간 한결같이 자신을 막는
환경에 머리를 부딪치고도 오늘 다시 활기차고 민첩하게
머리를 부딪친다.

털리버 부인의 이 말을 듣자 털리버 씨는 500파운드의

돈을 마련하는 게 전혀 어렵지 않은 일임을 곧 확신하게
되었다. 요새 누가 저당을 잡지 않고 선뜻 돈을 빌려주겠
냐고, 절대 저당 잡히지 않겠다고 그가 호언장담했던 물방
앗간과 집을 저당 잡히지 않고 어떻게 그 돈을 장만하겠느
냐고 털리버 부인이 다그쳤다. 털리버 씨는 화가 나서, 글
레그 부인이 자기 돈을 달라고 할 테면 하라면서, 어쨌든
자기는 저당을 잡히든 잡히지 않든 간에 그 돈을 갚겠다고
선언했다. 그는 처형들 신세를 지지 않을 생각이었다. 어
떤 남자든 자매가 많은 집안 딸과 결혼했을 때는 참아야
할 일이 많았을 것이다. 그러나 털리버 씨는 참지 않기로
했다.

털리버 부인은 나이트캡을 쓸 때 말없이 찔끔거리며 조
금 울었다. 그러나 내일 아이들을 데리고 가룸 퍼스에 차
마시러 가서 풀릿 언니에게 모든 일을 상의해 보겠다는 생
각에 마음이 가라앉아 곧 맘 편히 잠들었다. 상의를 한다
고 해서 분명한 결론이 날 거라 기대한 것은 아니지만, 불
평해도 변하지 않을 만큼 지난 과거의 사건이 그렇게 고치
기 힘들 듯하지는 않았던 것이다.

오히려 남편은 더 오랫동안 잠을 이루지 못했다. 그도
내일 방문을 생각했고, 그 문제에 대한 그의 생각은 사랑
스러운 아내의 생각처럼 그렇게 애매하고 편하지 않았기
때문이다.

털리버 씨는 어떤 강렬한 감정에 사로잡히면 신속하게
행동하는 사람이었다. 이것은 그가 보다 더 냉정하게 심사
숙고한, 복잡하고 이해하기 어려운 인간사를 고통스럽게

인식하는 것과는 모순되는 듯 보일 것이다. 그러나 이렇게 표면상 반대되는 두 현상 간에 직접적인 관계가 있다는 것은 사실 가능하다. 실타래가 엉켜 있다는 인상을 강하게 갖기 위해서는, 실 한 가닥을 성급하게 잡아당기는 일만한 게 없다는 걸 나는 관찰해 왔기 때문이다. 이런 신속함 때문에 털리버 씨는 다음 날 점심 식사를 마치자마자 곧 말에 올라탔다.(그에게는 소화불량이라는 게 없었다.) 여동생 모스 부부를 만나러 배싯으로 떠났다. 글레그 부인에게 500파운드의 빚을 갚겠다는 단호한 결심 때문에, 당연히 모스 매제에게 꿔준 300파운드짜리 약속 어음이 생각났던 것이다. 매제가 정해진 기간 내에 그 돈을 이럭저럭 갚는다면, 마음 약한 사람들의 눈에는 털리버 씨의 활기찬 걸음이 아마도 지쳐 보이는 나쁜 형편에 대한 잘못된 인상을 크게 줄여주었을 것이다. 그런 사람들은 어떤 일이 쉽다고 확실히 자신하기 전에 일이 어떻게 될 것인지 정확히 알고 싶어 한다.

왜냐하면 털리버 씨는 새롭지도 인상적이지도 않은 처지에 놓여 있었는데, 다른 일상적인 일처럼, 결국은 느끼게 될 그간 쌓인 결과를 겪어야 하기 때문이다. 그는 실제보다 훨씬 더 알부자로 여겨졌다. 그리고 세상이 우리에 관해 생각하는 바를 우리 모두가 쉽게 믿으려는 것처럼, 그는 실패나 파산을 생각할 때면 목이 길고 야윈 사람이 목이 짧고 뚱뚱한 이웃 사람의 졸도 소식을 들었을 때와 같은 막연한 동정심을 습관적으로 느꼈다. 그는 자기 소유의 물방앗간을 운영하고 많은 토지를 지닌 사람이 누릴 수 있는 여러 가지 이점에 관해 항상 유쾌한 농담을 들곤 했다. 이런 농담 때문에 그는 당연히 자신이 상당한 재산가라 생각했다. 그 덕에 장날 마시는 술 맛이 달콤했다. 반년마다 내는 지불금만 없다면, 털리버 씨는 물방앗간과 가옥이 2,000파운드에 저당 잡혀 있다는 사실을 정말 잊어버렸을 것이다. 전적으로 그의 잘못만은 아니었다. 그중 1,000파운드는 여동생 소유의 재산이어서, 여동생이 결혼할 때 그가 그 돈을 지불해야 했던 것이다. 이웃들이 그에게 소송을 제기하면 그의 저당을 갚지 못할지도 모른다. 특히 치사하게 차용 증서 같은 것은 쓰지 않고 100파운드를 빌리려는 친지들 사이에서 그의 평판이 좋았다면 더욱 그렇다. 우리 친구 털리버 씨의 마음씨는 착했던 것이다. 그는 누이동생을 매몰차게 거절하고 싶지 않았다. 그녀는 자매들의 특성대로 수적으로 세상에 넘치게 태어나 불가피하게 저당을 잡혀야 했을 뿐 아니라, 스스로 형편없는 상대와 결혼하는 데 자신을 던져버리고도 여덟째 아이를 출산함으로써 설상가상으로 실수를 저질렀던 것이다. 털리버 씨는 이 점에 관해 마음이 좀 약했다는 걸 깨달았지만, 불쌍한 그리티가 모스와 결혼하기 전에는 예쁜 처녀였다고 스스로에게 변명을 했다——그는 가끔 좀 떨리는 목소리로 이렇게 말하곤 했다. 그러나 오늘 아침 그는 자신이 좀 더 사업가다운 사람이 된 기분이었다. 그는 장이 서는 소도시에서 너무나 멀리 떨어져, 바큇자국이 깊이 패어 있는 배싯의 좁은 길을 따라 말을 타고 갔다. 그곳에서는 농작물과 거름을 끌어내는 노력으로, 그 교구를 이룬 그런 빈곤한 땅에서 나는 최고의 수익을 충분히 가져갔다. 그는 말을 타고 가는 동안 당연히 돈 한 푼 없는 모스에게 화가 났다. 모스는 가축의 전염병과 식물의 고사병이 유행하면 어김없이 그런 병에 걸렸고, 진창에서 꺼내주려 하면 할수록 점점 더 깊이 들어가는 그런 사람이었다. 그가 300파운드를 마련해야 한다면, 그것은 차라리 모스에게 해롭다기보다 잘된 일일 것이다. 즉 그는 이 일로 자기 처지를 더 잘 알게 될 것이며, 올해는 작년처럼 양모를 그렇게 어리석게 처분하지 않을 것이다. 사실 털리버 씨는 매제를 너무 너그럽게 대해 왔다. 이 년간 이자도 안 받고 내버려뒀기 때문에, 모스는 원금 걱정을 안 해도 된다고 생각했을 것이다. 그러나 털리버 씨는 그렇게 빌빌대는 사람을 더는 봐주지 않기로 결심했다. 배싯의 좁은 길로 말을 타고 가느라 성질이 누그러져서 그의 결심이 약해질 것 같지는 않았다. 겨울 중에서도 가장 진창이 심한 날 깊게 팬 말발굽 자국 때문에 그의 몸이 가끔 흔들렸다. 말발굽 때문이든 아니든, 그 흔들림은 어쩌면 이런 길의 상태와 뭔가 관련 있는 악마에게 성급하지만 자극적으로 욕설을 퍼붓고 싶게 한다. 그의 눈에 띈 많은 지저분한 땅과 손질 안 된 울타리는 어느 것도 모스의 농지가 아니었지만, 그 불운한 농부에게 몹시 불만을 갖게 했다. 그것이 모스의 휴경지가 아니라면, 과거에는 그의 소유였을지 모른다. 배싯은 다 비슷했다. 털리버 씨 의견에 따르면 배싯은 가난에 찌든 교구였고, 그의 의견이 전혀 근거 없는 것은 아니었다. 배싯에 있는 토지는 척박하고 길은 형편없고, 부재 지주는 가난했으며, 부재 교구 목사도 가난했고, 다른 몇몇 교구를 공동으로 맡고 있는 부목사도 가난했다. 누군가 환경을 극복하려는 인간의 정신력에 깊이 감동되어, 배싯의 교구민들이 그런데도 매우 탁월한 계층의 사람이라 주장한다면, 그런 추상적 주장에 반대할 이유가 내게는 없다. 다만 내가 알기로 실제로 배싯의 정신은 그 척박한 환경과 엄밀히 일치하고 있다. 낯선 사람이 보기에는 서로 이어져 있을 뿐 어디로도 갈 수 없을 듯한, 풀밭이나 진창길은 실은 먼 국도와 간신히 연결된다. 그러나 공식적으로는 '마키스 오브 그랜비'로 불리지만 친한 사람들 사이에서는 '디키슨 집'이라 불리는 유흥의 중심지로 배싯 사람들은 더 자주 갔다. 바닥에 모래가 깔린 낮은 천장의 큰 방, 눈에 띄지 않는 맥주 찌꺼기로 연해진 희미한 담배 냄새, 어젯밤 촛농이 녹아버린 촛불처럼 햇빛과 무관해 보이는 우울한 여드름투성이 얼굴로 문간에 기대 서 있는 디키슨 씨. 이 모든 것은 사람을 강하게 끌어당기는 유혹으로 보이지 않을 것이다. 그러나 대부분의 배싯 사람들은 겨울철 오후 4시경 길에서 우연히 만났을 때 그것이 치명적인 유혹임을 알고 있다. 배싯의 부인들은 누구든지 자기 남편이 방종한 사람이 아니라는 걸 알리고 싶을 때 그 사실을 가장 효과적으로 강조하는 방법은 남편이 작년 성신 강림절*부터 올 성신 강림절까지 일 년 내내 디키슨 씨 집에서 한 푼도 낭비하지 않았다고 말하는 것이었다. 확실히 오늘처럼 오빠가 남편

---

* 부활절 이후 제7 일요일.

에게서 흠을 잡으려 할 때, 모스 부인은 남편에 대해 여러 번 이런 변명을 늘어놨다. 틸리버 씨의 마음을 가장 잘 달래주는 것은 농장 대문이 움직이는 모습이다. 그가 승마용 채찍으로 문을 열려 하자마자, 윗경첩이 없는 문이 쓰러져 말과 사람의 정강이를 위태롭게 만들었다. 그는 말에서 내려, 커다란 목조 건물 때문에 어두운 그늘이 진 습하고 더러운 텅 빈 농장 마당을 지나, 높은 방죽 위에 길게 한 줄로 늘어선 막 쓰러질 듯한 살림집으로 말을 끌고 올라가려던 참이었다. 그런데 마침 한 목동이 등장하여 그가 마음먹었던 계획, 즉 그곳을 방문하는 동안 말에서 내려오지 않겠다는 계획이 수포로 돌아가지 않게 해주었다. 사람이 냉정해지려면, 내내 안장에 앉아 간청하는 사람의 눈보다 높은 위치에서 먼 지평선을 내려다보며 말하라. 모스 부인은 말발굽 소리를 들었다. 오빠가 말을 타고 왔을 때 그녀는 얼굴에 지친 미소를 띤 채 까만 눈의 아기를 팔에 안고 이미 부엌문 밖에 나와 있었다. 모스 부인의 얼굴은 오빠와 어렴풋이 조금 닮았다. 엄마 뺨을 누르고 있는 아기의 앙증맞고 통통한 손이 엄마의 시든 뺨을 더욱 또렷이 보여주는 듯했다.

"오빠, 만나서 반가워요." 그녀는 다정하게 말했다. "오늘 오빠가 오실 줄은 몰랐네요. 안녕하시죠?"

"그래…… 잘 지내, 모스 부인…… 잘 지내." 누이가 그렇게 안부를 물은 것이 너무 주제넘은 일이라도 되는 것처럼, 오빠는 일부러 냉정하게 대답했다. 그녀는 오빠 기분이 좋지 않다는 걸 즉시 알아차렸다. 그는 화가 나거나 사람들이 있을 때가 아니면 누이를 모스 부인이라고 부르지 않았다. 그러나 그녀는 가난한 사람이 무시당하는 걸 당연하게 여겼다. 모스 부인은 인간 평등을 주장하지 않았다. 즉 그녀는 잘 참고 야무지지 못한, 아이를 많이 출산한 여자였다.

"남편은 집에 없겠지?" 털리버 씨가 위엄 있게 잠시 말을 멈췄다가 다시 덧붙였다. 그동안 닭장 뒤로 어미 닭이 갑자기 사라져버린 병아리들처럼 아이 넷이 뛰쳐나왔다.

"없어요." 모스 부인이 말했다. "저기 가까운 감자 밭에 있어요. 조지, 어서 파클로즈로 뛰어가 외삼촌 오셨다고 말씀드려라. 오빠, 내려가서 뭐 좀 드시겠어요?"

"아니, 아니. 내려가지 않겠어. 곧 집에 가야 해." 털리버 씨가 먼 곳을 바라보며 말했다.

"올케와 애들은 잘 지내죠?" 모스 부인은 감히 강요하지 못하고 공손하게 물었다.

"응…… 잘 있어. 톰은 하지 무렵에 새 학교에 가게 될 거야. 비용이 꽤 들지. 돈을 못 받아 곤란하구나."

"언제 애들이 와서 사촌들을 만나게 해주세요. 우리 집 꼬마들이 매기를 무척 보고 싶어 해요. 내가 그 애 대모인데다 그 앨 아주 좋아하잖아요. 누구든지 모든 걸 바쳐서 그 애를 떠받들 거예요. 그 애도 오고 싶어 할 거예요. 다정한 아이니까요. 정말 얼마나 영리하고 똑똑한지!"

모스 부인이 세상에서 가장 단순한 여자가 아니라 가장 약삭빠른 여자였다면, 매기를 칭찬하는 것이 오빠의 비위를 가장 잘 맞추는 일이라는 걸 눈치 챘을 것이다. 그는

134

'그 어린애'를 자발적으로 칭찬하는 사람을 거의 보지 못했다. 그 애의 장점을 주장하는 일은 대개 전적으로 그의 몫이었다. 그러나 모스 고모 집에서는 매기가 항상 가장 사랑받는 존재였다. 말하자면 고모 집은 법의 손길이 닿지 않은 안전한 앨세이셔*였다. 매기가 무엇을 엎지르거나 신발을 더럽히거나 윗옷을 찢어도, 모스 고모 집에서는 그 모든 것이 당연하게 받아들여졌다. 자기도 모르는 사이에 털리버 씨의 눈빛은 전보다 부드러워졌고, 말을 하는 동안 누이에게서 시선을 돌리지도 않았다.

"그래, 매기는 이모들보다 널 더 좋아하지. 그 앤 우리 집안을 닮았어. 애 엄마를 닮은 구석이라곤 없거든."

"남편도 그 애가 예전의 나와 퍽 닮았대요." 모스 부인이 말했다. "나야 그렇게 똑똑하지도, 책을 좋아하지도 않았지만 말이에요. 그런데 우리 리지는 그 앨 닮은 것 같아요. 똑똑하거든요. 리지, 이리 온, 외삼촌께 인사드려야지. 너무 많이 자라서 외삼촌이 널 못 알아보시겠구나."

눈동자가 새까만 일곱 살배기 리지는 어머니가 앞으로 끌어내자 몹시 수줍어하였다. 모스네 꼬마들은 돌코트 물방앗간에서 온 외삼촌을 무척 두려워했기 때문이다. 이 아이는 활기와 힘 있는 표정이 매기만 못했기 때문에 두 아이의 닮은 점은 털리버 씨의 부정(父情)을 완전히 만족시켜 주었다.

---

* Alsatia: 런던의 한 지역. 16~17세기에 채무자나 범죄자가 도망쳐 피했던 곳. 월터 스콧의 『나이젤의 운명』 16장 참조.

"그래, 좀 닮았구나." 그는 더러운 앞치마를 입고 있는 그 어린애를 다정하게 바라보았다. "둘 다 우리 어머니를 닮았어. 그리티, 딸은 그만 낳아야겠다." 그는 동정과 비난이 반씩 뒤섞인 어조로 덧붙였다.

"넷이에요, 축복을 빌 수밖에요." 모스 부인이 한숨을 내쉬며 앞이마 좌우로 리지의 머리카락을 쓰다듬었다. "남자 애들 수와 같아요. 각각 오빠가 하나씩 있는 셈이죠."

"아, 하지만 그 애들도 밖에 나가 혼자 살아야지." 털리버 씨는 엄격한 자기 태도가 나약해졌다고 생각하며 유익한 얘기를 함으로써 엄한 태도를 애써 유지했다. "오빠에게 기댈 생각하면 안 되지."

"그럼요. 하지만 남자 애들이 불쌍한 여동생을 사랑하고 같은 엄마 아빠 밑에 태어났다는 걸 잊지 않았으면 해요. 그런다고 해서 남자 애들이 더 못살지는 않을 거예요." 모스 부인이 반쯤 짓이겨진 불씨처럼, 수줍지만 성급히 화를 냈다.

털리버 씨는 말 옆구리를 가볍게 쳐서 제지하고는 화가 난 나머지 그 무고한 짐승을 크게 놀래주었다. "가만있으라니까!"

"그리고 남매가 많으면 많을수록, 서로 더욱 사랑해야죠." 모스 부인은 훈계할 양으로 아이들을 바라보며 계속 말을 이었다. 그러고는 다시 오빠에게 돌아서서 이렇게 말했다. "하지만 톰이 누이에게 항상 잘해 주었으면 해요. 오빠하고 나처럼 단둘이지만 말이에요."

이 말은 곧 화살이 되어 털리버 씨의 가슴을 찔렀다. 그는 상상력이 재빠른 사람은 아니었지만, 매기 생각이 머리에 맴돌았고, 이내 자기와 누이동생의 관계를 톰과 매기의 관계와 나란히 놓고 보게 되었다. 그 어린것이 가난하게 살고, 톰은 누이를 냉정하게 대할 것인가?

"그럼, 그럼, 그리티." 물방앗간 주인은 다시 다정하게 말했다. "하지만 항상 널 위해 할 수 있는 건 다 해왔단다." 그는 마치 비난받는 데서 자신을 변호하듯 이렇게 덧붙였다.

"오빠, 나도 그걸 부정하진 않아요. 감사하지 않은 적 없어요." 고생과 애들 때문에 너무 지쳐서 자존심을 지킬 여력도 없는 가여운 모스 부인이 말했다. "애 아빠가 오네요. 모스, 왜 그렇게 오래 있었어요?"

"오래 있었다고?" 모스 씨는 숨을 헐떡이며 기분이 상한 듯 말했다. "내내 뛰어왔는데. 형님, 말에서 좀 내려오지 그래요?"

"그래, 정원에서 매제하고 얘기 좀 해야겠어." 털리버 씨는 누이가 없다면 단호한 결심을 보이기가 더 쉬울 거라고 생각했다.

그는 말에서 내려 모스 씨와 함께 오래된 주목나무 정자를 향해 정원으로 들어갔다. 한편 누이동생은 등에 업힌 아기 등을 두드리며 서서 생각에 잠긴 채 그들 뒤를 바라보았다.

그들이 주목나무 정자로 들어가자 몇 마리 닭이 놀랐다. 닭들은 먼지투성이 땅에 깊은 구멍을 파며 놀고 있다가 즉시 난리를 치며 꼬꼬댁 소리를 내고는 푸드덕 날아갔다.

털리버 씨는 벤치에 앉았다. 그는 속이 비었는지 궁금한듯 호기심에서 지팡이로 땅을 여기저기 두드렸다. 그리고 약간 호통 치듯 말문을 열었다.

"참, 저 모퉁이 뜰에 또 밀을 심었던데, 그 위에 비료는 전혀 안 쳤더군. 그렇게 하면 올해엔 아무 소용 없을걸."

털리버 양과 결혼할 당시 배싯의 멋쟁이로 여겨졌던 모스 씨는 지금은 거의 일주일간 턱수염을 길렀으며, 기계같이 일하는 말처럼 풀 죽고 아무 기대 없는 태도였다. 그는 인내심을 갖고 투덜거리며 대답했다. "나처럼 가난한 농부는 능력만큼 해야죠. 갖고 싶은 돈을 반이나 땅에 낭비하는 건 굴릴 돈이 많은 사람들이나 하는 일이죠."

"이자도 갚지 않고 돈을 빌릴 수 있는 사람이 아니라면, 누가 굴릴 돈이 많은지 모르겠군." 털리버 씨가 말했다. 그는 사소한 일이라도 싸움을 걸고 싶었다. 그게 가장 자연스럽고 손쉽게 돈을 회수하는 빌미가 되니까.

"이자가 밀린 줄은 나도 압니다." 모스 씨가 말했다. "하지만 작년엔 양모 때문에 많은 손해를 봤고, 게다가 집사람이 병으로 누워 일이 여느 때 같잖게 더 꼬였지요."

"그야," 털리버 씨가 호통을 쳤다. "항상 일이 꼬이는 사람이 있지. 빈 자루가 똑바로 설 수는 없지 않은가."

"글쎄, 뭣 때문에 홈을 잡는지 모르겠네요, 털리버 씨," 모스 씨가 비난조로 말했다. "날품팔이 노동자도 나보다 열심히 일하진 않을 겁니다."

"그게 무슨 소용 있나?" 털리버 씨가 퉁명스럽게 말했다. "남자가 결혼하면서 아내의 조그만 재산 말고 농장을 할 만한 밑천도 없었으면서 말이야. 내가 처음부터 반대했지. 하지만 둘 다 내 말을 안 들었어. 더 이상 내 돈을 안 받을 수가 없네. 글레그 부인에게 500파운드를 갚아야 하고, 톰에게도 돈이 들어가야 한단 말이야. 내 돈을 다 돌려받아도 부족할 거야. 자네가 그 300파운드를 갚을 수 있는지 알아봐 줘야겠네."

"글쎄, 그 말씀이라면," 모스 씨가 앞을 멍하니 바라보며 말했다. "가구를 경매 부쳐 내놓는 게 좋겠네요. 형님과 토지 주인에게 돈을 갚으려면 가축을 모두 내놓아야겠어요."

가난한 친척이란 분명 귀찮은 존재이다. 우리 입장에서 볼 때 그들은 전혀 필요 없는 존재이며, 거의 항상 결함투성이다. 털리버 씨는 모스 씨에게 화를 실컷 낸 뒤, 자리에서 일어서며 성난 목소리로 이렇게 말했다.

"글쎄, 자네가 힘껏 해야겠지. 나뿐 아니라 모든 사람을 위해 돈을 마련할 수는 없네. 내 사업과 가족을 돌봐야 하거든. 더는 돈을 안 받을 수 없어. 최대한 빨리 그 돈 좀 마련해 줘야겠어."

털리버 씨는 마지막 말을 하며 갑자기 정자에서 걸어 나갔다. 그는 모스 씨를 돌아보지도 않고 모스의 맏아들이 말을 붙들고 있는 부엌문으로 갔다. 누이동생은 무슨 일인지 놀라서 기다리고 있었고, 그 놀라움을 덜어주는 일이 없지는 않았다. 아기가 즐겁게 옹알이를 하면서 지친 엄마 얼굴에 손가락을 계속 댔던 것이다. 아이가 여덟 명이나 있었지만, 모스 부인은 쌍둥이가 죽은 슬픔을 극복하지 못했다. "오빠, 들어오실래요?" 그녀가 천천히 걸어오는 남편을 걱정스레 바라보며 말했다. 한편 털리버 씨는 벌써 등자에 발을 올려놓았다.

"아냐, 아냐, 잘 있어." 그는 말머리를 돌려 떠났다.

마당문 밖으로 나가 바큇자국이 깊이 팬 좁은 길을 얼마간 갈 때까지, 털리버 씨는 그 누구보다 굳게 결심했다. 그러나 모퉁이를 돌아 다 쓰러져 가는 농가가 시야에서 사라지기 전, 그는 불현듯 몇 가지 생각에 사로잡힌 듯했다. 그가 말을 멈추고 잠시 말없이 그 자리에 서 있었기 때문이다. 그는 그사이 고통스러운 대상에게서 한 면 대신 여러 면을 보듯, 우울하게 고개를 이리저리 갸우뚱했다. 잽싸게 행동한 뒤, 털리버 씨는 다시 이 세상을 알 수 없는 곳이라고 생각하는 게 분명했다. 그는 말머리를 돌려 천천히 되돌아갔다. 말에 채찍질을 하며 큰 소리로 그는 이렇게 돌아가도록 만든 극도의 감정을 터뜨렸다. "가엾은 어린것! 아마 내가 죽으면 매기에게는 톰밖에 없겠지."

모스네 아이들 몇이 털리버 씨가 마당 안으로 다시 들어서는 걸 보고는 어머니에게 즉시 이 신나는 소식을 알려주려고 달려갔다. 모스 부인은 오빠가 말을 타고 갔던 문간계단에 나타났다. 그때까지 울고 있었지만, 지금은 아이를 재우려고 팔에 안아 흔들고 있었다. 오빠가 자기를 보자 그녀는 일부러 슬픈 기색을 드러내지 않으려고 이렇게만 말했다.

"애들 아빠는 다시 밭에 갔어요, 오빠가 원하신다면."

"아니, 그리티, 아니야." 털리버 씨는 부드럽게 말했다.

"걱정하지 마라. 그게 전부다. 그 돈 받지 않고 해보련다. 넌 그저 최선을 다해 살림을 야무지게 잘 꾸려가야 한다."

모스 부인은 이 예기치 않은 친절에 다시 눈물을 흘렸고, 아무 말도 못 했다.

"그만, 그만! 매기가 널 만나러 올 거다. 톰이 학교에 가기 전에 매기와 톰을 데려오마. 걱정 마라……. 항상 좋은 오빠가 되고 싶구나."

"오빠, 그렇게 말씀해 주시니 고마워요." 모스 부인은 눈물을 닦았다. 그러고 나서 리지에게 돌아서 말했다. "지금 달려가서 매기 언니에게 줄 색칠한 달걀을 가져오렴." 리지가 달려 들어가서 이내 작은 종이 꾸러미를 갖고 다시 나왔다.

"오빠, 이걸 푹 삶아서 실밥으로 색칠을 했더니 아주 예쁘게 됐어요. 매기 주려고 일부러 해놓은 거예요. 주머니에 꼭 넣어 가세요."

"그래그래." 털리버 씨는 그 계란을 조심스럽게 옆 주머니에 넣었다. "잘 있어라."

이렇게 해서 존경할 만한 물방앗간 주인은 배싯의 좁은 길을 따라 되돌아왔다. 그는 돈을 마련할 방법과 수단을 강구하느라 전보다 머리가 더 아팠지만, 여전히 위험을 모면했다고 생각했다. 그가 누이에게 냉정하게 군다면, 먼 훗날 자기가 죽어 더 이상 매기를 돌봐줄 수 없을 때 톰이 매기에게 어떤 식으로든 매정하게 굴 거라는 생각이 떠올랐던 것이다. 우리 친구 털리버 씨처럼 순진한 사람들은 당연한 감정을 잘 표현하지 못하기 때문에 털리버 씨는

'그 어린 딸'에 대한 사랑과 걱정으로 누이동생을 다시 생각하게 되었다는 사실을, 이처럼 복잡하게 자신에게 설명했던 것이다.

# 9
# 가룸 퍼스로

매기가 미래에 겪을지도 모를 고통 때문에 털리버 씨의 마음이 복잡할 때, 매기는 현재 자기가 겪고 있는 슬픔만 곱씹고 있었다. 어린 시절에는 불길한 예감이 없지만, 그 시절에는 슬픔을 이겨낸 어떤 추억으로도 위로받지 못한다.

사실 그날 매기는 시작부터 일진이 좋지 않았다. 루시를 만날 즐거움과 그날 오후 가룸 퍼스를 방문하여 풀릿 이모부의 담뱃갑에서 울리는 음악 소리를 듣게 되리라는 기대가 일찍이 11시에 세인트오그스에서 온 미용사 때문에 망쳐졌던 것이다. 미용사가 매기의 머리를 보고 몹시 심한 말을 했던 것이다. 그는 톱날처럼 들쭉날쭉한 머리칼을 하나하나 들추며 혐오와 동정이 뒤섞인 말투로 "이것 좀 봐! 쯧쯧쯧!" 하고 혀를 찼다. 매기는 이 말이 세상 여론을 가장 강력하게 보여준다고 생각했다. 미용사 래피트 씨는 받침 있는 장식용 항아리에 새겨진 피라미드 모양의 불꽃처럼, 구불구불 위로 올라간 관 모양의 머리에 기름칠을 했다. 그 순간 매기에게는, 래피트 씨가 동시대 사람 중에서 가장 무서운 존재로 보였다. 그녀는 여생 동안 주의 깊게 살펴서 그가 사는 세인트오그스의 거리에 가고 싶지 않을 정도였다.

게다가 방문 준비는 도슨가에서 항상 중대한 일이었다. 때문에 마서는 최고급 외출복을 펼쳐놓는 일이 마지막 순간까지 지연되지 않도록 여느 때보다 한 시간 일찍 털리버 부인의 방을 정리해 놓으라는 명령을 받았다. 기강이 느슨한 가정에서는 이런 일이 가끔 벌어졌다. 그런 가정에서는 리본 끈을 제대로 말아놓지 않거나, 그것을 거의 또는 전혀 은종이에 싸놓지 않고, 쉽게 찾을 수 없는 곳에 외출복이 있어도 놀라운 일이 아니었다. 털리버 부인은 12시에 벌써 자신이 파리가 미끄러질 만큼 매끄러운 새틴 가구인 것처럼, 갈색 네덜란드 천*으로 된 보호 장치가 달린 외출복을 입고 있었다. 깃 장식이 따끔거리자 되도록 거기에 닿지 않으려고 매기는 얼굴을 찡그리며 몸을 꼬았다. 한편 어머니는 "매기, 제발 그러지 마라, 인상 좀 펴!" 하며 타일렀고, 톰의 뺨은 파란 외출복과 대조되어 특별히 환해 보였다. 그는 약간 말다툼을 한 끝에, 옷을 입을 때 항상 그의 관심사를 해치우고 나서야—즉 매일 입는 옷 주머니 안에 들어 있는 내용물을 지금 입은 옷 주머니에 모두 옮기고 나서야—차분해져서 최고급 파란 옷을 입었다.

---

* 표백하지 않은 일종의 삼베 또는 삼과 무명의 혼직.

루시로 말하자면, 그녀는 어제처럼 예쁘고 단정했다. 지금까지 그녀의 옷에 사고가 난 적은 없었다. 그녀는 옷을 입고 불편한 적이 없었다. 그래서 그녀는 몹시 입기 싫은 옷을 입고 토라져 몸을 뒤트는 매기를 가엾고 이상하다는 눈길로 바라보았다. 머리카락 때문에 당한 최근의 수모를 생각해 내어 참지 않았다면, 매기는 틀림없이 그 옷을 찢어버렸을 것이다. 사정이 그러했으므로 매기는 식사 때까지 외출복을 입은 아이들이 적당히 할 만한 놀이로 허락받은 집짓기 카드놀이를 하며 괴로워 몸을 뒤틀고 투정 부리는 정도로 그쳤다. 톰은 매우 멋지게 피라미드 모양의 집을 지을 수 있었다. 그러나 매기가 지은 집은 지붕을 얹자 무너져 버렸다. 매기가 만드는 집은 늘 이런 식이었다. 그래서 톰은 여자 애들은 아무것도 못 만든다는 결론을 내렸다. 그러나 루시는 집짓기 솜씨가 정말 뛰어난 것으로 드러났다. 루시는 카드를 아주 가볍고 부드럽게 다뤘기 때문에, 톰은 자기가 지은 집뿐 아니라 루시가 지은 집도 칭찬해 주었다. 루시가 자기에게 집 짓는 법을 가르쳐달라고 했기 때문에 더욱 기꺼이 칭찬했다. 깃 장식 때문에 토라지지 않고, 매기가 지은 집이 무너졌을 때 톰이 아무 생각 없이 '바보'라고 비웃지만 않았어도, 매기는 루시가 지은 집을 칭찬하며 잘못 지어진 자기 집을 포기하고는, 심술부리지 않고 그 집들을 바라보았을 것이다.

"비웃지 마, 톰!" 매기가 화가 나서 내뱉었다. "난 바보가 아냐. 난 오빠가 모르는 것 아주 많이 알고 있단 말이야."

"아, 그렇겠지, 신경질쟁이 아가씨! 난 너처럼 그렇게 인상 쓰는 까다로운 인상파가 아냐. 루시는 안 그렇더라. 난 너보다 루시가 좋아. 루시가 내 동생이었으면 좋겠어."

"그런 걸 바라다니 오빠는 정말 나쁘고 잔인해." 앉아 있던 바닥에서 벌떡 일어나 톰이 지은 멋진 탑을 뒤엎으면서 매기가 말했다. 그녀는 정말로 그럴 생각은 아니었는데, 이미 벌어진 상황은 그녀의 생각과는 달랐다. 톰은 화가 나서 얼굴이 하얗게 질렸으나 아무 말도 하지 않았다. 그는 매기를 한 대 때릴 수도 있었지만, 여자 애를 때리는 건 비겁한 일임을 알고 있었다. 톰 털리버는 비겁한 행동은 하지 않기로 굳게 결심한 바 있었다.

톰이 산산이 무너진 탑을 두고 마루에서 일어나 창백한 얼굴로 걸어 나가는 동안, 매기는 당황하고 겁에 질려 서 있었다. 루시는 핥아 먹다가 흠칫한 고양이처럼 아무 말 없이 바라보았다.

"오, 톰," 매기가 마침내 톰이 있는 곳으로 반쯤 걸어갔다. "일부러 탑을 쓰러뜨릴 생각은 아니었어. 정말, 그럴 생각은 정말 아니었어."

톰은 매기를 거들떠보지도 않았다. 대신 호주머니에서 딱딱한 콩 두세 알을 꺼내 엄지손톱으로 창문에 대고 쏘았다. 처음에는 그저 막연히 시작했으나, 이제는 늙은 파리 한 마리를 맞춰야겠다는 분명한 목표가 있었다. 그 파리는 봄 햇살 아래 어리석게 꾸물거리고 있었다. 그것은 분명 자연의 섭리에 어긋나는 것이었다. 자연은 이미 이 무력한 파리 한 마리를 신속히 죽이려고 톰과 콩을 준비했던 것이다.

이처럼 그날 아침 매기는 우울했다. 톰은 걸어가는 내내 매기를 냉정하게 대해 신선한 공기와 햇빛을 망쳐버렸다. 톰은 루시를 불러 반쯤 짓다 만 새 둥지를 보여주면서도 매기에게는 보여줄 생각도 하지 않았다. 또한 루시와 자기를 위해 버드나무 가지를 벗겼지만 매기에게는 그 가지를 하나도 주지 않았다. "매기, 하나 갖지 않을래?" 하고 루시가 말했다. 그러나 톰은 못 들은 척했다.

그래도 그들이 가룸 퍼스에 막 도착했을 때, 볏가리 담장 위에서 마침 꼬리를 펼친 공작새의 광경은 잠시 개인적인 슬픔을 잊게 하기에 충분했다. 그것은 가룸 퍼스에서 볼 수 있는 여러 아름다운 광경의 시작에 불과했다. 그곳 농가 마당에 있는 동물들은 모두 신기했다. 얼룩점이 있고 벼슬 달린 장닭과 프리슬란트* 암탉들은 모두 반대 방향으로 깃털이 나 있었다. 기니아산 닭들은 날아오르다가 큰 소리를 내며 예쁜 얼룩 깃털을 떨어뜨렸다. 집비둘기와 길들인 까치, 염소, 그리고 마스티프와 불도그 간의 잡종인 사자처럼 크고 멋진 얼룩 개도 있었다. 주위에는 온통 흰 난간과 흰 문, 갖가지 모양의 빛나는 바람개비, 그리고 아름다운 패턴으로 자갈을 깐 정원 산책로가 있었다. 가룸 퍼스에서 평범한 것이라고는 없었다. 톰은 그곳 두꺼비들이 보통 이상으로 큰 것은 부유한 농부인 풀릿 이모부 소유 재산의 특징으로, 대체로 색다른 특성에 기인한다고 생각했다. 집세를 내는 두꺼비들은 당연히 더 말랐다. 집으

---

* 네덜란드 북부 지방.

로 말하자면, 다른 것 못잖게 특이했다. 중앙은 안으로 들어가고, 양쪽에 있는 두 개의 날개 모양 건물은 총구멍이 난 낮은 성벽으로 둘러싸이고, 반짝이는 흰 치장 벽토로 덮여 있었다.

풀릿 이모부는 창문으로 내다보다가 기다리던 일행이 다가오자 서둘러 정문 빗장을 열어 쇠사슬을 벗겼다. 박제된 새들의 유리 상자가 거실에 있는 줄 알면 들어와 머리에 이고 가져갈 부랑자를 염려하여, 그 문은 항상 이렇게 단단히 잠겨 있었다. 풀릿 이모도 문간에 나타나서, 자기 말이 들리는 거리에 여동생이 오자마자 이렇게 말했다. "베시, 제발 애들은 거기 서 있게 해. 문 계단에 올라오지 못하게 말이야. 샐리가 낡은 매트와 걸레를 가져올 거야, 애들 신발 닦게."

풀릿 부인의 정문에 깔려 있는 매트는 결코 신발을 닦으라고 있는 게 아니었다. 그 지저분한 일을 대신 해줄 사람이 있었던 것이다. 톰은 이렇게 구두에 묻은 흙을 닦는 걸 특히 싫어했는데, 그런 일은 항상 남성을 모욕하는 거라 여겼다. 그의 생각에 그런 일은 풀릿 이모 댁을 방문할 때면 겪게 되는 여러 가지 불쾌한 일의 전초전이었다. 언젠가는 이모 댁에서 장화에 수건을 감고 앉아 있어야 했다. 그러니까 그 일은 가룸 퍼스 방문이 동물을 좋아하는, 즉 동물에게 돌 던지기를 좋아하는 젊은 도련님에게 틀림없이 아주 기쁜 일일 거라는 지나치게 성급한 결론을 바꾸는 데 도움이 될 것이다.

다음으로 불쾌한 일은 여자 일행에게만 해당되는 것이었

다. 그것은 반짝반짝 윤나게 닦은 참나무 계단을 올라가는 일이었다. 그 계단에 깔린 아주 멋진 카펫은 둘둘 말아 보통 때는 사용하지 않는 침실에 간직해 두었다. 그래서 그 윤이 나는 계단을 올라가는 것은, 미개한 시대라면 가장 흠 없고 덕 있는 사람만이 팔다리를 다치지 않고 해낼 수 있는 신성 재판* 같은 역할을 했다. 글레그 부인은 소피가 그 빛나는 계단에 집착한다고 항상 호되게 야단쳤다. 그러나 털리버 부인은 감히 아무 말도 못 했고, 단지 자신과 아이들이 층계참에서 무사하면 다행이라고 혼자 생각했다.

"베시, 그레이 부인이 새 보닛을 집으로 보냈더구나." 털리버 부인이 테 없는 모자를 고쳐 쓸 때 풀릿 부인이 감격한 어조로 말했다.

"그랬어요, 언니?" 털리버 부인은 매우 관심 있는 태도로 말했다. "언니 마음에 들던가요?"

"옷들을 꺼냈다가 다시 넣으니까 엉망이 되기 쉬워." 풀릿 부인은 주머니에서 열쇠 뭉치를 꺼내 뚫어지게 바라보았다. "하지만 그 모자를 안 보고 가면 섭섭할 거야. 무슨 일이 있을지 누가 아니."

풀릿 부인은 이 마지막 말을 심각하게 생각하느라 천천히 고개를 저었다. 그러다가 그녀는 특별한 열쇠 하나를 골라내기로 마음먹었다.

"그것 꺼내려면 귀찮을 텐데요, 언니." 털리버 부인이

---

* 옛 튜튼 민족의 죄인 판별법으로, 뜨거운 물에 손을 넣게 하여 화상을 입지 않으면 무죄로 하는 것.

말했다. "하지만 그 부인이 만들어준 모자 꼭대기가 어떻게 생겼는지 보고 싶어요."

풀릿 부인은 침울한 태도로 일어나서 매우 반짝이는 옷장 한쪽을 열었다. 여러분은 거기서 새 모자를 볼 수 있을 거라고 성급히 추측했을지 모른다. 천만에. 도슨가의 습관을 너무 피상적으로 알 때만 그런 추측을 할 수 있다. 풀릿 부인은 그 옷장에서 리넨 옷 사이에 숨겨놓을 만큼 작은 물건, 즉 문의 열쇠를 찾았다.

"나랑 제일 멋진 방으로 가야겠구나." 풀릿 부인이 말했다.

"언니, 애들을 데려가도 될까요?" 털리버 부인은 매기와 루시가 매우 보고 싶어 한다는 걸 알고 있었다.

"글쎄," 풀릿 부인이 곰곰이 생각했다. "애들이 가는 게 아마 더 안전하겠지. 여기 남겨두면 아무거나 만질 테니까."

그들은 닫힌 덧창 위로, 반달 모양의 창 꼭대기로 희미한 빛이 비치는 반짝반짝 매끄러운 복도를 한 줄로 따라갔다. 그곳은 정말 음산했다. 풀릿 이모는 잠시 멈춰 문 열쇠를 돌렸다. 그곳에는 복도보다 훨씬 더 음산한 뭔가가 보였다. 어두운 방이었는데, 흐릿하게 비치는 바깥 불빛 때문에 가구들이 하얀 수의를 걸친 시체처럼 보였다. 천으로 덮이지 않은 것은 모두 다리를 위로 향한 채 세워져 있었다. 루시는 매기의 겉옷을 잡았고, 매기의 맥박은 빨라졌다.

풀릿 이모는 덧창을 반쯤 열고 옷장을 열쇠로 열었다. 그때의 우울하고 신중한 태도는 그 장면에서 풍기는 엄숙한 장례식 분위기와 썩 잘 어울렸다. 그 옷장에서 나는 향기로운 장미꽃 향기 때문에 그녀를 도와 은박지를 하나하나 벗기는 것은 아주 즐거운 일이었다. 하지만 마침내 모자를 보자, 더 멋지고 신비스러운 뭔가를 기대했던 매기는 무척 실망했다. 그러나 털리버 부인에게는 그보다 더 인상적인 모자가 없었다. 그녀는 잠시 아무 말 없이 모자를 요리조리 살피더니 힘주어 말했다. "그래, 언니, 다시는 잔뜩 장식된 모자 꼭대기가 싫다는 말 안 할게요."

이것은 굉장히 양보한 말이어서, 풀릿 부인은 그 말에 대해 뭔가 보답해 줘야겠다고 느꼈다.

"얘, 모자 쓴 것 보고 싶지?" 그녀는 서글프게 말했다. "덧창을 좀 더 열어야겠구나."

"글쎄, 언니가 쓴 모자를 벗어도 괜찮다면." 털리버 부인이 말했다.

풀릿 부인은 모자를 벗었다. 당시 좀 더 성숙하고 현명한 여성들에게서 흔히 볼 수 있는, 머리카락이 삐죽 나온 갈색 비단 가발을 보인 다음 새 모자를 머리에 쓰고는, 털리버 부인이 어느 각도에서나 놓치지 않고 볼 수 있도록 포목상의 마네킹처럼 천천히 몸을 돌렸다.

"얘, 이 왼쪽 고리에 리본이 너무 많다고 가끔 생각했는데, 어떻게 생각하니?" 풀릿 부인이 말했다.

털리버 부인은 가리킨 곳을 뚫어지게 바라보고는 고개를 갸우뚱했다. "글쎄요, 그대로 두는 게 제일 나을 듯해요. 언니, 공연히 고쳤다가 후회할 거예요."

"맞아." 풀릿 부인은 모자를 벗고 생각에 잠긴 채 그 모자를 바라보았다.

"언니, 그 모자 얼마나 해요?" 털리버 부인은 집에 있는 비단으로 그 명품과 비슷하게 수수한 모조품을 만들 수 있을까 골똘히 궁리했다.

풀릿 부인은 입술을 오므리며 고개를 젓고는 속삭였다. "형부가 지불했어. 형부 말로는, 가룸 교회에서 내가 최고급 모자를 써야 한대. 두 번째 좋은 모자는 누가 쓰든 상관없지만."

그녀는 옷장 안 제자리에 모자를 다시 넣으려고 모자 장식을 천천히 매만지기 시작했다. 고개를 젓는 것을 보니, 다시 그녀의 생각이 침울해진 듯했다.

"오." 그녀가 마침내 말했다. "애야, 이 모자를 다시 못 쓰게 될지 누가 알겠니?"

"언니, 그런 말 마세요." 털리버 부인이 대답했다. "이번 여름엔 건강해지셔야죠."

"오! 하지만 집안사람 누가 죽을지도 몰라. 내가 초록색 공단 모자를 쓴 지 얼마 안 되서 그랬던 것처럼 말이야. 애벗 사촌이 죽을지도 모르고, 그렇다고 그를 위해 반년도 안 되게 상장을 달 순 없잖니."

"그건 불행한 일일 텐데." 털리버 부인은 때 아닌 상을 당할지 모른다는 데 충분히 공감했다. "특히 모자 꼭대기 부분은 한 해만 지나도 달라질 만큼 유행에 민감해서, 이듬해에 그 모자를 쓴다면 별로 재미가 없겠네요."

"그래, 그게 세상 방식이란다." 풀릿 부인은 옷장에 모자를 도로 집어넣고는 잠갔다. 일행이 모두 그 음산한 방에서 나와 다시 방으로 돌아올 때까지 그녀는 계속 침묵을

지켰는데, 그 침묵의 특징은 고개를 젓는 것이었다. 이윽고 그녀는 울기 시작했다. "얘야, 내가 죽어 떠날 때까지 저 모자를 다시 보지 못한다면, 오늘 네게 보여줬다는 걸 기억해 둬라."

털리버 부인은 그 말에 감동해야 한다고 생각했다. 그러나 그녀는 눈물이 별로 없는 건강하고 강한 여자여서, 풀릿 언니처럼 울 수는 없었다. 장례식 때마다 자신은 눈물이 부족하다고 종종 느꼈다. 눈물을 쥐어짜려 애쓰자 얼굴이 이상하게 찡그려졌다. 주의 깊게 바라보던 매기는 자기가 너무 어려 알 수 없는 고통스러운 수수께끼가 이모의 모자에 있나 보다 하고 생각했다. 그녀는 자기에게도 그 수수께끼를 얘기해 준다면 다른 모든 일처럼 잘 이해할 수 있을 거라는 생각에 내내 화가 났다.

아래층으로 내려오자, 풀릿 이모부는 그들이 2층에 그렇게 오래 있었던 것은 아내가 모자를 보여줬기 때문이라고 제법 날카롭게 말했다. 톰에게는 그 시간이 실제보다 훨씬 더 길게 느껴졌다. 그는 풀릿 이모부 바로 맞은편 소파 한 구석에 지루하게 앉아 있어야 했기 때문이다. 이모부는 회색 눈을 반짝이며 톰을 바라보고는 가끔 '꼬마 신사'라고 불렀다.

"그래, 꼬마 신사님, 학교에서 뭘 배우지?" 풀릿 이모부는 늘 이렇게 묻곤 했다. 그럴 때마다 톰은 항상 수줍게 손으로 얼굴을 문지르면서 "잘 모르겠는데요."라고 대답하곤 했다. 풀릿 이모부와 마주 앉아 있는 게 너무 당혹스러워서 톰은 벽에 걸린 그림이나 파리통, 멋진 화분도 볼 수 없었다. 그는 이모부의 각반만 보았던 것이다. 그렇다고 이모부의 뛰어난 정신력을 존경하는 것은 아니었다. 사실 그는 부유한 농부가 되지 않겠다고 결심하고 있었다. 풀릿 이모부처럼 다리가 가는 어리석은 사람이 되고 싶지 않았던 것이다. 사실 이모부는 여자 같은 남자였다. 사내아이가 수줍어한다고 해서 상대방을 매우 존경한다는 표시는 아니다. 그리고 여러분의 나이나 지혜에 압도당했다고 여겨, 그런 생각을 더욱 키워주려 할 때, 그 아이는 십중팔구 여러분을 아주 괴상한 사람이라 생각할 것이다. 그리스 소년들도 아마 아리스토텔레스에 대해 똑같이 생각했을 거라는 사실을 유일한 위안으로 제시할 수 있다. 이 수줍은 소년들은 다루기 힘든 말을 길들이거나, 짐마차꾼을 채찍으로 후려치거나, 손에 총을 들었을 때만 여러분을 정말 존경할 만한 부러운 인물이라고 생각한다. 적어도, 나는 이 점에 관해 톰 털리버가 어떤 기분을 느꼈는지 확실히 안다. 아주 어린 시절, 아직 야외용 모자 밑에 레이스 장식을 하고 있던 시절, 문빗장 사이로 엿보며 작은 집게손가락으로 위협하는 시늉을 하는 그의 모습을 종종 볼 수 있었다. 그는 그때 발음이 분명치 않은 소리로 양들을 야단치고, 놀란 양들에게 공포심을 불러일으키려 했다. 이처럼 어려서부터 그는 풍뎅이와 이웃집 개들과 어린 여자 애들을 포함하여 열등한 야생 동물이나, 집에서 기르는 동물을 지배하려 했던 것이다. 그리고 이런 욕망은 어느 시대나 인류의 운명을 아주 대단히 발전시킬 전망을 나타내는 특성이 되었다. 그런데 풀릿 씨는 키 작은 조랑말보다 큰 말이라고는 타본 적이 없으며, 총이란 누가 특별히 쏘려 하지 않아도 저절로 발사되기 쉬운 위험한 물건으로 여길 만큼 약탈자의 이미지와는 아주 거리가 멀었다. 그래서 톰이 친구와 비밀 이야기를 나눌 때, 풀릿 이모부를 바보이며 동시에 대단한 '부자'라고 말하는 데는 충분히 그럴 만한 이유가 있었던 것이다.

풀릿 이모부와 마주 앉아 이야기할 때 어색함을 덜어주는 유일한 것은, 이모부가 몸에 지닌 박하사탕과 여러 가지 사탕들이다. 말을 하다 막히면, 이모부는 서로에게 도움이 되는 사탕을 주면서 대화의 공백을 메웠던 것이다.

"꼬마 신사님, 박하사탕 좋아하시나?" 문제의 박하사탕을 내밀며 이렇게 말할 때면 그저 말없이 고개만 끄덕이면 되었다.

여자 애들이 나타나자 풀릿 이모부는 더 큰 도움이 되는 작고 달콤한 케이크를 생각해 내었다. 그 케이크는 날씨가 궂은 날 혼자 먹으려고 자물쇠를 잠가 감춰두었던 것이다. 그런데 세 아이들이 그 먹음직한 케이크를 손가락으로 집자마자, 풀릿 이모는 아이들이 바삭바삭한 케이크 부스러기를 마룻바닥 '사방에' 흘릴 것이므로, 접시와 쟁반을 가져올 때까지 못 먹게 하려 했다. 루시는 별로 개의치 않았다. 케이크가 너무 예뻐 먹기에는 좀 아깝다고 생각했기 때문이다. 그러나 어른들이 이야기를 나누는 사이 기회를 엿보던 톰은 얼른 두 입을 가득 넣고는 몰래 씹었다. 매기로 말하자면, 여느 때처럼 풀릿 이모부가 '아름다운 성서 이야기'로 착각하고 샀던 『오디세우스와 나우시카*』의 그림에 넋을 잃어, 곧 케이크를 떨어뜨린 뒤 잘못 움직여서 한쪽 발로 뭉개버렸다. 그 때문에 풀릿 이모는 난리를 피웠고, 매기는 이 망신 때문에 담뱃갑에서 흘러나오는 음악 소리를 오늘은 못 듣게 될까 봐 낙담하기 시작했다. 이윽고 매기는 곰곰이 생각하다가, 루시는 사람들 마음에 쏙 들었으니 한 곡 듣게 해달라고 청할 만하다는 생각이 떠올랐다. 매기가 루시에게 속삭이자, 루시는 항상 남이 청하는 대로 하는 아이라, 조용히 이모부 무릎 곁으로 가서 목걸이를 매만지며 목까지 온통 얼굴을 붉히고는 "이모부, 한 곡 들려주시겠어요?"라고 말했다.

루시는 풀릿 이모부가 뭔가 특별한 재주를 지녔기 때문에 그 담뱃갑에서 그렇게 아름다운 곡이 흘러나온다고 생각했다. 사실 가룸의 이웃에서는 대부분 그렇게 생각하고 있었다. 우선 풀릿 씨가 그 담뱃갑을 샀고, 그 상자의 태엽을 감을 줄 알았으며, 그 상자에서 어떤 곡이 연주될지 미리 알고 있었다. 이를 종합해 보면, 그렇게 독특한 '곡'을 갖고 있다는 것은 풀릿 씨의 성격이 전혀 가치가 없지는 않다는 증거였다. 그렇지 않다면 가치가 없다고 여겨질지도 모른다.

그러나 풀릿 이모부는 재주를 보여달라는 부탁을 받으면, 즉시 받아들여 그 재주의 가치를 하락시키는 일이 결코 없었다. 그는 언제나 "두고 봅시다."라고 대답했고, 신

---

* 호메로스의 서사시 『오디세이아』에 나오는 알리누스 왕의 딸. 난파당한 오디세우스를 구했다고 한다.

중하게 적당히 몇 분 지날 때까지 응하는 기색이 없었다. 풀릿 이모부는 중요한 사교 행사마다 모두 참석할 계획이 있어서, 이런 식으로 크나큰 마음의 혼란과 자유 의지를 무절제하게 행사하지 않았다.

아마도 이렇게 마음을 졸였기 때문에 아름다운 곡이 시작되자 매기의 마음이 한층 더 즐거워졌는지 모른다. 그녀는 처음으로 마음의 짐, 즉 톰이 자기에게 화를 냈다는 사실을 까맣게 잊어버렸다. 「잠잠하라, 아름답게 지저귀는 새들이여」*라는 곡이 끝날 즈음 꼼짝없이 두 손을 꼭 맞잡고 앉아 있는 매기의 얼굴은 환하고 행복한 표정이었다. 이런 모습은 매기의 피부가 까맣긴 하지만 아주 아름다워 보인다는 생각으로 종종 매기의 어머니를 달래주었다. 그러나 이 매력적인 음악이 끝나자, 그녀는 벌떡 일어나더니 톰에게 달려가 오빠의 목을 껴안고 말했다. "오, 톰 오빠, 참 아름답지?"

청하지도 않았고 이해할 수도 없는 포옹 때문에 톰은 매기에게 다시 화가 났다. 이 일이 불쾌할 정도로 톰의 냉정함을 보여준다고 여러분이 오해하지 않도록, 나는 톰이 손에 앵초주 잔을 들고 있었으며 매기가 그를 밀어 그 잔을 반이나 흘리게 했다는 사실을 말해야 한다. 사실 매기의 행동을 모두 못마땅하게 여겨 특히 그가 화를 내는 걸 당연하게 여길 때 "자, 여기 좀 봐!"라고 화를 내며 말하지 않는다면 그는 틀림없이 아주 소심한 남자일 것이다.

---

* 존 게이의 『아시스와 갈라테아』에서 갈라테아가 부르는 노래.

"매기, 좀 가만히 앉아 있지 못하겠니?" 어머니가 역정을 내며 말했다.

"여자 애가 그렇게 행동하면, 날 만나러 오지 못하게 할 거야." 풀릿 이모가 말했다.

"아니, 이 꼬마 아가씨, 너무 거칠게 행동하는군." 풀릿 이모부가 말했다.

가엾은 매기는 앉았지만 마음에서 음악이 모두 사라져버렸고, 다시 작은 일곱 마리 악마*가 모두 들어왔다.

털리버 부인은 아이들이 집 안에 있는 동안 일만 저지를 거라 예상하고, 아이들이 걸어오고 나서 이제 휴식도 취했으니 밖에 나가 놀게 하자고 일찌감치 기회를 잡아 제안했다. 풀릿 이모는 포장된 정원 산책로를 벗어나지 말라고 신신당부했고, 새에게 모이 주는 걸 보고 싶다면, 멀리 승마대 위에서 거리를 두고 보라며 허락을 해주었다. 새를 놀래주면 깃털이 한 개라도 떨어질 거라 착각하고 공작새 뒤를 쫓아다닌 톰의 잘못이 발각된 뒤로 줄곧 이렇게 제한했던 것이다.

털리버 부인은 모자와 어머니로서의 걱정 때문에 글레그 언니와 싸운 일을 잠시 잊었다. 그러나 이제 중요한 모자 문제가 다시 대두되고 아이들이 방해하지 않자, 어제의 걱정들이 되살아났다.

"전엔 안 그랬는데 그 일이 자꾸 마음에 걸려요." 털리버 부인은 이렇게 말문을 열었다. "글레그 언니가 그렇게

---

* 「마가복음」 16장 9절.

우리 집을 떠난 것 말이에요. 정말 언니를 화나게 할 생각은 없었는데."

"아." 풀릿 이모가 말했다. "제인 언니가 무슨 짓을 할지는 아무도 몰라. 집 밖에 나가선 이런 말 안 할 거야. 턴불 의사한테만 빼고. 하지만 내 생각에 제인 언니는 너무 침울하게 살아. 남편에게도 여러 번 그렇게 말했어. 남편도 알고 있지."

"그래. 지난 월요일에 그런 말을 했으니까 한 주 됐군. 그때 우린 처형 부부와 차를 마시고 왔지." 풀릿 씨는 이렇게 말하며 무릎을 어루만지더니 손수건으로 가렸다. 이런 행동은 대화가 재미있어지면 나오는 버릇이었다.

"그랬던 것 같군요." 풀릿 부인이 말했다. "당신은 내가 언제 말했는지 나보다 더 잘 기억하니까요. 네 형부 기억력은 놀라워, 정말이야." 풀릿 부인은 여동생을 측은하게 바라보며 말을 이었다. "형부가 졸도하면 난 영 잘 지내지 못할 거야. 의사가 처방해 준 약을 언제 먹어야 하는지 형부가 늘 기억해 주니 말이야. 지금도 세 종류나 먹고 있단다."

"하루 걸러 이틀 밤마다 전과 같은 약을 먹지. 그리고 11시와 4시에 새로 지은 물약을 먹고 '맘 내키면' 거품 나는 혼합약을 먹기도 하고." 풀릿 씨는 입에 물고 있는 사탕 때문에 말을 끊고 자세히 설명했다.

"참, 문제가 생길 때마다 터키산 대황을 씹어 먹는 대신 가끔 의사에게 가보는 게 글레그 언니한테는 아마 더 좋을 텐데요." 자연히 광범위한 약 주제를 주로 글레그 부인과 관련시켜 보게 된 털리버 부인이 말했다.

풀릿 이모는 손을 올렸다가 내리면서 말했다. "사람들이 그런 식으로 자기 배 속을 우습게 여긴다는 생각을 하면 두려워! 그건 하느님의 섭리를 회피하는 거야. 우리가 의사를 부르지 않으면 의사가 왜 있겠니? 제인 언니에게 내가 여러 번 얘기했지만, 의사에게 낼 돈이 있으면서 의사를 부르지 않는 건 좋지 않은 일이야. 아는 사람들이 알게 될까 봐 부끄러워."

"글쎄, 우리가 부끄러워할 필요는 없겠지." 풀릿 씨가 말했다. "이제 서턴 부인이 돌아가셨으니, 턴불 의사에게 당신 같은 환자는 이 교구에 없으니까."

"베시, 형부가 내 약병을 몽땅 간직하고 있는 것 아니?" 풀릿 부인이 말했다. "형부는 하나도 안 팔려고 한단다. 형부 말로는 내가 죽으면 사람들이 그 약병들을 보는 게 매우 옳은 일이래. 이미 창고의 긴 선반 두 개를 약병으로 꽉 채웠단다……. 하지만," 그녀는 울기 시작하면서 이렇게 덧붙였다. "선반 세 개를 채우는 게 좋겠지. 가장 최근에 가져온 큰 병 열두 개를 다 먹기 전에 죽을지도 몰라. 알약 상자는 내 방 벽장에 있으니까, 얘, 그것 잊지 마라. 그런데 대금 청구서 말고 보여줄 만한 알약은 없구나."

"언니, 죽는다는 얘기 좀 그만 해요." 털리버 부인이 말했다. "언니가 죽으면 나와 글레그 언니를 중재할 사람이 없잖아요. 털리버 씨와 그 언니를 화해시킬 사람은 언니밖에 없어요. 딘 언니는 한번도 내 편을 들어준 적이 없으니까요. 딘 언니가 내 편을 들어준다 해도, 누구 편도 들지 않고 공정하게 말하길 기대할 수 없어요."

"베시, 그런데 너도 알다시피 네 남편은 하는 일이 서툴지 않니." 풀릿 부인은 자기뿐 아니라 여동생 얘기를 하면서 매우 울적한 심사를 기분 좋게 풀어보려고 이렇게 말했다. "네 남편은 당연히 해야 할 의무만큼 우리 가족에게 잘진 못했어. 아이들은 네 남편을 닮았어. 사내 녀석은 아주 장난꾸러기인 데다 이모와 이모부만 보면 도망가고, 여자 애는 버릇없는 데다 얼굴이 까맣지. 네 팔자가 사납구나, 베시, 불쌍해. 자매 중에서 널 제일 아꼈는데. 우린 언제나 같은 무늬를 좋아했지."

"털리버의 성질이 급하고 이상한 말을 하는 건 나도 알아요." 털리버 부인은 한쪽 눈구석에서 작은 눈물 한 방울을 훔쳐냈다. "하지만 나와 결혼한 후, 내가 어떤 친정 식구든 우리 집에 오게 해 반겨도 반대한 적 없어요."

"베시, 널 비난하고 싶진 않단다." 풀릿 부인이 동정 투로 말했다. "아마 그러잖아도 걱정이 많을 테니 말이다. 네 남편에게는 못사는 시누이와 조카들이 매달려 있지. 게다가 소송을 한다고 하더구나……. 그가 죽으면 네게 남길 유산이 별로 없겠지. 집 밖 사람들이 하는 이런 말 듣고 싶지 않다만."

자신의 입장에 대한 이런 견해가 털리버 부인에게는 당연히 유쾌하지 않았다. 그녀의 상상력은 외부 자극에 쉽게 영향을 받지 않았지만, 자기 처지가 어렵다는 생각을 하지 않을 수 없었다. 다른 사람들이 그녀의 처지를 어렵다고 생각하는 것처럼 보였기 때문이다.

"언니, 정말 나도 어쩔 수 없어요." 앞으로 닥칠 것으로 예상되는 자신의 불행을 인과응보라고들 주장할까 두려워, 그녀는 자신의 과거 행동을 널리 돌아보며 이렇게 말했다. "애들을 위해 나보다 애쓰는 여자는 없을 거예요. 성모 마리아 축일 대청소 때 침대보는 모조리 벗겼어요. 두 여자 몫이나 했다고요. 가장 최근에 담근 이 딱총나무 과일주 맛은 그만이에요! 항상 셰리*와 함께 내놓지요. 글레그 언니는 내게 낭비벽이 있다고 하지만 말이에요. 난 단정한 옷차림을 좋아하고 집 주변을 어지르기 싫어해요. 이 교구에서는 험담을 하느니 해를 끼치느니 하며 나를 나쁘게 말할 사람은 하나도 없어요. 난 누구에게든 해를 끼치고 싶지 않거든요. 내게 돼지고기 파이를 보내서 손해 볼 사람은 없지요. 내가 만든 파이는 가장 훌륭한 이웃 사람에게 보일 만하니까요. 리넨 옷은 잘 정돈되어 있어서, 내일 죽는다 해도 부끄러울 게 없어요. 여자로서 더 이상 할 수는 없어요."

"하지만 베시, 그건 다 쓸데없는 거란다." 풀릿 부인은 고개를 갸웃하며 딱하다는 듯 동생에게 시선을 고정시켰다. "네 남편이 돈을 다 써버린다면 말이다. 네가 가진 게 경매 처분되고, 다른 사람들이 네 가구를 샀을 때, 네가 그걸 잘 닦아 간수했다고 생각하면 위로가 되겠지. 네 처녀 시절 표시가 있는 리넨 제품이 온 마을에 나돌아 다니겠지. 그건 우리 가족에겐 서글픈 일일 거야." 풀릿 부인은 천천히 고개를 저었다.

---

* 스페인 남부산(産)의 독한 백포도주.

"하지만 언니, 내가 뭘 어쩌겠어요?" 털리버 부인이 말했다. "털리버는 남의 말이라고는 안 듣는 사람이에요. 내가 목사님께 가서 남편에게 가장 유익한 말을 듣고 그 말을 해줘도 안 듣는 사람이에요. 난 돈을 늘리는 일이라면 전혀 몰라요. 글레그 언니만큼 남자들 사업은 잘 알지 못해요."

"그래, 베시. 그 점에선 나랑 같구나." 풀릿 부인이 말했다. "내 생각에 제인 언니가 큰 거울을 더 자주 닦으면 훨씬 어울릴 거야. 지난주에 보니까 그 거울이 얼룩투성이더라. 그 언니가 자기보다 수입 많은 사람들에게 명령하고, 그 사람들에게 그 돈으로 뭘 해야 할지 말해 주는 대신 말이야. 하지만 난 항상 제인 언니와 반대였지. 언니는 줄무늬 있는 천을 갖고 싶어 했지만, 난 물방울무늬 천을 좋아했거든. 베시, 너도 그런 천을 좋아하지. 우린 그 점에선 항상 똑같았어."

풀릿 부인은 이 마지막 추억에 감동받아 동생을 서글프게 바라보았다.

"그래요, 소피 언니." 털리버 부인이 말했다. "둘 다 똑같이 흰 물방울무늬 파란 천을 갖고 있던 기억이 나요. 지금은 침대 덮는 퀼트가 그런 무늬지요. 글레그 언니를 찾아가 털리버와 화해하도록 설득해 주면 정말 고맙겠어요. 언니는 내게 늘 잘해 줬잖아요."

"하지만 매제가 언니를 찾아가서 화해하고 그렇게 성급히 말해서 미안하다고 해야 옳지. 그가 언니에게 돈을 빌렸다면 부끄러워하지 말고 그렇게 해야지." 풀릿 부인은 털리버 부인을 좋아했지만, 편애하기 때문에 원칙에 눈이 멀지는 않았다. 그녀는 자기 소유의 재산을 가진 사람이 마땅히 해야 할 일을 잊지 않았던 것이다.

"그런 얘기 해봐야 소용없어요." 가련한 털리버 부인은 거의 볼멘소리로 말했다. "자갈 위에서 맨발로 무릎을 꿇고 털리버에게 빈다 해도, 그이는 결코 고개 숙이지 않을 거예요."

"그렇다면 나에게 제인 언니가 용서하도록 설득하길 기대하지 말아야지." 풀릿 부인이 말했다. "언니 성격은 걷잡을 수 없잖니. 그 일 때문에 언니 정신이 나가지 않으면 다행이지. 우리 집안에 정신 병원에 간 사람이 없긴 하지만 말이다. "

"제인 언니가 용서해 주길 바라는 게 아니에요." 털리버 부인이 말했다. "그저 제인 언니가 이번 일을 그냥 넘기고 빌려준 돈을 돌려달라고만 하지 않았으면 해요. 동생이 언니에게 이 정도 부탁하는 게 지나친 일은 아니잖아요. 세월이 흐르면 문제가 해결될 테고 털리버는 모두 잊고 언니와 다시 사이가 좋아지겠죠."

알다시피 털리버 부인은 남편이 500파운드의 돈을 갚기로 굳게 결심한 사실을 모르고 있었다. 적어도 그녀로서는 그런 결심을 도저히 믿을 수 없었다.

"글쎄, 베시." 풀릿 부인이 서글프게 말했다. "네가 망하게 하고 싶진 않다. 도와야 한다면 지체 없이 친절하게 해주겠어. 아는 사람들 사이에서 우리 집에 내분이 있다는 말은 듣고 싶지 않단다. 제인 언니에게 얘기해 보마. 남편이 괜찮다면 내일 제인 언니 집에 마차 타고 가보마. 여보, 어때요?"

"괜찮고말고." 자기에게 돈을 부탁하지만 않는다면 싸움이야 어떻게 되든 아주 만족스러운 풀릿 씨가 말했다. 그는 자기가 투자한 돈에 대해 걱정이 많았으며, 현금으로 토지를 사두지 않으면 자기 돈이 얼마나 안전할지 알 수 없었다.

풀릿 언니 부부가 글레그 언니를 방문할 때 털리버 부인과 같이 가는 게 좋을지 좀 더 의논한 뒤, 풀릿 부인은 차 마실 시간이 된 걸 알고 서랍에서 고운 능직 냅킨을 꺼내 핀을 꽂아 앞치마처럼 앞에 둘렀다. 실은 문이 곧 열렸는데, 샐리가 차 쟁반 대신 너무도 놀라운 인물을 데리고 와서 풀릿 부인과 털리버 부인이 둘 다 비명을 지르는 바람에, 풀릿 이모부는 물고 있던 사탕을 꿀꺽 삼켜버렸다. 나중에 그가 기억하기로는, 그런 일은 그의 일생에서 다섯 번째로 일어난 것이었다.

# 10
## 예상보다도 못한 매기의 행동

이처럼 풀릿 이모부에게 획기적인 사건을 일으킨 놀라운 인물이란 바로 다름 아닌 루시였다. 그녀는 몸 한쪽이 조그만 발부터 모자 끝까지 온통 젖어 진흙으로 더러웠으며, 내민 자그마한 두 손은 시꺼멓고, 몹시 가련한 표정을 짓고 있었다. 풀릿 이모의 거실에서 전에 볼 수 없었던 이런 갑작스러운 출현을 설명하기 위해서는 앞 장면으로 되돌아가야 한다. 세 아이가 집 밖으로 놀러 나가고, 그날 일찌감치 매기의 영혼을 사로잡고 있던 작은 악마들이 잠시 자리를 떠났다가 한층 더 큰 힘을 갖고 되돌아온 때로 말이다. 그날 아침 불쾌한 모든 기억이 매기에게 몰려들었다. 그때 톰은 어리석게도 자기 앵초주를 쏟게 한 일 때문에 그녀에게 품고 있던 불만이 상당 부분 되살아나 "루시, 나랑 가자."라고 말하고는, 마치 매기의 존재는 없는 듯 두꺼비들이 있는 쪽으로 걸어가 버렸던 것이다. 이것을 보고 매기는 머리에 뱀이 달린 작은 메두사* 같은 모습이 되어 조금 떨어진 곳에 있었다. 당연히 루시는 사촌인 톰이 자기에게 잘해 주는 것이 기뻤다. 두꺼비가 쇠창살 밑에서 안전하게 있을 때 톰이 살찐 두꺼비를 가는 끈으로 간질이는 걸 구경하는 일이 루시에게는 퍽 재미있었다. 그러나 루시는 매기도 그 광경을 즐거이 보길 바랐다. 특히 매기는 틀림없이 그 두꺼비에게 이름을 짓고, 두꺼비의 과거 이야기를 해줄 것이므로 더욱 그랬다. 왜냐하면 루시는 우연히 마주친 살아 있는 동물에 관해 매기가 지어낸 이야기를 거의 그대로 믿고 있었기 때문이다. 가령 집게벌레 부인이 집에서 빨래를 하고 있었는데 새끼 한 마리가 뜨거운 구리 솥에 빠지는 바람에 의사를 데리러 황급히 뛰어가고 있다는 것이다. 톰은 이와 같은 매기의 이야기를 실없다고 매우 경멸했다. 그런 얘기가 전부 사실이 아님을 증명하기 위해, 꼭 그렇게까지 하지 않아도 되는데도 손쉬운 방법으로 그 집게벌레를 즉시 짓이겨 버렸다. 그러나 루시는 그 이야기에 뭔가 있다고 생각지 않을 수 없었고, 아무튼 대단히 잘 꾸민 이야기라고 생각했다. 그래서 그녀는 여느 때처럼 다정한 마음씨에 이 살찐 두꺼비의 내력을 알고 싶은 마음까지 겹쳐, 매기에게 다시 뛰어갔다. "매기, 굉장히 크고 우스꽝스럽게 생긴 두꺼비가 있어! 와서 봐."

매기는 아무 말도 안 했지만, 한층 인상을 쓰며 루시에

---

* 그리스 신화에 나오는 세 자매 괴물(Gorgons) 중 하나로, 그와 시선이 마주치면 돌이 된다고 한다.

게 등을 돌렸다. 톰이 자기보다 루시를 더 좋아하는 것처럼 보인다면, 톰이 자기에게 냉정한 것은 일부분 루시 때문이었다. 얼마 전만 해도 매기는 흰 생쥐에게 잔인하게 할 수 없는 것과 마찬가지로, 예쁜 루시에게 절대로 화를 낼 수 없을 거라 생각했다. 그러나 그때는 톰이 루시에게 아주 무심했고, 루시를 어루만지고 칭찬해 주는 것은 매기의 몫이었다. 실제로 매기는 루시를 때리거나 꼬집어 울리고 싶은 생각이 들었다. 특히 그렇게 하면 톰이 화를 낼 것이기 때문이다. 하지만 감히 루시를 때린다 해도 아무 소용이 없을 것이다. 톰은 전혀 개의치 않을 테니까. 루시가 거기 없었다면, 매기는 자기와 톰이 좀 더 빨리 사이가 좋아졌을 거라 확신했다.

썩 예민하지 못한 살찐 두꺼비를 간질이는 일은 금세 지겨워지는 장난이다. 톰은 이윽고 시간을 보낼 만한 다른 놀이를 찾아 주위를 둘러보기 시작했다. 그러나 포장된 산책로에서 벗어나면 안 되는 말끔한 정원에서는 달리 할 만한 놀이가 없었다. 그렇게 제약을 받으면서 할 수 있는 커다란 즐거움이 있다면, 그 제약을 깨뜨려 버리는 즐거움뿐이었다. 그래서 톰은 명령을 어기고 정원 너머 대략 밭 하나쯤 떨어져 있는 연못에 가볼 생각을 해냈다.

"루시, 잠깐." 톰은 줄을 다시 감으면서 매우 의미심장하게 고개를 끄덕이며 말했다. "내가 뭘 할 것 같아?"

"뭔데, 톰 오빠?" 루시가 호기심을 갖고 물었다.

"연못에 가서 창꼬치* 보려고. 보고 싶으면 나랑 같이 가자." 이 어린 폭군이 말했다.

"톰 오빠, 정말?" 루시가 말했다. "이모가 정원에서 나가면 안 된다고 했는데."

"정원 저쪽 끝에서 나갈 거야." 톰이 말했다. "아무도 우릴 못 볼 거야, 게다가 봐도 상관없어…… 집으로 뛰어갈 거야."

"하지만 난 못 뛰는데." 루시는 이렇게 강한 유혹을 받아본 적이 없었다.

"오, 걱정 마. 이모나 이모부는 너한테 화내지 않으실 거야." 톰이 말했다. "내가 데려갔다고 해."

톰은 계속 걸어갔다. 루시는 좀처럼 하지 않던 나쁜 짓을 한다는 데 즐거움을 느끼면서도 덜컥 겁이 나서 그의 옆을 종종걸음으로 따라갔다. 그녀는 물고기인지 날짐승인지 알 수 없는 창꼬치라는 명물 이야기에 또한 흥분했다. 매기는 그들이 정원에서 나가는 걸 보자, 따라가고 싶은 충동을 억누를 수 없었다. 사랑과 마찬가지로 분노와 질투는 그 대상을 시야에서 놓치는 걸 견디지 못한다. 톰과 루시가 자기 모르게 뭔가 하거나 본다는 것이 매기에게는 견딜 수 없는 노릇이었다. 그래서 매기는 톰에게 들키지 않고 그들 뒤를 몇 미터 따라갔다. 톰은 곧 그 '수놈 창꼬치'가 나타날지 지켜보는 데 정신이 팔렸다. 그 물고기는 대단히 흥미로운 괴물로, 매우 늙고 덩치가 크며 식욕이 대단하다고들 한다. 창꼬치는 다른 명물처럼 사람이 지켜볼 때면 나타나지 않았다. 그러나 톰은 물속에서 뭔가 잽싸게

---

\* 강꼬치고기. 유럽, 북아시아산 담수어.

움직이는 걸 찾아냈다. 그 물고기는 연못 가장자리 지점으로 그를 유인했다.

"야, 루시!" 그는 낮은 귓속말로 말했다. "이리 와봐! 조심해! 풀을 계속 밟아. 소들이 있던 데는 밟으면 안 돼!" 톰은 양쪽으로 밟힌 진흙 더미와 반도 모양의 마른 풀밭을 가리키며 덧붙였다. 평소 여자 애를 경멸하던 톰의 생각에는 여자 애가 더러운 곳을 걷는 게 적당치 못하다는 것도 포함되어 있었기 때문이다.

루시는 시키는 대로 조심스레 와서 몸을 구부리고는, 물을 가르고 달리는 금빛 화살촉 같은 물체를 보았다. 톰이 물뱀이라고 말해 주었다. 루시는 마침내 파도 같은 뱀의 몸놀림을 볼 수 있었다. 그녀는 뱀이 헤엄칠 수 있다는 사실이 매우 신기했다. 매기는 점점 더 가까이 다가갔다. 비록 톰이 매기가 뱀을 보려는 데 무관심하다는 사실이 다른 모든 일처럼 괴롭긴 했지만, 그녀도 뱀을 봐야 했던 것이다. 마침내 그녀가 루시 곁에 가까이 다가갔다. 톰은 그녀가 다가오는 걸 알고 있었다. 그러나 그는 마지못해 알은체해야 할 때까지 모르는 척하고 있다가 돌아서서 이렇게 말했다.

"자, 매기, 저리 가. 여기 풀밭엔 네가 앉을 자리가 없어. 아무도 너보고 오라고 하지 않았어."

격정만으로 비극이 일어난다면, 그 순간 매기의 내면에서 싸우고 있던 여러 가지 격정은 비극을 만들어냈을 것이다. 그러나 비극적 격정 속에 반드시 들어 있어야 할 가장 중요한 '위대함'이 그 행동에는 없었다. 매기가 기껏 할 수 있었던 것은, 작은 갈색 팔을 힘껏 뻗어 하얀 피부의 가련한 작은 루시를 소가 밟은 진흙 속에 밀어 넣는 것이었다.

그러자 톰은 참지 못하고 매기의 팔을 두 번 세게 갈기고는 달려가, 누워서 무력하게 울고 있는 루시를 일으켰다. 매기는 몇 걸음 떨어진 나무 밑둥이 있는 곳으로 물러서서 바라보았다. 그녀는 보통 성급한 행동을 하면 이내 후회하곤 했다. 그러나 지금은 톰과 루시 때문에 너무 비참했으므로, 그들의 행복을 망친 게——모두를 불편하게 만든 게 기뻤다. 왜 후회해야 하나? 아무리 후회해도 톰은 그녀를 쉽게 용서하지 않았다.

"맥 양, 엄마한테 이를 거야, 알지?" 루시가 일어나서 걷게 되자마자 톰이 큰 소리로 말했다. '고자질하는' 게 톰의 습관은 아니었지만, 이번 일만큼은 분명히 정의를 위해 매기가 최대한 벌을 받게 할 필요가 있었다. 그렇다고 톰이 자기 견해를 그렇게 추상적으로 표현하는 법을 배운 것은 아니었다. 그는 '정의'라는 말을 입 밖에 낸 적도 없었고, 벌을 주고 싶은 자기 마음을 그렇게 멋진 이름으로 부를 줄도 몰랐다. 루시는 자기에게 일어난 재난, 즉 예쁜 외출복을 망치고 불쾌하게도 물에 젖어 더러워진 데 온통 정신이 쏠려, 그 재난의 원인을 심각하게 생각해 볼 겨를조차 없었다. 그녀로서는 그 원인을 전혀 이해할 수 없었다. 그녀는 자기가 무슨 일로 매기를 화나게 했는지 짐작조차 못했다. 그러나 그녀는 매기가 너무 매정하고 불쾌하게 생각되어, 톰에게 '고자질하지' 말라고 너그럽게 청하지 않고 그저 서럽게 울며 톰의 곁에서 나란히 뛰어갔다. 한편 매기는 나무 밑동 위에 앉아 작은 메두사 같은 얼굴로 그들 뒤를 바라보았다.

"샐리," 그들이 부엌문에 이르렀을 때 톰이 말했다. 그러자 샐리는 버터 바른 빵 한 쪽을 입에 물고 손에는 빵 굽는 포크를 든 채, 하도 놀라서 아무 말도 못 하고 그들을 바라보았다. "샐리, 루시를 진흙탕에 밀어 넣은 게 바로 매기라고 어머니께 말씀드려."

"맙소사, 어쩌다 그렇게 진흙탕 가까이 갔어요?" 샐리가 얼굴을 찡그리며 말했다. 그녀는 허리를 굽혀 법을 위반한 물적 증거를 살펴보았다.

결과를 예상하긴 했지만 이런 질문까지 예상할 만큼 톰의 상상력은 신속하지도 폭넓지도 않았다. 그러나 이런 질문을 받자마자 일이 어떻게 되리라는 걸, 이 사건에서 매기만이 죄인으로 간주되지 않으리라는 걸 예측하게 되었다. 그는 조용히 부엌문에서 걸어 나가, 샐리에게 추측의 즐거움을 남겨주었다. 그런데 머리가 잘 돌아가는 사람은 이미 알고 있는 지식보다 이런 추측을 더 좋아한다는 것은 널리 알려진 사실이다.

알다시피 샐리는 지체하지 않고 루시를 거실로 데려가 보였다. 가룸 퍼스 집안에 그렇게 더러운 사람을 받아들인다는 것은 너무나 부담스러운 일이라 한 사람으로서는 감당할 수 없었기 때문이다.

"맙소사!" 풀릿 이모는 알아들을 수 없는 비명을 지른 뒤 이렇게 외쳤다. "샐리, 그 앨 문간에 그냥 둬! 무슨 일이 있어도 그 애가 방수포 밖으로 나오지 못하게 해."

"아니, 저 애가 더러운 진흙탕에 넘어졌나 보네." 털리버 부인은 루시에게 다가가 옷이 얼마나 상했는지 살펴보았다. 부인은 자기가 딴 언니에게 그 옷을 물어줘야 한다고 생각했다.

"글쎄, 마님, 매기 아가씨가 루시 아가씨를 밀었다는군요." 샐리가 말했다. "톰 도련님이 와서 그렇게 말하더라고요. 틀림없이 연못에 갔다 온 모양이에요. 거기밖에 그런 진흙에 빠질 데가 없거든요."

"봐라, 베시. 바로 내 말대로지." 풀릿 부인이 서글픈 예언 조로 말했다. "네 아이들이 일을 저질렀구나. 그 애들이 장차 뭐가 될지 알 수 없구나."

털리버 부인은 자신이 정말 불쌍한 엄마라는 생각에 할 말을 잊었다. 여느 때처럼, 엄마로서 이런 고통을 받아야 할 만큼 자기가 뭔가 나쁜 짓을 했다고 여길 사람들을 생각하자 마음이 짓눌렸다. 한편 풀릿 부인은 진흙을 떨어내는 동안 집을 더럽히지 않을 방법을 샐리에게 자세히 지시하기 시작했다. 그사이 요리사가 차를 들여왔다. 나쁜 짓을 저지른 두 아이는 창피를 느끼도록 부엌에서 차를 마시게 할 작정이었다. 털리버 부인은 그 못된 아이들이 가까운 데 있는 줄 알고 말하러 밖에 나갔다가, 한참 둘러본 후에야 톰을 찾아냈다. 톰은 다소 굳은 태도로 태연하게 흰 닭장 말뚝에 기대어, 칠면조 수컷을 약 올리려고 닭장 안쪽에 줄을 내려뜨리고 있었다.

"톰, 이 못된 녀석, 동생은 어디 있니?" 털리버 부인이 낙심한 목소리로 물었다.

"몰라요." 톰이 말했다. 매기가 벌받기를 바라던 그의 열망은 다소 사라졌다. 부당하게도 자기 행동을 비난받지 않고는 매기가 벌받을 수 없다는 사실을 분명히 깨달았기 때문이다.

"뭐라고, 어디서 헤어졌는데?" 주위를 두리번거리며 엄마가 말했다.

"연못가 나무 밑에 앉아 있었어요." 톰은 분명 그 줄과 칠면조 수컷 말고 다른 것에는 무관심하게 말했다.

"그럼 가서 당장 데려와, 이 못된 녀석아. 어떻게 그 연못, 진흙탕 있는 데 동생을 데려갈 생각을 한 거야? 기회만 있으면 그 애가 일 저지르는 것 너도 알잖아."

톰을 나무랄 때면 그의 잘못된 행동을 어떻게든 다른 사람, 즉 매기 탓으로 돌리는 게 털리버 부인의 버릇이었다.

매기가 혼자 연못가에 앉아 있을 거라는 생각은 털리버 부인이 늘 갖고 있던 공포심을 불러일으켰다. 그 불운한 아이를 눈으로 봐야 안심이 될 것 같아 그녀는 승마용 발판에 올라섰다. 한편 톰은 매기가 있는 쪽으로 걸어갔으나, 아주 빨리 걷지는 않았다.

"우리 아이들은 물이라면 사족을 못 써요." 그녀는 자기 말을 들을 사람이 아무도 없다는 생각을 하지 않고 크게 말했다. "저 애들은 언젠가 물에 빠져 죽어 들어올 거야. 강이 좀 더 멀었으면 좋겠어."

그러나 톰이 매기를 찾지 못했을 뿐 아니라 곧 연못에서 혼자 돌아오는 모습을 보자, 그녀를 늘 따라다니던 두려움이 밀려와 그녀의 마음을 완전히 사로잡았다. 그녀는 서둘러 톰을 맞으러 나갔다.

"연못 근처 아무 데도 매기가 없는데요, 엄마." 톰이 말했다. "어디론가 가버렸어요."

얼마나 공포에 질려 매기를 찾았으며, 매기가 연못에 없다는 사실을 어머니에게 확인시키는 게 얼마나 어려운 일이었을지 상상할 수 있을 것이다. 풀릿 부인은 매기가 살아 있다면 더 나쁜 결과를 만들지 모른다고 말했다. 도대체 알 수가 없었다. 풀릿 씨는 혁명이라도 일어난 듯 이 일에 갈피를 잡지 못하고 당황했다. 티타임은 연기되었다. 여느 때와 달리 이리저리 뛰어다니는 사람들 때문에 닭들이 놀랐다. 풀릿 씨는 수색 연장으로 작은 가래를 집어 들고 열쇠 하나를 꺼내 매기가 숨어 있을 만한 거위 우리의 자물쇠를 열었다.

잠시 후 톰은 매기가 집에 갔을지도 모른다고 (자기라면 그런 상황에서 집에 갔을 거라고 말할 필요를 느끼지 않고) 이야기했다. 그 생각은 어머니에게 위로가 되었다.

"언니, 제발, 마차에 말을 매어 집에 데려다 주세요. 아마 길에서 그 애를 만날지도 몰라요. 루시는 더러운 옷을 입고 걸을 수 없고요." 털리버 부인은 숄을 걸치고 맨발로 소파에 앉아 있는, 죄 없는 희생자를 바라보며 말했다.

풀릿 이모는 가장 신속하게 집안을 정리하고 조용하게 만들 이 방법을 매우 기꺼이 받아들였다. 얼마 지나지 않아 털리버 부인은 이륜마차에 올라 근심 어린 모습으로 아주 멀리 앞을 바라보고 있었다. 매기를 잃어버린다면 매기

아버지가 뭐라고 할 것인가? 바로 이것이 무엇보다 그녀의
마음속을 지배하는 질문이었다.

# 11
## 매기가 자기 그림자에게서 도망치려고 시도하다

여느 때처럼 매기는 톰이 상상하는 것보다 훨씬 더 큰 모험을 하기로 마음먹었다. 톰과 루시가 가버린 뒤 매기의 마음속에서는 결심이 점점 커졌다. 집에 가겠다는 그런 단순한 결심이 아니었다. 천만에! 그녀는 집시들에게로 도망갈 것이다. 그렇게 되면 톰은 그녀를 더 이상 보지 못할 것이다. 이것은 매기에게 결코 새로운 생각이 아니었다. 그녀는 집시 같다거나 '꽤 거칠다'는 말을 매우 자주 들어왔다. 그래서 마음이 괴로울 때면 공유지에 있는 작은 갈색 텐트 속에서 사는 게 이런 비난을 피해 환경과 조화를 이룰 유일한 길처럼 보였던 것이다. 그녀는 집시들이 자기를 기꺼이 받아들이고, 탁월한 지식 때문에 매우 존경할 거라 생각했다. 그녀는 전에 한번 톰에게 그 문제를 얘기하며, 얼굴에 갈색 칠을 하고 함께 도망가자고 제안했다. 그러나 톰은 그 계획을 경멸하며 거절했다. 그는 집시란

도둑놈으로, 먹을 것도 없고 당나귀 말고는 타고 다닐 만한 동물도 없는 사람들이라고 말했다. 그러나 오늘 매기는 자기의 비참한 처지엔 집시라는 신분만이 유일한 피난처일 거라고 생각할 지경에 이르렀다. 그 일이 자기 인생의 중대한 위기라 느낀 그녀는 앉아 있던 나무 밑동에서 일어섰다. 그녀는 던로 공유지에 다다를 때까지 곧장 뛰어가려 했다. 분명 집시들은 그곳에 있을 것이고, 잔인한 톰과 자기를 비난하던 다른 친척도 다시는 그녀를 못 볼 것이다. 그녀는 뛰어가면서 아버지 생각을 했다. 하지만 자기가 어디 있는지 말하지 않고 도망친 어린 집시 편에 몰래 편지를 보내, 자기는 잘 지내며 행복하고 언제나 아버지를 많이 사랑한다는 사실을 알리겠다는 결심을 하고서야, 아버지와 이별한다는 생각을 접었다.

매기는 뛰느라 곧 숨이 찼다. 그러나 톰이 연못에 다시 이르렀을 무렵, 그녀는 밭 세 개 정도 떨어진 거리에 있었고 큰길로 통하는 좁은 길 끄트머리에 있었다. 그녀는 멈추어 숨을 골랐다. 집시들이 있는 공유지에 이를 때까지 도망치는 게 그리 유쾌한 일은 아니라고 생각했다. 그러나 그녀의 결심은 약해지지 않았다. 그녀는 곧 문을 통해 좁은 길로 들어갔으나, 그 길이 어디로 이어지는지 몰랐다. 돌코트 물방앗간에서 가룸 퍼스에 올 때는 그 길로 오지 않았기 때문이다. 잡힐 가능성이 없기 때문에 더욱 안전하다고 느꼈다. 그러나 그녀는 곧 자기 앞에 좁은 길을 따라오는 두 남자의 존재를 의식하고 떨지 않을 수 없었다. 낯선 사람을 만날 거라는 생각은 전혀 하지 않았던 것이다.

그녀는 아는 사람이 자기 뒤를 따라올 거라는 생각에만 지나치게 몰두했던 것이다. 무섭게 생긴 낯선 두 남자는 붉은 얼굴에 남루해 보였다. 한 남자는 어깨에 지팡이를 둘러메고 거기 꾸러미를 하나 달고 있었다. 매기는 그들이 자기를 가출했다고 비난할까 봐 두려웠다. 그때 꾸러미를 매단 남자가 멈춰서 구슬프기도 하고 달래는 듯한 말투로 가난한 사람에게 적선할 동전이 있느냐고 묻자, 그녀는 놀랐다. 매기의 주머니에는 글레그 이모부가 준 6펜스가 있었다. 그녀는 즉시 그 돈을 꺼내 우아한 미소를 지으며 그 가난한 사람에게 주었다. 그녀는 그 남자가 자기를 너그러운 사람으로 여기고 매우 고마워하길 바랐다. "가진 돈이 이것뿐인데요." 매기는 미안해하며 말했다. "고마워요, 꼬마 아가씨." 그 남자는 매기가 예상한 것보다 별로 존경하지도 감사하지도 않았다. 그녀는 그가 심지어 자기 친구에게 미소를 지으며 윙크하는 것을 보았다. 그녀는 서둘러 걸어갔지만, 두 남자가 아직도 서 있음을 알았다. 어쩌면 자기 뒷모습을 보기 위해서인지도 몰랐다. 곧 그들이 크게 웃는 소리가 들렸다. 갑자기 그들이 자기를 바보라 여길지 모른다는 생각이 들었다. 톰은 머리카락을 자른 그녀가 바보처럼 보인다고 말했다. 너무나 아픈 기억이어서 쉽게 잊히지 않았다. 게다가 그녀는 소매 없는 옷에, 케이프와 모자만 걸치고 있었다. 분명히 그녀는 행인들에게 좋지 않은 인상을 주었을 것이다. 그래서 들판으로 되돌아갈 생각도 해보았다. 그러나 여전히 풀릿 이모부 소유의 들판에 있게 될까 싶어, 전처럼 그 좁은 길과 같은 방향으로는 가지 않았다. 그녀는 열려 있는 첫 번째 문을 지나 돌아섰다. 조금 전에 창피한 만남이 있었던 터라 산울타리를 따라 천천히 걸어갈 때는 남의 눈을 피할 수 있어 기뻤다. 그녀는 혼자 들판을 방황하는 데 익숙했고, 큰길보다 거기 들판에 있는 게 겁나지 않았다. 가끔 높은 문 위로 기어 올라가야 했지만, 별로 대수롭지 않은 장애물이었다. 매기는 사람들 눈이 미치지 않는 곳으로 재빨리 벗어났다. 필시 던로 공유지나 적어도 다른 공유지가 보이는 곳에 곧 도착해야 했다. 멀리 가면 반드시 공유지에 이르게 된다는 아버지 말씀을 들은 적이 있었다. 그녀는 그렇게 되길 바랐다. 몹시 피곤하고 배가 고팠으며 집시들이 있는 곳에 도착할 때까지는 버터 바른 빵을 먹을 가망도 없었기 때문이다. 아직 훤한 대낮이었다. 풀릿 이모는 도슨가의 오랜 습관을 그대로 간직하여, 태양으로는 4시 30분에, 부엌 시계로는 5시에 차를 마셨다. 그래서 출발한 지 거의 한 시간이 지났지만, 들판에는 밤이 다가온다는 사실을 상기시켜 줄 만한 어둠이 깔리지 않았다. 하지만 사실 그녀는 꽤 먼 거리를 걸어온 듯했다. 정말 놀랍게도 공유지는 아직 눈에 들어오지 않았다. 그때까지로 봐서 아직 그녀는 목초지가 아주 많은 가룸의 비옥한 교구 안에 있었고, 멀리 일꾼 한 명만이 보였다. 몇 가지 점에서는 다행한 일이었다. 일꾼들은 너무 무식해서 그녀가 던로 공유지에 가고 싶어 하는 이유를 제대로 이해하지 못할 것이기 때문이다. 그러나 그녀에게 개인적으로 아무 질문도 하지 않으면서 길을 가르쳐줄 사람을 만난다면 더 좋을 터였다. 마침내 푸른 들판이 끝나고,

매기는 길 양쪽 넓은 가장자리에 풀이 자란 길을 문빗장 사이로 들여다보았다. 전에 그토록 넓은 샛길을 본 적이 없어서, 이유는 모르지만 공유지가 멀지 않다는 인상을 받았다. 아마도 발에 통나무를 매달고 길 가장자리에서 풀을 뜯고 있는 당나귀 한 마리를 보았기 때문인지 모른다. 아버지의 이륜마차를 타고 갈 때 던로 공유지에서 불쌍하게도 그런 장애물을 매단 당나귀를 본 적이 있었던 것이다. 그녀는 그 문빗장 사이로 나와서 다시 기운을 내어 계속 걸어갔다. 하지만 악마 아바돈과 권총 든 노상강도, 양쪽 귀까지 입이 쭉 찢어진 노란 옷을 입은 눈깜짝이 난쟁이* 와 여러 가지 다른 위험이 자꾸만 머리에 떠올랐다. 어린 매기는 활발한 상상력에서 나온 두려움과, 강한 충동에서 나온 대담함을 모두 지녔으니까. 그녀는 미지의 집시 친척들을 찾는 모험에 성급히 뛰어들었다. 그러나 이제 이 낯선 샛길에서 가죽 앞치마를 두른 악마 같은 대장장이가 팔꿈치를 굽히고 허리에 손을 얹은 채 자기에게 이를 드러내며 웃는 모습을 보게 될까 두려워, 주위 어느 쪽도 감히 쳐다볼 수 없었다. 작은 언덕 옆에 맨발을 높이 쳐든 조그만 두 다리를 보자, 매기는 가슴이 두근거렸다. 두 다리는 끔찍하게 이상한, 기분 나쁜 버섯처럼 보였다. 처음 보았을 때는 너무 흥분해서, 그 다리에 걸쳐진 누더기와 덥수룩한 검은 머리는 보지 못했다. 소년은 곤히 잠들어 있었

* Apollyon:「요한계시록」9장 11절 참조. 『천로역정』의 주인공 크리스천이 굴욕의 골짜기에서 만난 '사악한 악마'이며, 그는 이 악마와 극적 싸움을 벌인다.

다. 매기는 소년을 깨우지 않으려고 더 빨리, 더 조용히 종종걸음을 쳤다. 그 소년이 친구가 될 집시이며, 어쩌면 매우 친절한 태도를 지녔을지 모른다는 생각은 떠오르지 않았다. 그러나 그것은 사실이었다. 매기는 샛길 다음 모퉁이에서, 그 앞에 솟아오르는 푸른 연기와 더불어 작은 반달 모양으로 쳐진 검은 천막을 실제로 보았던 것이다. 그 천막은 문명사회에서 그녀를 쫓아다니던, 모든 해로운 비난에서 그녀를 구해 줄 은신처가 될 터였다. 그녀는 연기 기둥 옆에 서 있는 키 큰 여자를 보았다. 아마도 차와 다른 음식을 마련하는 엄마 집시일지 몰랐다. 더 기쁘지 않았다는 게 매기 스스로도 놀라웠다. 하지만 결국 공유지가 아니라 샛길에서 집시를 발견했다는 것은 놀라운 일이었다. 실은 조금 실망스럽기도 했다. 매기는 안에 들어가 숨을 만한 모래 웅덩이가 있고, 누구도 찾을 수 없는, 신비롭고 끝없는 공유지를 집시 생활의 일부로 항상 그려왔기 때문이다. 그래도 그녀는 계속 걸어갔다. 집시들은 아마 바보에 관해서라면 아무것도 모를 터이므로, 그녀를 바보로 착각하는 실수를 범할 위험은 없다는 생각에 다소 위로를 얻었다. 분명 그녀는 주의를 끌었다. 팔에 아기를 안고 있는 젊은 여인으로 밝혀진, 그 키 큰 여자가 천천히 매기 쪽으로 걸어왔다. 매기는 다가오는 그 낯선 얼굴을 좀 떨면서 바라보았다. 그리고 자기를 집시라고 부른 풀릿 이모와 다른 사람들의 생각이 옳다는 데 안심했다. 반짝이는 검은 눈과 머리를 길게 기른 그 여자의 얼굴은 매기가 머리카락을 자르기 전 거울에서 보았던 자기 모습과 정말 비슷한 데가 있었던 것이다.

"꼬마 아가씨, 어딜 가시나요?" 그 집시는 공손히 달래
듯 물었다.

그것은 즐거운 일이었으며, 바로 매기가 기대하던 대로
였다. 집시들은 매기가 귀한 집 아가씨라는 것을 즉시 알
아채고, 그렇게 대하기로 한 것이다.

"더는 안 가요." 매기는 마치 꿈속에서 연습하던 말을
되뇌는 것 같았다. "아줌마랑 살려고 왔어요."

"거참, 잘됐군요. 그럼 이리 오세요. 아주 귀여운 아가
씨네요." 집시는 매기의 손을 잡으며 말했다. 매기는 집시
가 매우 상냥하다고 생각했는데, 그렇게 더럽지 않았으면
했다.

불 있는 곳에 도착하니, 불가에는 집시들이 여러 명 모
여 있었다. 늙은 집시 여인이 무릎을 어루만지며 땅에 앉
아, 김을 뿜어내는 냄새나는 둥근 솥에 꼬챙이를 넣고 가
끔 휘저었다. 머리가 헝클어진 두 아이는 작은 스핑크스처
럼 팔에 얼굴을 기댄 채 누워 엎드려 쉬고 있었다. 태평한
당나귀 한 마리가 키 큰 소녀 위로 머리를 숙이고 있었다.
소녀는 등을 대고 누워 당나귀 코를 긁어주며, 훔쳐 온 질
좋은 건초를 한 입 주어 당나귀의 비위를 맞추고 있었다.
비스듬히 비치는 햇살이 그들을 다정하게 비추었다. 매기
는 그 모습이 정말 아름답고 편안한 광경이라 생각했다.
그녀는 그들이 곧 찻잔을 내놓기만을 바랐다. 저 집시들이
빨랫대야를 사용하고 책에 관심을 갖도록 가르쳐준다면 모
든 일이 아주 재미있을 터였다. 그런데 그 젊은 여자가 알

수 없는 말로 노파에게 말하기 시작하고, 당나귀에게 먹이를 주던 키 큰 소녀가 일어나 인사도 하지 않고 매기를 바라보자, 매기는 조금 당황했다. 마침내 노파가 말했다. "아니, 예쁜 아가씨, 우리랑 같이 살려고 왔어? 앉아서 어디서 왔는지 말해 봐요."

정말 동화 같았다. 매기는 예쁜 아가씨라 불리고 이런 대접을 받는 게 기분 좋았다. 그녀는 앉아서 말했다. "난 불행해서 집에서 나왔어요. 집시가 되려고요. 괜찮다면 당신들과 함께 살고 싶어요. 난 아주 많은 걸 당신들에게 가르쳐줄 수 있어요."

"영리한 꼬마 아가씨로군." 아기를 안은 여자가 매기 옆에 앉아 아기를 기어 다니게 놔두었다. "아주 예쁜 모자와 가운이로구나." 그녀는 이렇게 덧붙이고, 알아듣지 못하게 노파에게 말하면서 매기의 모자를 벗기고는 유심히 살폈다. 키 큰 소녀가 모자를 낚아채더니, 이를 드러내고 웃으면서 모자를 거꾸로 하여 머리에 써보았다. 매기는 이 문제에서 자신이 모자에 민감한 것처럼 약점을 보이지 않기로 마음먹었다.

"난 보닛 같은 건 쓰고 싶지 않아요." 옆에 있는 여자를 바라보면서 매기가 말했다. "차라리 아줌마처럼 빨간 손수건을 두르고 싶어요. 어제까지는 머리카락이 아주 길었는데 잘라버렸어요. 하지만 금방 자랄 거예요." 매기는 변명하듯 덧붙였다. 아마도 집시들은 강한 편견 때문에 긴 머리를 좋아할 거라 생각했다. 매기는 집시들의 환심을 사고 싶은 마음에 그 순간 배가 고프다는 사실조차 잊어버렸다.

"꼬마 아가씨, 착하기도 하지! 틀림없이 부자일 거야." 노파가 말했다. "예쁜 집에서 살았겠지?"

"그럼요, 우리 집은 예뻐요. 난 낚시하러 가던 강을 아주 좋아해요. 하지만 가끔은 너무 속상해요. 내 책들을 가져오고 싶었지만, 서두르느라 그냥 왔어요. 하지만 내 책에 있는 건 거의 다 얘기해 줄 수 있어요. 몇 번씩이나 읽었거든요. 그 얘기 들으면 재미있을 거예요. 또 지리에 대해, 우리가 사는 세계에 관해 아주 유익하고 재미있는 얘기를 해줄 수도 있어요. 콜럼버스 이야기 들어보셨어요?"

매기의 눈이 반짝이고 뺨이 상기되기 시작했다. 그녀는 실제로 집시들을 가르치기 시작했고, 그들에게 커다란 영향을 미쳤다. 집시들은 그런 이야기를 듣고 깜짝 놀랐다. 비록 매기 오른쪽에 있던 여자가 그 무렵 몰래 매기의 주머니에서 비운 물건 때문에 그들의 주의가 산만해지긴 했지만 말이다.

"꼬마 아가씨 사는 데가 어디라고?" 콜럼버스 이야기를 듣던 노파가 물었다.

"그게 아니고요!" 다소 측은하게 여기면서 매기가 말했다. "콜럼버스는 매우 훌륭한 사람이에요. 지구를 절반이나 발견했죠. 사람들은 그를 쇠사슬에 묶어 함부로 다루었어요. 그 이야기는 지리 문답 책*에 나와요. 하지만 너무 길어서 차를 마시기 전에는 다 얘기할 수 없어요…… 정

* 1820년대와 1830년대에 활동하면서 여러 교육서를 쓴 윌리엄 피녹 (William Pinnock)의 책으로 추정된다.

말 차를 마시고 싶어요."

이 마지막 말은 매기 입에서 불쑥 튀어나왔다. 생색을 내며 가르쳐주던 매기의 태도가 갑자기 투정 부리는 태도로 바뀌었다.

"저런, 이 가여운 꼬마 아가씨가 배고픈 모양이네." 젊은 여자가 말했다. "찬 음식이라도 좀 주렴. 틀림없이 꽤 먼 길을 걸어온 모양인데. 집이 어디지?"

"돌코트 물방앗간인데, 여기서 꽤 멀어요." 매기가 말했다. "우리 아빠는 털리버 씨고요. 하지만 나 여기 있다고 아빠에게 알리면 안 돼요. 아빠가 다시 집으로 데려갈 거예요. 집시 여왕은 어디 살아요?"

"뭐라고! 꼬마 아가씨, 여왕에게 가고 싶어?" 젊은 여자가 말했다. 그동안 키 큰 소녀는 줄곧 매기를 바라보며 이를 드러내고 웃었다. 분명 그녀의 태도는 유쾌하지 않았다.

"아니요," 매기가 말했다. "그 여왕이 그리 훌륭하지 않다면 죽었을 때 여러분이 기뻐할 테고 다른 여왕을 택할 거라고 그냥 생각해 봤어요. 내가 여왕이 되면, 아주 훌륭한 여왕이 되어서 모두에게 잘해 줄 거예요."

"자, 여기 먹을 게 좀 있구나." 노파가 먹다 남은 걸 담아둔 자루에서 마른 빵 한 덩이와 식은 베이컨 한 조각을 꺼내 매기에게 건네주었다.

"고맙습니다." 매기는 음식을 받지 않고 바라보며 말했다. "하지만 이것보다 버터 바른 빵과 차를 좀 주시겠어요? 베이컨은 잘 안 먹거든요."

"차도, 버터도 없어." 노파는 매기를 달래는 데 지쳤다는 듯 인상을 썼다.

"당밀 바른 빵 조금도 괜찮아요." 매기가 말했다.

"당밀 같은 것도 없다니까." 화가 난 노파가 말했다. 두 여자 사이에 알 수 없는 말로 날카로운 실랑이가 벌어졌다. 스핑크스같이 생긴 아이가 베이컨 끼운 빵을 낚아채어 먹기 시작했다. 그 순간 저 멀리 갔던 키 큰 소녀가 돌아와 뭐라고 말하자, 큰 효과가 나타났다. 매기가 배고프다는 사실을 잊어버린 듯했던 노파는 나무 꼬챙이를 냄비 속에 넣어 다시 힘차게 저었고, 젊은 여자는 텐트 속으로 들어가 큰 접시와 수저 몇 개를 꺼내 왔다. 매기는 조금 떨렸고, 눈물이 흐를까 봐 두려웠다. 그러는 동안에 키 큰 소녀가 날카롭게 소리를 지르자, 아까 지나칠 때 잠들어 있던 소년이 곧 달려왔다. 그 아이는 톰 또래의 거친 개구쟁이였다. 그 애는 매기를 뚫어지게 바라보았고, 알 수 없는 수다가 계속 이어졌다. 매기는 몹시 외로웠고, 곧 울음을 터뜨릴 것만 같았다. 집시들은 전혀 그녀에게 개의치 않는 듯했다. 그들 사이에서 그녀는 아주 무력함을 느꼈다. 그러나 다시 새로운 공포 때문에 흐르던 눈물이 멈추었다. 길에서 접근하여 갑자기 공포심을 불러일으켰던 두 남자가 다가왔던 것이다. 두 사람 중 나이 많은 남자는 자루를 둘러메고 있었다. 그는 자루를 내던지더니, 여자들에게 뭐라고 크게 꾸짖었다. 그러자 여자들은 건방지고도 높은 하이 소프라노로 한바탕 뭐라고 대꾸했다. 한편 검은 잡종 개 한 마리가 짖으며 달려들자 매기는 겁이 덜컥 났다. 젊은 남자가 개를 불러 손에 든 큰 지팡이로 한 대 때

리면서 욕설을 퍼부었다. 매기는 그 욕을 듣고 다시 겁이
났다.

매기는 그 사람들의 여왕이 된다든가, 재미있고 유익한
지식을 전해 주지 못하겠다고 생각했다.

이제 두 남자는 매기에 관해 뭔가 물어보는 것 같았다.
그들이 매기를 바라보았고, 한편으로는 호기심 어린 말투
로 다른 한편으로는 그 호기심을 충족시키는 평온한 말투
로 말했기 때문이다. 마침내 젊은 여자가 이전처럼 달래는
듯 공손한 어조로 말했다.

"이 꼬마 아가씨가 우리랑 살려고 왔다는데, 기쁘지 않
아요?"

"물론, 기쁘고말고." 젊은 남자가 말했다. 그는 매기의
주머니에서 꺼낸 은 골무와 다른 소소한 물건을 바라보았
다. 그는 젊은 여자에게 뭐라고 말하면서 은 골무만 빼고
전부 돌려주었다. 그녀는 즉시 매기의 주머니에 돌려주었
다. 남자들은 앉아서 고기와 감자 스튜 같은 냄비에 담긴
음식을 정신없이 먹기 시작했다. 음식은 불에서 내려져 노
란 접시에 담겨 있었다.

매기는 접시에 관한 톰의 판단이 옳았다는 생각이 들기
시작했다. 그 남자가 골무를 돌려줄 생각이 없다면, 그들
은 틀림없이 도둑이라 할 수 있다. 그녀는 그 남자에게 골
무를 기꺼이 줄 수도 있을 것이다. 왜냐하면 그녀는 골무
에 전혀 애착을 느끼지 않았기 때문이다. 하지만 그녀는
자기가 도둑들 사이에 있다는 생각에, 그들이 다시 정중히
대해 주고 주의를 기울여줘도 위로받지 못했다. 로빈 후드

만 제외하고 도둑이란 다 나쁜 놈이다. 여자들은 매기가 겁에 질려 있음을 눈치 챘다.

"아가씨가 먹을 만한 게 아무것도 없네." 노파가 달래는 투로 말했다. "꼬마 아가씨가 몹시 배고픈데."

"자, 이것 좀 먹어봐요." 젊은 여자가 매기에게 쇠숟가락과 함께 갈색 접시에 담긴 스튜를 건네주었다. 매기는 두려움 때문에 식욕이 없었지만 베이컨과 빵을 좋아하지 않는다고 했을 때 노파가 화를 내는 듯했던 일을 기억하고, 스튜를 감히 거절하지 못했다. 아버지가 이륜마차를 타고 우연히 지나가다가 태워주었으면! 아니면 거인을 죽인 소년 잭이나 그레이트하트* 씨, 반 페니짜리 동화에 등장하는 용을 찔러 죽인 성 조지**가 우연히 이 길로 지나간다면! 그러나 매기는 이런 영웅들이 세인트오그스 근처에 나타난 적이 없다는 사실, 즉 여태 이곳에서는 그리 놀라운 일이 일어난 적이 없다는 사실을 기억하고 낙심했다.

알다시피 매기 털리버는 그 당시 여덟 살이나 아홉 살난 자그마한 여자 애가 으레 그렇듯이, 제대로 교육받아 지식이 많은 것이 아니었다. 그녀는 세인트오그스 소재의 학교에 일 년밖에 다니지 않았고, 읽을 책이 너무 없어서 가끔은 사전을 읽기도 했다. 그래서 그녀의 편협한 정신세계를 들여다보면, 예상치 못한 지식뿐 아니라 전혀 예상치 못한 무지도 보게 된다. 그녀는 '일부일처(polygamy)'라는

---

\* 『천로역정』에 나오는 용사로서, 크리스티나와 다른 여성을 보호해준다.

\*\* 영국의 수호성인.

단어가 있음을 여러분에게 알려줄 수 있다. 또한 '다음절어(polysyllable)'라는 단어를 알기 때문에, '폴리(poly)'에 '많은'이란 뜻이 있다는 결론을 알려줄 수도 있다. 하지만 집시들에게 식료품이 충분치 않다는 사실에 대해선 전혀 아는 바가 없었다. 그처럼 그녀의 생각에는 대체로 분명한 통찰력과 맹목적인 꿈이 기이하게 뒤섞여 있었다.

그 마지막 오 분 동안 집시에 대한 그녀의 생각이 갑자기 바뀌었다. 그녀는 집시들이란 가르침을 잘 따르는 매우 존중할 만한 친구들이라고 생각해 왔지만, 날이 어두워지자마자 아마도 자기를 죽이고 자기 몸을 토막 내어 서서히 요리할 계획이라고 생각하기 시작했다. 그녀는 마음속으로 눈매가 사나운 늙은 남자가 실은 악마로서, 언제든지 저 빤히 들여다뵈는 가면을 벗어던지고 이를 드러내며 웃는 대장장이나 용의 날개를 단 불같은 눈빛의 괴물로 변할 거라고 의심했다. 스튜를 애써 먹으려 했지만 아무 소용이 없었다. 그녀가 가장 두려운 것은 집시를 아주 못마땅해하는 자기 생각을 들켜 집시들을 화나게 만드는 것이었다. 그녀는 어느 신학자도 능가하지 못할 예리한 관심을 갖고, 정말로 악마가 있다면 자기 생각을 알아보지 않을까 궁금해했다.

"저런! 이 스튜 냄새가 싫은가 보군요." 그 젊은 여자는 매기가 스튜를 한 숟갈도 뜨지 않은 걸 보고 말했다. "자, 조금만 먹어봐요."

"고맙습니다만, 괜찮아요." 매기는 필사적으로 온 힘을 다해 다정하게 미소를 지으려 했다. "시간이 없어요. 점점 어두워지는 것 같은데. 이만 집에 가봐야겠어요. 다음에 다시 올게요. 그땐 잼 파이하고 다른 음식도 한 바구니 갖다 드릴게요."

매기는 실현 가능성이 없는 약속을 하며 자리에서 일어났다. 그리고 아바돈이 속아 넘어가기를 진심으로 바랐다. 그러나 집시 노파가 이렇게 말하자 그녀의 희망은 사라졌다. "꼬마 아가씨, 잠깐 기다려. 잠깐만. 저녁 다 먹고, 집에 아주 안전하게 데려다 줄게. 귀한 아가씨답게 집에 태워다 줄게."

매기는 다시 앉았다. 그녀는 곧 키 큰 소녀가 당나귀에게 재갈을 물리고 짐 두 개를 싣는 모습을 보았지만, 그 약속을 별로 믿지는 않았다.

"자 그럼, 꼬마 아가씨." 젊은 남자가 일어나 당나귀를 앞으로 몰고 왔다. "어디 사는지 말해 봐. 사는 데가 어디지?"

"돌코트 물방앗간이 우리 집이에요." 매기가 열심히 말했다. "아버지는 털리버 씨인데요, 거기 살아요."

"뭐! 세인트오그스 이쪽으로 조금 떨어진 큰 물방앗간 말이니?"

"네." 매기가 말했다. "거기가 먼가요? 제발 걸어갔으면 좋겠는데."

"안 돼, 안 돼. 날이 곧 어두워져서 서둘러야 해. 저 당나귀가 잘 데려다 줄 거라니까."

그는 이렇게 말하면서 매기를 들어 올려 당나귀에 태웠다. 매기는 늙은 남자가 자기와 함께 가지 않는 것 같아서 안심했다. 하지만 자기가 정말 집에 가게 될 거라는 희망만은 갖고 있었다.

"여기 예쁜 모자가 있구나." 젊은 여자는 조금 전까지는 무시했지만 지금은 반가운 그 장식품을 매기의 머리에 씌워주었다. "아가씨를 아주 친절히 대해 주었다고 말할 거죠? 그리고 착한 꼬마 아가씨라고 불러준 것도요."

"그럼요, 고맙습니다." 매기가 말했다. "정말 감사해요. 아줌마도 나랑 같이 가시면 좋을 텐데요." 매기는 저 무서운 남자와 단둘이 가는 것보다는 뭐라도 나을 거라 생각했다. 어쩌면 많은 사람들에게 살해당하는 편이 더 즐거울지도 모른다.

"아하, 아가씨는 날 제일 좋아하나 보죠?" 그 여자가 말했다. "하지만 갈 수 없어요. 아가씬 나보다 훨씬 빨리 갈 테니까요."

이제 앞에서 매기를 붙잡고 있는 그 남자도 당나귀를 타고 가려는 것처럼 보였다. 매기는 이보다 더 무서운 악몽은 없었지만, 당나귀와 마찬가지로 그 결정에 반대할 수 없었다. 그 여자는 매기의 등을 두드리며 잘 가라고 했다. 그 남자가 막대기를 치자 강력한 신호를 받은 당나귀가 한 시간 전에 매기가 왔던 곳을 향해 샛길을 따라 재빨리 걷기 시작했다. 키 큰 소녀와 막대를 든 거친 개구쟁이도 소리를 지르고 찰싹찰싹 치면서, 고맙게도 매기와 그 남자를 100미터나 바래다주었다.

유령이 되어 나타난 애인과 한밤중에 기이한 산책을 했던 레오노레*도, 발걸음이 잰 당나귀를 이렇듯 아주 자연스레 타고 있는 가련한 매기보다 공포에 질리지는 않았을 것이다. 매기는 2실링 5펜스짜리 돈벌이를 하고 있다고 생각하고 그녀 뒤에 탄 집시와 함께 있었던 것이다. 붉은 석양빛에는, 발에 통나무를 매단 다른 당나귀의 걱정스러운 울음소리와 분명히 뭔가 관계된 불길한 의미가 있는 것 같았다. 지붕이 나지막한 두 채의 초가집은 샛길에서 지나는 유일한 집들인데, 황량함을 더해 주는 듯했다. 그 집에는 이렇다 할 창문이 없었고 문도 굳게 닫혀 있었다. 아마 그 집에는 마녀들이 살고 있을 것이다. 당나귀가 그곳에서 멈추지 않는다는 사실을 알고 안심했다.

마침내——아, 얼마나 기쁜 광경인가!——세상에서 가장 길게만 느껴지던 그 샛길이 끝나자 넓은 대로가 펼쳐졌다. 대로에는 실제로 마차 한 대가 지나가고 있었다! 길모퉁이에 안내 표지판이 있었다. '세인트오그스까지 3킬로미터'라고 표시된 그 표지판을 전에 확실히 본 적이 있었다. 그렇다면 그 집시는 정말 집으로 데려다 줄 셈이었던 모양이다. 어쩌면 결국 그는 착한 사람이었으며, 자기와 단둘이 오는 걸 매기가 싫어했다는 생각을 하고 기분이 나빴을지도 모른다. 아주 잘 아는 길이라는 확신이 들수록 그런 생각이 점점 강해졌다. 그녀는 기분이 상한 집시와 어떻게 이야기를 시작해서 그의 기분을 맞추고 자기가 비겁하다는 인상을 지워버릴까 생각하는 중이었다. 그들이 십자로에

---

\* 독일의 시인 뷔르거(G. A. Bürger)의 중세풍 시 「레오노레」에 나오는 여주인공.

이르렀을 때, 매기는 흰말을 타고 가는 사람을 보았다.

"아, 멈춰요, 멈춰주세요!" 매기가 외쳤다. "저기 우리 아빠예요! 아빠, 아빠!"

그 갑작스러운 기쁨에 거의 고통스러울 정도였다. 아버지가 가까이 오기도 전에 그녀는 훌쩍거렸다. 털리버 씨는 대경실색했다. 그는 배싯을 돌아보고 오던 길로, 아직 집에 가지 않았기 때문이다.

"아니, 어찌된 일이냐?" 털리버 씨가 말을 멈춰 세우는 동안, 매기는 당나귀에서 내려 아버지의 말등자로 달려갔다.

"꼬마 아가씨가 길을 잃었나 봐요." 집시가 말했다. "던로 샛길 맨 끝에 있는 우리 텐트로 왔더군요. 그래서 아가씨 집이 있는 데로 데려다 주던 길입니다. 하루 종일 헤매다 오기에는 꽤 먼 거리죠."

"그래요, 아빠. 저 아저씨가 고맙게도 집에 데려다 주려 했어요." 매기가 말했다. "매우 친절하고 착한 아저씨예요!"

"자, 그럼, 이걸 받아요." 털리버 씨는 5실링을 꺼냈다. "오늘 아주 좋은 일을 했소. 난 이 꼬마 아가씨를 잃을 수 없소. 자, 이 앨 들어 앞에 태워주시오."

"매기, 대체 어찌된 일이냐, 어떻게 된 거야?" 말을 타고 가면서 털리버 씨가 물었다. 매기는 아버지에게 머리를 기대고 훌쩍거렸다. "어떻게 돌아다니다 길을 잃어버렸니?"

"아빠," 매기가 흐느꼈다. "너무 속상해서 가출했어요. 톰 오빠가 몹시 화를 냈거든요. 견딜 수가 없었어요."

"아이고 맙소사," 털리버 씨가 달래며 말했다. "아빠한테서 도망칠 생각하면 못쓴다. 우리 딸 없이 아빠가 어찌

살겠니?"

"아빠, 다시는 안 그럴게요, 정말이에요."

털리버 씨는 그날 저녁 집에 도착하자 자기 마음을 매우 단호하게 말했다. 그 효과는 그녀가 집시에게 도망쳤던 그 어리석은 일로 어머니에게서 한마디 야단도 듣지 않고 톰에게 조롱받지도 않았다는 놀라운 사실에서 나타났다. 매기는 여느 때와는 다른 그런 대접이 오히려 두려웠다. 그녀는 가끔 자기가 너무 못되게 굴어서 언급조차 하지 않는 거라고 생각했다.

# 12
## 집안에서의 글레그 씨 부부

집에 있는 글레그 씨 부부를 만나려면, 세인트오그스 읍으로 들어가야 한다. 그곳은 지붕에 세로 홈이 붉게 새겨 있고, 창고 박공이 넓은 유서 깊은 마을이었다. 그곳에서는 검은 배들이 머나먼 북부 지방에서 실어 온 화물을 내리고, 아마도 최고의 고전적인 전원시*를 읽은 나의 세련된 독자들이라면 잘 아는, 내륙의 값진 제품과 고급 치즈, 그리고 부드러운 양모를 대신 싣고 간다.

그곳은 명금류**들의 둥지나 흰개미의 구불구불한 통로만큼이나 꾸준히 만들어진 자연의 부산물 같은 인상을 주는 아주 오래된 마을이다. 그 마을은 천 년 묵은 나무처럼, 긴 성장과 역사의 흔적을 지닌 곳이다. 로마 군단이 언덕 위 진지에서 물러나고, 장발의 해적 왕들이 강으로

---

* 특히 테오크리토스와 베르길리우스.
** 고운 소리로 우는 새로 꾀꼬리, 참새, 제비 등이 속한다.

올라와 사납고도 간절한 열망의 눈빛으로 비옥한 땅을 바라보던 시절부터, 강과 낮은 언덕 사이에 생겨나 그 자리에서 발전해 왔다. 그곳은 "잊혀진 세월을 잘 아는"* 마을이다. 색슨 족의 영웅이자 왕**의 망령이 지금도 그곳을 이따금 생각난다는 듯 거닐면서 청춘과 연애 시절의 장면을 회상하고, 무서운 야만인인 데인 사람***의 한층 우울한 망령을 만나기도 한다. 그는 자기 부하 병사 가운데 보이지 않게 복병해 있던 복수자가 휘두른 칼에 찔려 지금도 가을밤이면 언덕 위 옛 무덤에서 흰 안개처럼 나와, 강기슭에 있는 낡은 저택 앞마당을 배회한다. 그 낡은 저택이 지어지기 전에 그는 그렇게 불가사의하게도 그곳에서 살해되었다. 그 멋진 저택을 짓기 시작한 것은 바로 노르만인들이었다. 그 저택은 그 마을처럼, 머나먼 이전 세대의 생각과 솜씨를 보여준다. 그런데 모두 너무 낡아서 우리는 다정히 용서하는 마음으로 그 조화롭지 못한 모습을 바라본다. 석조 창을 지은 사람이나, 고딕 양식의 정면과 정교한 세 잎 모양으로 장식한 작은 벽돌 탑, 돌로 윤곽을 뚜렷이 한 창들과 총안 있는 흉벽을 건축한 사람들이 참나무 지붕 연회장이 있는 반은 목재로 된 건물 본체를 헐어버린다면 신성 모독이라 생각해 허물지 않았다는 사실이, 우리는 매우 만족스럽다.

---

* 위즈워스의 「소풍」 I. 276행.
** 알프레드 대왕을 가리킨다.
*** 덴마크에 살고 있던 북게르만인으로, 8~11세기에 영국에 침입하여 한때 지배권을 장악했다.

그러나 아마도 지금은 교구 교회의 종탑으로 지어진 일부 벽이 그 낡은 저택보다 더 오래되었을 것이다. 이 벽은 오래된 마을의 수호성인인 성(聖) 오그에게 헌납된 원래 교회당에서 내려오는 유물이라고 한다. 세인트오그스 읍의 내력에 관해 여러 가지 다른 이야기가 있다. 나는 가장 짧은 이야기에 마음이 끌린다. 전부 사실이 아니라면, 그 이야기가 적어도 가장 거짓이 적을 테니까. 내가 갖고 있는 성인전의 저자는 이렇게 말한다. "베이얼의 아들 오그는 사공이었다. 그는 나룻배 승객에게 플로스 강을 건네주며 근근이 생계를 유지했다. 그런데 바람 부는 어느 날 저녁, 강가에서 아기를 팔에 안고 신음하며 앉아 있는 여자를 지나치게 되었다. 그녀는 지치고 쇠약한 얼굴에 남루한 옷을 입고 있었다. 그녀는 강을 건너가게 해달라고 간청했다. 주변에 있던 남자들이 물었다. '왜 강을 건너려고 합니까? 내일 아침까지 기다려요. 오늘 밤 여기서 잠자리를 찾아보시오. 그게 어리석지 않고 현명한 일일 겁니다.' 그녀는 그래도 계속 서글프게 간청했다. 그런데 베이얼의 아들 오그가 다가와 말했다. '제가 배로 건네드리지요. 간절히 원하는 당신의 마음만으로도 충분합니다.' 그러고 나서 그녀를 배로 건네주었다. 그녀가 강 언덕에 발을 디디자, 남루한 옷이 하늘하늘한 흰옷으로 바뀌었다. 그녀의 얼굴은 지극히 아름답게 빛나고, 둘레에는 후광이 비쳐서 물 위를 달처럼 환히 비추었다. 그녀는 말했다. '베이얼의 아들 오그여, 축복을 받을지어다. 그대는 왜 그러는지 이유도 묻지 않고 마음으로 원하는 걸 왈가왈부하지도 않고 동정심에 가득 차서 즉시 구해 주었소. 이제부터 당신 배를 타는 사람은 누구나 폭풍우 때문에 위험에 처하지 않을 것이오. 이 배가 구조에 나서면 언제든지 사람과 동물의 생명을 모두 구할 것이오.' 홍수가 일어났을 때, 그 배에 내린 축복 덕분에 많은 사람이 목숨을 구했다. 그런데 베이얼의 아들 오그가 자신의 영혼을 떠나 죽었을 때, 보라, 그 배는 정박해 있던 곳에서 풀리더니 썰물에 휩쓸려 재빨리 바다로 떠내려가서 더 이상 보이지 않았다. 그러나 저녁이 되면, 널리 펼쳐진 바다 위에 배를 타고 있는 베이얼의 아들 오그의 모습이 늘 보인다. 그 뒤 홍수가 날 때면 늘 달빛처럼 밝은 빛을 주위에 비추며 뱃머리에 앉아 있는 동정녀 마리아의 모습이 보인다. 그래서 짙어가는 어둠 속에서 노 젓는 사람들은 용기를 얻어 다시 배를 젓는다."

알다시피, 이 전설은 옛날부터 홍수가 있었음을 말해 준다. 홍수는 인명을 해치지 않을 때라도, 무력한 가축에게는 매우 치명적이었으며 더 작은 모든 생물을 갑자기 죽게 했다. 그런데 세인트오그스는 홍수보다 심한 재난을 겪었다. 바로 내란이었다. 그때 그 읍은 계속 싸움터였다. 처음에는 청교도들이 왕당파가 흘린 피 때문에 신에게 감사 기도를 드렸고, 다음에는 왕당파가 청교도들이 흘린 피 때문에 신에게 감사 기도를 드렸다.* 그 당시 수많은 정직한 시민들이 양심의 자유를 얻기 위해 전 재산을 잃고 빈털터

---

* 17세기 영국에서 의회 지지파와 왕 찰스 1세 지지파 사이에 있었던 내란을 말한다. 이 싸움은 왕을 사형에 처하고 크롬웰의 영도 아래 공화국을 세움으로써 끝이 났다.

리가 되어 고향을 떠났다. 물론 그들이 슬픔에 잠겨 등을 돌린 집들이 지금도 많이 남아 있다. 이상한 박공이 있는 집들로, 강을 바라보고, 나중에 생긴 창고들 사이에 비좁게 끼어 있으며, 예측하지 못한 뜻밖의 통로가 뚫려 있다. 그 통로들은 급한 조수가 계속 흘러넘치는 진흙투성이 강가에 이를 때까지 가파르게 돌고 돈다. 벽돌집들은 어디서나 차분한 모습을 하고 있다. 글레그 부인이 한창이었던 시절에는 조화를 깨뜨리는 세련된 최신 유행이 전혀 없었고, 판유리로 된 쇼윈도나 새로 칠한 벽토도 없었으며, 또한 이 오래된 멋진 붉은 벽돌의 세인트오그스를 어제 생긴 읍처럼 보이게 해서 남을 현혹하려 들지도 않았다. 상점 진열장은 작고 소박했다. 장날에 물건을 사러 온 농부의 아내와 딸들은 늘 다니던 단골 가게 말고 다른 가게로 가는 일이 없었기 때문이다. 상인들은 한번 가면 다시 오지 않는 그런 뜨내기 손님을 위해 물건을 갖다 놓지는 않았던 것이다. 아, 글레그 부인의 한창때조차도 세월의 간격을 벌려놓는 여러 가지 변화 때문에 지금의 우리와는 아주 동떨어진 머나먼 과거처럼 보인다. 전쟁*과 전쟁이 벌어질 거라는 소문은 이미 사람들 마음에서 사라졌다. 복잡한 장터에서 견본용 곡식 자루를 흔들어 쏟아놓고 그 위에서 떠드는 두꺼운 황갈색 코트를 입은 농부들이 전쟁을 기억해낸다면, 그것은 소맥 값이 비쌌던 지나간 황금시대의 현실이었다. 확실히 넓은 강에 달갑지 않은 적의 군함이 정박

---

\* 19세기 초의 나폴레옹 전쟁.

하던 시절은 영원히 사라졌다. 즉 러시아에서만 아마(亞麻) 씨를 수입할 수 있었고 아마 씨는 많으면 많을수록 좋았다. 아마 씨는 마치 그 안에 유익한 영혼이 들어 있는 것처럼 큰 소리를 내며 갈아 주의 깊게 털어서 낫 같은 팔이 달린 대형 수직 맷돌용 곡식을 만들었다. 가톨릭교도와 흉년, 그리고 알 수 없는 거래 변동이 인간이 두려워해야 했던 세 가지 악이었다. 세인트오그스 사람들은 마음속으로 과거나 미래를 멀리 내다보지 않았다. 아무 생각 없이 오랜 과거를 유산으로 물려받았으며 거리를 거니는 유령들을 알아볼 안목도 없었다. 노를 젓는 성 오그와 뱃머리에 앉은 성모 마리아를 넓은 강가에서 볼 수 있던 시절 이후, 많은 추억이 남겨졌다가 뒤로 멀어지는 언덕처럼 점차 사라졌다! 현재란 화산과 지진이 있었다는 사실을 믿지 않는 평탄한 들판과도 같다. 내일이란 어제와 같을 것이며 지구를 뒤흔들던 저 거대한 힘도 영원히 잠들어 버렸다고들 생각한다. 사람들이 자기 신앙에 크게 흥분한다거나, 하물며 신앙을 개종할 수 있다고 믿던 시대는 사라졌다. 건전하고도 정직한 세인트오그스 교구민이 교황을 믿게 되어서가 아니라 정부와 재산을 장악하고 사람을 산 채로 화형시켰기 때문에, 가톨릭교도는 무시무시한 존재였다. 어떤 노인은 존 웨슬리*가 가축 시장에서 설교하던 시절에 난폭한 대중이 얼마나 감동했는지 기억하지만, 한동안은 설교자가 사람들의 마음을 뒤흔들 거라고 기대하지 않았다. 유아 세

---

* John Wesley(1703~1791): 감리교의 창시자.

례 문제로 인해 가끔 폭발하는 비(非)국교 교단의 종교적 열성은 사람들이 더 이상 변화하지 않는 냉정한 시대에는 어울리지 않는 열정을 드러낼 뿐이다. 신교도는 교회의 여러 분파에도 개의치 않고, 개종과는 무관하게 편히 안주했다. 비국교도는 교회에서의 높은 직책, 그리고 사업상의 인맥과 더불어 계승되었다. 국교도는 비국교도가 날로 번창하는 도매업에 어울리지 않는 건 아니지만, 주로 식료품이나 잡화상 가정에나 어울리는 어리석은 종교라고 경멸하며 의아해했다. 그런데 가톨릭교도의 정치와 신앙상의 자유 문제와 더불어 이 평온을 깨뜨리는 가벼운 논쟁의 바람이 불어왔다. 즉 연로한 교구 목사는 종종 역사적 사건을 거론하고 논쟁하기를 좋아했던 것이다. 독립 교회 목사인 스프레이 씨는 정치적인 설교를 하기 시작했다. 그는 설교에서 가톨릭교도에게도 참정권이 있다는 자신의 열렬한 신념과 가톨릭교도는 영원히 파멸할 거라는 열렬한 믿음을 아주 교묘히 구분했다. 그러나 대다수 청중은 스프레이 씨의 설교를 듣고도 이 교묘한 구분을 눈치 채지 못했다. 많은 구식 비국교도들은 그 목사가 종교적으로 '가톨릭교도의 편'을 들었기 때문에 몹시 괴로워했다. 한편 다른 사람은 그 목사가 정치적 논의를 하지 않는 것이 낫겠다고 생각했다. 세인트오그스에서는 정치 문제에 대한 관심을 높이 평가하지 않았으며, 정치 문제에 분주한 사람은 다소 수상쩍은 위험인물로 여겼다. 이들은 보통 할 일이 거의 없거나 할 일이 전혀 없는 사람, 혹은 직업이 있다 하더라도 파산할 가능성이 높은 사람들이었다.

이것이 글레그 부인의 한창때이자, 가문의 역사상 글레그 부인이 털리버 씨와 싸운 이 특정 시기에 세인트오그스가 전반적으로 처해 있던 상황이었다. 당시는 지금보다 무식이 편하고, 지식이라는 정교한 의상을 억지로 입지 않아도 상류 사회에서 명예롭게 환대를 받던 시절이었다. 싸구려 잡지도 없고, 시골 의사들이 여자 환자들에게 독서를 좋아하느냐고 물어볼 생각도 하지 않고, 여자들이 남의 험담하기를 더 좋아한다는 사실을 그저 당연하게 여기던 시절이었다. 화려한 비단 가운을 차려입은 숙녀들이 쥐가 나지 않도록 양 뼈를 넣은 큰 주머니를 달고 다니던 시절이었다. 글레그 부인도 그런 뼈를 갖고 다녔다. 그 뼈는 갑옷처럼 그냥 둬도 서 있는 무늬를 넣어 짠 가운과 꼭대기에 은장식이 된 지팡이와 함께 할머니에게서 물려받은 것이었다. 도슨 집안은 여러 세대에 걸쳐 존경받았던 가문이기 때문이다.

세인트오그스에 있는 글레그 부인의 훌륭한 저택에는 앞뒤 양쪽으로 거실이 있었다. 그곳에서 그녀는 자기와 같은 여자들의 약점을 관찰하고, 특히 강한 자기 성격에 더욱 감사할 수 있었다. 거기에서는 세인트오그스 읍에서 밖으로 나가는 토프턴 거리가 내려다보였다. 아직 사업에서 은퇴하지 않은 남자들의 아내가 면양말을 신는 습관과 더불어 점점 '나돌아 다니는' 경향을 볼 수 있었다. 그 때문에 그녀는 다음 세대를 비관적으로 전망했다. 뒤창으로는 강까지 펼쳐진 유쾌한 정원과 과수원이 내려다보였다. 그녀는 '꽃과 야채' 사이에서 시간을 허비하는 글레그 씨의 어리석은 모습을 지켜보았다. 여생을 즐기려고 적극적으로 벌이던 양모 중개 사업에서 은퇴한 글레그 씨는 요즘 자기가 하는 일이 사업보다 훨씬 더 힘들다는 걸 알게 되었다. 기분 전환 삼아 시작했다가 손에 익지 않은 중노동에 빠져, 정원사 두 사람 몫의 일을 하고 나서 휴식을 취하는 게 그의 습관이었다. 건전한 정신을 지닌 여성이라면 남편의 취미를 짐짓 존경하는 척할 수는 있다. 그러나 아마도 글레그 부인은 정원사의 임금을 절약한다는 점 때문에 그 어리석은 짓을 못 본 체했을 터였다. 이렇게 남편의 취미에 만족하는 아내가 남편과 아내 둘 중에서 다만 더 마음 약한 존재라는 것은 널리 알려져 있다. 남편의 취미란 합리적이거나 칭찬할 만한 게 못 되므로, 마음 약한 여성은 아내로서 남편의 취미를 통제해야 할 책임을 거의 지지 못한다.

또한 글레그 씨의 입장에서 볼 때, 그에게는 두 가지 지적 활동의 원천이 있었는데, 그 원천은 무한한 것처럼 보였다. 그 한 가지로, 글레그 씨는 자연사에서 자신이 발견한 것에 대해 스스로 감탄을 금치 못했다. 그가 들어본 바로, 전에 인간이 관찰한 적 없는 놀라운 유충과 민달팽이, 곤충들이 그의 정원에 있다는 사실을 알아낸 것이다. 그는 이러한 동물계의 현상과 그 시대에 일어난 큰 사건들 사이에서 놀랄 만한 우연의 일치를 알아냈다. 가령 요크 사원에 화재*가 발생하기 전에 이상하게도 민달팽이가 번식했

---

* 1829년 한 광인의 방화로 요크 사원이 훼손되었다.

으며 아울러 장미나무 잎에 신비한 뱀의 흔적이 있었다는 것이다. 그 의미를 알아내려고 골똘히 고심한 끝에 이 우울한 대화재가 그에게 섬광처럼 떠올랐다. (글레그 씨의 지적 활동은 대단한 것이었고, 양모 장사가 아니라면 자연히 엉뚱한 방향으로 빠졌다.) 두 번째 생각의 주제는 글레그 부인에게서 전형적으로 볼 수 있는 여성의 '고집'이었다. 계보상으로 볼 때 남자의 갈비뼈에서 만들어졌다는 여성이, 특히 글레그 부인처럼 전혀 애쓰지 않고도 최고의 존경을 받는 여성이, 보통 가장 부드러운 제안이나 심지어 가장 친절한 양보에도 반대한다는 것은 사물의 이치로 볼 때 이해할 수 없는 일이었다. 글레그 씨는 「창세기」 앞 장에서 단서를 찾았지만 종종 허탕만 쳤다. 글레그 씨는 도슨가의 맏딸을, 여성다운 신중함과 검약을 대변하는 멋진 화신이라 믿고 택했다. 그는 자신도 돈을 벌어 저축하는 경향이 있었기에, 부부가 매우 화목할 거라 기대했던 것이다. 그러나 이처럼 이상하게 뒤섞인 여성의 성격은 훌륭한 요소에도 불구하고 부부 관계가 원만하지 못할 수 있다. 체계적으로 돈을 아끼는 일에도 그 즐거움을 영 망쳐버리는 양념이 들어 있을 수 있다. 이제 착한 글레그 씨로 말하자면, 인색하긴 했지만 매우 다정했다. 이웃에서는 그를 '인색'하다고 했다. 이는 문제의 인물이 항상 사랑스러운 구두쇠라는 뜻이다. 여러분이 치즈 껍질을 좋아한다고 하면, 글레그 씨는 기억해 두었다가 당신의 입맛을 맞추기 위해 착하게도 기꺼이 껍질을 모을 것이다. 그는 사육비가 전혀 안 드는 동물이라면 다 귀여워했다. 글레그 씨에게 속임수나 위선은 없었다. 그의 주머니에서 꺼낸 5파운드의 돈으로 막을 수 있었을 과부의 가구 경매에서 그는 진심으로 눈물을 흘렸을 것이다. 그러나 '가난하게 사는' 사람에게 5파운드를 준다는 것은 '자선'이라기보다 차라리 어리석은 낭비로 여겼다. 그에게 자선이란 언제나 불행을 덮어주는 게 아니라 작은 도움을 주는 일로 보였다. 글레그 씨는 자기 돈을 아끼는 만큼 남의 돈도 아껴주기를 좋아했다. 자기를 위해 다른 사람이 돈을 내야 할 땐 그 돈을 자기 주머니에서 낼 때처럼 유료 도로를 피하려고 멀리 우회하여 말을 타고 갈 사람이었다. 그리고 그런 일에 무심한 친지들에게 검은 구두약 대신 싼 대용품을 쓰라고 열심히 권했다. 이처럼 절약 자체를 목표로 삼는 뿌리 깊은 절약 습관은, 마치 여우를 쫓는 게 사냥개의 속성인 것과 마찬가지로, 조금씩 재산을 축적한 근면한 전(前) 세대 사업가의 특징이다. 그것은 낭비가 결핍의 뒷면이라 할 만큼 너무 결핍된 나머지 낭비를 하게 된, 신속히 돈을 버는 현대에는 거의 사라진 '인간의 특성'이다. 구시대에는 하나의 조건처럼 조금 인색하지 않고서는 거의 '자수성가'를 할 수 없었던 것이다. 여러분은 산을 짜낼 수 있는 여러 가지 과일처럼 다양한 성격과 이런 자질이 어디나 섞여 있음을 알 것이다. 진정한 아르파공*이란 항상 특이하고 별난 인물이었다. 그들은 존경할 만한 납세자가 아니었다. 그들은 정말 가난해서 곤경에 처한 적이 있었기 때문에, 과일과 포

---

* 프랑스 극작가 몰리에르의 희극 『수전노』(1668)의 구두쇠 주인공.

도주 저장소를 갖고 편안한 노년을 보낼 때도 인생이란 크게 적자를 내지 않고 영리하게 조금씩 먹고사는 과정이라 여기는 습관을 간직했다. 그리고 연간 순이익이 500파운드나 되는 경우에도 전 재산이 달랑 500파운드뿐이었던 때처럼, 새로 세금이 부과된 사치품은 즉시 단념했다. 글레그 씨는 재무 장관이 도무지 어쩔 수 없다고 생각할 그런 사람이었다. 이것을 알면, 도슨가의 맏딸인 글레그 부인의 여러 장점에서 선천적으로 너무 지독한 양념 냄새가 나는데도 불구하고 그가 왜 자기 결혼이 바람직하다고 확신하는지 더 잘 알게 될 것이다. 다정한 기질을 지닌 데다 아내가 자기 인생관과 근본적으로 일치한다고 생각하는 남자는 다른 여자라면 자기에게 그렇게 잘 어울리지 않았을 거라고 쉽게 확신한다. 그는 일상생활에서 가끔 소리를 지르며 싸워도 부부 사이가 멀어졌다고 생각지 않는다. 글레그 씨는 심사숙고하는 성격인 데다 이제 양모에 관심이 없었으므로, 가정생활을 하며 알게 된 여성의 독특한 기질을 깊이 생각하고 궁금해했다. 그러나 그는 아내의 살림 방식이 다른 여자들에게 본이 된다고 생각했다. 다른 여자들이 글레그 부인처럼 식탁용 냅킨을 단단히 접지 않거나, 그들이 만든 페스트리가 글레그 부인 것보다 가죽처럼 쫄깃하지 않거나, 설탕에 절인 검은 자주색 치즈가 글레그 부인 것보다 칭찬할 만큼 단단하지 못하다면, 가련하게도 다른 여자들을 칠칠치 못하다고 생각했다. 아니, 글레그 부인의 전용 찬장에서 나는 식료품과 약이 섞인 듯 특이한 냄새조차, 그것만이 찬장 냄새로 적합하다는 인상을 갖고 있었다. 일주일 내내 싸우지 않았다고 해서, 그가 다시 싸우고 싶어 하지 않는다고 나는 확신할 수 없다. 확실히 순종적이고 유순한 아내와 살았다면 그의 생각도 비교적 단순하고 특이하지 않았을 것이다.

확실히 글레그 씨가 다정하다는 사실은 다음에서 드러났다. 그는 아내가 다른 사람과, 심지어 하녀인 돌리와 사이가 좋지 않은 걸 보면, 자기가 아내에게 트집 잡는 것보다 더 속상해했다. 그래서 아내가 털리버 씨와 싸운 게 너무 속상해서, 다음 날 아침 식사 전에 정원을 거닐 때 양배추가 빨리 자라서 느꼈을 기쁨이 아주 무색해졌다. 그러나 그는 가벼운 희망을 갖고 아침 식사를 하러 들어갔다. 글레그 부인이 '그 일을 생각하며 잤을' 테니, 여느 때처럼 가정에서 지켜야 할 예절을 강하게 의식하느라 화도 가라앉았을 거라고 생각했다. 글레그 부인은 이렇게 자랑하곤 했다. 즉 도슨가 사람 가운데 다른 가족을 부끄럽게 만들 정도로 심하게 싸운 사람도 없고, '1실링에 상속권을 빼앗긴' 사람도 여태껏 없으며, 도슨가의 사촌 중 누구도 부모와 의절한 사람은 없다고 말이다. 사실 그럴 이유가 없지 않은가? 사촌 중 굴릴 돈이 없거나, 적어도 자기 소유의 집이 없는 사람은 없었기 때문이다.

글레그 부인이 아침 식탁에 앉을 때면 언제나 이마에서 사라지는 게 있었는데, 바로 이브닝 스카프였다. 그것은 구불구불한 앞머리 가발이었다. 아침에 집안일로 바쁠 때, 그녀가 가죽처럼 쫄깃한 패스트리를 만들 때 불필요한 곱슬머리 가발 장식을 한다는 건 다만 사치일 것이기 때문이었다. 10시 30분에는 예의상 앞머리 가발이 필요했다. 글레그 부인은 그때까지 그 가발을 안 했으며 그럴 때 그녀와 만나는 것은 가장 현명치 못한 일이었다. 그런데 그 가발 장식을 안 했다는 사실은 그녀의 격심한 분노가 남아 있음을 다만 더 분명히 해주었다. 글레그 씨는 아침 허기를 면하려고 오랜 검소한 습관대로 우유죽을 먹으려 앉았을 때 그 사실을 눈치 챘다. 그는 여자의 섬세한 성질을 조금이라도 건드려 불행을 자초하지 않도록 글레그 부인이 먼저 말을 걸게 해야겠다고 신중하게 결심했다. 까다로운 성격을 즐기는 사람은 스스로 음식을 안 먹는 것으로 그런 성질을 잘 간직한다. 바로 글레그 부인에게도 그런 버릇이 있었다. 그녀는 오늘 아침 여느 때보다 차를 연하게 끓이고 버터도 사양했다. 무슨 기회든 잡아 싸우려고 기세가 등등했는데, 글레그 씨가 그 불씨를 제공할 만한 말을 한마디도 하지 않아 시비를 걸지 못하는 게 불쾌했다. 그러나 이윽고 그의 침묵도 시비거는 데 적당한 것처럼 보였다. 마침내 그는 사랑하는 아내가 특이한 어조로 자기 이름을 부르는 것을 들었기 때문이다.

"글레그 씨! 이제껏 아내 노릇을 해왔는데 보답치고는 형편없군요. 이런 대접을 받아야 한다면, 내 불쌍한 아버지가 돌아가시기 전에 미리 알았어야 했어요. 그랬다면 가정을 꾸리려 할 때, 다른 데로 시집갈 걸 그랬어요. 내게는 선택할 권리가 있었으니까요."

글레그 씨는 죽을 먹다 말고 쳐다보았다. 그러나 새삼 놀라지는 않고, 항상 불가사의한 일을 생각하듯 습관적으로 조용히 의아해했을 따름이다.

"아니, 부인, 지금 내가 뭘 어쨌다는 거요?"

"지금 뭘 어쨌다니요? 글레그 씨, 지금 어쨌냐고요? 당신한테 섭섭하다고요."

적당히 할 말을 찾지 못하고, 글레그 씨는 다시 죽을 먹기 시작했다.

"세상에는," 글레그 부인이 잠시 멈추었다가 말을 이었다. "아내에게 반대하고 뭔가 유별나게 다른 사람 편을 드는 남편들이 있더군요. 아마 내 생각이 틀렸을지도 모르니, 당신이 더 잘 가르쳐줄 수도 있겠죠. 하지만 아내가 모욕을 당할 때 기뻐하고 의기양양해하기보다, 아내 편을 드는 게 남편의 입장이라고 항상 들어왔어요."

"그런데 뭣 때문에 그런 말을 하는 거요?" 글레그 씨가 다소 흥분하여 말했다. 그는 친절하긴 하지만 모세처럼 순한 사람은 아니었다. "언제 당신보고 내가 기뻐하거나 의기양양해했단 말이오?"

"솔직한 말보다 더 나쁘게 행동하는 방법도 있죠, 글레그 씨. 나만 빼고 다 옳다고 이해시키려 하기보다, 차라리 날 무시한다고 면전에서 말해 봐요. 밤새 한숨도 못 잤는데, 아침밥 먹으러 와선 내가 마치 당신 발바닥에 묻은 먼지처럼 골이나 내고 말이에요."

"당신한테 골냈다고?" 글레그 씨는 화가 났지만, 익살맞게 말했다. "자기만 빼고 다 너무 취했다고 생각하는 술꾼 같군."

"글레그 씨, 그런 거친 말로 품격 떨어뜨리지 마세요!

당신 자신은 모르겠지만, 그런 말 때문에 아주 형편없는 사람으로 보이니까." 글레그 부인은 강한 연민 조로 말했다. "당신 정도의 지위에 있는 사람이라면 본을 보이고, 더 현명하게 말해야죠."

"그래, 하지만 당신도 이치에 맞는 말은 귀담아들어야 하지 않겠소?" 글레그 씨가 날카롭게 대꾸했다. "당신에게 해줄 수 있는 가장 이치에 맞는 말은, 바로 어젯밤에 했던 말이오. 그냥 내버려두어도 충분히 안전한데, 사소한 말다툼을 했다고 해서 돈을 회수하려는 건 잘못된 생각이란 말이오. 오늘 아침 당신이 마음을 고쳐먹었기를 바라고 있었소. 하지만 그 돈을 회수하고 싶다면, 지금 괜히 서둘러서 집안 불화나 더 일으키지 마요. 아무 문제 없이 저당 잡을 수 있을 때까지 기다려요. 지금 투자한 돈을 찾으려면 변호사에게 일을 맡겨야 하고, 그렇게 되면 엄청난 비용이 들 거요."

글레그 부인은 그 말이 이치에 맞는다고 생각했다. 그녀는 고개를 뒤로 젖히며 자기의 침묵이 화해가 아니라 휴전일 뿐임을 알리려고 목구멍으로 소리를 냈다. 사실 곧 다시 적대감이 드러났다.

"부인, 지금 차 한 잔 주면 고맙겠소." 글레그 씨는 죽을 다 먹었는데도 부인이 여느 때처럼 차를 주려 하지 않는 걸 보고 말했다. 그녀는 고개를 조금 들고 찻주전자를 들며 말했다.

"글레그 씨, 고맙겠다는 말을 들으니 기쁘군요. 세상 사람에게 베풀어주고도 감사를 받아본 적이 거의 없거든요.

글레그 씨, 당신 집안에는 나와 겨룰 만한 여자가 없어요. 죽어가는 침상에서도 난 그렇게 말할 거예요. 그렇다고 당신 일가에게 항상 친절하게 행동한 건 아니지만요. 나와 대등한 상대는 아니더라도, 반대로 얘기할 사람은 아무도 없어요. 누구도 날 그렇게 말하진 못할 거예요."

"부인, 집안사람과 그만 싸울 때까지 우리 집안 흠은 잡지 않는 게 좋을 거요." 글레그 씨는 화가 나서 빈정거렸다. "그 우유 잔이나 이리 주시지."

"글레그 씨, 그 말은 늘 하는 당신 말처럼 거짓말이에요." 여느 때보다 우유를 많이 따르면서 부인이 말했다. 마치 남편이 우유를 마시고 싶다면 복수심 때문에 실컷 마셔야 한다고나 말하려는 듯이. "당신도 그게 거짓말이라는 걸 알죠. 난 일가친척하고 싸우는 사람이 아니에요. 당신이라면 그럴지 모르지만. 난 당신이 싸울 걸 아니까요."

"아니, 그럼 어제 발끈하여 여동생 집에서 나온 일은 뭐라 하겠소?"

"난 여동생과 싸우지 않았어요. 글레그 씨, 그건 거짓말이에요. 털리버 씨는 내 집안사람이 아니에요. 내게 싸움을 걸고 날 집에서 쫓아낸 건 그 사람이에요. 하지만 글레그 씨, 당신은 아마 내가 그냥 거기 머물러 욕먹는 꼴을 보고 싶었겠죠. 아마 당신은 아내에게 퍼붓는 더 심한 욕설과 못된 말을 못 들어 화가 났을 거예요. 하지만 그게 당신 수치란 건 아시죠."

"이 교구에서 누가 이런 말을 들어봤을까?" 글레그 씨는 화가 났다. "필요한 거라면 뭐든 다 갖고 있고, 마치 상속

받은 것처럼 자기 돈도 따로 있고, 엄청나게 비싼 비용을 들여 새로 꾸민 이륜마차도 있고, 내가 죽으면 기대하던 것보다 더 많은 돈을 물려받을 여자가…… 이렇게 미친개처럼 물고 덤벼들다니! 전지전능하신 하느님께서 여자를 이렇게 만들었다니."(이 마지막 말은 슬픔에 가득 차서 흥분한 말투로 말했다. 글레그 씨는 차를 앞에서 밀어내고 양손으로 식탁을 쳤다.)

"그래요, 글레그 씨! 그렇게 생각한다면, 그걸 알리는 게 최선이겠죠." 글레그 부인은 흥분한 태도로 냅킨을 집어 접었다. "하지만 내가 기대하던 것보다 더 많은 돈을 받을 거라 말하는데, 없는 게 많으니 많은 돈을 기대할 권리가 내게 있다고 말 좀 하게 해줘요. 그리고 날 미친개 같다고 했는데, 날 이렇게 대하고도 당신이 마을 사람에게 수치를 당하지 않는 게 천만다행이군요. 그건 내가 참을 수도, 참지도 않을 테니까요……."

그때 글레그 부인의 목소리에는 바야흐로 울음이 묻어 있었다. 그녀는 갑자기 말을 멈추더니, 요란스럽게 벨을 눌렀다.

"샐리," 부인은 의자에서 일어나 조금 목멘 소리로 말했다. "2층에 불 피우고 덧문 내려. 글레그 씨, 점심에 먹고 싶은 것 말씀하세요. 난 묽은 죽 먹을 거예요."

글레그 부인은 방을 가로질러 작은 서가로 가서 백스터의 『성자의 영원한 안식 *Saints' Everlasting Rest*』*을 꺼내 2층 자기 방으로 갖고 갔다. 특별한 일이 있을 때면 그녀가 앞에 펼쳐놓는 책이었다. 비 오는 일요일 아침이나 집안 문상 소식을 들었을 때, 또는 이번처럼 글레그 씨와의 싸움에서 여느 때보다 언성이 한 옥타브 높아졌을 때 같은 경우였다.

그런데 글레그 부인은 다른 것도 2층으로 가져갔다. 그다른 것이란 『성자의 영원한 안식』과 묽은 죽과 더불어, 그녀의 감정을 차츰 가라앉혀 차를 마시기 바로 전에 참고 아래층으로 내려오는 데 다소 영향을 미쳤다. 그것은 일부 이익이 되는 투자가 나타날 때까지 그녀의 500파운드를 그대로 놔두는 게 좋겠다는 글레그 씨의 제안과, 더 나아가 그가 죽으면 유산을 넉넉히 물려주겠다고 덧붙인 힌트였다. 그와 비슷한 다른 사람처럼, 글레그 씨는 유언에 관한 말을 극도로 아꼈다. 글레그 부인은 마음이 한층 울적할 때면 불길한 예감에 휩싸이곤 했는데, 그것은 그녀가 들은 다른 남편들 얘기처럼, 남편이 죽었을 때 유산을 조금 남겨 그녀를 더 슬프게 만들려는 비열한 계획을 가졌을지 모른다는 것이었다. 그럴 경우 그녀는 모자에 검은 리본 상장을 달지도 않을 것이며, 두 번째 남편이 죽었을 경우보다도 울지 않겠다고 굳게 결심했다. 그러나 남편이 정말 유언장에서 애정을 보여준다면, 남편이 죽었을 때 불쌍하게 여긴다는 생각은 감동적일 것이다. 어리석게도 꽃과 정원의 식물 때문에 소란을 피운 일, 그리고 달팽이 문제로 고집을 부리던 일도 예전에 이미 끝났지만, 감동적인 추억

* 영국의 청교도 학자이자 작가인 리처드 백스터가 쓴 책으로, 1650년에 출판되어 큰 인기를 끌었다.

이 될 것이다. 다음의 모든 일 때문에 미래를 기분 좋고 즐겁게 볼 수 있었다. 즉 글레그 씨보다 오래오래 살아남아, 가난한 친척이 많음에도 불구하고 그녀 덕분에 처신을 잘한 사람으로 약한 그를 칭찬하는 것. 이자가 더 자주 들어오고 가장 머리 좋은 도둑도 당황할 정도로 여기저기 구석에 돈을 몰래 감추어두는 것.(글레그 부인의 생각에, 은행이나 튼튼한 금고는 재산을 소유하는 즐거움을 없애버리기 때문이다. 차라리 캡슐에 음식을 넣어 먹는 게 나을 것이다.) 마지막으로 '많은 유산을 상속받은 과부'가 되는 데 따른, 과거와 현재의 위엄을 갖추지 못한 여자로서 더 바랄 게 없을 정도로 집안과 이웃의 존경을 받는 것이다. 착한 글레그 씨는 괭이질을 많이 하다가 기분이 다시 좋아졌는데, 구석에 뜨개질거리가 내팽개쳐진 채 텅 빈 아내의 의자를 보자 마음이 언짢아졌다. 글레그 씨가 위층으로 올라가 불쌍한 모턴 씨를 추모하는 조종(弔鍾)이 울린다고 말하자, 글레그 부인은 마음 상했던 적이 없는 것처럼 너그럽게 대답했다. "저런! 그럼 누군가 돈벌이할 좋은 일거리가 생겼군요."

지금은 거의 5시가 되었으므로, 백스터의 책은 이제까지 적어도 여덟 시간 동안 그대로 펼쳐져 있었다. 자주 싸우다 보면, 어느 한도 이상 싸울 수 없다는 결론이 나온다.

글레그 부부는 그날 저녁 아주 다정하게 털리버 부부 이야기를 나누었다. 글레그 씨는 털리버 씨가 불쌍하게도 고생하게 됐으며 재산을 몽땅 날릴 것 같다고 인정하기에 이르렀다. 글레그 부인은 그런 인정을 반쯤 받아들여, 그런 사람의 행동에 신경 쓰는 것은 자신의 품격에 어울리지 않으며, 여동생을 위해 500파운드의 돈을 잠시 더 빌려주겠다고 분명히 말했다. 저당을 잡고 그 돈을 빌려준다면, 4퍼센트의 이자만 받아야 하기 때문이었다.

# 13
## 털리버 씨가 더욱 난처해지다

글레그 부인이 이렇게 생각을 바꾼 덕분에, 다음 날 싸움을 중재하려던 풀릿 부인의 노력은 놀라울 정도로 쉬웠다. 가족 간의 문제에서 어떻게 행동하는 것이 올바른지 큰언니에게 말할 필요가 있다는 생각에, 글레그 부인은 사실 풀릿 부인을 조금 매섭게 공격했다. 집안에 싸움이 있었다고 소문이 돌 정도라면 이웃 보기에도 좋지 않다는 풀릿 부인의 주장은 특히 비위에 거슬렸다. 도슨 가문의 명예가 글레그 부인 한 사람 때문에 문제가 있다면, 풀릿 부인은 아주 편안히 베개를 베고 잘 수 있을 것이다.

글레그 부인은 이야기를 마무리하며 말했다. "베시가 만나러 오기 전에 내가 다시 그 물방앗간에 간다거나, 털리버 씨에게 가서 무릎 꿇고 호의를 보여달라고 용서를 빈다는 건 기대하지도 마. 하지만 악의를 갖진 않을 거야. 털리버 씨가 공손하게 말한다면, 나도 공손히 말할 거야. 어떻게 행동하는 것이 적당하다고 누구도 날 비난할 순 없을걸."

풀릿 이모는 털리버 부부를 위해 자신이 간청할 필요가 없다는 것을 알았다. 그러자 당연히 그 부부 걱정을 조금 덜고 분명 그 불운한 집안의 아이 때문에 어제 자기가 겪었던 골치 아픈 일로 넘어갔다. 글레그 부인은 이야기를 자세히 들었고, 풀릿 씨는 뛰어난 기억력으로 그 이야기에 몇 가지를 알려주었다. 풀릿 이모는 자식 복이 없다고 가련한 베시의 불행을 동정했다. 그녀는 매기를 먼 기숙학교에 보낸다면 피부가 더 까매지는 것은 막을 수 없지만 몇 가지 나쁜 버릇은 없앨 수 있을 테니 대충 그 비용을 대줄 계획이라고 말했다. 한편 글레그 이모는 베시의 마음이 모질지 못하다고 비난했다. 털리버 집안 아이들이 잘못되었다는 게 입증되자, 글레그 부인은 아주 처음부터 일이 그렇게 될 거라고 자기가 늘 하던 말을 살아 있는 모든 증인에게 확인시켰다. 그녀는 자기 말이 모두 맞은 것은 스스로도 놀라운 일이라고 말했다.

"그럼 베시에게 가서 언니에게는 아무 악의도 없고, 모든 게 예전과 같다고 말해도 되지요?" 헤어지기 전에 풀릿 부인이 말했다.

"그럼, 그러렴, 소피." 글레그 부인이 말했다. "다른 사람들이 못되게 군다고 해서 나도 못되게 굴진 않을 거라고 털리버 씨와 베시에게 말하렴. 모든 면에서 모범을 보이는 게 맏딸인 내 입장이란 걸 알고 있고, 또 그렇게 하고 있단다. 사실대로 말하자면, 아무도 내가 그렇지 않다고 말할 수 없어."

글레그 부인은 자신이 이처럼 고상하고도 너그럽게 행동했다는 데 만족했다. 그러므로 풀릿 부인이 떠난 바로 그날 저녁 글레그 부인이 받은 털리버 씨의 짧은 편지가 어떤 영향을 미쳤는지에 관해서는 여러분의 판단에 맡기기로 한다. 그 편지에는 늦어도 다음 달 제날짜까지 이자와 함께 원금을 갚을 것이므로, 500파운드에 관해 걱정할 필요가 없다고 쓰여 있었다. 게다가 털리버 씨는 글레그 부인에게 무례하게 굴고 싶지 않으며, 원한다면 언제든지 자기 집에 오는 걸 환영하지만, 그녀가 자기 자신이나 아이들에게 호의를 베푸는 것은 바라지 않는다고 쓰여 있었다.

서둘러 이런 파멸을 초래한 것은 바로 가엾은 털리버 부인이었다. 그것은 비슷한 원인이 언젠가는 다른 결과를 초래할 거라 믿은, 전혀 억제할 수 없는 그녀의 희망 때문이었다. 털리버 부인은 다른 사람들이 남편은 그 일을 할 수 없다고 말하거나, 무능하다고 여겨 남편을 동정하거나, 다른 식으로 자존심을 건드리면 털리버 씨가 뭔가 일을 저지른다는 것을 여러 번 경험했다. 오늘 남편이 차 마시러 들어왔을 때, 풀릿 언니가 일을 해결하러 글레그 언니에게 갔으니 돈 갚을 걱정은 할 필요가 없다고 남편에게 말하면, 즐겁게 식사를 할 거라 생각했다. 털리버 씨는 그 돈을 마련하겠다는 결심을 늦춘 적이 없었다. 그러자 이제 그는 오해할 가능성을 몽땅 없애버리려고 글레그 부인에게 당장 편지를 쓰기로 결심했다. 정말로 풀릿 부인이 그를 위해 간청하고 빌러 가다니! 털리버 씨는 편지를 쓰는 게 내키지 않았다. 그는 문어와 구어 사이의 관계, 즉 철자법이라 알려진 것이 이 혼란스러운 세상에서도 가장 골치 아프다고 생각했다. 그런데도 모든 열정적인 글처럼 편지 쓰기는 여느 때보다 일찍 끝났다. 글레그 부인의 철자법과는 달랐지만, 글레그 부인은 그와 마찬가지로 개개인마다 철자법을 스스로 판단하는 세대의 사람이므로 그다지 문제가 되지 않았다.

글레그 부인은 편지를 받았다고 해서 자기 유언을 고치지는 않았다. 그녀에게는 나름대로 원칙이 있었기 때문에 1,000파운드의 유산 중에서 털리버 씨의 아이들이 받을 6분의 1과 7분의 1의 몫을 없애지는 않았다. 그녀가 죽었을 때 자신이 아주 공평하게 돈을 분배하지 않았다는 말을 어느 친척에게도 들으면 안 된다. 유서 문제에서, 개개인의 자격은 혈족이라는 매우 근본적인 사실을 따라야 했다. 재산을 변덕에 따라 나눠주기로 결정해 가까운 정도에 비례하여 가까운 친척에게 많은 유산을 상속하지 않는 것은 장차 그녀의 삶을 괴롭히는 수치스러운 일이 될 터였다. 그것은 항상 도슨 집안의 원칙이었다. 다시 말해 그 집안의 자랑스러운 전통인 명예와 정직을 보여주는 하나의 형식이었다. 즉 우리 지방 사회의 소금과도 같은 전통이었다.

그 편지 때문에 글레그 부인의 원칙이 흔들리지는 않았지만, 가족 간의 불화를 수습하기는 훨씬 더 어려워졌다. 그 편지가 글레그 부인이 평소 털리버 씨에게 갖고 있던 의견에 미친 영향으로 말하자면, 그녀는 그때부터 그에 관해 할 말이 전혀 없음을 이해해 달라고 했다. 분명 털리버 씨의 정신 상태가 너무나 부도덕해서 그녀는 잠시도 그의 생각을 할 수가 없었던 것이다. 8월 초, 톰이 학교에 가기 전날 저녁에야 비로소 글레그 부인은 여동생을 방문했다. 그녀는 내내 자기 이륜마차에 앉아서 충고와 비난을 일체 삼가는 것으로 자신의 불쾌감을 나타냈다. 그녀는 셋째 여동생 딘에게 "유감스럽긴 하지만, 베시는 그런 남편 때문에 얻은 결과를 감내해야지."라고 말했고, 딘 부인은 베시가 불쌍하다는 데 동의했던 것이다.

그날 저녁 톰은 매기에게 말했다. "맙소사, 매기, 글레그 이모가 다시 오기 시작했어. 학교에 돌아가게 되어서 기뻐. 넌 이제 꼼짝없이 잡혔구나!"

매기는 톰이 멀리 떠난다는 생각에 이미 너무나 슬펐다. 그래서 그가 장난이지만 이렇게 기뻐한다는 게 몹시 심술궂게 보여서 그날 밤 혼자 울다 잠이 들었다.

털리버 씨는 신속히 일을 진행시켰기 때문에, 채무 증서를 받고 500파운드를 빌려줄 적당한 사람을 다시 황급히 찾아야 했다. "웨이컴의 단골은 안 되지."라고 그는 혼잣말을 했다. 그러나 두 주일 뒤 결과는 정반대였다. 털리버 씨의 의지가 약해서가 아니라, 바깥 현실이 더욱 강했기 때문이다. 마침 유일하게 찾을 수 있는 사람은 웨이컴의 단골이었다. 오이디푸스처럼 털리버 씨에게도 어떤 운명이 결정되어 있었다. 이 경우 털리버 씨는 오이디푸스처럼* 자기 행동을 스스로 저지른 것이 아니라 차라리 그에게 강요된 것이라고 항변했을 것이다.

---

* 소포클레스의 『오이디푸스』 266~267행 참조.

# 제2부
## 학창 시절

# 1
# 톰이 보낸 '첫 학기'

킹스 로턴에서 월터 스텔링 목사의 훌륭한 보살핌을 받으며, 톰 털리버는 첫 학기를 아주 힘들게 보냈다. 제이콥스 씨 학교를 다닐 때는 그런대로 어려움 없이 잘 생활했다. 주변에 같이 놀 만한 친구도 많았고 활동적인 모든 게임, 특히 싸움을 잘했기 때문에 톰은 친구들 사이에서 자신의 성격과 나눌 수 없는 것으로 보이는 우월감을 지닐 수 있었다. 안경을 쓰기 때문에 '늙은 안경잡이'라고 널리 알려진 제이콥스 씨는 전혀 고통스러운 두려움을 주지 못했다. 마치 동판 인쇄체처럼 글씨를 쓰고, 자기 서명을 아라비아식으로 모양내어 쓰고, 미리 생각하지 않아도 철자를 쓸 수 있으며, 실수하지 않고 "내 이름은 노발(Norval)"*이라고 거드름을 피우는 것이 제이콥스 씨처럼 코담배나 피

---

* 존 홈 목사의 희곡 『더글러스: 비극』(1757)의 3막 1장 참조.

우는 늙은 위선자의 특징이라면, 톰의 입장에서는 그처럼 보잘것없는 재주를 배울 필요가 없어졌다는 사실이 오히려 기뻤다. 톰은 코담배나 들이마시는 학교 선생님이 되지 않을 것이다. 더 젊은 시절에는 사냥을 다니고, 여태까지 그가 본 가운데 가장 잘생긴 훌륭한 검은 암말을 타고 다니는 아버지처럼 재산이 있는 사람이 될 것이다. 톰은 그 암말의 장점이 뭔지 수도 없이 들은 바 있었다. 그는 또한 사냥도 다니고, 널리 존경받는 사람이 될 심산이었다. 어른이 되고 나면 아무도 글쓰기나 철자에 관해 질문하지 않을 거라 생각했다. 어른이 되면 그는 만물을 지배하는 사람이 되어 꼭 하고 싶은 대로 할 터였다. 어른이 되어도 학업이 늦어져 아버지의 사업을 물려받지 못할 거라는 생각은 그로서는 매우 받아들이기 어려웠다. 그는 아버지 사업이라면 언제나 매우 즐겁게 생각했다. 왜냐하면 말이나 타고 어슬렁거리며, 명령이나 내리고, 시장에나 가는 그런 것이었기 때문이다. 그의 생각에 새로 만날 목사님은 그에게 성경 공부를 아주 많이 시키고, 아마도 짧은 특별 기도문뿐만 아니라 일요일이면 복음서와 사도 서한(Epistle)도 외우게 할 것이다. 그러나 자세한 정보가 없어서, 그는 전에 다니던 학교나 제이콥스 씨에 비해 아주 다른 학교나 선생님은 상상할 수 없었다. 그래서 그는 마음에 맞는 친구를 만날 경우에 부족하지 않도록 신경 써서 작은 뇌관 상자를 가지고 갔다. 특별히 뭘 하겠다기보다, 낯선 아이들에게 자기가 총기에 익숙하다는 인상을 주면 도움이 될 것이기 때문이다. 이렇게 가련한 톰은 매기의 환상은 아주 분명히 꿰뚫어 보았지만, 자신도 나름대로 환상을 갖고 있었다. 그런데 그 환상은 킹스 로턴에서 겪은 폭넓은 경험 때문에 비참하게 사라질 운명이었다.

그곳에 간 지 이 주일도 못 되어, 그는 라틴어 문법뿐 아니라 새로운 영어 발음 기준 때문에 살아가기가 매우 복잡하고 어려웠으며, 수줍음이라는 두꺼운 안개 때문에 더욱 이해할 수가 없었다. 우리가 본 바와 같이, 톰은 또래 소년과 마찬가지로 말을 잘했다. 그러나 스텔링 씨나 그의 부인에게 대답할 때 단음절어를 발음하기가 너무 어려워서, 그는 푸딩을 더 먹겠느냐는 질문을 받을까 봐 두려울 정도였다. 뇌관으로 말하자면, 그는 마음이 씁쓸해서 옆 호수에 던져버려야겠다고 거의 결심할 정도였다. 그가 유일한 학생이었을 뿐 아니라, 총기에 관해 회의가 들고, 그의 인생을 망쳤다고 막연히 느끼기 시작했던 것이다. 스텔링 씨는 분명 총이나 말 따위는 안중에도 없었는데, 톰은 '늙은 안경잡이'를 무시하듯 스텔링 씨를 무시할 수 없었다. 비록 스텔링 씨에게는 완전히 진실하다고 할 수 없는 뭔가가 있었지만, 톰의 능력으로는 전혀 그걸 알아낼 수 없었다. 아주 현명한 어른이 하늘의 천둥소리와 통이 구르는 소리를 구별해 낼 수 있는 것처럼, 그런 것은 여러 가지 사실을 폭넓게 비교해야만 알 수 있는 것이었다.

스텔링 씨는 딱 알맞은 체구에 가슴이 떡 벌어진, 아직 서른 살이 채 안 된 사람이었다. 연한 황갈색 머리털은 곧게 세워져 있고, 큰 연회색 눈을 언제나 부릅뜨고 있었다. 목소리는 널리 퍼지는 저음이었으며, 태도는 뻔뻔해 보일

만큼 자신감이 넘쳤다. 그는 매우 적극적으로 자기 일을 시작했고, 동료들에게 상당히 깊은 인상을 심어주려 했다. 월터 스텔링 목사는 평생 '열등한 목사들' 사이에 남아 있을 사람이 아니었다. 그는 진짜 영국인답게 세상에서 한번 출세해 보기로 마음먹었다. 우선 그는 교사로서 출세하고 싶어 했다. 문법학교 일급 교사가 있었는데, 스텔링 씨는 그런 교사가 되고 싶어 했다. 또한 설교가로도 출세하고 싶어 했다. 그는 이웃 교구 출신의 팬들 덕에 교회 신도를 늘리려고 항상 인상적인 설교를 했고, 종종 별로 잘나지 못한 동료 목사 대신에 예배를 볼 때마다 큰 감동을 불러 일으키려 했기 때문이다. 그는 즉석에서 설교 방식을 정했다. 그것은 킹스 로턴 같은 시골 교구에서는 거의 기적 같은 일이었다. 그가 마시용*과 루이 부르달루**의 몇몇 구절을 외워 깊은 저음으로 낭독할 때면, 그 효과가 만점이었다. 그런데 그가 비교적 호소력이 부족하지만 큰 소리로 인상 깊게 설교할 때면, 그 설교가 종종 교인들에게는 매우 감동적인 듯했다. 스텔링 씨의 교리는 특정 교파에 속해 있지 않았다. 만약 교파가 있다면 복음주의 경향이 있었다. 그 교파는 킹스 로턴 소속의 교구 관내에서 바로 그 당시 '매우 영향 있는' 교파였기 때문이다. 요컨대 스텔링 씨는 직업으로 출세하되 분명히 실력으로 출세하려 했다. 그는 대법관을 지망하는 훌륭한 법률가와의 수상쩍은 친인

---

* 프랑스의 유명한 성직자이자 설교가.
** 프랑스의 예수회파 신학자.

척 관계 덕분에 얻게 될 이익에는 무심했기 때문이다. 이처럼 활기차고 의욕적인 목사가 처음 얼마간 빚을 진 것은 당연한 일이다. 평생 가난한 부목사로 지내기를 작정한 사람처럼 그가 넉넉지 못하게 살기를 기대할 수는 없다. 만약 팀슨 씨가 딸의 행복을 위해 선불로 지급한 수백 파운드가 포도주나 그랜드 피아노의 장만이나 아주 멋진 꽃밭의 설계 및 훌륭한 가구 구입에 충분치 못하다면, 다른 방법으로 구입하든지 아니면 스텔링 목사가 그런 것 없이 지내야 하는 게 상식이다. 그런데 이 마지막 대안은 확실한 성공의 결과를 나중으로 미루는 어리석은 일이었다. 스텔링 씨는 가슴이 넓고 확고한 신념을 갖고 있었기 때문에 뭐든 해낼 수 있다고 생각했다. 그는 교인의 양심을 감동시켜 유명해지고 마침내 그리스 희곡도 편집해 몇 가지 신선한 독해법을 만들어낼 것이다. 아직 그리스 희곡을 골라 놓지는 않았다. 결혼한 지 겨우 이 년밖에 안 됐고, 주로 스텔링 부인을 보살피는 데 여가를 보냈기 때문이다. 그러나 그는 훌륭한 부인에게 장차 자기가 하고자 하는 일을 이야기했고, 부인은 그런 일이라면 모두 아는 사람인 양 남편을 매우 신뢰했다.

그러나 장차 성공하기 위해 당장 해야 할 일은 이번 첫 학기 동안 톰 털리버의 실력을 향상시키는 것이었다. 아주 우연의 일치로, 톰과 같은 지역에서 온 다른 학생에 관해 뭔가 합의했기 때문이다. 스텔링 씨 부부가 서로 은밀히 상의한 것처럼, 거친 털리버 2세가 단기간에 굉장히 향상되었다는 사실이 알려지면 스텔링 씨에게 더욱 유리한 결정이 내려질 것이다. 그런 이유로 그는 톰을 엄격하게 공부시켰다. 확실히 톰은 조금 엄격하게 공부시키지 않으면 라틴어 문법 실력을 향상시키지 못할 아이였다. 스텔링 씨는 냉정하거나 무뚝뚝한 사람은 아니었다. 오히려 정반대였다. 그는 식사할 때면 톰에게 농담을 걸고, 무척 쾌활한 태도로 시골 사투리와 행동을 고쳐주었다. 그러나 불쌍한 톰은 이 두 가지 새로운 일 때문에 더욱 겁을 먹고 어찌할 바를 몰랐다. 그는 스텔링 씨가 던지는 농담에 전혀 익숙하지 않았고, 난생처음으로 자기가 뭘 잘못하고 있다는 사실을 뼈저리게 느꼈던 것이다. 로스트비프가 나왔을 때 스텔링 씨는 "자, 털리버! 어느 쪽을 디클라인*하겠니? 로스트비프야, 로스트비프라는 라틴어야?"라고 물었다. 그러자 아주 침착할 때도 동음이의어의 말장난이 어려웠던 톰은 당황하고 놀라서, 라틴어와는 전혀 관계를 맺고 싶지 않다는 생각 말고는 만사가 멍해졌다. 물론 그는 "로스트비프요."라고 대답했다. 그러자 깔깔 웃음이 터졌고 요리에 관한 농담이 이어졌다. 그러자 톰은 얼떨결에 비프를 사양했고, 실은 자기가 '바보'처럼 보였음을 눈치 챘다. 다른 학교 친구가 이런 고통을 당하고도 즐겁게 넘겨버리는 걸 본 적이 있다면, 그는 좀 더 일찍 그런 일들을 당연하게 받아들였을지 모른다. 그러나 비싼 값을 치르는 교육에는 두 가지 형태가 있는데, 부모라면 자기 아들을 목사에게 유일

---

* decline: '거절하다'라는 뜻과 '명사를 격변화시키다'라는 두 가지 뜻으로 사용하고 있다.

한 학생으로 보내서 둘 중 하나는 얻을 것이다. 하나는 목사의 완전한 무관심을 받는 것이고, 다른 하나는 목사의 철저한 관심을 참아내는 것이다. 톰이 처음 몇 달간 킹스로턴에 머물렀을 때, 털리버 씨는 바로 이 후자의 특권에 비싼 학비를 냈다.

이 존경할 만한 물방앗간 주인이자 맥아 제조인은 무척 만족해하면서 톰을 뒤에 남기고 집으로 말을 몰았다. 톰의 선생님에 관해 라일리에게 조언을 구할 생각을 한 것은 자신에게 운이 좋은 순간이라고 생각했다. 스텔링 씨는 매우 생각이 트인 사람이었다. 털리버 씨가 어렵게 더듬거리며 말할 때마다 "알겠습니다, 선생님. 알겠습니다.", "그럼요, 그럼요.", "아드님을 출세하는 사람으로 만들고 싶겠죠." 라고 즉시 현실적인 대답을 했다. 그래서 털리버 씨는 세상 돌아가는 이치를 적절히 잘 아는 목사를 찾아냈다고 기뻐했다. 지난번 법정에서 들어본 적이 있는 와일드 변호사만 빼고, 털리버 씨 생각에는 스텔링 목사가 여태껏 만나본 사람 중에 가장 똑똑한 사람이었다. 사실 그 목사는 조끼 겨드랑이에 엄지를 집어넣는 버릇까지 와일드와 똑같았던 것이다. 뻔뻔함을 똑똑함으로 오해한 것은 털리버 씨만이 아니었다. 대체로 평신도들은 대부분 스텔링을 영리하고 놀라운 능력이 있는 목사라고 생각했던 것이다. 동료 목사들은 대부분 그를 좀 아둔한 사람이라 여겼다. 그러나 스텔링 목사가 털리버 씨에게 '농가와 지주들에 대한 위협'과 선동에 대한 몇 가지 이야기를 해주고 나서 매우 세속적이며 현명하게, 매우 정중하고도 유창하게 돼지 사육에 관해 조언해 달라고 했기 때문에, 물방앗간 주인은 톰에게 그가 꼭 필요한 사람이라고 확신했다. 이 뛰어난 목사는 모든 지식을 알고 있으며 변호사와 싸우기 위해 톰이 배워야 할 내용을 정확히 알고 있다고 믿었다. 가련하게도 털리버 씨 자신은 그런 것을 몰랐고, 자신의 행동 지침을 얻기 위해 부득이 이렇게 포괄적인 추측을 하게 된 것이다. 그를 비웃는다면 별로 공정하지 못한 일이다. 그보다 훨씬 고등 교육을 받은 사람도 아주 엉뚱하고 현명하지 못한 추측을 한다는 것을 나는 알고 있기 때문이다.

털리버 부인으로 말하자면, 리넨 옷은 바람에 말려야 하고 자라는 소년은 배가 자주 고프다는 스텔링 부인의 의견이 자기 생각과 꼭 같다는 걸 알았다. 게다가 스텔링 부인은 둘째 아이 출산을 앞둔 젊은 여성이지만, 한 달 동안 산후 조리를 해준 간호사의 행동과 본래 성격에 관해 자기와 거의 비슷한 경험을 했다는 사실도 알게 되었다. 그래서 털리버 부인은 마차를 타고 떠날 때, 젊지만 매우 분별 있고 인자하고 마음에 쏙 들게 충고해 달라는 부인에게 톰을 맡겨서 무척 만족스럽다고 남편에게 말했다.

"틀림없이 아주 부자일 거예요." 털리버 부인이 말했다. "집 안 물건이 모두 더할 나위 없이 좋은 것이고, 그 여자가 걸친 물결무늬 실크 옷은 무척 비싼 거예요. 풀릿 언니도 그런 옷을 갖고 있거든요."

"아," 털리버 씨가 말했다. "내가 알기로 부목사직 말고도 수입이 좀 있지. 아마 장인이 좀 보태주겠지. 톰한테서 또 100파운드가 생길 거고. 그는 가르치는 게 조금도 힘들지 않다더군. 자, 놀라운 일이지." 털리버 씨는 고개를 한쪽으로 돌리고 생각에 잠긴 채 말 옆구리를 간질이며 이렇게 덧붙였다.

상황과는 관계없이 획일적인 방법으로 가르치기 때문에 아마도 스텔링 씨에게는 가르치는 일이 조금도 힘들지 않았을 것이다. 이는 자연의 직접적인 법칙, 즉 본능에 따라 행동하는 동물들이 갖는 행동의 특징이다. 멋진 박물학자의 말처럼, 브로드립 씨가 기르는 온순한 비버*는 런던의 3층 방에서 열심히 댐을 쌓느라 분주했다. 마치 캐나다 온타리오 주의 강이나 호수에서 둑을 쌓는 것처럼 말이다. 댐을 쌓는 게 '비니'라는 비버가 하는 일이었다. 물이나 마땅히 있어야 할 후손이 없다는 것은 그 비버로서는 설명할 수 없는 우연일 뿐이었다. 이와 같이 확실한 본능에 따라, 스텔링 씨는 이튼 학교에서 가르치는 문법과 유클리드 기하학을 톰 털리버에게 주입하는 보통 교수법으로 가르치기 시작했다. 이렇게 하는 것만이 충실한 교육의 기초라고 믿었다. 다른 교육 방법은 모두 엉터리일 따름이며, 반거들충이 이상 나올 수 없다. 이렇게 기초 교육을 확실히 받은 사람이야말로 제대로 교육받지 못한 사람들이 다방면의 특수 지식을 과시할 때 동정하듯 연민의 미소를 지으며 바라볼지 모른다. 그 모든 게 괜찮긴 하나, 그런 사람들은 건전한 의견을 가질 수 없으니 말이다. 이러한 확신에 차

---

* W. J. 브로드립은 자신의 『자연 과학자의 노트북에서 발췌한 풀잎』(1852)에서 애완용 비버인 비니가 빗자루와 냄비로 댐을 지었음을 언급한다.

있었기 때문에 스텔링 씨는 몇몇 다른 교사들처럼 자기 학식의 지나친 정확성이나 범위에 편견을 갖지 않았다. 그리고 유클리드에 관해서도, 그의 의견만큼 개인적인 편견이 없는 의견도 없다. 스텔링 씨는 종교적이거나 지적인 열정 때문에 결코 빗나가지 않았다. 한편 은연중에 만사가 속임수라고 믿지도 않았다. 그는 종교란 매우 훌륭한 것이고, 아리스토텔레스는 권위 있는 위인이며, 지방 부감독직과 성직자라는 지위는 좋은 제도이고, 대영 제국은 청교도주의를 보호하는 신의 보루이며, 보이지 않는 것을 믿는 일은 상처 받은 영혼에게 큰 의지가 된다고 생각했다. 스위스에서 호텔을 경영하는 경영주가 아름다운 주변 경치를 믿고, 또한 그 경치가 예술가적 기질을 가진 방문객을 즐겁게 해줄 거라고 믿듯이, 그는 이 모든 것을 믿었다. 마찬가지로 스텔링 씨는 자신의 교육 방법에 확신을 갖고 있었다. 즉 그는 자기가 털리버 씨 자제에게 최선을 다해 가르치고 있음을 의심하지 않았다. 물론 그 물방앗간 주인이 애매하고도 주저하는 태도로 지도 제작과 계산법 얘기를 꺼냈을 때, 스텔링 씨는 그가 원하는 바를 안다는 확신을 주어서 그를 안심시켰다. 그 순박한 사람이 어떻게 그 문제를 합리적으로 판단할 수 있겠는가? 스텔링 씨가 해야 할 의무는 그 소년을 가장 바른 방법으로 교육하는 것이었기 때문이다. 사실 다른 방법은 몰랐다. 그는 시간을 낭비하면서 변칙을 배워본 적이 없었다.

그는 곧 불쌍한 톰을 아주 멍청한 녀석이라고 생각하게 되었다. 톰은 열심히 노력해서 특수격 변화를 겨우 머릿속에 집어넣을 수는 있었지만, 변칙 소유격이나 여격을 이해할 정도로 격과 어미 사이의 추상적인 관계는 결코 이해하지 못했다. 그 때문에 스텔링 씨는 톰을 선천적으로 우둔하다고 생각했다. 즉 톰이 고집불통이거나 어쨌든 공부에는 무심하다고 여겨서, 톰이 열심히 노력하지 않는다고 엄하게 훈계했다. "네 일에 전혀 관심이 없구나." 스텔링 씨는 이렇게 말하곤 했다. 가슴 아프지만 그 비난은 사실이었다. 톰은 일단 사냥개인 포인터와 세터의 특징을 듣기만 해도 전혀 어렵지 않게 구별할 수 있었고, 지각력 면에서는 전혀 부족함이 없었다. 내 생각에 그의 지각력은 스텔링 목사만큼이나 뛰어났을 터였다. 톰은 자기 뒤에서 몇 마리 말이 천천히 가고 있는지 정확히 맞힐 수 있었고, 이미 일어난 잔물결 중심에 돌을 던질 수도 있었으며, 운동장을 가로지를 때 막대기가 몇 개 필요한지도 맞힐 수 있었고, 자 없이도 필기용 석판에 정사각형을 거의 완벽하게 그릴 수 있었기 때문이다. 그러나 스텔링 씨는 이런 것에는 주목하지 않았다. 그는 이튼 학교 문법 책에 알 수 없는 기호로 표기된 추상적 개념 앞에서 톰의 여러 가지 능력이 사라진다는 것을 파악했을 따름이다. 또한 주어진 두 개의 삼각형이 같다는 사실은 매우 신속하고 확실하게 이해했지만, 두 삼각형이 같아야 한다는 사실을 증명할 때는 거의 바보라는 것을 알아냈을 뿐이다. 따라서 스텔링 씨는 톰의 머리가 특히 어원학과 증명에 둔하므로, 특별한 연장으로 갈고 써레질을 할 필요가 있다는 결론에 도달했다. 고전어와 기하학은 이후 배워야 할 수학을 받아들이는 마음의 양식이라는 게 그가 즐겨 사용하는 비유였다. 나는 스텔링 씨의 이론에 반대하지 않는다. 모든 사람이 마음속에 한 가지 규칙만 가져야 한다면, 그의 규칙은 다른 규칙만큼이나 훌륭해 보인다. 하지만 치즈도 소화하지 못하는 톰의 연약한 위를 고치려고 치즈를 강권하듯이, 그런 규칙이 톰 털리버에게 편치 않았다는 사실만 나는 알고 있다. 비유를 바꿔보면 놀랍게도 전혀 다른 결과가 초래된다! 일단 두뇌를 지적인 위라고 생각해 보면, 고전어와 기하학을 쟁기와 써레에 비유하는 기발한 발상이 아무것도 해결해주지 못하는 듯하다. 그러나 이때, 권위 있는 위인들에 따라 인간의 마음을 백지나 거울이라고 부를 수 있다. 이 경우 소화 과정에 관해 우리가 아는 지식은 전혀 무관해진다. 낙타를 사막의 배라고 부르는 것은 확실히 기발한 생각이지만 그런 생각만으로 저 유용한 동물을 훈련시킬 수는 없을 것이다. 아리스토텔레스여! 당신이 가장 위대한 고대인이 아니라 '가장 최근에 등장한 현대인'이라는 장점을 가졌다고 가정해 보자.* 그렇다면 당신은 비유적인 언어란 높은 지능을 나타내는 것이라고 칭찬하는 동시에, 비유를 사용하지 않으면 언어 속에 지능이 거의 나타나지 않는다고, 다시 말해 다른 사물을 거론하지 않고서는 어떤 사물을 거의 설명할 수 없다고 탄식하지 않겠는가?

언어 감각이 풍부하지 못한 톰 털리버는 라틴어의 특성에 관한 자기 의견을 표시하려고 비유를 사용하지 않았다.

---

* 아리스토텔레스의 『시학』 22권 16행.

즉 그는 라틴어를 고문 도구에 비유하지 않았다. 다음 학기에 그가 라틴 작가의 글에서 발췌한 문장을 어느 정도 배우고 나서야 비로소 라틴어를 '지루'하고 '지겨운 것'이라고 말할 수 있을 만큼 실력이 좋아졌다. 이제 라틴어의 격 변화와 동사 변화를 배워야 하는 것에 대해, 톰은 자신이 고통을 받는 이유와 앞으로 어떻게 될 것인지 그 경향에 대해 상상도 못 하는 처지에 있었다. 그는 마치 다리 저는 가축을 고치려고 반으로 쪼갠 물푸레나무 통에 갇힌 아무 죄 없는 뾰족뒤쥐 같았다. 이 열두 살짜리 소년은 엄밀히 말해서 지금 아주 무지몽매한 '대중'이 아니었다. 오늘날 교육받은 사람들은 어떻게 라틴어 같은 것이 세상에 존재하게 되었는지 모른다는 사실을 거의 믿을 수 없을 것이다. 그러나 톰에게는 그것이 사실이었다. 그는 라틴어로 양과 소를 사고팔며 일상생활을 하던 사람들이 이제까지 존재했다는 사실을 한참 지나서야 알았을 것이다. 일상생활과 라틴어가 전혀 관계없는 지금, 왜 이 언어를 배워야 하는지 그 이유를 알려면 훨씬 더 많은 시간이 걸릴 것이다. 톰이 제이콥스 학교에서 배운, 고대 로마인에 관한 지식은 매우 정확한 것이었다. 그러나 그의 지식은 그 로마인들이 『신약 성서』에 등장한다는 사실 이상으로 진전되지 않았다. 스텔링 씨는 간단한 설명으로 학생들이 이해하기 어렵게 만들거나 진을 빼버리는 그런 사람은 아니었다. 또 그는 여자 아이들을 가르치듯 수박 겉 핥기 식으로 아무 관계도 없는 정보를 뒤죽박죽 섞어서 정신이 번쩍 들게 하는 어원학의 효과를 떨어뜨리는 사람도 아니었다.

이상한 이야기 같지만, 이러한 엄격한 교육 때문에 톰은 그 어느 때보다도 여자 아이 같아졌다. 그의 자존심은 대단했다. 그는 자존심 때문에 '늙은 안경잡이'를 무시하고, 자신에게 확실한 권리가 있다는 생각으로 지금까지 이 세상에서 아주 편하게 살아왔다. 그런데 이제 그 자존심이 무너져 산산조각 났던 것이다. 사물을 바라보는 스텔링 씨의 기준은 이제까지 자신이 어울리던 사람과 매우 다르고, 세상 사람 눈으로 볼 때는 확실히 뭔가 더 고상하며, 그런 기준에서 본다면 톰 털리버는 거칠고 바보 같은 존재로 보인다는 사실을 모를 만큼 톰이 어리석지는 않았다. 그는 이 사실을 무덤덤하게 지나칠 수 없었으며, 그의 자존심 때문에 불안했다. 그 때문에 소년다운 자만심이 없어졌고, 뭔가 소녀의 감수성 같은 것을 갖게 되었다. 고집이 세다고 할 수는 없지만 매우 단호한 기질을 지녔다. 그러나 본래부터 야수같이 반항하거나 무모하지는 않았다. 즉 인간적인 감수성이 뛰어났다. 만약 오랫동안 한쪽 다리로 불편하게 서 있거나 적당히 머리를 벽에 박거나 하는 행동을 자발적으로 해서 그가 배우는 자기 학과를 재빨리 이해한다는 사실을 보임으로써 스텔링 씨에게 인정받을 수 있다고 생각했다면, 확실히 그렇게라도 했을 것이다. 그러나 그런 일은 없었다. 톰은 그렇게 한다고 해서 이해력이 좋아졌다거나, 언어 암기력이 좋아졌다는 말을 들어보지 못했다. 그리고 가설이나 실험을 좋아하지도 않았다. 아마도 기도를 하면 뭔가 도움이 되리란 생각이 들었다. 그러나 그가 매일 저녁 드리는 기도는 형식적으로 암기한 것으로,

선례를 모르는 간청이라는 주제에 그때그때 새롭게 변칙적인 문구를 집어넣으려고 하지 않았다. 그런데 어느 날 (라틴어 문법에서) 3군 변화형의 동명사에서 다섯 번이나 막혔다. 스텔링 씨는 톰이 어리석어서가 아니라 틀림없이 주의를 기울이지 않았기 때문이라고 확신해 그에게 아주 진지하게 훈계했다. 지금 동명사를 배울 이 절호의 기회를 놓친다면, 어른이 되어서 틀림없이 후회할 거라는 것이었다. 그러자 톰은 그 어느 때보다도 훨씬 비참해져서, 남은 유일한 수단을 써보기로 했다. 그날 저녁, 여느 때처럼 부모와 '누이동생'을 위해서 기도하고(그는 매기가 갓난아기였을 때부터 동생을 위해 기도했다.) 항상 하느님의 계명을 지키게 해달라고 기도한 뒤, 마찬가지로 나지막이 속삭이며 이렇게 덧붙였다. "그리고 제가 늘 라틴어를 외우게 해주소서." 그는 유클리드 기하학에 관해서는 어떻게 기도해야 할지 잠시 기도를 멈추고 생각했다. 즉 의미를 알게 해달라고 기도할 것인지, 이런 경우에 더 적합한 다른 정신 상태가 있는지 궁리해 보았다. 하지만 마침내 그는 이렇게 덧붙였다. "스텔링 선생님께서 더 이상 기하학 공부를 안 해도 된다고 말씀하게 해주소서, 아멘."

다음 날 그는 동명사를 실수 없이 외웠다. 그 때문에 그는 그런 문구를 넣어 계속 기도할 용기가 생겼고, 유클리드 기하학을 계속 배우라는 스텔링 씨를 의심하는 마음도 지워버렸다. 그러나 불규칙 동사를 배울 때 그가 드린 기도가 분명히 아무 도움이 되지 않자, 그의 신념이 무너졌다. 톰이 현재 시제의 변칙 때문에 느낀 절망은 분명 기도로 해결할 수 없는 난국처럼 보였다. 이것이 그가 가장 어려움을 겪는 일인데, 도와달라고 기도해 봐야 더 이상 무슨 소용이 있겠는가? 공부방에서 다음 날의 수업을 준비하며 지낸 지루하고 외로운 어느 날 저녁, 그는 그런 결론에 도달했다. 울고 싶지 않았고 우는 게 창피했지만, 그는 펼쳐진 책을 보면서 두 눈이 뿌예지기 일쑤였다. 그는 심지어 다투고 싸웠던 스파운서까지 얼마간 그리워하지 않을 수 없었다. 스파운서와 함께 있을 때면 편안함과 우월감을 느꼈던 것이다. 그러고 나면 물방앗간과 강, 그리고 톰이 "야호!"라고 부르면서 조금이라도 신호를 보내면 복종할 만반의 태세를 갖추고 두 귀를 쫑긋 세운 야프의 모습이 모두 멍해진 그의 앞에 나타나곤 했다. 그가 주머니 속에 든 큰 칼과 돌돌 만 채찍 끈, 그리고 다른 과거의 유물을 멍하니 손가락으로 만지작거릴 때면 말이다. 내가 말한 것처럼, 톰은 평생 이렇게 여자 애 같은 적이 없었다. 그리고 불규칙 동사를 배우던 시절, 톰은 방과 후 자기를 위해 마련된 새로운 지능 계발 방법 때문에 마음으로 더 낙담했다. 스텔링 부인은 최근에 둘째 아이를 출산했다. 톰이 스스로 쓸모 있는 사람이라고 느끼는 것보다 유익한 일은 없으므로, 부인은 유모가 병약한 갓난아이를 돌보는 동안 톰이 귀여운 로라를 돌보게 했다. 이로써 부인은 자기가 톰을 돕는다고 여겼다. 톰은 가을날 가장 햇볕이 따사로운 때에 어린 로라를 밖으로 데리고 나가는 게 매우 즐거웠다. 그 일은 로턴 목사관이 자기 집이고, 자기도 한 가족이라는 느낌에 도움이 되었다. 귀여운 꼬마 로라는 아직

240

잘 걷지 못했으므로, 걷고 싶어 하면 마치 어린 강아지라도 되듯 허리에 끈을 매고 잠깐씩 붙잡아 주곤 했다. 그러나 그런 일은 드물었고, 그는 대부분 명령에 따라 스텔링 부인의 창이 보이는 데서 그 튼튼한 아이를 안고 정원 주변을 맴돌았다. 만약 이 일이 톰에게 부당하며 심지어 가혹하다고 생각된다면, 비록 조화되지 않은 건 아니라 해도 겨우 조화되는 여성의 미덕이 있음을 고려해 주기 바란다. 그 가난한 부목사의 아내는 모든 열악한 조건에서도 옷을 아주 잘 입고, 가끔은 하녀 대신 유모가 거들어준 머리 모양을 했으며, 게다가 보통 여자가 보기에는 많은 수입이 필요할 거라 짐작되는 우아하고 완벽한 가구로 만찬 파티나 거실을 꾸미려고 애썼다. 그렇다 해도 그녀가 유모를 한 명 더 고용하거나 스스로 유모 노릇까지 하기를 기대하는 것은 옳지 못한 일이다. 그 사실은 스텔링 씨가 더 잘 알고 있었다. 그는 자기 아내가 이미 놀라울 만큼 잘하고 있다는 걸 알고, 아내가 자랑스러웠다. 무거운 어린애를 안고 다니는 일이 어린 톰 털리버의 걸음걸이에는 확실히 좋지 않았다. 그러나 톰은 스텔링 씨와 장시간 산보를 하는 등 충분히 운동을 하고 있었고, 스텔링 씨는 다음 학기에 교련 교사를 둘 생각이었다. 스텔링 씨가 대다수의 자기 동료보다 행복해지려고 시도한 한 가지 방법은, 집에서 자기 마음대로 하기를 완전히 포기한 것이었다. 그래서 어쨌단 말인가? 라일리 씨에 의하면, 그는 '세상에서 가장 친절한 여성'과 결혼한 것이다. 라일리 씨는 스텔링 부인의 처녀 시절부터 금발의 고수머리와 미소 짓는 태도를 잘 알고 있었고, 이런 친분 때문에 그녀의 결혼 생활에 가정 불화가 생긴다면 그건 전적으로 스텔링 씨 잘못이라고 말할 준비가 언제든 되어 있었다.

톰의 성질이 더 고약했다면 저 귀여운 꼬마 로라를 미워했겠지만, 그러기에는 마음씨가 너무 착한 소년이었다. 타고난 성격상 진짜 사내다움과 약자를 보호하려는 동정심이 넘쳐났던 것이다. 그가 스텔링 부인을 싫어하고, 그 부인의 오만한 태도나 다른 사람들이 해야 할 '의무'를 빈번히 언급하는 것과 직접 관련해, 나중에 옅은 금발 고수머리와 넓게 땋은 머리를 싫어하게 된 것은 유감스러운 일이다. 그러나 그는 어린 로라와 같이 놀아주고 즐겁게 해주는 걸 싫어할 수 없었다. 그는 더 멋진 일에 쓰일 가망이 없다는 사실을 안타까워하며, 로라에게 뇌관까지 희생했던 것이다. 톰은 작은 불빛과 빵 하는 소리가 꼬마를 즐겁게 만들거라 생각했다가 그 일로 어린애에게 불장난을 가르쳤다고 스텔링 부인에게 꾸지람을 듣기도 했다. 로라는 그의 놀이 친구였던 셈이다. 아, 톰은 같이 놀 만한 친구가 얼마나 그리웠던가! 내색하지는 않았지만 정말로 매기와 함께 있고 싶었고, 같이 있을 때면 화를 돋우는 그녀의 건망증도 거의 눈감아 줄 용의가 있었다. 집에 있을 때면, 즐거운 소풍을 갈 때 매기가 자기 옆을 따라오게 해주는 것만 해도 늘 크나큰 선심을 쓰는 것처럼 여기던 톰이었다.

그 쓸쓸한 한 학기가 끝나기 전에, 정말로 매기가 왔다. 어린 동생이 와서 오빠와 함께 머물도록 스텔링 부인이 너그럽게 초대해 주었던 것이다. 그래서 털리버 씨가 늦은

10월 마차를 몰고 킹스 로턴에 왔을 때, 머나먼 여행을 통해 세상을 배울 거라 기대하면서 매기도 같이 왔다. 톰이 지나치게 집 생각을 하지 않기를 배워야 하기 때문에 털리버 씨가 톰을 방문한 것은 그때가 처음이었다.

스텔링 씨가 아내에게 그들의 도착을 알리려고 방을 떠난 사이, 아버지가 톰에게 "좋아 보이는구나, 애야."라고 말했다. 매기는 톰에게 서슴없이 입을 맞추며 말했다. "오빠, 좋아 보여! 학교가 오빠 마음에 드나 봐."

톰은 자기가 조금 아파 보였으면 했다.

"저 별로 건강하지 않아요, 아버지!" 톰이 말했다. "유클리드 기하학 공부를 하지 않게 아버지가 스텔링 씨에게 말씀 좀 해주세요. 그것 때문에 이가 다 아픈 것 같아요." (톰이 여태까지 걸린 유일한 병은 치통이었다.)

"유클리드라고? 아니 그게 뭔데?" 털리버 씨가 말했다.

"오, 저도 몰라요. 정의니 공리니 삼각형이니 하는 것이에요. 제가 배워야 할 책인데요, 아무짝에도 쓸모없어요."

"자, 자!" 털리버 씨가 꾸짖었다. "그렇게 말하면 안 되지. 선생님이 말씀하시는 건 다 배워야 해. 네가 뭘 배워야 할지는 선생님이 아시겠지."

"오빠, 내가 도와줄게." 매기가 후원자처럼 조금 위로하는 태도로 말했다. "스텔링 부인이 허락하면, 오래 머물 거야. 내 상자와 앞치마도 갖고 왔어. 정말이죠, 아빠?"

"네가 날 도와준다고, 이 바보야!" 말은 이렇게 하면서도 톰의 기분은 한결 좋아졌다. 그는 기하학 책의 한 페이지를 보여주면 매기가 당황해할 모습을 생각하자 아주 기분이 좋아졌다. "내가 배우는 과목을 네가 봤으면 좋겠구나! 참, 나 라틴어도 배운다! 여자 애들은 절대로 그런 것 못 배우지. 아주 바보라니까."

"나 라틴어가 뭔지 잘 알아." 매기가 자신 있게 말했다. "라틴어는 하나의 언어야. 사전에 라틴어 단어가 나오거든. '보누스'는 선물이란 뜻이지."

"거봐, 딱 틀렸지, 매기 아가씨!" 톰은 은근히 놀랐다. "퍽이나 똑똑하다고 생각하시는 모양인데! '보누스'는 '좋다'는 뜻이야. 보누스(bonus), 보나(bona), 보눔(bonum), 이렇게 변하지."

"그래, 그렇다면 '선물'이란 의미가 안 될 이유가 없네." 매기가 굴하지 않고 말했다. "몇 가지 의미가 있거든. 거의 모든 단어가 그래. '론(lawn)'은 손수건 만드는 재료일 뿐 아니라 잔디 뒤덮인 땅도 되거든."

"잘 아는구나, 꼬마야." 털리버 씨가 웃었다. 톰은 매기가 자기와 같이 머물 거라는 생각에 아주 기뻤지만, 매기가 제법 아는 데는 기분이 조금 나빴다. 자신만만하던 매기는 톰의 책들을 실제로 보고 나자 곧 풀이 죽었다.

스텔링 부인은 매기에게 머물라고 열심히 권하긴 했지만, 한 주 이상 머물라는 말은 하지 않았다. 그러나 매기를 무릎 사이에 앉힌 스텔링 씨는 어디서 그 까만 눈을 훔쳐 왔느냐고 물으며, 두 주는 머물러야 한다고 우겼다. 매기는 스텔링 씨가 매력 있는 사람이라고 생각했다. 털리버 씨는 어린 딸을 두고 가는 게 아주 자랑스러웠다. 그곳에서는 딸의 영리함을 알 만한 낯선 사람들에게 딸의 영리함을 보여줄 기회가 있을 것이다. 그래서 딸을 두 주일 뒤에 집에 데려가기로 했다.

"자, 그럼, 매기, 나랑 공부방에 가자." 아버지가 마차를 몰고 떠나자 톰이 말했다. "왜 머리를 흔들고 고개를 쳐드는 거야, 이 바보야?" 매기는 이제 머리를 새롭게 단장해 가지런히 빗어 귀 뒤로 넘겼지만, 여전히 고개를 위로 쳐들어 눈을 가리지 말아야 한다고 생각하는 듯했다. "그러니까 미친 사람처럼 보이잖아."

"오, 어쩔 수 없어." 매기가 성급하게 말했다. "놀리지 마, 오빠. 오, 저 책들 좀 봐!" 그녀는 서재의 책장을 보고 외쳤다. "나도 저렇게 책이 많았으면!"

"뭐, 하나도 읽지 못할걸." 톰은 의기양양하게 말했다. "전부 라틴어로 쓰여 있거든."

"아냐, 그렇지 않아." 매기가 말했다. "저 책들에 쓰인 것 읽을 수 있어…… 로마 제국의 흥망사.*"

"그래, 그게 무슨 뜻인데? 모를걸." 톰이 고개를 저으며 말했다.

"하지만 곧 알아낼 수 있어." 매기는 경멸하듯 말했다.

"뭐라고, 어떻게?"

"무슨 내용인지 안을 들여다봐야지."

"안 그러는 게 좋을걸, 매기 아가씨." 톰은 매기가 그 책에 손대는 걸 보고 말했다. "스텔링 씨는 자기 허락을 받지 않고는 누구도 책에 손을 못 대게 하거든. 그러니까

---

* 1776년과 1788년 사이에 출판된 에드워드 기번의 책.

네가 그 책을 꺼내면, 내가 야단맞는단 말이야.”

“응, 알았어! 그럼 오빠 책 전부 보여줘 봐.” 매기는 돌아서서 톰의 목을 두 팔로 얼싸안고 그의 뺨에 작고 둥근 코를 비볐다.

톰은 서로 싸우기도 하고 소리칠 수도 있는 예전의 다정한 매기와 다시 있게 된 것이 기뻐서, 동생의 허리를 껴안고 큰 독서용 탁자 주위를 함께 깡충깡충 뛰기 시작했다. 그들이 점점 더 힘내어 뛰자, 매기의 머리카락이 귀 뒤에서 흘러내려 살아 움직이는 대걸레처럼 빙빙 돌았다. 그런데 이렇게 탁자 주위를 도는 행동 때문에 그 범위가 점점 더 불규칙해져서 마침내 스텔링 씨의 독서대에 이르자, 무거운 사전들과 함께 독서대가 쿵 하는 소리와 함께 바닥으로 넘어졌다. 그곳은 다행히도 1층이었고 서재는 집에 딸린 단층의 별채여서, 톰은 스텔링 씨나 스텔링 부인이 나타날까 봐 두려워 잠시 겁먹은 채 서 있었지만, 사람들이 놀랄 정도의 소리는 아니었다.

“저, 매기.” 마침내 독서대를 세우면서 톰이 말했다. “여기선 조용히 해야 돼. 우리가 뭘 깨뜨리면, 스텔링 부인은 우리에게 ‘페카비’*를 외치게 할 거야.”

“그게 뭔데?” 매기가 물었다.

“응, 그건 몹시 꾸짖을 때 쓰는 라틴어야.” 톰은 이렇게 말하면서 자기 지식에 얼마간 자부심을 느꼈다.

“그 아주머닌 까다로운 분이야?” 매기가 물었다.

---

* peccavi: ‘죄를 인정하다.’ 라는 뜻.

"그럼!" 톰은 힘주어 고개를 끄덕였다.

"여자는 다 남자보다 까다로운 것 같아." 매기가 말했다. "글레그 이모는 이모부보다 훨씬 까다롭고, 엄마가 아빠보다 날 더 야단치시잖아."

"글쎄, 너도 언젠가는 여자 어른이 되겠지. 그러니까 넌 그런 얘기 하면 안 돼." 톰이 말했다.

"하지만 난 똑똑한 여자가 될 거야." 매기는 머리를 쓸어 올리며 말했다.

"오, 그렇겠지. 눈꼴시게 젠체하는 여자 말이야. 모두 널 싫어할 거야."

"하지만 톰 오빠 날 미워하면 안 돼. 그럼 오빠 아주 나쁜 사람이 될 거야. 난 오빠 동생이니까."

"그래, 하지만 네가 마음에 안 들게 굴면 미워할지도 몰라."

"하지만 오빠 날 미워하지 않을 거야! 오빠 마음에 안 들게 하지 않을게. 오빠한테 잘할 거야. 누구에게나 잘할 거야. 정말 나 미워하지 않을 거지, 그치, 오빠?"

"에이, 귀찮아! 걱정 마! 자, 공부 시간이야. 이것 봐! 내가 하는 공부야." 톰은 매기를 옆에 오게 해 그의 정리(定理)를 보여주었다. 그동안에 매기는 머리카락을 귀 뒤로 넘기고 자기가 톰의 기하학 공부를 도와줄 수 있다는 걸 증명하려 했다. 그녀는 자기 능력을 매우 확신하고 읽기 시작했으나 곧 몹시 당황했다. 그녀는 화가 난 나머지 얼굴이 붉어졌다. 어쩔 수 없이 자신에게는 아무런 능력이 없다는 걸 고백해야 했지만 창피를 당하기 싫었다.

"이건 바보 같은 소리야!" 매기가 말했다. "게다가 전혀 재미도 없고. 아무도 알고 싶어 하지 않을걸."

"아하, 거봐, 매기 아가씨!" 톰은 책을 끌어당기면서 그녀에게 고개를 저었다. "네 생각처럼 네가 그리 똑똑하지 않다는 걸 알았겠지."

"뭐." 매기는 시무룩해져서 말했다. "오빠처럼 앞에 나온 내용을 배우면, 나도 알 수 있을걸."

"하지만 그래도 넌 이해할 수 없을 거야, 똑똑한 아가씨." 톰이 말했다. "앞에 나온 내용을 알면 그만큼 더 어려워지기 때문이야. 그땐 정의 3이 무엇이고, 공리 5가 뭔지 알아야 하거든. 이제 그만 하자. 이 공부 계속해야 하거든. 라틴어 문법 책이 여기 있구나. 네가 아는 게 있는지 찾아봐라."

매기는 수학에서 창피를 당한 뒤, 라틴어 문법에서는 꽤 위로를 받을 수 있다는 사실을 알아냈다. 새로운 단어들을 보자 호기심이 생겼고, 재빨리 책 뒷부분에 영어로 된 해설을 찾아냈던 것이다. 그다지 힘들이지 않고 라틴어에 대해 잘 알 수 있을 듯했다. 예문들이 너무 재미있었기 때문에 그녀는 곧 구문론의 규칙들을 건너뛰기로 했다. 먼 나라에서 갖고 온 이상한 짐승 뿔이나 이름 모를 식물의 잎처럼, 알 수 없는 문맥에서 떼어낸 그 이해할 수 없는 문장들은 그녀가 무한히 상상하도록 해주었고, 이상한 문자로 쓰였지만 해석할 수 있었기 때문에 더욱 재미있었다. 그것은 정말로 재미있었다. 톰이 어떤 여자 애도 배울 수 없다고 했던 라틴어 문법이 말이다. 그녀는 라틴어 문법이 재미있다는 게 퍽 자랑스러웠다. 짧은 예문은 대부분 그녀가 좋아하는 것들이었다. 그녀가 라틴어를 알려고 하지 않았다면 '모르스 옴니부스 에스트 코무니스'*는 아무 의미도 없는 무미건조한 말이 되었을 것이다. 그러나 '그와 같은 성품을 갖고 태어난' 아들 때문에 모든 사람에게 축하를 받는 그 행복한 신사 이야기를 읽으며 매기는 여러 가지 즐거운 상상을 해보았다. 그래서 톰이 불렀을 때, 매기는 '그 어느 별도 통과할 수 없을 만큼 무성한 숲'** 속에서 정신을 잃고 있었다.

"자, 이제 맥지, 그 문법 책 좀 주렴!"

"응, 오빠, 아주 재미있는 책이야." 매기는 큰 안락의자에서 벌떡 일어나 톰에게 책을 주며 말했다. "그 사전보다 훨씬 재미있어. 난 당장 라틴어를 배울래. 전혀 어렵지 않을 것 같아."

"네가 뭘 했는지 알아." 톰이 말했다. "책 뒤에 있는 영어를 읽고 있었지. 바보라도 그건 할 수 있어."

톰은 그 책을 받아서, 마치 바보들은 이해할 수 없는 과목을 배운다고 말하는 것처럼 책을 단호하고 사무적인 태도로 펼쳤다. 매기는 기분이 상해서 책 제목을 읽으며 놀려고 책장 쪽으로 갔다.

이윽고 톰이 그녀를 불렀다. "자, 맥지, 이리 와서 내가 이것 외울 수 있는지 들어봐. 탁자 저 끝에 서봐. 거긴 스

* Mors omnibus est communis: '죽음은 만인에게 공통된다.'라는 뜻의 라틴어.
** 『이튼 문법 책』(1831년판)에 나오는 구절.

텔링 씨가 내 말을 들을 때 앉는 자리야."

매기는 시키는 대로 서서 펼쳐진 책을 들었다.

"오빠, 어디서 시작할 건데?"

"아, 이번 주에 외운 걸 다시 반복할 테니까 '아펠라티바 아르보룸(Appellativa arborum)'에서 시작할게."

톰은 세 줄은 아주 잘 외웠다. 그리고 그가 순트 에티암 볼루크룸(Sunt etiam volucrum)에서 막히자, 매기는 두 번 나온 마스(mas)가 무슨 뜻인지 생각하다가 자기 역할이 프롬프터*라는 사실을 잊어버렸다.

"나한테 말하지 마, 매기. 순트 에티암 볼루크룸…… 순트 에티암 볼루크룸…… 우트 오스트레아, 케투스(ut ostrea, cetus)……."

"틀렸어." 매기가 입을 열어 고개를 저었다.

"순트 에티암 볼루크룸." 톰은 이처럼 기다리고 있음을 강하게 암시하면 다음 말이 더 빨리 나올 거라 기대하듯 아주 천천히 말했다.

"시, 이, 유.(c, e, u.)" 매기는 참지 못하고 말했다.

"아, 알았다. 넌 잠자코 있어. 케우 파세르, 히룬도, 페라룸…… 페라룸…….(Ceu passer, hirundo; Ferarum…… ferarum…….)" 톰은 연필로 책 표지에 점 몇 개를 힘 있게 찍었다. "페라룸……."

"아이참, 오빠," 매기가 말했다. "왜 그렇게 시간이 많이 걸려! 우트……."

---

* 무대 뒤에서 대사를 읽어주는 사람.

"우트, 오스트레아……."

"아냐, 아냐." 매기가 말했다. "우트, 티그리스(ut, tigris)……."

"아, 맞아, 이젠 할 수 있어." 톰이 말했다. "티그리스, 불페스(vulpes)였는데, 깜빡했어. 우트 티그리스, 불페스, 에트 피스키움(et Piscium)."*

한참 더듬거리던 말을 다시 반복하고 나서야, 톰은 다음 몇 줄을 외웠다.

"자, 그럼," 그는 말했다. "다음 건 내일을 대비해서 방금 외운 거야, 그 책 잠깐만 줘봐."

톰은 책상을 주먹으로 두드려가며 박자를 맞추어 얼마간 재빨리 웅얼거리더니, 책을 돌려주었다.

"마스쿨라 노미나 인 아.(Mascula nomina in a.)" 그는 시작했다.

"아냐, 오빠." 매기가 말했다. "다음은 그게 아냐. 노멘 논 크레스켄스 제니티보(Nomen non creskens genittivo)** 야……."

"크레스켄스 제니티보." 톰은 비웃으며 이렇게 외쳤다. 톰은 어제 수업을 받기 위해 이 생략된 구절을 공부한 터였고, 젊은 신사가 음절의 장단을 틀리는 게 얼마나 바보같은 일인지 알게 될 때까지는 라틴어를 자세히 또는 폭넓게 알 필요가 없기 때문이다. "크레스켄스 제니티보라니!

---

* 『이튼 문법 책』 129쪽에 나오는 구절.
** 같은 책, 131쪽.

매기, 너 참 바보구나!"

"오빠도 웃을 자격 없어. 하나도 외우지 못했으면서. 틀림없이 그렇게 쓰여 있었어. 내가 어떻게 알아?"

"피! 내가 여자 애들은 라틴어 못 배운다고 했지. 노멘 논 크레센스(crescens) 제니티보라고 읽어야지."

"좋아, 그럼." 매기가 시무룩해져서 말했다. "나도 오빠만큼 잘할 수 있어. 오빠 구두점에 주의하지 않잖아. 세미콜론(;)에서는 콤마(,)보다 두 배 길게 쉬어야 해. 그런데 구두점이 하나도 없는 데서 가장 오래 쉬잖아."

"아, 그래, 그만 떠들어. 나 좀 계속하게 내버려둬."

그들은 곧 불려 가 나머지 저녁 시간을 응접실에서 보냈다. 확실히 매기는 스텔링 씨가 자신의 영리함을 추어주자 아주 으쓱해졌고, 톰은 동생의 대담한 행동이 다소 놀랍고도 걱정스러웠다. 그런데 스텔링 씨가 한번은 집시에게 도망간 적이 있다는 어린 소녀 얘기를 하자, 매기는 갑자기 조용해졌다.

"틀림없이 아주 이상한 여자 애일 거예요!" 스텔링 부인이 농담 삼아 말했다. 그러나 자기를 이상하다고 빗대어 하는 농담은 매기의 취향에 맞지 않았다. 그녀는 스텔링 씨가 결국 자기를 대단하다고 여기지 않을까 봐 겁이 더럭 나, 풀이 좀 죽어 잠자리에 들었다. 자기 머리카락이 뒤로 늘어져 있어서 아주 흉하다고 생각하는 듯, 스텔링 부인이 자기를 바라보는 것 같았다.

그런데도 톰을 방문한 이번 이 주일 동안 매기는 매우 행복했다. 그녀는 톰이 수업을 받는 동안 서재에 있어도 좋다는 허락을 받았다. 그리고 이것저것 다양하게 독서를 하면서 라틴어 문법 책에 수록된 예문에 깊이 빠져 들었다. 어느 날인가는 여성 대부분을 혐오한 천문학자의 이야기를 읽고 당황한 나머지 생각에 잠겨서, 천문학자라면 모두 여성을 싫어하는 것인지 아니면 이 특정한 천문학자만이 그런 것인지 스텔링 씨에게 물어보기도 했다. 그러나 그의 대답을 미리 예상하고 이렇게 말했다.

"천문학자라면 모두 그럴 거예요. 높은 탑 속에 살기 때문이죠. 여자들이 그곳에 오면, 말을 걸어서 항성 관측을 방해할 테니까요."

스텔링 씨는 매기의 황당한 소리를 매우 재미있어 했다. 그래서 그들은 아주 친해졌다. 매기는 오빠처럼 스텔링 씨 학교에서 똑같은 과목을 배우고 싶다고 톰에게 말했다. 그녀는 자기도 기하학을 배울 수 있다는 걸 깨달았다. 다시 잘 들여다보고, ABC가 선분의 이름을 의미한다는 사실을 알아냈던 것이다.

"넌 할 수 없다니까." 톰이 말했다. "네가 할 수 있는지 스텔링 씨에게 여쭤볼게."

"상관 마." 조금 우쭐해진 아가씨가 말했다. "내가 직접 여쭤볼 거야."

그날 저녁 응접실에 있을 때 매기가 물었다. "스텔링 선생님, 오빠 대신에 저를 가르치신다면, 기하학과 오빠가 배우는 모든 학과목을 제가 할 수 있지 않을까요?"

"안 돼, 넌 못해." 톰이 화가 나서 말했다. "여자 애들은 기하학 못하죠, 그렇죠, 선생님?"

"여자 애들은 뭐든 조금씩은 배울 수 있단다." 스텔링 씨는 말했다. "겉보기엔 여자 애들이 아주 똑똑하지. 하지만 그 어느 것에도 깊이 파고들진 못해. 재빨리 이해하기는 하지만 깊이가 없거든."

톰은 이런 의견을 듣고 기분이 좋아서 스텔링 씨 의자 뒤에 있는 매기에게 고개를 흔들어 자신의 승리를 알렸다. 매기로서는 지금까지 그렇게 기분 나쁜 적이 거의 없었다. 아직은 어리지만 '이해력이 빠르다'는 칭찬을 듣는 게 무척 자랑스러웠다. 그런데 지금 이 말은 열등함을 표시하는 낙인처럼 보였다. 톰처럼 느리게 이해하는 게 낫겠다 싶었다.

"하, 하! 매기 아가씨!" 둘만 남게 되자 톰이 말했다. "거봐, 빨리 이해한다는 게 그렇게 좋은 것만은 아냐. 넌 뭐든 깊이 파고들 수 없다니까."

매기는 이 무서운 운명에 질려 대꾸할 용기가 없어졌다.

그러나 깊이는 없지만 재빨리 이해하는 이 작은 기계 같은 매기가 루크가 모는 마차를 타고 사라져 다시 공부방이 쓸쓸해지자, 톰은 그녀가 몹시 그리워졌다. 매기가 그곳에 온 뒤로, 톰은 사실 전보다 명랑해지고 공부도 잘했던 것이다. 그리고 그녀는 스텔링 씨에게 로마 제국에 관해 여러 가지로 질문했다. "나는 동전 한 푼으로라도 그것을 사지 않겠다."*라고 라틴어로 말한 사람이 실제로 존재했는지, 아니면 그냥 라틴어로 옮겨놓은 것인지 등을 물었다. 그래서 한때는 이튼 학교의 라틴어 문법 책으로 배우지 않

---

* 『이튼 문법 책』 269쪽.

고도 라틴어를 아는 행운아가 세상에 존재했다는 사실을 톰은 막연히 깨달았던 것이다. 이런 명쾌한 생각은 이번 학기에 역사를 배우는 데 큰 도움이 되었다. 톰의 역사 지식은 유대 민족사 요약본에 제한되어 있었던 것이다.

그러나 지겨운 학기도 끝났다. 차가운 바람을 맞으며 팔랑거리는 누런 마지막 잎새를 보고 톰은 너무나 기뻤다. 침침한 오후와 12월의 첫눈이 8월의 햇살보다도 활기차게 보였다. 그는 집으로 갈 날이 하루하루 다가오고 있음을 더욱 확실히 확인하기 위해서, 방학까지 삼 주 정도 남았을 때 정원 한구석에 스물한 개의 말뚝을 깊이 박아두고, 매일매일 하나씩 세게 비틀어 뽑아 멀리 던져버렸다. 만약 지옥 근처까지 날아갈 말뚝이 있었다면, 그 먼 데까지 던져 보낼 양으로.

그러나 마차가 눈 덮인 다리를 소리 없이 지나갈 때 집 안 거실을 비추는 밝은 빛을 바라보는 행복은 라틴어 문법이라는 값비싼 대가를 치를 만한 가치가 있었다. 그것은 차가운 공기에서 친근한 난로의 온기와 입맞춤과 미소로 옮아가는 행복이며, 그 난롯가에서는 카펫 무늬와 난로의 받침쇠, 그리고 불 피우는 도구가 물질의 부피와 넓이처럼 비판할 수 없는 '제1 관념'이었다. 이런 장면에서 우리가 태어났고, 우리가 선택하는 수고를 알기도 전에 사물은 우리에게 다정한 존재가 되었고, 외부 세계가 다만 우리 존재의 연장인 것처럼 보이는 그런 장면들에서 우리가 느꼈던 편안함과 비교할 만한 편안한 느낌은 없다. 우리는 자신의 존재와 사지를 받아들이듯, 그 편안함을 받아들이고 사랑했다. 어릴 적 집안 가구가 경매에 부쳐지면 매우 흔해 빠진, 심지어는 흉한 물건처럼 보일지도 모른다. 가구를 보는 안목 때문에 그런 가구를 무시하게 된다. 우리 환경에서 보다 나은 걸 추구하는 것은 인간과 짐승을 구분하는 위대한 특징이 아닐까? 아니, 정확히 정의하자면, 영국인과 외국인을 구별하는 특징은 그런 추구가 아닐까? 그러나 이런 추구 때문에 어디로 가게 될지 누가 알겠는가? 우리 애정에 그런 낡고 뒤떨어진 것을 감싸는 버릇이 없다면, 우리 인생에 느끼는 사랑과 신성한 감정들이 추억 속에 깊이 그리고 확고히 뿌리 박히지 않았다면 말이다. 사람들은 굽이치는 아주 부드러운 잔디 위에 뻗어 있는 곱디고운 시스터스나 푸크시아* 같은 식물보다 산울타리의 엉킨 잎 뒤에 늘어진 양딱총나무 숲을 더 즐거운 광경이라며 좋아한다. 이는 특별히 더 좋음을 증명할 수 없는 것에 집착하지 않는 고지식한 사람이나 정원사가 볼 때 전혀 옳다고 할 수 없는 편애이다. 이 양딱총나무 덕분에 어린 시절의 추억이 떠오른다는 사실보다 이 편애를 더 잘 설명해 줄 근거는 없다. 즉 그것은 형태와 색을 즐기는 현재 감각을 통해서만 내게 호소하는 내 인생에서의 새로움이 아니라, 즐거움을 생생히 느꼈던 시절 나의 즐거움과 섞인 내 존재의 오랜 벗이기 때문이다.

---

* 시스터스는 물푸레나무속(屬)의 풀이고, 푸크시아는 바늘꽃과(科)의 관상용 식물이다.

# 2
## 크리스마스 휴가

얼굴에 홍조를 띤 백발의 멋진 크리스마스 영감은 그해 당신의 의무를 훌륭히 해냈고, 그의 온정 어린 알록달록한 색깔의 갖가지 푸짐한 선물을 서리나 눈과는 한층 대조되게 꾸몄다.

어린애 팔다리보다 더 부드러운 곡선으로 눈이 텃밭이나 강둑에 쌓여 있었다. 경사진 지붕 가장자리마다 눈이 멋지게 마무리했으며, 검붉은 박공은 눈 때문에 새로이 더욱 진하게 두드러져 보였다. 월계수와 전나무 위에 쌓인 무거운 눈이 떠는 듯한 소리를 내며 떨어졌다. 거친 순무 밭이 흰 눈옷을 입어서 양들은 마치 검은 얼룩처럼 보였다. 문이란 문은 모두 비스듬히 쌓인 눈에 막혀버렸다. 여기저기 버림받은 네발짐승은 "께느른한 슬픔 때문에"* 굳어버린 듯 서 있었다. 하늘도 말없이 창백한 구름으로 뒤덮여, 희미한 빛도 그림자도 없었다. 끊임없는 슬픔처럼 신음을 하며 흘러가는 검은 강 외에는 아무것도 소리를 내지도, 움직이지도 않았다. 그러나 크리스마스 영감은 바깥 세계에 이 잔인해 보이는 주문을 걸고 미소를 지었다. 그는 집이 다시 새하얗게 빛나고, 실내의 모든 풍성한 색깔이 더 깊어지고, 맛있는 냄새가 나는 따뜻한 음식에 즐거움을 더해 주려 했던 것이다. 또한 그 영감은 다정한 모임을 준비해 줄 생각이었다. 그 모임은 소박한 친척 간의 애정을 끈끈하게 해주고 친숙한 사람의 얼굴에 비친 햇살을 구름에 가린 태양처럼 환영할 터였다. 집 없는 사람에게는 그의 친절이 거의 미칠 수가 없었다. 난로가 그리 따뜻하지도 않고, 맛있는 음식 냄새도 거의 나지 않으며, 사람들 얼굴에 햇살도 비치지 않고 오히려 기대할 수 없는 것을 바라는 듯 둔하고 멍한 시선을 던지는 그런 가정에는 그의 친절이 거의 미칠 수 없었다. 그러나 그 멋진 오래된 계절에는 선한 의도가 있었다. 만일 그 영감이 사람들을 똑같이 축복하는 비밀을 모르고 있었다면, 그것은 그의 아버지뻘 되는 '시간'이 여태 목적을 바꾸지 않고 자신의 거대하고 느린 심장 박동 속에 그런 축복의 비밀을 아직 감추고 있었기 때문이다.

그러나 톰은 이번 크리스마스를 집에서 다시 즐겁게 보내긴 했지만, 예전처럼 그리 행복함을 느끼지 못했다. 서양 감탕나무에는 빨간 열매가 주렁주렁 열려 있었다. 크리

---

* 윌리엄 쿠퍼의 시 「과제 *The Task*」 5:29에서 겨울을 묘사하는 구절이다.

스마스이브에 톰과 매기는 그 주렁주렁한 새빨간 열매와 까만 열매가 달린 담쟁이를 가지고, 모든 창과 벽난로 선반, 그리고 액자들을 여느 때처럼 멋지게 장식했다. 자정이 지나자 창문 아래에서 성가 소리가 들렸다. 톰은 그들이 그 교구의 서기인 늙은 패치와 나머지 성가대원이라고 경멸하면서 주장했지만, 매기는 늘 그 노래가 초자연적으로 들린다고 생각했다. 갑자기 그들의 성가가 꿈속에서 들리면, 매기의 온몸은 경외심으로 떨렸다. 그리고 솜털구름을 탄 천사들이 등장하면 무명옷을 입은 사람들의 모습은 언제나 밀려났다. 그러나 여느 때처럼 자정에 들려오는 성가 덕분에 그날 아침은 평범한 날보다 한 차원 고상해졌다. 아침 식사 시간이 되자 부엌에서 따뜻한 토스트와 맥주 냄새가 풍겨왔다. 즐거이 부르던 성가와 초록색 나뭇가지, 그리고 짧은 설교 덕분에 교회 출석에 적당히 축제 분위기가 났다. 교회에 출석했던 사람들이 발에 묻은 눈을 털며 돌아올 때, 아이가 일곱 명이나 달린 모스 부부는 밝은 거실 불을 그 숫자대로 반사하는 거울 같았다. 자두 푸딩은 예전처럼 보기 좋게 둥근 모양으로 만들어졌다. 소화 불량에 걸린 청교도인이 던진 지옥의 불길에서 용감하게 갖고 온 것처럼,* 상징적으로 가장자리에 푸른 불꽃 띠를 두른 푸딩이 나왔다. 그 디저트는 황금색 오렌지와 갈색 견과류, 그리고 투명하고도 밝은 검은색 사과 젤리와 서양 자두 치즈로 매우 화려했다. 톰이 기억하는 한, 이 모든

---

\* 청교도들은 성탄절 같은 때 사람들이 즐기는 것을 못마땅하게 여겼다.

점에서 이번 크리스마스는 예전과 마찬가지였다. 특별히 다른 게 있다면, 예전보다 멋진 미끄럼과 눈 뭉치뿐이었다.

즐거운 크리스마스였지만, 털리버 씨는 즐겁지 않았다. 그는 잔뜩 화가 나서 사사건건 시비조였다. 톰은 아버지의 소송을 지지하고 있었으며 아버지의 피해 의식에도 동조했다. 그러나 털리버 씨가 여유 있게 후식을 먹을 시간이 많아지면서 점점 더 큰 소리로 화를 내며 자기 주장을 내세우자 톰의 마음도 매기처럼 답답해졌다. 세상에는 사악한 적이 있으며 투쟁을 많이 하지 않으면 어른 세계에서 사업을 할 수 없다는 생각 때문에 땅콩과 와인을 먹는 데 주의를 기울일 수가 없었다. 이길 확률이 많은 적과 정정당당히 싸워 잽싸게 싸움을 끝낼 수 없다면, 톰은 싸우는 게 싫었다. 그는 화를 내며 얘기하는 아버지 때문에 마음이 편치 않았다. 하지만 그는 자기가 그렇게 느끼는 이유를 자신에게 설명할 수 없었고, 그 점에서 아버지에게 잘못이 있다고도 생각지 않았다.

요즘 털리버 씨를 단단히 화나게 자극하는 특정한 악의 화신은 피버트 씨였다. 그는 리플 강 상류에 토지를 소유하고 있었기 때문에, 자기 땅에 물을 댈 방법이 있었다. 그 방법은 (물은 어디까지나 물이라는 원칙에 따라) 털리버 씨가 합법적으로 갖고 있는 용수권을 침해했거나 침해하게 될 것이며, 침해할 수밖에 없었다. 딕스는 그 강가에 물방앗간을 소유했지만, 피버트에 비하면 악마의 무기력한 조수에 불과하다. 딕스는 중재에 들어가자 정신이 들었고, 웨이컴의 조언을 듣고 과도한 행동을 하지는 않았다. 털리버 씨 생각에, 딕스는 법에 관해서라면 아무짝에도 쓸모가 없었다. 피버트에게 너무나 화가 났기 때문에 털리버는 딕스처럼 패배한 적을 경멸하기는 했지만 다정하고도 애정 어린 태도로 대하기 시작했다. 이즈음엔 모스 씨 말고는 아무도 털리버의 얘기를 듣지 않았다. 모스 씨 말대로 그는 '물방앗간 일'에 대해 아는 게 없었다. 그는 털리버 씨의 친척이며 그에게 금전상 의무가 있다는 중요한 이유 때문에, 털리버 씨의 주장에 동조할 따름이었다. 그러나 털리버 씨는 쓸데없이 상대방을 설득하려고 말하는 게 아니라, 자기 마음을 위로해 보려고 말했던 것이다. 한편 마음씨 착한 모스 씨는 여느 때와 달리 맛있는 저녁을 먹고 나자 힘든 중노동을 한 탓에 졸음이 몰려왔지만, 눈을 동그랗게 뜨려고 안간힘을 썼다. 모스 부인은 그런 화제에 민감했고, 오빠에게 영향을 미치는 일이라면 뭐든 다 관심을 갖고 있었다. 그녀는 귀를 기울여 듣다가 아이들이 자기네끼리 잘 노는 틈틈이 참견을 했다.

"아니, 피버트라는 이름은 이 근방에서 처음 듣는데요. 그렇죠, 오빠?" 그녀가 말했다. "내가 결혼하기 전, 아버지 생전이나 오빠 시절에도 그 사람은 그 땅 주인이 아니었는데요."

"처음 듣는 이름이라고? 그래, 처음 듣겠지." 털리버 씨는 화를 내며 강조했다. "돌코트 물방앗간이 우리 집안 소유가 된 지 백 년도 넘어. 이 피버트라는 자가 강을 놓고 이래라저래라 간섭하는 걸 아무도 들어본 적이 없지. 누군가 '잠깐만.'이라고 말하기도 전에, 이자가 와서 빈컴 농장

을 그 자리에서 사버리기까지는 말이야. 하지만 내가 피버
트란 놈을 혼내줄 거야!" 자기 결심을 분명히 밝혔다는 생
각에 잔을 들어 올리며 털리버 씨가 덧붙였다.

"그 사람하고 소송해야 할 일이 없으면 좋겠어요, 오
빠." 모스 부인은 다소 걱정하며 말했다.

"내가 무슨 일을 벌일지 모르겠구나. 하지만 피버트의
둑과 관개를 놓고 그에게 어떻게 해야 할지는 알지. 정당
한 편에서 취할 법이 있다면 말이야. 누가 이 일의 원인인
지 충분히 잘 알고 있어. 뒤에서 그를 부추긴 건 바로 웨
이컴이야. 이런 일은 법으로 건드릴 수 없다고 웨이컴이
그 작자에게 말했겠지. 하지만 웨이컴 말고도 법을 다룰
수 있는 사람들이 있어. 그를 이기려면 대단한 악당 변호
사가 있어야 돼. 그런데 법에 관해서라면 더 자세히 아는
대단한 악당 변호사가 있긴 있어. 그렇지 않다면 왜 브럼
리(Brumley) 소송에서 웨이컴이 졌겠니?"

털리버 씨는 매우 정직한 사람이었고 자신의 정직함에
자부심을 느꼈다. 그러나 약한 악당을 꺾기 위해서라면 더
강력한 악당 변호사를 고용해야만 법률상의 재판 목적을
이룰 수 있다고 생각했다. 소송이란 피해를 입은 정직한
사람이 강력한 쇠 발톱 달린 매우 용감한 싸움닭을 구해야
하는 일종의 닭싸움이라는 것이다.

"고어*가 바보가 아니란 건 나도 알아." 이윽고 털리버
씨는 가련한 그리티가 그 변호사에게 능력이 있다고 주장

---

* 털리버 씨의 변호사.

하기라도 한 것처럼 시비조로 말했다. "하지만 알다시피 그는 웨이컴처럼 법률에 대해 잘 몰라. 게다가 물은 굉장히 특별한 문제야. 쇠갈퀴로 물을 뜰 수는 없잖아. 바로 그런 이유에서 악마와 변호사들이 이 문제를 좋아하는 거야. 솔직히 이 문제를 보면, 물 문제에서 무엇이 옳고 그른지 아주 분명해. 강은 어디까지나 강이고, 물방앗간이 있으면 그걸 돌릴 물이 있어야 하니까. 그러니 나한테 말해 봤자 소용없어. 피버트가 자기 밭에 물을 대고 말도 안되는 소릴 한다 해도 우리 물방앗간 바퀴를 멈출 수는 없다고. 난 물의 권리가 뭔지 그보다 잘 알지. 토목 기사들이 하는 말을 내게 해봐! 틀림없이 피버트의 수로 때문에 내가 손해를 본다는 게 상식이지. 하지만 그렇게 손해를 끼치는 게 토목 공학이라면, 톰이 장차 그 일을 배우게 할 거야. 그래서 토목 공학이 지금보다 더 합리적인 학문이 될 수 있는지 살펴보게 할 거야."

이렇게 자기에게 거는 기대를 알리자 톰은 다소 걱정스럽게 주위를 둘러보다가, 모스 고모의 아기를 달래던 작은 딸랑이를 무심코 빼앗았다. 그러자 자기 의사가 분명한 그 여자 아이는 곧 날카로운 비명을 질러 자신의 감정을 표시했다. 딸랑이를 돌려주어도 달랠 수가 없었다. 애초에 자기에게서 장난감을 뺏은 잘못은 변할 수 없다고 분명히 생각하는 듯했다. 모스 부인은 서둘러 아기를 다른 방으로 데려갔다. 그리고 따라온 털리버 부인에게 아기가 울 만한 이유가 있기 때문에 우는 거라고 말했다. 그리고 아기가 딸랑이를 달라고 우는 것으로 생각한다면, 그것은 오해라고 넌지시 암시했다. 이유가 분명한 울음이 가라앉자, 모스 부인은 올케를 바라보며 말했다.

"오빠가 물공사 때문에 저렇게 화를 내는 걸 보니 마음이 안 좋아요."

"저게 당신 오빠 방식이에요, 아가씨. 결혼 전에는 전혀 몰랐죠." 털리버 부인은 얼마간 비난을 내비쳤다. 그녀는 남편의 행동을 순순히 칭찬할 수 없을 때는 모스 부인에게 언제나 남편을 '당신 오빠'라고 말했다. 사랑스러운 털리버 부인은 평생 화를 내본 적이 없었지만, 도슨 집안 출신이자 여자로서 갖춰야 할 기개는 미약하나마 갖고 있었다. 친언니들에게는 언제나 치이는 가장 마음 약한 도슨가의 딸이지만, 가난한 데다 오빠에게 '매달리려는' 시누이에게 그녀는 당연히 강한 우월감을 느꼈다. 시누이는 남편과 자녀들뿐 아니라 많은 방계 친척에게까지 다정한, 덩치가 크고 태평한 성격에 칠칠치 못하고 애를 많이 낳은 여자답게 마음씨 착하고 순종적인 여자였던 것이다.

"오빠가 제발 소송하지 않았으면 좋겠어요." 모스 부인이 말했다. "소송이란 어디서 끝날지 알 수 없잖아요. 게다가 옳은 쪽이 반드시 이기는 것도 아니고요. 내가 알기로 그 피버트란 사람은 부자인 데다, 부자들이란 대개 자기네 식으로 일하잖아요."

"그걸로 말하자면," 털리버 부인은 자기 옷을 매만지며 말했다. "부자들이 어떤지는 우리 친정에서 봤지요. 형부들은 자기 하고 싶은 대로 거의 다 할 만큼 여유가 있거든요. 하지만 난 이 소송과 관개 이야기 때문에 가끔 머리가 돌 것 같은 생각이 들어요. 그리고 언니들은 모두 내 탓만 하죠. 오빠 같은 사람과 결혼한다는 게 어떤 건지 모르니까요. 어떻게 알겠어요? 풀릿 언니는 아침부터 밤까지 자기 마음대로 하는데요."

"글쎄요." 모스 부인이 말했다. "남편에게 도통 지혜라고는 없어서 남편 대신 머리를 써야 한다면, 나도 남편을 좋아하지 않을 거예요. 남편이 좋아하는 일을 하는 게 뭐 다른 일을 할까 고민하는 것보다 훨씬 쉬우니까요."

"남편이 좋아하는 일을 한다는 것으로 말하자면," 털리버 부인은 약간 글레그 언니의 흉내를 내며 말했다. "나처럼 만사를 남편 말대로 해주는 부인을 찾으려면 틀림없이 오빠는 한참이나 기다려야 할 거예요. 이제는 아침에 일어나면 밤에 잠자리에 들 때까지 소송과 관개 얘기만 해요. 난 오빠에게 반대하지 않아요. '글쎄, 좋을 대로 하세요. 하지만 어쨌든 소송만은 하지 마세요.'라고만 말하죠."

사실 털리버 부인이 남편에게 전혀 영향을 미치지 못하는 것은 아니었다. 그런 여자는 없다. 여자란 언제나 남편으로 하여금 자기가 원하는 대로 하게 하거나 정반대로 하게 할 수 있다. 그리고 소송만은 하지 말아달라는 털리버 부인의 소박한 간청은 털리버 씨가 서둘러 '소송'을 하게 만든 여러 가지 충동에 틀림없이 한몫했던 것이다. 그것은 명예롭게, 아니 불명예스럽게도 낙타의 등을 부러뜨린, 속담 속의 깃털에 비유할 수 있을 것이다. 그러나 아주 공정한 관점에서 본다면, 다른 상황이라면 아무 죄도 없었을 단 하나의 깃털을 낙타 등에 무사히 올려놓을 수 없을 정도로 이전에 이미 너무 위험하고도 무겁게 올려놓은 깃털들을 차라리 비난해야 한다. 틸리버 부인의 무력한 간청이 다만 그녀의 인격 때문에 이 깃털처럼 무겁게 짓누를 수 있었다는 말은 아니다. 그러나 아내가 자신에게 전혀 동의하지 않을 때마다, 틸리버 씨는 그녀에게서 도슨가의 표본을 보았다. 도슨가 사람들이 자기를 지배할 수 없다는 사실을, 더 구체적으로 말해서, 글레그 부인을 포함시킨다 해도 틸리버가의 남자 한 명이 도슨가의 여자 네 명을 상대하고도 남는다는 사실을 도슨가 사람들에게 알려줘라, 그것이 틸리버 씨의 원칙이었다.

그러나 그 전형적인 도슨가의 여자가 그의 소송에 반대한다고 드러내놓고 이야기했다 하더라도, 장날에 유능한 고어 변호사를 볼 때마다 생각나는 웨이컴만큼, 소송하기 좋아하는 그의 성격을 부추기지는 않았을 것이다. 확실히 그가 알기로, 웨이컴은 (비유적으로 말하자면) 피버트의 밭에 물을 대는 관개의 주모자였다. 웨이컴은 딕스에게 댐 문제에서 버텨 소송을 하게 했다. 분명히 바로 웨이컴이란 놈이 통행권과 다리 소송에서 틸리버 씨를 패배시킨 것이다. 그 다리 때문에, 정직한 사람답게 대로를 걷기보다 틈만 나면 사유 재산이나 축내기 좋아하는 부랑자는 모두 틸리버의 땅을 밟고 지나다녔다. 변호사라면 모두 어느 정도 악당이지만, 웨이컴의 악당 근성은 틸리버 씨의 이익과 의견 등의 권리에 반대하는, 특히 더 질이 나쁜 것이었다. 또한 괴로운 일은, 마음에 상처 입은 이 물방앗간 주인이 최근에 500파운드를 빌릴 때, 별일 아닌 문제로 몸소 웨이컴의 사무실까지 가야 했던 것이다. 매부리코에 말만 번지르르한 녀석! 웨이컴은 매우 냉정하여 항상 자기 사업을 잔뜩 확신하는 것처럼 보였다! 고어 변호사가 그와 다르지만 온화한 매너에 살진 손을 지닌 얼굴이 둥근 대머리라는 것은 속상한 일이었다. 즉 당신이 웨이컴에 반대하여 내기를 했다가는 경솔한 일이 되고 말 그런 싸움닭 같은 인물이었다. 고어는 음흉한 사람이었다. 다시 말해 너무 양심적이어서 손해 볼 사람은 아니었다. 그러나 아무리 의미있게 눈을 깜빡여 봐도, 돌벽을 꿰뚫어 보는 것과는 다르다. 털리버 씨는 물은 어디까지나 물이라는 자신의 원칙과 피버트가 이 관개 문제에서 의지할 게 없다고 직접 내린 자신의 결론을 확신하지만, 웨이컴이 이 (합리적으로) 반박할 수 없는 결론에 반대하여 제시할 수 있는 법률 조항을 고어보다 더 많이 알고 있으리라 의심하고 있었기 때문에 마음이 편치 않았다. 그러나 만일 소송을 하게 된다면, 저 훌륭한 법률 고문 와일드가 반대편을 변호하지 않고 자기편에 고용할 가능성이 있었다. 그리고 예전에 털리버 씨의 증인이 그랬던 것처럼, 웨이컴의 증인이 식은땀을 흘리며 당황하는 모습을 보게 될 거라는 예상은, 보복의 차원에서 처벌하기를 좋아하는 사람에게는 구미가 당기는 일이었다.

털리버 씨는 회색 말을 타고 가는 동안 이 골치 아픈 문제들을 곰곰이 생각해 보았다. 저울이 이리저리 기울 때마다 고개를 자주 갸웃거렸다. 그러나 아직 결과는 분명하게 보이지 않고, 가정과 사회생활에서 그 문제를 열렬히 계속 주장해야만 확실한 결과에 도달할 수 있었다. 그 논쟁의 초기 단계에서 털리버 씨는 그 사건 이야기를 하고 모든 친척에게 그 사건에 관한 자기 의견을 강력히 주장했다. 이 단계에서는 반드시 시간이 걸릴 터였다. 그래서 2월 초에 톰이 다시 공부하러 가게 되었을 때, 피버트를 상대하는 소송을 얘기하는 아버지의 주장에 새로운 항목이나, 물은 어디까지나 물이라는 원칙을 경솔히 위반한 사람에게 반대하기 위해 그가 특별히 어떤 조처를 취한다는 암시는 없었다. 이야기를 자꾸 하다 보면, 일을 진전시키기보다 마찰처럼 열을 내기가 쉽다. 확실히 털리버 씨는 점점 더 화가 났다. 다른 측면의 새로운 증거는 없었지만, 피버트가 웨이컴과 '매우 절친한 사이'라는 새로운 증거가 나왔다.

휴가가 거의 끝나가는 어느 날 저녁, 톰이 "아버지," 하고 말했다. "글레그 이모부 말씀이 웨이컴 변호사가 자기 아들을 스텔링 씨에게 보낼 거래요. 그를 프랑스로 보낼 거라는 사람들 말은 사실이 아니에요. 제가 웨이컴의 아들과 같이 공부하는 것 싫으시죠, 그렇죠?"

"얘야, 그건 문제가 안 된단다." 털리버 씨가 말했다. "그 애의 나쁜 점은 배우지 마라. 불쌍하게도 그 앤 병신이고, 엄마 얼굴을 닮았지. 그 애가 아빠를 많이 닮진 않았을 게다. 아들을 스텔링 씨에게 보내는 걸 보니 웨이컴이 그를 높이 평가한다는 뜻이로구나. 웨이컴은 이해관계를 잘 따지니 말이다."

털리버 씨는 자기 아들이 웨이컴의 아들과 같은 혜택을 누린다는 사실이 내심 자랑스러웠다. 그러나 톰은 그 점에서 마음이 편치 않았다. 그 변호사의 아들이 병신이 아니라면, 문제가 훨씬 분명했을 것이다. 그랬다면 톰은 고귀한 도덕에서 인가된 자유를 맘껏 누리며 앞으로 그를 공격할 수 있었을 테니 말이다.

# 3
## 새로운 학교 친구

춥고 비 내리는 1월의 어느 날, 톰은 학교에 돌아왔다. 즉 이 가혹한 운명적 시기에 썩 어울리는 날이었다. 그가 어린 로라에게 주려고 사탕 봉지와 작은 네덜란드제 인형을 주머니에 넣어 오지 않았다면, 대체로 우울한 기분을 바꿀 만한 즐거움을 전혀 기대할 수 없었을 것이다. 하지만 그는 로라가 입술과 자그마한 손을 어떻게 내밀어 사탕을 받아먹을지 상상해 보았다. 그는 그 상상의 즐거움을 더욱 만끽하려고, 봉지를 꺼내 그 봉지에 작은 구멍을 뚫어 사탕을 한두 개 빼내어 입에 물어보았다. 그러자 사탕은 칙칙한 냄새가 나는 우산을 쓰고 학교에 갇혀 지내게 되리라는 우울한 전망에 큰 위로가 되어서, 그는 가는 도중에 몇 번이나 사탕을 꺼내 먹었다.

"자, 톰, 다시 만나서 기쁘구나." 스텔링 씨가 진심으로 말했다. "옷 벗고 저녁 먹기 전까지 서재로 오렴. 거기 오면 따뜻한 불도 있고 새 친구도 만날 거야."

톰은 긴 털목도리와 겉옷을 벗으면서 가슴이 불안하게 두근거림을 느꼈다. 그는 세인트오그스에서 필립 웨이컴을 만난 적이 있지만, 늘 최대한 재빨리 눈길을 돌리곤 했다. 필립이 악당의 아들이 아니었더라도 불구 소년을 친구로 둘 생각은 없었다. 게다가 톰은 악당의 아들이 얼마나 착할 것인지 생각해 보지도 않았다. 자기 아버지만이 착한 사람이었고, 그와 반대로 말하는 사람이 있다면 누구에게든지 당장 달려들어 싸웠을 것이다. 서재로 스텔링 씨를 따라가는 그의 마음에는 당황함과 반발심이 반반이었다.

"새 친구란다, 악수하렴, 톰." 서재로 들어서자마자 그 신사가 말했다. "필립 웨이컴이야. 너희끼리 인사하게 해 주마. 이미 서로 좀 알지 싶은데. 너희 고향에서는 한 이웃이었을 테니까."

필립이 일어나서 수줍게 바라보는 동안, 톰은 당황하고 어색해 보였다. 톰은 다가가서 손을 내밀고 싶지 않았고, 그렇게 잠깐 쳐다보며 "안녕?"이라고 말할 준비도 되어 있지 않았다.

현명하게도 스텔링 씨는 돌아서서 문을 닫고 나갔다. 어른들이 없어야 소년들의 수줍음이 점차 사라지는 것이다.

필립은 너무 자존심이 강하고 소심해서 즉시 톰에게 다가갈 수 없었다. 그는 톰이 자기를 보기 싫어한다고 생각했다. 아니 그렇게 느꼈다. 사람들은 거의 모두 그를 보기 싫어했다. 걸을 때면 그의 불구가 더욱 눈에 띄었다. 그래서 그들은 악수도 하지 않고 이야기를 나누지도 않고 그대로 있었다. 그동안 톰은 불가로 가서 몸을 녹였고, 이따금 필립을 몰래 훔쳐보았다. 필립은 자기 앞에 놓인 종이에 멍하니 이것저것 그리는 듯했다. 그는 다시 자리에 앉았다. 그는 그림을 그리면서 톰에게 무슨 말을 걸까 생각하고, 먼저 말을 걸어야 하는 부담을 극복하려 애썼다.

굽은 등이 보이지 않자 톰은 필립의 얼굴을 더 자주, 그리고 더 오래 쳐다보기 시작했다. 사실 불쾌한 얼굴은 아니었다. 퍽 나이가 들어 보인다고 톰은 생각했다. 그는 필립이 자기보다 얼마나 더 위일까 궁금해졌다. 해부학자라면, 아니 관상학자만 해도 필립의 등의 불구가 선천적인 곱사등이가 아니라 어릴 적 사고의 결과라는 사실을 알아차렸을 것이다. 그러나 여러분은 톰에게 그런 것을 구별할 만한 지식을 기대해선 안 된다. 그에게 필립은 그저 곱사등이일 뿐이었다. 그는 웨이컴의 아들이 불구가 된 것은 그 변호사의 나쁜 소행과 관계가 있을 거라고 막연히 생각했다. 그는 아버지가 열을 내며 그렇게 말하던 것을 너무 자주 들었던 것이다. 그 또한 필립이 아마도 심술궂은 녀석일 거라고 어느 정도 인정하면서 두려움을 느꼈다. 그 녀석은 다른 사람과 몸으로 싸울 수는 없지만, 상대를 몰래 해치는 교활한 방법을 지녔을 터였다. 제이콥스 학교 근방에 곱사등이 양복장이가 있었다. 그는 매우 퉁명스러운 사람으로 여겨졌고, 단지 그의 도덕적 자질이 부족하다는 이유로 후에 공명심이 있는 학생들에게 야유를 많이 받았다. 따라서 톰이 그런 식으로 생각하게 된 것도 전혀 근거가 없지는 않았다. 게다가 이 우울한 소년은 그 못생긴 양복장이의 얼굴과 가장 닮았다. 그 얼굴 주위에 늘어진 갈색 머리는 굽이쳐서 여자 애의 머리카락처럼 끝이 구불구불했다. 톰은 정말 안됐다고 생각했다. 어린 웨이컴은 안색이 창백하고 덩치도 작아서, 아무것도 할 수 없을 게 너무나 뻔했다. 그런데 그는 부럽게도 연필을 자유자재로 움직여서, 언뜻 보기에 아무 힘도 안 들이고 이것저것 계속 그려댔다. 뭘 그리는 걸까? 이제 몸이 아주 따뜻하게 녹아서, 톰은 새로 할 만한 일을 찾았다. 비 오는 날 혼자 서재 창밖을 내다보면서 빨래판에 기대어 발로 차는 것보다야 성질 고약한 곱사등이 친구라도 같이 있는 게 확실히 나은 일이었다. '싸움이든 뭐든' 매일 뭔가 일어날 것이다. 톰은 자기에게 못된 장난을 치지 않는 게 좋을 거라는 사실을 필립에게 알려줘야겠다고 생각했다. 그는 갑자기 난로를 가로질러 걸어가서, 필립이 그린 그림을 굽어보았다.

"야, 짐 바구니 달고 가는 당나귀네. 스패니얼 강아지도 있고, 옥수수 밭 가운데 자고새도 있네!" 놀라고 감탄한 그는 혀를 쑥 내밀고 소리를 질렀다. "맙소사! 나도 이런 그림을 그릴 수 있으면 좋겠다. 이 반만큼만이라도 그림을 배울 수 있다면. 개나 당나귀를 그리는 것도 배울 수 있을까!"

"오, 안 배우고도 그런 것 그릴 수 있어." 필립이 말했다. "난 한번도 그림을 배운 적이 없어."

"한번도 배운 적이 없다고?" 톰이 놀라 말했다. "개나 말이나 그런 것 그릴 때, 왜 머리랑 다리가 제대로 안 그려지지? 어떻게 해야 잘 그릴 수 있는지는 알지만 말이야. 난 집이랑 굴뚝은 잘 그릴 수 있어. 벽을 따라 쭉 내려간

굴뚝이랑 지붕에 난 창, 그런 것 말이야. 하지만 좀 더 노력하면 아마 개나 말 같은 것도 그릴 수 있겠지.” 그는 자기에게 교양이 부족하다고 너무 솔직히 말하면, 자기가 ‘항복’했다고 필립이 오해할지 모른다는 생각이 들어서 이렇게 덧붙였다.

“그래,” 필립이 말했다. “아주 쉬워. 단지 사물을 유심히 보고 자꾸 반복해서 그리면 돼. 일단 잘못 그린 건 다음에 고칠 수 있거든.”

“그런데 아무것도 안 배웠다고?” 톰이 물었다. 그는 필립의 굽은 등이 놀라운 재능의 근원일지 모른다고 의심하기 시작했다. “난 네가 꽤 오랫동안 공부를 했을 거라고 생각했거든.”

“그래,” 필립이 미소를 지으며 말했다. “라틴어와 그리스어, 수학…… 그리고 작문, 그런 것들을 배웠지.”

“하지만 너도 라틴어는 좋아하지 않겠지, 어때?” 톰이 목소리를 낮추며 은밀하게 물었다.

“아주 좋아해. 별 관심은 없지만.” 필립이 말했다.

“아, 하지만 삼격 변화까지는 배우지 않은 모양이구나.” 톰이 말했다. 그는 마치 ‘그게 고비지. 그걸 배우기 전까지는 쉽다고들 하지.’라고 말하듯 고개를 좌우로 저었다.

필립은 잘생기고 활동적으로 보이는 이 소년이, 앞으로 계속 드러내 보일 것 같은 어리석음에 씁쓸히 만족했다. 그러나 그는 호감을 얻고 싶은 마음뿐 아니라 아주 예민한 마음 때문에 점잖아져서, 웃고 싶은 걸 참으며 조용히 말했다.

"난 문법 다 끝냈어. 그건 더 안 배워."

"그럼 넌 나와 같은 내용을 공부하지 않겠구나." 톰이 실망했다.

"그렇긴 하지만 널 도와줄 수는 있을 거야. 널 도울 수만 있다면 무척 기쁠 거야."

톰은 "고마워."라고 말하지 않았다. 웨이컴의 아들이 예상했던 것만큼 그렇게 나쁜 녀석이 아닌 것 같다는 생각에 깊이 빠져 있었기 때문이다.

"얘," 톰이 곧 말했다. "너 아버지 사랑하니?"

"그럼," 몹시 얼굴을 붉히며 필립이 말했다. "넌 아버지를 사랑하지 않니?"

"물론 사랑하지……. 그냥 알고 싶었어." 톰이 말했다. 그는 얼굴이 붉어지며 불편해하는 필립의 모습을 보자 좀 부끄러웠다. 그는 웨이컴 변호사의 아들을 어떻게 대해야 할지 자기 태도를 정하기가 매우 어려웠다. 필립이 자기 아버지를 미워한다면, 그로 인해 자신의 혼란스러운 마음이 다소 없어질 텐데 하는 생각이 들었다.

"이제 그림 그리는 것 배울 거야?" 화제를 바꾸려고 톰이 말했다.

"아니." 필립이 말했다. "아버지는 이제 내 시간을 모두 다른 데 바치길 원하셔."

"라틴어나 유클리드 기하학이나 그런 것들 말이야?" 톰이 물었다.

"그래." 필립이 말했다. 그는 연필을 내려놓고 한 손에 얼굴을 기대었다. 그사이 톰은 양 팔꿈치를 세워 앞으로 기대고, 더욱 감탄하며 개와 당나귀 그림을 보고 있었다.

"그런데도 넌 괜찮아?" 톰이 부쩍 호기심을 느끼며 물었다.

"아니, 난 누구나 아는 걸 배우고 싶어. 난 내가 좋아하는 걸 조금씩 공부할 수 있어."

"난 왜 누구나 라틴어를 배워야 하는지 모르겠어." 톰이 말했다. "아무짝에도 쓸모없잖아."

"그건 신사가 받아야 할 교육의 일부지." 필립이 말했다. "신사는 모두 똑같은 걸 배우거든."

"뭐! 넌 해리어*들의 주인인 존 크레이크 경이 라틴어를 알 거라고 생각하는 거야?" 종종 존 크레이크 경을 닮고 싶어 하던 톰이 물었다.

"물론 그 사람도 어렸을 땐 배웠겠지." 필립이 말했다. "하지만 아마 나중엔 다 잊어버렸을 거야."

"오, 그래, 그렇다면 나도 배울 수 있겠네." 톰이 말했다. 그는 배워야겠다는 생각을 해서가 아니라, 그가 존 크레이크 경을 닮는 데 라틴어가 아무 장애가 되지 않는다는 생각에 무척 만족했다. "학교에 있는 동안 이것만은 반드시 기억해야 해. 그렇지 않으면 『스피커Speaker』*의 행을 엄청 많이 배워야 해. 스텔링 씨는 매우 특이하거든. 너도 알지? 그분은 네가 '잼(jam)'을 '냄(nam)'이라 하면 열 번이라도 계속 반복시킬 거야……. 한 글자라도 잘못 쓰면

---

* 하운드종의 중간 크기 사냥개. 주로 토끼 사냥에 쓴다.
** 윌리엄 엔필드가 편찬한 영국 명문장 선집으로, 1774년에 출판되어 1858년까지 여러 번 재판된 것으로 보인다.

놔두지 않아. 정말이라니까."

"괜찮아." 필립이 웃음을 참지 못하며 말했다. "난 기억력이 좋아. 그리고 아주 좋아하는 몇 과목이 있어. 그리스역사와 그리스에 관한 거라면 뭐든지 다 좋아해. 난 그리스인이 되어 페르시아인들과 싸우고 난 다음, 고향에 돌아가 비극을 쓰고 싶어. 아니면 소크라테스처럼 모든 사람이내 지혜를 듣게 한 뒤, 장렬하게 죽었으면 좋겠어."(여러분도 알다시피, 필립에게는 자기의 정신적 우월감으로 이 잘생긴야만인의 기를 꺾고 싶은 생각이 없지는 않았다.)

"뭐, 그리스인들이 훌륭한 전사였어?" 그 방면에 새로눈을 뜨게 된 톰이 물었다. "그리스 역사에도 다윗이나 골리앗, 그리고 삼손 같은 사람이 있었어? 그 사람들은 유대역사에서 내가 유일하게 좋아하는 인물이거든!"

"오, 그리스인에게도 그런 멋진 이야기는 많아. 삼손처럼 맹수를 죽여버린 옛날 영웅들 말이야. 『오디세이아』는아름다운 시인데, 여기에는 골리앗보다도 더 놀라운 거인이 나와. 폴리펨*이라고 하는데, 이마 한가운데 외눈이 박힌 괴물이야. 그리고 오디세우스는 덩치는 작지만 아주 지혜롭고 꾀 많은 인물이지. 그는 빨갛게 달군 소나무를 그외눈에 쑤셔 넣어서 그 괴물이 천 마리 소처럼 울부짖게만들었어."

"야, 참 재미있다!" 톰이 탁자에서 뛰쳐나와 발을 동동

---

* 그리스 신화에 나오는 눈이 하나뿐인 거인 폴리페모스를 가리킨다. 오디세우스에게 눈을 찔려 장님이 되었다고 한다.

구르며 말했다. "저, 그런 얘기 전부 해줄 수 있어? 난 그리스어를 배우지 못하니까 말이야, 넌 알잖아……. 안 그래?" 필립이 반대하지 않을까 하는 생각에 그는 갑자기 흠칫해서 발 구르기를 멈추고 이렇게 덧붙였다. "신사는 모두 그리스어를 배워……? 스텔링 씨가 나도 그것부터 시작하게 해줄까, 그럴까?"

"아니, 그럴 것 같진 않은데. 전혀 그럴 것 같지 않아." 필립이 말했다. "하지만 그리스어를 몰라도 그런 이야기는 읽을 수 있어. 난 영어로 읽었거든."

"아, 하지만 난 책 읽기 싫어해. 차라리 네가 그런 이야길 해줘. 대신 전쟁 이야기만, 알지. 내 동생 매기는 항상 이야길 해주고 싶어 하지. 하지만 어리석은 이야기들이야. 여자 애들 얘기는 늘 그렇잖아. 재미있는 이야기 많이 해줄 수 있지?"

"그럼," 필립이 말했다. "그리스 이야기 말고도 많지. 사자왕 리처드와 살라딘 이야기, 그리고 윌리엄 윌러스, 로버트 브루스와 제임스 더글러스* 이야기도 해줄 수 있어. 내 이야긴 무궁무진해."

"네 나이가 나보다 많지, 그렇지?" 톰이 말했다.

---

* 사자왕 리처드 : 영국 플랜테저넷 왕조의 왕. (1189~1199 재위)
  살라딘 : 이집트의 아이유브 왕조의 시조. 명군이었을 뿐 아니라 무용으로도 유명했다.
  윌리엄 윌러스 : 스코틀랜드의 영웅.
  로버트 브루스 : 스코틀랜드의 왕. (1306~1329 재위)
  제임스 더글러스 : 스코틀랜드의 귀족이며, 로버트 브루스의 지지자.

"왜, 넌 몇 살인데? 난 열다섯 살이야."

"난 이제 열네 살이 돼." 톰이 말했다. "하지만 제이콥스 학교에 다니던 녀석들을 모두 때려눕혔지. 거긴 여기 오기 전에 다녔던 학교야. 그리고 하키와 등산에서 날 이길 사람은 없어. 우리가 낚시하게 스텔링 씨가 허락해 주면 좋겠다. 네게 낚시하는 방법을 보여줄 수 있거든. 낚시할 줄 알아? 그냥 서 있기만 하면 돼. 아니면 가만히 앉아 있어도 되고, 알았지?"

이번에는 톰이 자기가 좋아하는 것을 늘어놓아 열세를 만회하려 했다. 이 곱사등이가 전쟁 이야기를 조금 안다고 해서 톰 틸리버 같은 싸움의 진짜 영웅과 맞먹는다고 생각한다면 곤란한 일이었다. 필립은 자기가 실제 운동에는 적합하지 못하다는 이 암시에 멈칫하여, 시무룩하게 대답했다.

"난 낚시는 질색이야. 사람들이 몇 시간이고 죽치고 앉아서 낚싯줄을 지켜보거나, 자꾸 낚싯줄을 던지는데 아무것도 잡지 못하는 건 바보 같아 보여."

"아, 하지만 큰 창꼬치를 낚을 땐 바보처럼 보인다는 말 못 할걸." 톰이 말했다. 그는 아직 '월척'을 잡아본 적은 없지만, 낚시라는 스포츠를 자랑하려고 열을 올리다가 그런 상상력이 생긴 것이다. 분명 웨이컴의 아들에게는 마음에 들지 않는 점이 있었고, 그래서 적당히 자제해야 했다. 다행히 그 첫 만남이 사이좋게 끝나도록 때마침 저녁 먹으라는 부름을 받았다. 필립은 더 이상 낚시에 관해 자신의 견해를 근거 없이 말하지 않아도 되었다. 그러나 톰은 이렇게 혼잣말을 했다. 기대대로 곱사등이다운 녀석이군.

# 4
# "아이들의 생각"*

톰과 필립이 처음 이야기를 나누면서 엇갈렸던 감정은 학교 친구로 친해지고 여러 주가 지난 뒤에도 그들의 관계에 계속 나타났다. 톰은 필립이 '악당'의 아들이므로 당연히 자신의 적이라는 생각을 버리지 못했고, 필립의 불구에 대한 혐오감도 완전히 없애지 못했다. 그는 한번 어떤 인상을 받으면 그 인상에 몹시 집착하는 소년이었다. 단순한 지각에 사고와 정서를 지배당하는 사람들이 모두 그렇듯이, 그에게 외적인 인상은 엄밀히 처음 본 그대로 남아 있었다. 그러나 기분이 좋을 땐 필립이 같이 있는 걸 싫어하지 않았다. 필립은 톰의 라틴어 숙제를 잘 도와주었다. 톰

---

* "아이들의 생각"이라는 인용은 "활을 쏘려는 경향을 보인다."로 완성된다. 생략된 구절은 제임스 톰슨의 시 「사계절」의 I, 1, 1153행을 언급한다. "즐거운 일이다! 다정한 생각을 길러주고/아이들의 생각에 활 쏘는 방법을 가르치고/마음에 새로운 가르침을 부어주는 것은……."

에게는 그 숙제가 운이 좋을 때만 풀 수 있는 수수께끼와도 같았다. 또한 필립은 멋진 전쟁 이야기도 할 줄 알았다. 가령 큰 칼을 휘둘렀다는 이유로 톰이 특별히 좋아하는 윈드의 할이나 다른 영웅들 이야기 말이다. 톰은 언월도로 단칼에 쿠션을 두 조각 내버린 살라딘\*이 시시해졌다. 누가 쿠션이나 자르고 싶어 하겠는가? 그것은 바보 같은 이야기라서 다시는 듣고 싶지도 않았다. 그러나 바녹번에서 검은 망아지를 탄 로버트 브루스가 말등자에 서서 지나치게 경솔한 기사의 투구와 두개골을 멋진 도끼로 부숴 버렸을 때는, 톰은 아주 열광적으로 공감했다. 만약 손에 코코넛을 들고 있었다면, 부지깽이로 당장 부숴버렸을 터였다. 필립은 더욱 신이 나서 톰이 최대한 이야기에 빠져들도록 형용사와 은유를 섞어 모든 전투를 치고받는 격렬한 것으로 묘사했다. 그러나 그의 기분이 늘 좋거나 유쾌한 것은 아니었다. 첫 만남에서 그랬던 것처럼 심술이 살짝 폭발하곤 했는데, 그것은 그에게 계속 반복되는 정신 질환의 한 증상이었다. 그 질환의 반은 정신적 흥분이고, 반은 자신의 불구 때문에 느끼는 비통한 심정이었다. 그런 감정이 발작을 일으키면 그에게는 자기를 바라보는 모든 시선이 불쾌한 동정이나 혐오감을 제대로 감추지 못한 시선으로 보였다. 최소한 그것은 무관심한 시선이었지만, 필립은 마치 따뜻한 남쪽 지방에 살던 아이가 북쪽 지방에

---

\* 살라딘은 스콧의 소설 『부적』(1825)에 등장하는 인물이다. 바로 앞의 윈드의 할은 스콧의 소설 『퍼스의 아름다운 아가씨』의 주인공인 헨리 스미스의 별명이다.

왔을 때 봄인데도 추위를 느끼는 것처럼 그 무관심한 시선을 느꼈던 것이다. 같이 외출을 하면 가엾게도 톰은 보호하는 데 서툴러서 사람 좋은 필립을 오히려 아주 거칠게 다루는 것처럼 보였다. 보통 서글프고 조용한 필립의 시선은 장난기로 반짝이곤 했다. 당연히 톰은 그 곱사등이를 줄곧 의심했다.

그러나 필립이 독학으로 배운 그림 실력은 그들을 이어주는 또 다른 연결점이었다. 기분 나쁘게도, 톰은 그의 새 미술 선생님이 개나 당나귀를 그리게 하지 않고 시내나 시골 다리, 폐허를 그리게 했으며, 자연이 아주 매끄러운 것처럼 검은 색연필로 배경을 부드럽게 칠하도록 가르쳤다는 사실을 알아차렸다. 톰은 지금으로서는 아름다운 풍경을 감상할 능력이 없었으므로 굿리치 씨가 그린 그림이 당연히 재미없게 보였다. 털리버 씨는 막연히 톰이 계획서나 지도 그리기가 포함된 공부를 할 거라 생각하고 있었다. 그는 머드포트에서 라일리 씨를 만났을 때, 톰이 그런 공부를 전혀 안 하는 것 같다고 불평했다. 그러자 그 친절한 충고자는 톰이 그림 공부를 하게 될 거라고 암시해 주었다. 털리버 씨는 미술 공부를 위해 기꺼이 학비를 더 내야 했다. 톰이 훌륭한 제도사가 되면 연필로 무엇이든 그려낼 수 있을 터였다. 그래서 미술 공부를 해야 한다는 명령이 톰에게 내려졌던 것이다. 그러니 스텔링 씨가 킹스 로턴의 20킬로미터 근방에서 그림의 대가로 알려진 굿리치 씨 말고 누구를 선생님으로 택하겠는가? 그래서 톰은 연필심을 아주 뾰족하게 깎아 풍경을 '넓은 전경'으로 그리는 법을 배우고 있었다. 내심 세밀화를 그리고 싶었던 톰의 편협한 생각으로는, 넓은 전경 그리기는 무척 지루했다.

여러분도 기억하듯이, 이 모든 일은 디자인 학교가 없었던 저 암흑기에 벌어진 것이다. 그 당시는 교장이라면 한결같이 빈틈없이 성실하거나, 목사들이라면 모두 폭넓은 정신과 다양한 교양을 지니기 이전 시대였다. 형편이 별로 좋지 않던 그 시절에, 스텔링 씨 말고도 다른 목사가 꽤 있었다는 것은 꾸며낸 이야기가 아니다. 목사들은 지식은 적었지만 필요한 건 많았다. 무지몽매하며 게다가 여성이었던 운명의 여신은 특히 논리 면에서 뒤죽박죽이었기 때문에, 목사들의 수입은 필요가 아니라 오직 지식에 비례했던 것이다. 분명히 수입과 지식은 본래 아무런 관계가 없었지만 말이다. 그 신사들이 해결해야 할 문제는 어떻게 그들의 필요와 수입 사이의 균형을 맞추느냐 하는 것이었다. 필요를 줄이기는 어려우므로 수입을 늘리는 게 더 간단한 방법으로 보였다. 그렇게 하는 방법은 단 한 가지뿐이었다. 보수는 적으면서 좋은 일을 해야 하는 목사들에게는 천박한 일이 금지되어 있었다. 이제 그들이 할 수 있는 유일한 해결책은 매우 보잘것없는 일을 하면서 많은 돈을 받는 거라면 그게 그들의 잘못일까? 교육이란 섬세하고도 어려운 과제라는 사실을 스텔링 씨가 알 거라고 어떻게 기대할 수 있겠는가? 바위에 구멍을 뚫을 줄 아는 고등 동물이라면 구멍 뚫는 일에 관해 제대로 알아야 할 것이다. 스텔링 씨의 능력이란 일직선으로 구멍 뚫기를 일찍부터 훈련받았으며, 그에게 다른 능력은 없었다. 그런데 톰의 동시대 사람 중에는 아버지가 목사에게 아들 교육을 맡기고도 오랜 세월이 지나서야 전혀 배운 것이 없다는 사실을 알게 될 정도로, 톰 털리버보다 훨씬 운이 나쁜 사람도 많았다. 그 옛날에는 교육이란 거의 전적으로 재수가 있느냐 없느냐 하는 문제였지만, 대개는 재수가 없었다. 털리버 씨 같은 구식 아버지들이 자식의 학교나 가정교사를 정할 때의 마음과 비교해 볼 때, 당구채나 주사위 상자를 손에 쥐고 있을 때의 여러분은 정신적으로 아주 정상이라고 할 수 있다. 평생 즉흥적인 음성 체계나 배워야 했고 그런 한계 속에서도 사업에 성공하여 자신들보다 더 나은 인생을 시작하도록 자식들에게 물려줄 만큼 돈을 번 훌륭한 사람들도 학교 선생의 양심과 능력만큼은 부득이 재수에 맡겨야 했다. 그 선생이 돌린 안내장이 그들의 수중에 떨어졌는데, 그것은 리넨과 포크, 숟가락의 반납 등 의식주의 해결을 포함해서, 요구할 생각을 했던 것보다 훨씬 많은 것을 약속해 주는 듯이 보였다. 그들이 아는 사람 가운데 어떤 야심만만한 포목 장수가 아들을 교육시켜 목사가 되지 않는다면, 그리고 그 젊은이가 스물네 살에 무분별하게 결혼하여 방탕한 대학 생활을 그만두지 않는다면, 다행이었다. 그렇지 않으면, 자식에게 최선을 다하려는 그 순진한 아버지들은 아직 장학관이 방문한 적 없는 문법학교를 금전적으로 후원함으로써 포목 장수의 아들이 처한 운명을 피할 수 있을 뿐이었다. 그런 학교에서는 두세 명의 학생이 이도 없고 눈은 침침한 데다 귀까지 먹은 교장 선생님과 함께 큰 고층 건물을 독차지할 수 있었다. 일인당 300파운드를 내는 학생들 덕분에 그 교장 선생님의 막대한 몰지각과 부주의는 더욱 늘었다. 처음 임명되었을 때는 틀림없이 그도 훌륭한 학자였겠지만, 태양 아래 지나치게 익은 열매는 때가 지나면 시장에서 제값을 받지 못하는 법이다.

그러나 몇 가지 단편적인 지식을 갖고 확실히 아주 무식하게 살아가야 하는 당시 영국의 다른 대다수 젊은이들과 비교해 볼 때, 톰 털리버의 운이 그리 나쁜 편은 아니었다. 스텔링 씨는 신사다운 태도를 지닌 가슴이 떡 벌어진 건장한 남성이었고, 자라는 소년은 소고기를 충분히 섭취해야 한다고 확신하며, 건강하고 즐겁게 식사하는 톰의 모습을 보고 싶어 하는 따뜻한 마음씨도 갖고 있었다. 그는 양심이 고결하거나 일상적인 의무에 속한 많은 일들을 깊이 생각하는 사람은 아니었다. 자신의 고귀한 직분을 잘 감당해 내는 사람도 아니었다. 그러나 무능한 사람도 살아야 한다. 개인 재산이 없는 데다가 교육이나 관리와 무관하다면 잘사는 모습을 보기는 어려운 일이다. 게다가 톰이 스텔링 씨가 가르치는 지식을 제대로 따라가지 못하는 것은 톰의 정신적 결함 때문이었다. 기호나 추상적인 개념을 이해하는 능력이 부족한 상태로 태어난 소년은 한쪽 다리를 저는 절름발이로 태어난 소년처럼, 선천적인 결함의 대가를 치러야 한다. 존경스러운 우리 선조가 오랫동안 연습하여 만들어 낸 교육 방법은 그 당시에 살았던 소년이 특별히 둔하다고 봐주지는 않았다. 스텔링 씨는 모든 걸 가르쳐줘도 기호와 추상적인 개념을 잘 모른다면 틀림없이 다른 것도 모를 거라고 확신했다. 엄지를 죄는 나비나사처럼 교묘한 고문 도구를 만들어, 있지도 않은 사실을 불도록 계속 그 도구를 조여대는 게 우리 존경스러운 선조들이 쓰던 방법이었다. 그들은 진실이 있다는 확고한 믿음을 갖고 시작했다. 엄지 죄는 나사를 계속 조이는 것 말고 달리 무엇을 하겠는가? 그와 마찬가지로 스텔링 씨는 유능한 학생이라면 모두 마땅히 배워야 할 정규 과목을 배울 수 있다고 확신했다. 좀 더디면 엄지 죄는 나사를 더 조여야 한다고 생각했다. 다시 말해 좀 더 엄격히 과제를 부과하고, 벌로 베르길리우스의 시 한 편을 읽게 했는데, 그 결과가 뜩이나 흥미 없는 라틴어 시를 더 싫어하게 만들었을 따름이다.

그런데도 이 년째 되던 해의 상반기에는 그 엄지 죄는 나사가 조금 느슨해졌다. 필립은 영리하고 학과 진도가 매우 빨라서, 스텔링 씨는 도움이 거의 필요 없는 필립의 학습 능력 덕분에 인정을 받았는데, 이는 톰의 우둔함을 깨우치는 골치 아픈 과정보다 훨씬 쉬웠다. 가슴이 넓고 야심만만한 신사들은 가끔 눈부신 성공을 거두지 못해 친구들을 실망시킨다. 어쩌면 눈부신 성공이란 큰 상을 기대하는 커다란 열망 말고도 비범한 다른 자질을 요구하는 듯하다. 그런 건장한 신사들은 조금 게을러서, 지나치게 왕성한 식욕 때문에 '비범한 기질'의 높은 비상에 방해를 받는 모양이다. 스텔링 씨는 이러저러한 이유로 여러 가지 야심만만한 계획의 실천을 미루고 있었다. 그는 왜 여가 시간에 그리스 희곡이나 다른 학술적인 작품을 편집하는 일을 시작하지도 않고, 단단히 마음먹고 개인 서재의 열쇠를 따고 앉아 시어도어 후크*의 소설을 읽는가 말이다. 톰은 차차 그리 어렵지 않게 공부해 나갈 수 있었다. 필립의 도움을 받아 그는 혼란스럽고 실수투성이긴 하지만 정신적으로 적응해 나간다는 것을 보여줄 수 있었다. 그는 그의 정신이 그 문제에서 그 어느 쪽도 아니라는 사실을 드러낼 만한 반대 질문은 받지 않았다. 상황이 이렇게 바뀌자 그는 학교 공부를 훨씬 더 견딜 만한 것으로 여겼다. 그리고 주로 교육으로 계획되지 않은 내용 중에서 뒤죽박죽으로 교육받으며 아주 만족스럽게 해나갔다. 그가 배워야 할 것은 읽기와 쓰기, 철자법뿐으로, 알지도 못하는 개념을 공들여 적용하고 뜻도 모르면서 외우려다가 외우지 못했다.

그런데도 톰은 이런 훈련을 받으면서 눈에 띄게 발전했다. 아마도 그는 단지 잘못된 교육의 단점을 보여주려고 존재하는 추상적인 소년이 아니라, 살과 피로 만들어져 상황에 전혀 좌우되지 않는 성품을 가진 소년이었기 때문이다.

가령 그의 태도는 매우 좋아졌다. 그 방면의 성과는 풀터 씨라는 마을 선생님 덕분이었다. 그는 반도 전쟁**의 참전 용사로서, 톰을 훈련시키려고 고용되었다. 그 일은 두 사람 모두에게 큰 기쁨이었다. 블랙 스완의 보병에 의하면 풀터 씨는 한때 프랑스군을 공포에 질리게 한 존재로 알려져 있었지만, 개인적으로는 이제 무서운 존재가 아니

---

* 1826년과 1829년 사이에 일화 위주의 저속한 삼류 소설 아홉 편을 쓴 작가.
** 나폴레옹 1세의 이베리아 반도 침략 때 스페인, 포르투갈, 영국이 프랑스와 벌인 전쟁.

었다. 그는 오히려 위축된 모습이었고 아침이면 몸을 떨었는데, 늙어서가 아니라 그가 진을 마셔야만 위엄을 유지할 수 있을 정도로 킹스 로턴의 소년들이 별났기 때문이다. 그는 여전히 군인처럼 꼿꼿한 자세로 다녔고, 옷을 빈틈없이 솔질했으며, 바지를 꼭 끼게 입었다. 수요일과 토요일 오후 톰에게 올 때마다 그는 항상 진과 옛날 추억에 취해 있었는데, 그래도 그의 모습은 북소리를 들은 퇴역병처럼 몹시 활기찼다. 톰은 필립의 『일리아스』이야기보다도 훨씬 더 흥미진진한 전쟁 무용담을 듣느라 훈련 수업은 항상 연장되었다. 『일리아스』에는 대포가 등장하지 않을 뿐 아니라, 톰은 헥토르나 아킬레우스 같은 인물이 실재 인물이 아니라는 사실을 알자마자 유감스러워졌던 것이다. 하지만 웰링턴 공작은 실제로 살았던 생존 인물이었으며, 보니는 얼마 전에 죽었다.* 그래서 풀터 씨의 반도 전쟁 회고담은 신화가 아닌지 의심할 필요가 전혀 없었다. 풀터 씨는 탈라베라에서 돋보이는 인물이었으며, 그의 보병 연대는 특히 적을 공포에 질리게 하는 데 적잖이 기여한 인물처럼 보였던 것이다. 여느 때보다 기억이 생생한 오후가 되면, 그는 웰링턴 공작이 (질투를 불러일으키지 않게, 아주 은밀히) 그 멋진 녀석 풀터에게 경의를 표한 적이 있다는 사실을 떠올렸다. 총상으로 병원에 입원했을 때 그를 돌봐주었던 바로 그 의사는 풀터 씨의 건장한 몸에 깊은 인상을 받았다. 누구도 그렇게 빨리 회복할 수 없었던 것이다. 풀터

---

* 보니는 보나파르트 나폴레옹의 애칭이며, 그는 1821년에 사망했다.

씨는 자기가 참전한 주요 전투와 관련된 좀 더 공적인 문제에는 더 과묵한 편이었고, 묵직한 자신의 권위가 전쟁사에 관해 엉터리라는 느낌을 주지 않는 데만 신경을 썼다. 스페인의 바다요즈가 포위되었을 당시 일어난 일을 아는 체하는 사람은 누구든지 풀터 씨에게 특히 말 없는 동정의 대상이 되었다. 그는 쓸데없이 지껄여대는 사람은 자기처럼 넘어져서 단숨에 숨이 끊어지기를 바랐다. 누가 당시 바다요즈의 포위에 대해 말할지도 모르기 때문이다. 톰은 풀터 씨 개인이 경험한 일보다 다른 군사 문제에 관한 호기심 때문에 가끔 훈련 선생님을 괴롭혔다.

"그럼 울프 장군*은요, 풀터 선생님? 그분은 훌륭한 군인이 아니었나요?" 톰이 물었다. 그는 술집 간판에 이름이 적힌 전쟁 영웅은 모두 나폴레옹 전쟁에 참전한 사람이라고 여겼다.

"전혀 아니지!" 풀터 씨는 경멸조로 말했다. "전혀 그렇지 않아……! 조심해!" 그는 엄격한 명령조로 덧붙였다. 그 말투에 톰은 기뻤다. 마치 자신이 연대에 직접 소속된 듯 느껴졌던 것이다.

"아니, 아니야!" 풀터 씨는 훈련을 쉬려다 말고 다시 계속했다. "울프 장군 얘기는 내게 안 하는 게 좋을걸. 그는 부상으로 죽은 것뿐이야. 참 불쌍한 일이지. 다른 사람들이 나처럼 부상을 입었다면 다 죽었을 거야……. 울프 장군도 내가 입은 부상을 하나만 당했어도 죽었을 거야."

* 제임스 울프: 1759년 퀘벡 전투에서 사망했다.

"풀터 선생님," 톰은 칼이 암시될 때마다 이렇게 말했다. "칼을 가져와서 무술 연습을 했으면 좋겠어요!"

풀터 씨는 이런 청을 받자 의미심장한 태도로 한참 동안 고개만 가로저을 따름이었다. 그러고는 마치 세멜레*가 지나치게 야심만만한 청을 하자 주피터가 그랬듯이, 너그러운 미소만 지었다. 그런데 어느 날 오후, 갑작스러운 폭우 때문에 풀터 씨가 보통 때보다 블랙 스완에서 이십 분이나 늦었을 때, 칼을 가져왔다. 톰에게 보여주기만 할 생각이었다.

"그럼 이게 선생님께서 전투 때마다 들고 싸웠던 진짜 그 칼이란 말이에요?" 톰은 칼자루를 손으로 어루만지며 물었다. "프랑스군의 목을 자른 적도 있나요?"

"목을 잘랐냐고? 그럼! 그놈 목이 세 개였다면."

"하지만 이것 말고 총과 총검도 지녔나요?" 톰이 말했다. "저는 총과 총검이 제일 좋아요. 선생님이 그놈들을 먼저 쏜 뒤 찔렀을 테니까요. 빵! 쉬잇!" 톰은 방아쇠를 당기고 창으로 찌르는 유쾌한 두 가지 동작을 나타내는 무언극을 했다.

"아, 하지만 칼은 가까이 접근해 싸울 때 필요한 물건이지." 풀터 씨가 말했다. 그가 자기도 모르게 톰의 열정에 빠져 들어 너무나 갑작스럽게 칼을 빼어 드는 바람에, 톰은 잽싸게 뒤로 물러섰다.

---

* 세멜레는 주피터의 애인으로, 헤라의 부추김으로 주피터의 진짜 모습을 보기를 청했다가 인간이 신의 모습을 직접 본 탓에 죽고 말았다.

"하지만 풀터 선생님, 실제로 동작을 하시려면," 톰은 자기가 영국 신사답게 제자리를 지키지 못한 사실을 약간 의식하고 이렇게 말했다. "가서 필립을 불러오게 해주세요. 분명히 선생님의 모습을 보고 싶어 할 거예요."

"뭐라고! 그 곱사등이 말이냐?" 풀터 씨는 경멸조로 말했다.

"그 애가 구경하는 게 무슨 소용이 있는데?"

"아, 그 앤 전쟁에 대해 아주 많이 알고 있어요," 톰이 말했다. "그리고 활과 화살과 도끼를 갖고 어떻게 싸웠는지도 알고 있어요."

"그럼 데려와. 그 애의 활과 화살과는 다른 뭔가를 그 애에게 보여주지!" 풀터 씨는 기침을 하고 몸을 바로 세우며 말했다. 그동안 그는 팔목으로 준비 운동을 좀 했다.

톰은 필립에게 달려갔다. 필립은 거실에서 피아노를 치며 혼자 노래를 몇 곡 골라 부르면서 휴일 오후의 여가를 즐기고 있었다. 높은 의자에 아무 형태 없는 짐처럼 앉은 그는 매우 행복한 상태였다. 고개를 뒤로 젖히고 눈은 반대쪽 배내기*에 고정시키고 입을 크게 벌린 채 온몸으로, 안**의 선율에 맞춰 가사를 즉흥적으로 붙이는 중이었다. 그것은 그의 취미에 맞는 일이었다.

"이리 와봐, 필립." 톰이 뛰어들며 말했다. "거기서 랄랄라나 부르지 말고. 풀터 선생님이 마차 차고에서 칼 휘

* 벽 윗부분에 장식으로 두른 돌출부.
** Thomas Arne: 영국의 작곡가.

두르는 것 보러 가자!"

귀에 거슬리는 이런 방해 때문에, 즉 필립이 온 몸과 마음으로 감동한 선율을 가로질러 들린 톰의 목소리가 불협화음을 만들었기 때문에, 그는 몹시 기분이 나빴다. 훈련 선생님인 풀터에 관한 문제가 아니었더라도 말이다. 그런데 톰은 칼이 무서워 자기가 물러섰다고 풀터 씨가 생각지 못하게 하려고 성급히 아무 말이나 하려다가, 우연히 필립을 데려오겠다고 제안했던 것이다. 자신이 훈련 교육 얘기를 하면 필립이 듣기 싫어한다는 걸 아주 잘 알고 있으면서도 말이다. 톰은 자신의 자존심 때문에 그렇게 곤란한 지경에 빠지지 않았다면 그처럼 무분별한 행동은 하지 않았을 것이다.

필립은 연주하던 음악을 멈추고, 눈에 띄게 몸을 부르르 떨었다. 그러고는 감정이 격해져서 얼굴이 붉어졌다.

"꺼져, 이 거추장스러운 바보야! 와서 고함치지 말라고. 손수레 끄는 말 빼고 네 말을 들어줄 사람 없어!"

필립이 톰 때문에 화가 난 건 이번이 처음은 아니었다. 그러나 잘 알아들을 수 있는 욕을 마구 해댄 적은 한번도 없었다.

"난 너보다 훌륭한 사람하고만 얘기해. 이 바보 같은 놈아!" 톰이 필립의 불같은 욕설에 당장 발끈했다. "내가 너 같은 자식을 치지 못할 거 알지. 네가 계집애만도 못하기 때문이야. 하지만 난 정직한 아버지의 아들이야, 너희 아버진 악당이고. 다들 그렇게 말하더라고!"

톰은 화가 나서 비정상적일 정도로 분별심을 잃고 방에

서 뛰어나가 문을 꽝 닫았다. 멀리 있지 않은 스텔링 부인이 듣는 데서 문을 꽝 닫는 것은 단지 베르길리우스의 시스무 행을 외워야 하는 죄에 해당되기 때문이었다. 사실 부인이 곧 자기 방에서 내려왔으며, 큰 소리가 난 뒤 필립의 음악이 멈추자 두 배나 놀랐다. 그녀는 방석 위에 쭈그리고 앉아 서럽게 우는 필립의 모습을 바라보았다.

"무슨 일이니, 웨이컴? 아까 그 큰 소리는 대체 뭐야? 누가 문을 꽝 닫았니?"

필립이 고개를 들고는 황급히 눈물을 닦았다. "털리버가 들어왔었어요……. 저에게 함께 나가자고요."

"그런데 뭣 때문에 슬퍼하니?" 스텔링 부인이 물었다.

그녀는 두 학생 중에서 필립을 더 좋아하지는 않았다. 필립은 여러모로 쓸모 있는 톰보다 고분고분하지 않았다. 하지만 필립의 아버지는 털리버 씨보다 돈을 더 많이 내고 있었으므로, 그녀는 그에게 무척 잘해 준다고 느끼게 하려 애썼다. 그러나 필립은 친하게 지내려는 그녀의 접근을 마치 애무받는 연체동물이 껍데기에서 나와 자기 몸을 보여 달라는 청을 받은 듯한 그런 태도로 대했다. 스텔링 부인은 애정이 넘치는 다정한 여자는 아니었다. 그녀는 안부를 물을 때, 스커트가 잘 펴지게 앉고서야 허리를 펴고 열중해서 머리를 매만지는 그런 여자였다. 확실히 그런 일들은 커다란 사회적 영향력을 나타내긴 하지만, 그것은 사랑의 힘이 아니다. 사랑이 아닌 다른 힘으로는 필립을 그의 침묵에서 나오게 할 수 없었다.

그는 부인의 질문에 대답했다. "제 치통이 재발해서 이번에도 짜증이 났어요."

실제로 전에 한번 그런 일이 있었고, 필립은 그 일을 기억하고 기분이 나아졌다. 그것은 하나의 영감처럼 그에게 울 만한 핑계를 마련해 주었던 것이다. 그는 콜로뉴 향수를 받고 그 때문에 크레오소트*를 거절해야 했지만, 오히려 그게 쉬웠다.

그러는 동안에, 난생처음 필립의 가슴에 독화살을 날린 톰은 마차 창고로 돌아왔다. 그곳에서 그는 풀터 씨가 진지한 눈빛으로 시선을 고정하고, 눈이 밝다고는 해도 아무 것도 모르는 쥐를 상대로 완벽한 검술 연습을 하느라 시간 낭비하는 모습을 보았다. 풀터 씨는 원래 주인공 기질이 있는 사람이었다. 다시 말해 그는 무수한 군중보다 스스로에게 더욱 감탄했던 것이다. 그는 엄숙하게 하나, 둘, 셋, 넷을 외치며 베고 찌르는 데 너무나 몰두한 나머지 톰이 돌아온 것도 눈치 채지 못했다. 톰은 풀터 씨의 고정된 시선과, 공기 외에 조급하게 뭔가 자를 대상을 찾는 듯 굶주려 보이는 칼이 조금 무서워서, 되도록 멀리 떨어져 그 동작에 감탄하고 있었다. 풀터 씨가 멈추고는 이마에서 땀을 닦을 때에야 비로소 톰은 검술 연습의 매력을 충분히 느끼고 다시 반복되길 바랐다.

"풀터 선생님." 마침내 풀터 씨가 칼을 칼집에 집어넣자 톰이 말했다. "선생님 칼을 잠시 빌려주셔서 제가 보관하

---

* 너도밤나무를 건류해서 만든 담황색 유액. 방부제, 마취제, 진통제로 쓰인다.

게 해주세요."

"안 돼, 안 되고말고, 젊은 신사 양반." 고개를 단호히 저으며 풀터 씨가 말했다. "칼을 갖고 있다가는 다쳐."

"아니에요, 절대로 다치지 않아요. 틀림없이 조심해서 다치지 않을게요. 칼집에서 꺼내지도 않고, 그저 바닥에 모셔둘 건데요. 정말이에요."

"안 돼, 안 된다니까. 절대로 안 된다고 말했다." 풀터 씨는 떠날 준비를 하면서 말했다. "스텔링 씨가 내게 뭐라고 하겠니?"

"오, 저, 풀터 선생님! 제가 한 주만 그 칼을 보관하게 해주시면 5실링 드릴게요. 자, 보세요!" 톰이 관심을 끌듯 커다랗고 둥근 은화를 내보이며 말했다. 그 젊은 녀석은 철학자라도 되는 양, 그 은화의 효과를 제대로 예상했던 것이다.

"좋아," 풀터 씨가 한층 더 엄격하게 말했다. "보이지 않는 곳에 보관해야 한다, 알았지?"

"물론이죠. 침대 밑에 보관할게요." 톰이 진지하게 말했다. "아니면 제 커다란 상자 바닥에 둘게요."

"자, 그럼 네가 다치지 않고 칼집에서 칼을 꺼낼 수 있는지 보자꾸나."

두세 번 그렇게 하고 나서야 풀터 씨는 자기가 신중하게 양심적으로 행동했다고 생각하며 이렇게 말했다. "자, 이제 털리버 군, 내가 이 은화를 갖더라도, 네가 그 칼 때문에 다치는 일은 없을 거라고 확신해도 되겠지."

"정말 그런 일은 없을 거예요, 풀터 선생님." 톰은 기쁘게 그 은화를 건네주고 칼을 받아 쥐며 말했다. 그런데 그 칼은 다행히도 보통 것보다 더 가벼운 듯했다.

"하지만 스텔링 씨가 네가 그걸 갖고 가는 걸 본다면?"
새로 걱정하는 사이 풀터 씨는 은화를 얼른 주머니에 넣으
며 말했다.

"오, 그분은 토요일 오후엔 늘 2층 서재에 계시는걸요."
굽실대기 싫어하지만 그럴 만한 명분이 있을 때는 전략상
조금 수그리는 것을 마다하지 않는 톰이 말했다. 그는 의
기양양하면서도 스텔링 씨나 스텔링 부인을 만날지 모른다
고 두려워하며 칼을 침실로 갖고 갔다. 그는 잠시 고민하
다가 칼을 옷장 속에 걸려 있는 옷가지 뒤에 숨겨놓았다.
그날 밤 그는 매기가 오면 놀래줄 생각을 하다가 잠이 들
었다. 그는 허리에 빨간 목도리로 칼을 차고, 그 칼이 자
기 것이며 자기가 군인이 될 거라고 매기가 믿게 해야지
하는 생각을 했다. 그의 말을 믿어줄 만큼 어리석은 사람
도, 자기가 칼을 갖고 있다고 알려줄 사람도 매기 말고는
없었다. 게다가 정말로 매기는 루시와 함께 기숙학교에 가
기 전에 톰을 만나러 다음 주에 올 예정이었다.

열세 살이나 된 소년이 그렇게 유치하지 않기를 기대한다
면, 여러분은 틀림없이 아주 영리한 사람이다. 여러분은 아
마 무섭기보다는 부드럽게 보이는 일반 시민의 직업을 가졌
겠지만, 수염이 있다고 장군 같은 태도를 취하거나 거울 앞
에서 인상을 찡그려본 적이 없는 사람이다. 만약 집에서 군
인이 된 자신의 모습을 즐겨 상상해 보는 평화로운 국민이
없다면 우리네 군인들이 유지될지 의심스럽다. 다른 극적인
구경거리처럼, '관객'이 없다면 전쟁은 아마 끝날 것이다.

# 5
## 매기의 두 번째 방문

　지난번의 불화는 쉽게 풀어지지 않았고 한동안 두 소년은 꼭 필요한 경우가 아니라면 서로 말도 하지 않았다. 본래 기질이 잘 맞지 않는 두 소년의 반감 때문에 원망은 금방 미움이 되었고, 필립은 벌써 변하기 시작했다. 즉 필립은 성격상 악의는 없었지만, 특히 그에게는 몹시 혐오감을 느끼는 예민함이 있었다. 우리가 위대한 고전*의 권위를 빌려 말하자면, 황소는 자기 이빨을 공격용 무기로 쓰지 않는다. 그리고 톰은 출중한 소 같은 소년이어서, 의심쩍은 대상을 보자 진짜 순진한 소처럼 달려들었다. 그러나 톰은 독한 앙심을 품고 정교한 방법을 연구한 것처럼 필립의 아킬레스건을 건드려서 극심한 고통을 주었던 것이다. 톰은 그들이 예전에 싸웠던 것처럼 이번에도 아무 일 없었

---

* 호라티우스의 『풍자시 *Satires*』.

다는 듯이 화해하지 못하는 이유를 이해할 수 없었다. 전에는 톰이 필립에게 너희 아버지는 악당이야 하고 말한 적이 없었지만, 이런 생각은 습관처럼, 별로 좋아하지도 싫어하지도 않는 수상쩍은 학교 친구와의 관계에 대한 감정의 일부를 이루어왔으므로, 그런 말 자체가 필립에게게처럼 톰 자신에게는 그리 큰 사건이 아니었던 것이다. 그리고 필립이 톰을 괴롭히며 별명을 부를 땐 톰도 그런 말을 할 권리가 있었다. 그러나 톰은 처음으로 친구가 되려고 시도했다가 잘되지 않았음을 알자, 필립에게 호감을 갖지 못했던 원래 상태로 돌아갔다. 그리고 그림을 그리거나 같이 놀자고 하지 않기로 결심했다. 스텔링 씨라면 그런 어리석은 상황을 열심히 '무마' 했을 테지만, 그들은 스텔링 씨에게 반목이 들키지 않을 정도로만 서로 관계를 유지했다.

　그즈음 매기가 도착했다. 필립이 자기 아버지를 그토록 화나게 만든 못된 법률가 웨이컴 씨의 아들임에도 불구하고, 매기는 이 새로운 학교 친구에게 관심을 갖지 않을 수 없었다. 그녀는 수업 중에 도착했다. 그녀는 필립이 스텔링 씨와 공부하는 동안에 앉아 있었다. 톰은 몇 주 전 매기에게 편지를 보낸 적이 있었다. 톰은 필립이 아주 많은 이야기를 알고 있으며, 그것들은 그녀가 하는 멍청한 이야기와는 다르다고 말했다. 이제 그녀는 자기 눈으로 직접 보고 필립이 틀림없이 매우 영리한 소년이라는 것을 확신하게 되었다. 그녀는 자기가 필립에게 말을 걸었을 때 그도 자기를 영리한 아이라고 생각해 주길 바랐다. 게다가 매기는 불구에 관해서라면 다소 다정한 마음씨를 갖고 있었다. 그녀는 목이 비뚤어진 양을 좋아했던 것이다. 튼튼하고 잘생긴 양들은 귀염을 받는데 그리 문제가 없을 것이기 때문이었다. 그녀는 자기에게 귀염 받고 싶어 하는 녀석들을 귀여워해 주길 특히 좋아했다. 그녀는 톰을 아주 좋아했지만, 가끔은 자기가 오빠를 좋아하기보다 톰이 자기를 보살펴 주었으면 하고 바랐다.

저녁을 먹기 전 쉬는 시간에 톰과 함께 서재에서 나와 정원으로 가는 동안 매기가 말했다. "톰 오빠, 필립 웨이컴은 아주 착한 아이 같아. 그 애가 자기 아빠를 고를 수는 없잖아. 못된 자녀를 둔 착한 부모뿐 아니라 착한 아들을 둔 아주 못된 아버지 이야기를 읽은 적이 있어. 필립이 좋은 애라면, 그 애 아빠가 좋은 사람이 아니라서 더 불쌍하다고 생각해야 할 것 같아. 오빠도 필립 좋아하지, 그치?"

"응, 걘 좀 별나." 톰이 대꾸했다. "그 앤 나한테 아주 골이 나 있어. 내가 그 애 아버지를 악당이라고 말했거든. 난 그렇게 말할 권리가 있어, 그게 진실이니까. 그 녀석이 먼저 내 별명을 부르기 시작했거든. 그런데 맥지, 우리 이따가 얘기할까? 할 일이 있어. 2층에서 뭘 좀 할 게 있거든."

"같이 가면 안 돼?" 매기가 말했다. 그녀는 톰을 다시 만난 첫날이라 톰의 그림자라도 좋았다.

"안 돼. 좀 이따가 얘기해 줄게. 지금은 안 돼." 톰은 이렇게 말하고 뛰어갔다.

매기의 도착을 기념해 저녁때에는 수업을 안 할 가능성이 있었으므로, 그날 오후 두 소년은 다음 날 수업을 준비하며 서재에서 책을 읽고 있었다. 톰은 라틴어 문법을 공부하고 있었다. 마치 엄격하고 성급한 가톨릭교도가 주기도문을 외우듯 들리지도 않게 입술만 달싹거리고 있었다. 그리고 필립은 방 다른 쪽에서 바삐 책 두 권을 읽고 있었다. 부지런히 책을 읽는 표정이 만족스러워 보여서 매기의 호기심을 자극했다. 필립은 마치 수업을 듣는 것처럼 전혀 한눈팔지 않았다. 그녀는 두 소년 사이에 거의 직각 방향으로 놓인 낮은 의자에 앉아, 이 소년을 보았다가 저 소년을 보았다가 하면서 번갈아 그들을 관찰했다. 한번은 필립이 책에서 눈을 떼고 벽난로를 쳐다보았다. 그는 호기심 많은 두 눈을 자신에게서 떼지 못하는 매기의 모습을 보게되었다. 필립은 털리버의 여동생이 오빠와는 달리 아주 귀엽고 착하다고 생각했다. 그는 자기에게도 여동생이 하나 있었으면 했다. 그녀의 까만 눈동자가 왜 동물로 변해 버린 공주 이야기를 생각나게 하는지 그는 궁금했다. 충족되지 못한 지식과 채워지지 않은 사랑을 바라는 갈망이 그녀의 눈에 가득하기 때문이 아닐까 하고 나는 생각했다.

마침내 톰이 "맥지." 하고 불렀다. 그는 '그만두는' 데 통달한 완벽한 달인처럼 힘 있고 단호하게 책들을 덮어 한쪽으로 치웠다. "이제 숙제 다 했어. 나랑 2층에 올라가자."

그들이 문밖으로 나갈 때 매기가 "뭔데?" 하고 물었다. 그녀는 바로 조금 전 톰이 2층에 올라갔다 온 일이 기억나 마음속으로 슬그머니 의심이 생겼다. "지금 나 골탕 먹이려는 거지?"

"아냐, 아냐, 매기." 톰이 아주 달콤한 목소리로 속삭였다. "네가 정말 좋아할 일이야."

톰은 매기의 목을 얼싸안고, 매기는 오빠 허리를 껴안은 채 쌍둥이처럼 함께 2층으로 올라갔다.

"맥지, 다른 사람한테는 절대로 얘기하면 안 돼. 그러지 않으면 나 오십 대쯤 맞게 될 거야." 톰이 말했다.

그 순간, 톰이 흰족제비를 몰래 숨겼다고 상상한 매기가 "그거 살아 있는 거야?"라고 물었다.

"얘기 안 할 거지?" 톰이 말했다. "이제 그거 꺼내는 동안 저 구석에 가서 얼굴 가리고 가만있어." 톰은 침실 문을 잠그면서 덧붙였다. "때가 되면 돌아보라고 할게. 절대로 소리 지르면 안 돼."

"하지만 놀라게 하면 소리 지를 거야." 매기는 심각해지기 시작했다.

"멍청하긴, 놀라지 않을 거야." 톰이 말했다. "가서 얼굴 가리고 엿보지 마."

"당연하지, 엿보지 않을게." 매기는 거드름을 피우며 말했다. 그녀는 신의를 매우 중시하는 사람처럼 얼굴을 베개에 파묻었다.

톰은 주위를 조심스럽게 둘러보며 벽장으로 다가갔다. 그리고 작은 공간으로 걸어 들어가 벽장문을 거의 닫아버렸다. 매기는 얼굴을 완전히 파묻고 꿈꾸는 듯한 자세를 취하고 있었다. 그러는 동안에 자기가 어디 있는지 금방 잊고, 영리한 불구 소년 생각에 빠져 있었다. 그때 "이제 됐어, 맥지." 하고 톰이 외쳤다.

매기가 쳐다보자 오랫동안 궁리하고 미리 준비하지 않았다면 나타날 수 없었을 그런 놀라운 모습으로 톰이 서 있었다. 톰은 연한 담황색 눈썹과 사랑스러운 푸른 회색 눈, 그리고 무서워 보이지 않는 분홍빛 둥근 뺨의 부드러운 얼굴이 마음에 들지 않았다. 그는 거울 앞에서 예전처럼 얼굴을 잔뜩 찌푸렸다.(필립은 전에 이마가 말발굽 모양으로 쭈그러진 사람 이야기*를 해준 적이 있었고, 톰은 얼굴을 잔뜩 찌푸려 앞이마에 말발굽 모양의 주름살이 생기게 애쓴 적이 있었다.) 그는 실패하지 않도록 아주 다 타버린 코르크를 사용해서, 코와 잘 어울리고 볼 근처의 덜 까만 부분과도 잘 어울리게 눈썹 두 개를 매우 진하게 그렸다. 톰은 헝겊 모자 주위로 손수건을 둘러 터번 분위기를 냈고, 빨간 털목도리를 스카프처럼 가슴에 둘렀다. 잔뜩 찌푸린 이마의 주름살, 그리고 칼끝이 땅을 향하도록 칼을 꽉 잡고 있는 단호한 모습과 더불어 그 스카프가 얼마나 붉은지, 그 붉은색은 사납고 피에 굶주린 톰의 기질과 비슷한 모습을 충분히 전해 주었다.

매기는 잠시 당황한 것처럼 보였다. 톰은 그 순간이 즐거웠다. 그러나 잠시 후 그녀는 웃으면서 두 손으로 박수를 치며 말했다. "톰 오빠, 쇼에 나온 푸른 수염 사나이처럼 차려입었네."

분명히 그녀는 칼을 보고도 놀라지 않았다. 칼이 칼집에서 뽑히지 않았던 것이다. 그녀의 장난기 어린 마음이 겁을 먹으려면 보다 직접적으로 느낄 경험이 필요했다. 톰은 결정적인 장면을 준비했다. 두 배로 애쓰느라 주름살이 아

---

* 월터 스콧의 『붉은 장갑 *Redgaunlet*』 참조.

닌 눈살을 잔뜩 찌푸리며, 톰은 (조심스럽게) 칼을 칼집에서 꺼내 매기에게 겨누었다.

"톰 오빠, 제발 그러지 마." 매기는 무서워서 잘 나오지도 않는 목소리로 이렇게 말하며 반대쪽 구석으로 가서 웅크렸다. "소리 지를 거야. 정말 소리 지른다. 제발 하지 마. 2층에 올라오지 말 걸 그랬어!"

입가에 만족스러운 미소가 떠오르려 하자, 위대한 무사의 엄격한 모습과 어울리지 않는다고 생각하며 곧 톰은 너무 큰 소리가 나지 않게 칼집을 천천히 바닥에 내려놓았다. 그는 준엄하게 말했다.

"웰링턴 공작이다! 전진하라!" 그가 오른발을 조금 구부리고 앞으로 전진하며 매기에게 칼을 겨누자, 매기는 눈물이 그렁그렁한 채 떨면서 침대 위로 올라갔다. 그것이 그들 간의 거리를 넓히는 유일한 방법이었다.

비록 매기뿐이었지만, 톰은 자기의 군대 의식을 구경하는 목격자가 있다는 사실에 기분이 좋아졌다. 그는 웰링턴 공작에게나 기대될 법한, 적을 베고 찌르는 동작을 하며 있는 힘을 다해 전진했다.

"톰 오빠, 못 참겠어. 소리 지른다." 칼이 처음으로 움직이자 매기가 말했다. "다쳐. 네 머리쯤 날려버릴 수도 있어."

톰이 결연하게 "하나, 둘." 하고 말했다. "둘"을 말할 때 허리가 조금 휘청거렸다. 조금 천천히 "셋"이라 말하면서 칼을 아래로 휘둘렀다. 그러자 매기가 큰 소리로 비명을 질렀다. 톰의 발 위에 칼등이 떨어졌다. 잠시 후 톰도 쓰러졌다. 매기는 계속 비명을 지르며 침대에서 뛰어내렸고, 즉시 방으로 달려오는 발소리가 들렸다. 위층 서재에 있던 스텔링 씨가 제일 먼저 들어왔다. 그는 두 아이가 다 바닥에 쓰러져 있는 것을 보았다. 톰은 기절했다. 매기가 대경실색하여 비명을 지르면서 톰의 윗도리 칼라를 잡고 그를 흔들고 있었다. 그녀는 톰이 죽었다고 생각했다, 불쌍한 톰! 그녀는 톰을 살리려는 듯 그의 몸을 흔들었다. 잠시 후 그녀는 너무나 기뻐서 흐느껴 울었다. 톰이 눈을 떴기 때문이다. 톰이 다리를 다치긴 했지만 그녀는 슬프지 않았다. 그가 살아 있기만 하면 행복할 것 같았다.

# 6
## 사랑의 장면

　가엾은 톰은 심한 고통을 용감하게 참았다. 그는 풀터 씨에 관해 어쩔 수 없는 것 이상은 '말'하지 않았다. 5실링짜리 동전은 매기에게까지 비밀로 했다. 그러나 끔찍한 걱정이 그의 마음을 짓누르고 있었다. 얼마나 끔찍한지 돌이킬 수 없이 '그렇다'는 대답을 들을까 봐 그는 의사나 스텔링 씨에게 "저 절름발이가 되나요?"라고 물어볼 엄두가 나지 않았다. 하지만 그는 고통 때문에 소리 지르지 않으려고 잘 참아냈다. 그러나 발을 치료받고 침대 옆에 앉아 있는 매기하고만 호젓이 남겨지자, 톰은 매기와 함께 베개에 머리를 맞대고 울었다. 톰은 바퀴 만드는 목수네 아들처럼 목발을 짚고 걷는 자신의 모습을 상상해 보았다. 매기는 톰이 마음속으로 무슨 생각을 하는지도 모르면서 덩달아 울었다. 의사나 스텔링 씨에게는 톰의 이런 마음속 걱정을 짐작하고 희망적인 말을 해주어서 그를 안심시켜야겠다는 생각이 떠오르지 않았다. 그런데 필립은 의사가 집 밖으로 나가자, 톰이 스텔링 씨에게 차마 묻지 못한 질문을 하려고 지켜 서 있었다.

"선생님, 실례지만 애스컨 씨가 틸리버가 절름발이가 될 거라고 말씀하셨나요?"

"아니, 아니야. 영원히 그런 게 아니고 잠시만 그렇단다." 스텔링 씨가 말했다.

"의사 선생님께서 톰에게 그 말을 해주셨나요?"

"아니, 그 일에 관해 톰에게 아무 말도 하지 않았단다."

"그렇다면 제가 톰에게 가서 얘기해 줄까요?"

"그래, 그러렴. 네 말대로 톰이 그 때문에 괴로워할지도 모르겠구나. 톰의 침실로 가봐라. 하지만 조용히 가야 한다."

사고 소식을 들었을 때, 필립은 맨 처음 '틸리버가 절름발이가 될까? 그렇게 된다면 아주 힘들어할 텐데.' 하고 생각했다. 그리고 동정심 때문에 이제까지 용서할 수 없었던 톰의 나쁜 행동들이 모두 용서되었다. 필립은 이제 둘은 서로 싫어하는 사이가 아니고, 함께 고통과 서글픈 박탈 속에 끌려 들어갔다고 생각했다. 그는 외부적인 재앙과 그것이 장차 톰의 삶에 미칠 영향까지 상상하지는 못했지만, 톰이 느꼈을 고통을 매우 생생하게 상상할 수 있었다. 그는 고작 십사 년밖에 살지 않았지만, 그 기간 대부분 치유할 수 없이 힘든 운명을 느끼며 살았던 것이다.

"톰, 애스컨 씨가 그러는데 조금 지나면 나을 거래. 알고 있어?" 그는 톰의 침대로 조용히 다가가서 다소 어눌하게 말했다. "방금 스텔링 씨에게 여쭤봤는데, 조만간 예전처럼 잘 걸을 수 있을 거래."

톰은 갑작스러운 기쁨으로 잠시 숨이 멎은 듯 위를 쳐다보았다. 그러고는 깊은 안도의 숨을 내쉬고, 푸른 회색 눈을 들어 지난 이 주일 남짓 제대로 쳐다보지도 않던 필립을 똑바로 바라보았다. 전에는 생각지도 않았던 이런 가능성이 암시되자 이 가능성은 매기에게 새로운 문제로 다가왔다. 즉 톰이 평생 절름발이로 살아야 될지도 모른다는 생각은 그런 불행한 일이 그에게 일어나지 않을 거라는 확신을 눌러버렸다. 그녀는 톰에게 매달려 다시 울었다.

"어리석게 굴지 마, 맥지." 톰은 매우 씩씩해져서 부드럽게 말했다. "이제 금방 좋아질 거야."

"털리버, 잘 있어." 필립은 작고 섬세한 손을 내밀며 말했다. 톰은 즉시 더 튼튼한 자기 손으로 그 손을 잡았다.

"내가 나을 때까지 가끔 와서 나랑 같이 있게 해달라고 스텔링 씨에게 부탁할게, 웨이컴. 로버트 브르스 이야기 해줘, 알았지." 톰이 말했다.

그 뒤 필립은 방과 후 내내 매기와 톰이랑 어울려 지냈다. 톰은 예전보다 전쟁 이야기 듣는 걸 좋아했다. 그러나 그의 생각에, 매우 위대한 천과를 세운 부상당하지 않은 뛰어난 전사들은 전투에 유리하도록 머리에서 발끝까지 아주 훌륭한 갑옷을 입었을 거라고 강력히 주장했다. 만약 그가 철제 신발을 신었더라면 발을 다치지 않았을 거라고 말이다. 그는 필립이 해주는 새 이야기를 아주 재미있게 들었다. 그것은 발에 심한 부상을 당한 사람*이 상처 때문에 너무 고통스럽게 울부짖자, 도저히 더 견딜 수 없었던 친구들이 그 사람을 무인도에 혼자 남겨두고, 동물 사냥으로 먹을 것을 마련하도록 멋진 독화살 몇 개만 남기고 떠나버렸다는 이야기였다.

"난 조금도 소리 지르지 않았어. 너도 알잖아." 톰이 말했다. "아마도 그 사람만큼 심한 발 부상을 입었을 거야. 부상당해 소리를 지른다는 건 비겁한 일이야."

그러나 매기는 무슨 일로 심하게 다친다면 비명을 지를 수도 있는 것이고, 그걸 이해하지 못하는 사람들이 냉정한 거라고 생각했다. 그녀는 필록테테스에게도 여동생이 있었는지, 있었다면 왜 그 여동생이 무인도에 함께 가서 돌봐주지 않았는지 알고 싶었다.

어느 날, 필립이 이야기를 마치고 톰이 다리 치료를 받는 동안 매기와 필립은 단둘이 서재에 있게 되었다. 필립은 책을 읽고 있었다. 매기는 곧 다시 톰에게 갈 양으로 별로 할 일 없이 방을 어슬렁거리다가 필립 가까이 있는 책상에 기대어 그가 읽는 책을 살펴보았다. 그들은 이제 아주 오래 사귄 친구처럼 서로 편한 사이였기 때문이다.

"그리스어로 뭘 읽는 거야?" 그녀가 물었다. "시구나. 나도 알겠네, 문장이 짧아서."

"이건 필록테테스에 관한 거야. 어제 이야기했던 그 절

---

* 소포클레스의 『필록테테스』 참조. 그리스 영웅인 필록테테스는 헤라클레스의 활과 화살을 물려받았다. 그는 발의 부상으로 그리스 군에게 버림받아 렘노스 섬에 남겨졌다. 그의 화살로만 트로이가 함락된다는 예언 때문에 오디세우스와 디오메데스는 그에게 복수했다.

름발이 말이야." 그는 마치 방해받는 게 전혀 미안한 일이
아니라는 듯이, 손으로 고개를 고이고 그녀를 바라보며 대
답했다. 매기는 멍한 태도로 몸을 앞으로 기울여 팔꿈치에
기대고 발을 이리저리 꼼지락거렸다. 마치 필립과 그가 읽
고 있는 책을 까맣게 잊은 것처럼, 그녀의 검은 눈동자는
점점 한곳을 응시하느라 멍해졌다.

잠시 후 필립은 여전히 팔꿈치를 고인 채 매기를 쳐다보
면서 "매기, 만일 나 같은 오빠가 있다면 네가 톰만큼 좋
아했을까?"라고 물었다.

매기는 몽상에서 깨어나 "뭐라고?" 하고 말했다. 필립이
다시 물었다.

"응 그래, 더." 그녀는 즉시 대답했다. "아니, 더는 아
냐. 톰보다 더 좋아할 순 없을걸. 하지만 안쓰러울 거야,
몹시 안쓰럽겠지."

필립의 얼굴이 붉어졌다. 그는 자기가 불구인데도 좋아
해 줄 거냐고 묻고 싶었다. 그녀가 너무 솔직하게 이야기
하니까, 자기를 동정하는 게 아닌가 싶어 주춤했다. 매기
는 어렸지만 자기 실수를 깨달았다. 그녀는 여태까지 본능
적으로 필립이 불구라는 사실을 전혀 의식하지 않는 것처
럼 행동해 왔던 것이다. 마치 가장 완벽한 교육을 받은 듯
이 예민한 감수성과 가족에게 비난받았던 경험 덕분에 그
녀는 그것을 충분히 알아차렸던 것이다.

"하지만 필립 오빠는 아주 똑똑하고 연주할 줄도 알고
노래도 잘 부르잖아." 그녀는 곧 이렇게 덧붙였다. "오빠
가 우리 오빠라면 좋겠어. 난 오빠가 참 좋아. 톰이 밖에

나가버리면 나랑 있을 거지? 그리고 모든 걸 가르쳐줄 거지, 그치? 그리스어랑 모두 말이야."

"하지만 넌 금방 갈 거잖아. 학교에 갈 거잖아. 그러곤 나 같은 건 까맣게 잊고 내 염려 따윈 안 할걸. 다 커서 어른이 되어 만나면, 날 알은체도 안 할걸." 필립이 말했다.

"아냐, 오빠를 잊지 않을 거야." 매기가 진지하게 고개를 저으면서 말했다. "하나도 안 잊을 거야. 누구나 그 사람과 멀리 떨어져 있으면 그 사람 생각을 하게 돼. 난 불쌍한 야프 생각도 하는데. 그 개는 목에 혹이 생겼거든. 루크 말이 그 개는 죽을 거래. 제발 톰한테는 아무 얘기도 하지 마. 그 말 들으면 화낼 테니까. 그 강아지 못 봤지? 아주 작은 개야. 톰과 나 말고 아무도 걱정 안 해."

"야프 생각해 주는 만큼 내 생각도 해줄 거지?" 필립은 다소 처량한 미소를 지으며 물었다.

매기가 웃으면서 "응, 그럼." 하고 말했다.

"매기, 네가 참 좋아. 널 잊지 못할 거야." 필립이 말했다. "불행할 때면 늘 네 생각이 날 거야. 너처럼 눈이 까만 여동생이 하나 있었으면 좋겠어."

"왜 내 눈이 좋아?" 매기가 기뻐하며 물었다. 그녀는 자기 눈의 장점을 말해 준 아버지 말고는 누구한테도 이런 말을 들어보지 못했던 것이다.

"나도 몰라." 필립이 말했다. "다른 사람 눈하고는 달라. 마치 뭔가 말을 하려는 것 같아. 다정하게 말하려는 것 같아. 다른 사람들이 날 많이 쳐다보면 싫어. 하지만 네가 보는 건 좋아, 매기."

"그래, 톰보다 오빠가 날 더 좋아하는 것 같아." 매기가 서글프게 말했다. 비록 불구이지만 톰만큼 그를 좋아한다고 어떻게 필립을 납득시킬까 궁리했다.

"톰에게 뽀뽀하듯, 오빠에게도 뽀뽀해 줄까? 괜찮다면 그렇게 해줄게."

"그래, 아주 좋지. 아무도 나한텐 뽀뽀해 주지 않거든."

매기는 그의 목을 껴안고 진지하게 뽀뽀를 했다.

"지금부터 늘 기억할게. 오랜만에 오빠를 만나면 다시 뽀뽀해 줄게. 하지만 이젠 가봐야 해. 애스컨 씨가 톰 오빠의 발을 다 치료했을 거야." 매기가 말했다.

털리버 씨가 다시 왔을 때 매기는 아버지에게 말했다. "아빠, 필립 웨이컴이 톰에게 아주 잘해 줘요. 그 오빤 매우 똑똑해요. 그 오빠가 참 좋아요. 톰 오빠, 필립 좋아하지, 그치? 오빠도 필립 좋아한다고 말해 봐." 그녀는 부탁하듯 덧붙였다.

얼굴이 약간 붉어진 톰이 아버지를 바라보았다. "아버지, 학교를 떠나면 그 애와 친구로 지내지 않을 거예요. 하지만 지금은 사이좋게 지내고 있어요. 제 발이 많이 아팠고, 그 애가 그림을 가르쳐주고 있으니까요. 전 그 앨 이길 수 있어요."

"음, 그래, 필립이 잘해 주면 보답하고 잘 대해 주렴. 그 앤 불쌍하게도 불구인 데다 돌아간 엄마를 닮았단다. 하지만 너무 친하게 지내진 마라. 그 애에겐 아버지 혈통도 있거든. 회색 망아지가 까만 아비 말을 걸어찰지도 모른단다."

두 소년은 성격상 맞지 않았기 때문에 털리버 씨의 훈계만으로는 거두지 못했을 결과를 초래했다. 톰이 아팠을 때 필립이 새로 베풀어준 친절과 그에 대한 톰의 보답에도 불구하고, 그들은 결코 절친한 친구가 되지 못했다. 매기가 떠나고 이윽고 톰이 평소처럼 걷게 되자, 동정과 감사로 지펴졌던 따뜻한 우애는 점차 사그라지고 그들은 다시 예전의 관계로 되돌아갔다. 필립은 가끔 까다롭게 굴었고 경멸하는 듯한 태도를 취했다. 그리고 톰이 받았던 특별하고 친절했던 인상은 예전처럼 기묘한 녀석, 꼽추, 그리고 악당의 아들이라는 의심과 증오 속으로 점차 녹아 없어졌다. 어른과 아이들이 순간적인 감정의 불꽃 속에 같이 결합되려면, 합금이 되는 금속으로 만들어져야 한다. 그렇지 않으면 열이 사라지면서 그들은 반드시 산산조각으로 흩어질 것이다.

# 7
## 황금 문은 지나갔다

　톰은 그런 식으로 열여섯 살이 될 때까지 오 년 반 동안 킹스 로턴 학교에 다녔다. 그사이 매기는 사촌인 루시와 함께 플로스 강가의 오랜 마을인 레이스햄에 있는 퍼니스 양의 기숙학교에 다니고 있었다. 그녀는 이모들이 매우 못마땅하게 여길 만큼 빨리 컸다. 초기에 톰에게 보낸 편지에서, 그녀는 항상 필립에게 사랑의 말을 전했고 그의 소식을 많이 물어보았다. 톰은 답장에 치통과, 정원에 잔디집 만들기를 도운 일, 그리고 그와 비슷한 다른 일만 간단히 언급했다. 그녀는 휴일이면 필립이 예전처럼 여전히 괴팍하고 가끔 시무룩하다는 톰의 말을 듣고 무척 마음이 아팠다. 그들이 더 이상 좋은 친구가 아니라는 사실을 알아챘던 것이다. 톰이 아팠을 때 필립이 잘해 주었으니 늘 필립에게 잘해 주어야 한다고 그녀가 상기시키자, 톰은 "그건 내 잘못이 아니야. 난 그에게 아무 짓도 안 했어."라고 말했다. 그들이 나머지 학창 생활을 하는 동안 그녀는 필립을 거의 만나지 못했다. 한여름 휴일이면 톰은 늘 해변에 있었고, 크리스마스에는 세인트오그스 거리에서 오랜만에 만날 수 있었을 따름이다. 그들이 만났을 때 그녀는 필립에게 뽀뽀해 주겠다던 약속이 기억났지만, 기숙학교에 다니는 젊은 숙녀로서 그런 인사를 할 수는 없었고 필립도 그런 걸 기대하지는 않았다. 그 약속은 유년 시절의 달콤하고 환상적인 약속처럼 공허했다. 계절이 나뉘기 전에, 그리고 잘 익어가는 복숭아와 함께 별처럼 무수한 꽃봉오리가 자랄 때 에덴동산에서 했던 약속처럼 공허한 것이다. 황금 문을 지나면 이룰 수 없는 그런 약속이다.

그러나 오랫동안 위협이 되어왔던 소송에 아버지가 실제로 관련되고, 피버트와 악마의 대리인으로서 웨이컴이 아버지와 맞서자, 매기조차 다소 서글픈 마음으로 다시는 필립과 친해질 수 없을 거라 생각했다. 웨이컴이라는 이름만 들어도 아버지는 화를 냈다. 한번은 그 꼽추 아들이 제 아비가 불법적으로 벌어들인 돈을 물려받는다면, 그 아들에게 저주가 내릴 거라는 아버지 말씀을 듣기도 했다. "얘야, 학교에서 되도록 그 녀석과는 놀지 마라." 아버지는 톰에게 이렇게 일렀던 것이다. 그 명령은 보다 손쉽게 지켜졌다. 그 무렵 스텔링 씨에게는 학생이 두 명 더 있었기 때문이다. 그의 즉석 연설을 칭찬하는 사람들이 목소리 때문에 넓은 공간을 필요로 하는 설교자에게 기대하듯, 이 신사가 유성처럼 빨리 출세한 것은 아니었지만, 수입보다 지출을 증가시킬 만큼 충분히 재산을 모았던 것이다.

톰의 학교 수업으로 말하자면, 물방앗간에서처럼 단조롭게 지나갔다. 그의 정신은 재미없거나 알 수 없는 생각들 사이에서 서서히 반쯤 질식한 듯 계속 움직였다. 그러나 방학 때마다 그는 풍경과 생생한 녹색 수채화로 윤나게 그려진 점점 더 큰 그림을 가져왔다. 그와 함께 연습 과제와 가득 문제를 푼, 손으로 쓴 책들도 가져왔다. 책들 안에 손으로 쓴 글씨는 그가 온 정성을 들여 아주 잘 쓰여 있었다. 방학 때마다 새 책을 한두 권 가져와서, 그가 역사와 기독교 교리, 라틴 문학의 단계별 학습 과정을 보여주었다. 그 과정에는 그가 책을 소유한 것만은 아니라는 다른 결과도 있었다. 톰의 귀와 혀는 교육의 결과로 보이는 많은 훌륭한 단어와 어구에 익숙해졌다. 그는 실제로 어떤 수업에도 주의를 기울이지 않았다. 그러나 그 수업들은 막연하고 단편적으로, 별 효과는 없지만 여러 가지 개념을 남겼다. 털리버 씨는 톰이 얼마나 배웠는지 판단할 수 없을 정도가 되자, 아마도 톰의 교육이 잘 되어가는 것으로 여기는 듯했다. 그는 실제로 지도도, 충분한 '셈'도 보지 못했지만, 스텔링 씨에게 공식적으로 불평을 하지는 않았다. 그 학교 교육이란 수수께끼처럼 알 수 없는 것이었다. 그 학교가 아니라면, 톰을 어디에 보내서 더 좋은 결과를 얻겠는가?

세월이 지나 킹스 로턴 학교에서 마지막 학기를 맞이할 무렵 톰의 모습은, 제이콥스 학교에서 돌아왔을 때와는 두드러지게 달랐다. 우리가 본 뒤로 세월이 흘러 그는 몹시 변하였다. 그는 이제 키 큰 청년이 되었다. 몸가짐이 조금도 어색하지 않으며, 수줍어하지 않고 말하게 되었는데, 그것은 수줍음과 자부심이 적절히 섞여 있음을 나타냈다. 그는 연미복과 깃 세운 옷을 입고, 지난 휴가 때 직접 장만한 새 면도칼을 매일 바라보며 입가에 수염이 났는지 초조하게 열심히 살펴보았다. 필립은 이미 지난 가을 학기에 떠났다. 건강을 위해 겨울을 보내려고 남쪽으로 갔을 터였다. 이런 변화로 인해 톰은 학교를 떠나기 전 마지막 몇 달 동안 의례적으로 들뜨고 흥분된 기분을 느꼈다. 또한 이번 학기에는 아버지의 소송이 해결되리라는 희망이 다소 있었다. 그런 느낌 때문에 집으로 돌아간다는 기대가 한층 더 즐거웠다. 아버지의 얘기로 파악한 바에 따르면, 피버트가 소송에서 질 거라는 사실은 의심할 여지가 없었다.

톰은 몇 주 동안 집으로부터 아무 소식도 듣지 못했다. 그것은 톰에게는 놀라운 일이 아니었다. 아버지와 어머니는 쓸데없이 편지를 해서 애정을 표현하는 분들이 아니었기 때문이다. 11월 말의 어느 어둡고 추운 날 아침 9시에 서재로 들어가자마자, 너무나 놀랍게도 그는 여동생이 거실에 와 있다는 이야기를 들었다. 다름 아닌 바로 스텔링 씨 부인이 서재로 들어와 그에게 말해 주었고, 톰 혼자 거실에 들어가도록 자리를 피해 주었다.

땋은 머리를 둥그렇게 말아 올린 매기도 이제는 키가 컸다. 열세 살밖에 되지 않았는데도 톰과 키가 거의 같았다. 실제로 그녀는 그 순간 오빠보다 더 나이가 들어 보였다. 그녀는 모자를 벗고, 앞이마에서 무거운 머리 타래를 뒤로 넘겼다. 마치 무게를 더 이상 견딜 수 없다는 듯이. 걱정스러운 시선을 문 쪽으로 돌렸을 때 어린 그녀는 이상하게도 지친 표정이었다. 톰이 들어서자 그녀는 그저 아무 말 없이 오빠에게 다가가 그의 목에 팔을 두르고 열렬히 키스했다. 톰은 매기의 다양한 기분에 익숙해 있었다. 그래서 여느 때와 달리 그녀의 심상치 않은 인사에 놀라지는 않았다.

"웬일이야, 이렇게 추운 날 아침 일찍 어떻게 왔어? 매기, 이륜마차 타고 왔니?" 그녀가 소파로 물러나 그를 자기 곁에 앉혔을 때, 톰이 물었다.

"아니, 사륜마차 타고 왔어. 유료 도로부터는 걸어왔어."

"학교는 안 갔니? 아직 방학 안 했잖아?"

"아빠가 날 집으로 부르셨어." 매기가 입술을 가볍게 떨며 말했다. "집에 사나흘 전에 왔거든."

"아버지 건강이 안 좋으시니?" 톰이 다소 걱정스럽게 물었다.

"그렇게 심하시진 않아." 매기가 말했다. "아빠는 아주 불행하셔, 오빠. 소송이 끝났거든. 그래서 오빠에게 그 말 전해 주러 왔어. 집에 오기 전에 오빠가 그 사실을 아는 게 좋을 거란 생각이 들어서. 편지만 달랑 보내기도 그렇고."

"아버지가 지신 건 아니겠지?" 톰이 소파에서 황급히 튀어 오르듯 일어나 갑자기 두 손을 주머니에 집어넣으며 매기 앞에 서서 말했다.

"지셨어, 오빠." 매기는 떨면서 그를 쳐다보았다.

톰은 잠시 동안 바닥에 시선을 고정한 채 침묵했다. 그러고는 다시 말문을 열었다.

"그럼 아버지가 많은 돈을 물어내야겠네?"

"응." 매기가 조금 힘없이 말했다.

"그래, 할 수 없지." 톰이 많은 돈을 잃게 된다는 사실을 손에 잡히는 어떤 결과로 실감하지 못하고, 용감하게 말했다. "아버지가 많이 화나셨겠네, 그렇지?" 그가 매기를 보며 덧붙였다. 그는 그녀의 얼굴이 동요된 것이 그녀가 일을 소녀처럼 받아들이기 때문이라고만 생각했다.

"그래." 매기가 다시 들릴 듯 말 듯한 소리로 말했다. 그러고 나서 톰이 별로 걱정하는 듯하지 않자, 더 자세히 애기할 필요성을 느끼고 큰 소리로 재빨리 말했다. 마치 말이 그녀에게서 폭발해 나오는 것 같았다. "오, 톰 오빠, 아빠는 물방앗간과 땅, 그리고 모든 걸 잃으실 거야. 아빠에겐 아무것도 남지 않을 거야."

톰이 놀란 눈빛으로 그녀를 보고는 창백해져서 눈에 띄게 떨었다. 그는 아무 말도 하지 않고, 다시 소파에 앉아 맞은편 창밖을 멍하니 바라보았다.

톰은 한번도 장래를 걱정해 본 적이 없었다. 아버지는 늘 훌륭한 말을 타고 다녔고 좋은 집이 있었으며 쾌활하고 자신 있는 태도를 가진 사람으로, 기댈 만한 재산이 충분히 있었다. 톰은 아버지의 '실패' 같은 건 꿈꿔본 적도 없었다. 그것은 톰이 늘 매우 불명예스러운 일이라고 들어온 불행이었고, 그런 불명예는 자기 친척과는, 더구나 아버지와는 전혀 무관한 것이었다. 훌륭한 가문에 대한 자부심이 바로 톰이 태어나고 자라난 환경의 일부였다. 그는 세인트 오그스에 이렇다 할 돈도 없이 과시나 하고 다니는 사람들이 있다는 걸 알고 있었으며, 그런 사람들을 경멸하고 비난하는 친구들의 말을 늘 들어왔다. 그에게는 한 가지 강한 신념이 있었는데, 평생 습관과도 같은 것이어서 믿을 만한 확실한 증거 따위가 필요치 않았다. 그것은 아버지가 마음만 먹는다면 아주 많은 돈을 쓸 수 있을 거라는 신념이었다. 스텔링 씨의 교육을 받아 더욱 사치스러운 인생관을 갖게 되었으므로, 가끔 그는 나이가 들면 세상에서 훌륭한 인물이 될 거라 생각했다. 그는 말과 개, 안장, 멋진 젊은이가 입는 다른 복장을 갖추고, 자신이 세인트오그스에 사는 동시대 동년배 누구와 견주어도 빠지지 않는다는 사실을 보여주겠다고 생각했던 것이다. 자신들의 아버지가 전문직에 종사하거나 큰 기름 공장을 갖고 있기 때문에 톰보다 사회적으로 한 계급 높다고 생각할 그들에게 말이다. 이모와 이모부들의 예언이나 고개를 저은 것으로 말하자면, 톰이 이모와 이모부들이 사회에 잘 어울리지 못하는 사람들이라 여기게 만든 것 말고, 그들은 톰에게 아무 영향도 미치지 못했다. 그의 기억으로는 그들이 똑같이 흥이 나 보는 걸 듣곤 했던 것이다. 아버지는 그들보다 분별력이 있었다.

톰의 입가에는 수염이 났다. 그러나 그의 생각이나 기대는 삼 년 전 경험한 소년 시절의 꿈이 변해 이제까지 반복되었을 뿐이다. 그는 방금 몹시 충격을 받고 그 꿈에서 깨어났던 것이다.

매기는 톰이 창백해져서 말없이 떨고 있는 모습을 보고 덜컥 겁이 났다. 더 할 말이 있었다. 더 나쁜 소식이. 그녀는 마침내 오빠를 안고 반쯤 흐느끼면서 말했다.

"오, 톰 오빠, 너무 괴로워하지 마. 잘 견뎌야 해."

톰은 그녀의 애원하는 듯한 키스를 받으려고 수동적으로 뺨을 돌렸다. 그의 눈에는 막 손으로 닦아낸 눈물이 남아 있었다. 그 행동으로 감정이 격해진 듯, 그는 몸을 떨면서 말했다. "매기 너랑 집에 가야겠지? 내가 가야 한다고 아버지께서 말씀하시지 않았니?"

"아니야, 톰 오빠. 아빠는 원치 않으셨어." 매기가 말했다. 톰에 대한 염려가 그녀 자신의 동요를 극복하는 데 도움이 되었다. 그에게 모두 말해 버리면 그는 어떤 행동을 할까? "하지만 엄마는 오빠가 왔으면 해. 불쌍한 엄마. 엄마는 울고 계셔. 오 톰, 집안은 아주 끔찍해."

매기의 입술이 점점 하얗게 질렸다. 그녀도 거의 톰처럼 떨기 시작했다. 가엾은 두 아이는 서로 더 꼭 끌어안았다. 둘 다 떨면서. 한 아이는 실감 나지 않는 두려움 때문에, 다른 아이는 하나의 장면처럼 끔찍이도 확실한 사실 때문에. 매기의 말소리는 거의 속삭임에 가까웠다.

"그리고…… 그리고…… 불쌍한 아빠는……."

매기는 말을 이을 수가 없었다. 그러나 톰은 그런 긴장을 견딜 수 없었다. 두려운 나머지, 빚의 결과로 감옥에 가야 하는 게 아닌가 하는 생각이 막연히 들기 시작했다.

"아버진 어디 계셔?" 참지 못하고 그가 말했다. "얘기해 봐, 매기."

"집에 계셔." 매기는 그 질문에 대답하는 것이 더 쉽다고 생각했다. "하지만," 매기는 잠시 침묵한 뒤 덧붙였다. "제정신이 아니셔…… 말에서 떨어지셨어…… 그 뒤로는 나 말고 아무도 못 알아보셔……. 정신을 잃으신 것 같아……. 오, 아빠, 아빠……."

이 마지막 말을 하면서 매기는 참고 참았던 울음을 격렬하게 터뜨렸다. 톰은 심장이 눌려 울음도 나오지 않는다고 생각했다. 그는 집에 있던 매기가 느꼈을 고통을 분명히 알 수 없었다. 다만 완전한 불행이 짓누르는 듯한 무게를 느꼈을 뿐이다. 그는 거의 발작처럼 팔을 둘러 울고 있는 매기를 감싸 안았다. 그러나 그의 얼굴은 굳었고 눈물도 흐르지 않았다. 그의 눈은 멍했다. 마치 그가 가는 길에 느닷없이 시커먼 구름 장막이 쳐진 것 같았다.

그러나 갑자기 매기는 곧 자제했다. 그녀에게 불현듯 경적처럼 한 가지 생각이 떠올랐던 것이다.

"우린 떠나야 돼, 톰 오빠. 지체하면 안 돼. 아빠가 날 찾으실 거야. 마차를 타려면 10시까지 유료 도로 있는 데로 가야 돼." 그녀는 황급히 결심하고 이렇게 말했다. 눈물을 닦고 일어나 모자를 집어 들었다.

톰도 곧 같은 생각을 하고 함께 일어났다. "잠깐만 기다려, 매기. 스텔링 씨에게 얘기해야 돼. 그러고 나서 가자."

그는 학생들이 있는 서재로 가야 한다고 생각했는데, 가는 도중에 스텔링 씨를 만났다. 스텔링 씨는 매기가 자기 오빠를 찾는데 무슨 문제가 있어 보인다는 말을 아내에게 들은 터였다. 남매가 이제 충분히 같이 있었다고 생각하여, 무슨 일인지 물어보고 같이 슬픔을 나누려고 오는 중이었다.

"선생님, 저 집에 가야겠는데요." 톰은 복도에서 스텔링 씨를 만나자 불쑥 말했다. "여동생과 곧바로 돌아가야겠어요. 아버지가 소송에 지셨습니다. 전 재산을 잃으셨답니다. 몹시 편찮으시대요."

스텔링 씨는 인정 많은 사람처럼 느꼈다. 아마 그 자신도 돈을 잃게 될 거라 예상했지만, 젊음과 슬픔이 동시에 시작된 남매를 바라보자 깊은 동정심이 들어 이런 생각은 그의 감정에서 그리 큰 비중을 차지하지는 않았다. 매기가 어떻게 왔으며 얼마나 간절히 집에 되돌아가고 싶어 하는지 알게 되자, 그는 출발을 재촉하고 스텔링 부인에게 뭔가 조용히 이야기했다. 그를 따라왔던 부인이 곧 방을 떠났다.

스텔링 부인이 작은 바구니를 들고 왔을 때, 톰과 매기는 떠날 채비를 하고 문간 계단에 서 있었다. 그녀는 매기의 팔에 바구니를 걸어주며 말했다. "애야, 가는 동안 꼭 뭘 좀 먹으렴." 매기는 전에 전혀 좋아하지 않았던 그 부인에게 마음이 열려, 말없이 그녀에게 키스를 했다. 슬픔으로 인해 그 불쌍한 아이들의 마음속에 처음으로 새로운 분별력이 생겼다는 표시였다. 즉 그들은 다정한 동료 간의 유대감을 느끼게 하는 인간성이라는 적나라한 힘에 예민해진 것이다. 이 힘은 마치 빙산 한가운데 있는 초췌한 사람이 평범한 동료가 존재한다는 사실만으로도 깊은 사랑의 샘을 느끼는 것과 마찬가지다.

스텔링 씨는 톰의 어깨에 손을 얹고 말했다. "하느님께서 널 축복하길 바란다, 애야. 네가 어떻게 지내는지 알려주렴." 그러고 나서 잘 가라는 작별 인사는 하지 않았다.

대신 매기의 손을 꼭 잡았다. 톰은 학교를 '영원히!' 떠난다면 얼마나 기쁠까 하는 생각을 가끔 했다. 그러나 이제 그의 학창 생활은 다 끝나가는 휴가와도 같았다.

야윈 두 젊은이는 곧 먼 길로 희미하게 사라졌다. 이윽고 튀어나온 관목 숲 뒤로 사라졌다.

그들은 슬픈 새로운 생활로 함께 들어갔다. 햇빛을 보아도 걱정스러운 기억 때문에 가려진 햇빛을 보게 될 것이다. 그들은 가시 많은 광야에 들어섰고, 어린 시절이라는 황금 문은 등 뒤에서 영원히 닫혀버렸다.

# 제3부
## 몰락

# 1
## 집에서 일어난 일

재판이 털리버 씨에게 불리하게 판결 나고 피버트 씨와 웨이컴 씨가 승소했다는 사실을 처음으로 접했을 때, 그를 본 사람들은 모두 그토록 자신만만하고 불같은 사람이 충격을 매우 잘 견딘다고 생각했다. 그 자신도 그렇게 생각했다. 만약 웨이컴 씨나 다른 사람이 그가 주저앉은 것으로 여긴다면, 그들이 잘못 판단했다는 걸 보여주리라 생각했다. 그 재판을 오랫동안 끌어온 탓에 전 재산을 털어도 배상할 돈이 부족하다는 것도 깨달았다. 그러나 참을 수 없는 결과를 피하고 또한 자기가 세상에서 망했다는 인상을 주지 않을 방도는 충분히 있어 보였다. 겉으로 드러난 고집스럽고 도전적인 성품대로, 즉시 여러 가지 계획을 생각하고는 스스로 돌파구를 찾아냈던 것이다. 그런 계획에 따라 난국에 대처할 것이며, 여러 역경에도 불구하고 돌코트 물방앗간의 털리버 씨로 살아남을 터였다. 털리버 씨의 머릿속에는 여러 가지 계획이 떠올라. 린덤에서 자기 변호사 고어 씨와 의논을 마친 뒤 집에 돌아오려고 말을 탔을 때는 당연히 얼굴이 상기되었다. 펄리 씨가 털리버의 땅을 저당 잡고 있긴 했지만, 털리버 씨 생각에 펄리는 자기 이익을 따져볼 줄 아는 합리적인 사람이었다. 그래서 털리버 씨는 그가 기꺼이 물방앗간과 집을 다 구입할 뿐 아니라, 털리버 씨를 임차인으로 받아들일 거라 확신했다. 그리고 펄리는 자신이 넘겨받은 물방앗간 사업에서 나올 이익을 예상하고 대출금을 갚아나가도록 미리 높은 이자를 붙여서 돈을 빌려줄 거라 확신했다. 털리버 씨는 자신과 가족을 겨우 부양할 정도만 빌리면 된다. 누가 그렇게 유리한 투자를 무시하겠는가? 분명 펄리는 무시하지 않을 것이다. 털리버 씨는 펄리가 아주 잽싸게 자기 계획에 응할 거라 단정했다. 소송의 패소 때문에 위험할 만큼 아직 정신이 나가지는 않았지만, 다른 사람의 행동 동기를 자기 이익이나 욕망에 비추어 보려는 사람들이 있다. (물방앗간 주인의 생각에) 펄리가 자기 원하는 대로 해줄 거라는 사실에는 추호도 의심의 여지가 없었다. 그가 그렇게만 해준다면, 그래, 상황이 더 나빠지지는 않을 것이다. 털리버 씨와 가족은 더욱 검소하고 누추하게 생활해야 한다. 하지만 사업상 얻은 이득으로 (펄리가) 꿔준 돈을 갚을 수 있을 때까지만이다. 아직 털리버 씨에게는 장차 시간이 많이 있을 것이다. 분명 예전에 살던 집에서 쫓겨나지도 않고, 파산한 사람처럼 보이지 않고도 재판 비용을 감당할 수 있을 것이다. 확실히 지금은 사업상 곤란한 때였다. 그는 불쌍한 라일리에게 보증을 서준 적이 있었는데, 라일리는 지난 4월 친구들에게 250파운드의 빚을 남기고 돌연 죽어버렸던 것이다. 그 일 때문에 털리버 씨는 은행 장부를 보는 게 크리스마스를 기대하는 것보다 즐겁지 않았다. 그래! 털리버는 이 혼탁한 세상에서 동료 사업가에게 도움의 손길을 뿌리칠 만큼 마음씨 나쁜 비열한 인물은 절대로 아니었다. 정말로 신경이 쓰이는 일은, 몇 달 전 글레그 부인의 빚을 갚게끔 500파운드를 빌려주었던 채권자가 그 돈을 받을 수 있을 것인지 털리버 씨에게 불안을 느낀 일이다. (물론 웨이컴의 수작이다.) 그 당시 털리버 씨는 자신이 재판에서 이길 거라 확신했고, 바람직한 결과가 나올 때까지 그 돈을 마련해 주는 것이 형편에 맞지 않는 일임을 알았다. 그래서 경솔하게도 채무 증서 대신 집의 가구와 다른 물건을 담보로 하여 매도 증서를 넘겨달라는 요구에 동의했다. 속으로 결국은 마찬가지라고 생각했던 것이다. 그 돈은 곧 갚아야 하고, 담보를 하나 더 섰다고 해서 큰일날 것은 없다고 생각했다. 그러나 이제 그 매도 증서의 결과가 그에게 새롭게 다가왔다. 그 기한이 가까워졌다는 사실이 기억났기 때문이다. 돈을 갚지 못하면 물건이 강제로 매각될 것이다. 두 달 전만 해도 그는 처가 식구들 신세를 지지 않겠다고 큰소리쳤지만, 이제는 베시가 풀릿가에 가서 사정을 설명하는 것만이 당연하고도 정당한 일이라고 스스로 굳게 믿었다. 처가 식구들은 베시의 가구가 팔려 나가길 원치 않을 것이다. 풀릿이 돈을 빌려준다면, 그 돈은 풀릿에게 담보가 될 터이다. 그렇게 되면 결국 호의를 베풀어준 것도 받은 것도 없게 될 것이다. 털리버 씨는 그렇게나 마음씨 고약한 사람들에게 스스로 부탁하지는 않겠지만, 원한다면 베시는 그런 부탁을 할 수도 있을 것이다.

바로 가장 오만하며 고집 센 사람이 이렇게 갑자기 입장을 바꿔서 모순된 말을 한다. 이런 사람에게는 자신이 완전히 망해서 새로운 인생을 시작해야 한다는 단순한 사실을 직면하는 것이 가장 어려운 일이다. 알다시피 털리버 씨는 뛰어난 물방앗간 주인이자 한낱 맥아 제조인일 뿐이었지만, 매우 신분이 고귀한 사람처럼 도도한 데다 고집이 세었다. 그런 성격은 제왕의 옷을 걸치고 무대를 휩쓸며, 별 볼일 없는 연대기 작가를 대단한 존재로 보이게 하는, 심금을 울리는 분명한 비극의 소재가 될 수 있다. 물방앗간 주인뿐만 아니라 날마다 길에서 무심히 부딪치는 다른 하찮은 사람들에게도, 오만과 고집 때문에 나름대로 비극이 벌어지긴 한다. 그러나 그것은 한 세대에서 다음 세대로 별다른 기록 없이 물려지고, 울어줄 사람도 없는, 드러나지 않는 비극일 뿐이다. 갑자기 험난해진 운명을 맞이하거나 황량한 집안에서 태어났지만, 기쁨을 맛보고 싶어 하는 젊은 영혼들의 갈등 속에도 그런 비극은 있을 것이다. 그런 가정에서는 아침이 밝아도 아무 기대가 없으며, 음습하고 짙은 공기처럼 지치고 실망한 부모의 예기치 못한 불만이 아이들을 억누른다. 그런 공기 속에서는 삶의 모든 기능이 정지된다. 비록 교회 장례식에서나 볼 수 있겠지만, 감정적인 상처를 받은 뒤 서서히 다가온 죽음이나 갑작스러운 죽음 속에도 그런 비극은 있다. 불굴의 자세를 갖는 것을 인생의 법으로 삼는 동물들이 있는데, 그런 동물은 단 한 번이라도 좌절하면 다시는 잘 자라지 못한다. 탁월함을 인생의 법칙으로 믿는 사람들이 있다. 그런 사람은 자신이 비참한 존재로 전락했다는 사실을 믿지 않고 거부하는 한에서만 그 비참함을 견딜 수 있으며, 자신을 여전히 탁월한 존재라고 상상한다.

집으로 가는 도중에 지나야 할 세인트오그스에 다가가는 동안, 털리버 씨는 자신을 여전히 탁월한 존재로 상상했다. 그러나 레이스햄 마차가 마을로 들어서는 것을 보자, 마차 사무실로 따라가 사환으로 하여금 바로 다음 날 매기에게 내일 당장 집에 돌아오라는 편지를 쓰게 해야겠다고 생각했다. 털리버 씨는 흥분한 나머지 너무나 손이 떨려서 직접 편지를 쓸 수 없었던 것이다. 그는 마부가 내일 아침에 퍼니스 양 학교에 그 편지를 전달해 주었으면 했다. 지체 없이 매기를 곁에 두고 싶다는, 그녀가 내일 마차로 꼭 돌아와야 한다는, 자신에게도 설명할 수 없는 열망이 있었다.

집에 돌아오자, 그는 털리버 부인에게 아무 어려움도 내색하지 않고, 아무것도 상심할 게 없다며 화를 내고 큰소리치면서 재판의 패소 소식을 듣고 비통에 잠긴 부인을 나무랐다. 그날 밤 부인에게 매도 문서나 풀릿 부인에게 해야 할 부탁 따위에 대해서는 입도 벙긋하지 않았다. 그는 부인에게 그 계약 내용을 제대로 알리지 않고, 유언장과 관련해 물건의 목록을 작성할 필요가 있다고만 설명했던 것이다. 다른 특권들과 마찬가지로, 확실히 어리석은 부인과 함께 사는 데는 불편한 점이 몇 가지 있었는데, 무엇보다 가끔은 사소한 속임수를 쓸 필요가 있다는 점이다.

다음 날 오후 털리버 씨는 다시 말을 타고 세인트오그스에 있는 고어 씨 사무실로 갔다. 고어는 아침에 펄리를 만나 털리버 씨 사건과 관련하여 이야기를 듣기로 되어 있었다. 그러나 털리버 씨는 채 반도 못 가서, 고어 씨 사무실에서 오는 사환을 만났다. 그는 털리버 씨에게 편지를 전하러 오는 참이었다. 고어 씨는 갑자기 사업상 일이 생겨 털리버 씨와 사무실에서 만나기로 한 약속을 못 지키게 되었고, 내일 오전 11시에 사무실에 나오기 때문에, 그사이에 몇 가지 중요한 정보를 편지로 알려준다는 것이었다.

"오!" 털리버 씨는 편지를 받았지만 뜯지도 않고 말했다. "그럼 고어 씨에게 내일 11시에 만나자고 전해 주시오." 그는 말 머리를 돌렸다.

사환은 흥분해서 번뜩이는 털리버 씨의 눈길에 놀라, 잠시 그의 뒤를 바라보다가 말을 타고 돌아섰다. 털리버 씨는 그 자리에서 당장 편지를 읽을 수가 없었다. 그는 쓰여 있거나 인쇄된 글자의 의미를 매우 느리게 이해했던 것이다. 그래서 편지를 주머니에 찔러 넣었다. 집에 돌아가 안락의자에 앉아 뜯어 보리라 생각했다. 하지만 곧 털리버 부인이 알아서는 안 될 내용이 편지에 있을지도 모른다는 생각이 들었다. 그렇다면 부인이 보지 못하는 곳에 편지를 두는 게 나을 터였다. 그는 말을 멈춰 세우고는 편지를 꺼내 읽었다. 짤막한 편지였다. 고어 씨가 은밀하지만 확실하다고 단언한 바에 따르면, 최근 펄리가 돈이 몹시 궁해져서 담보를 포기했는데, 그중에서 털리버 씨 재산에 대한 저당권을 웨이컴 씨에게 넘겼다는 내용이었다.

그 일이 일어난 지 삼십 분 뒤, 털리버 씨의 마부는 의식을 잃고 길가에 쓰러져 있는 주인을 발견했다. 그 옆에는 편지가 개봉된 채 놓여 있었고, 회색 말이 불안한 듯 주인의 주위에서 코를 킁킁거리고 있었다.

그날 저녁 매기가 아버지의 부름을 받고 집에 돌아왔을 때 아버지는 의식을 회복하고 있었다. 약 한 시간쯤 전에 그는 의식을 되찾았던 것이다. 그는 흐리멍덩하고 멍한 눈으로 주위를 둘러본 뒤 '편지'에 관해 뭔가 중얼거렸다. 그는 지금 그 말을 초조하게 반복했다. 턴불 의사의 요구에 따라 고어의 편지를 침대에 가져다 올려놓았다. 그러자 털리버 씨는 조금 전의 초조함이 진정되는 듯했다. 쓰러졌던 사람은 편지에 시선을 고정한 채 편지의 도움을 받아 생각을 짜 맞추려는 것처럼 잠시 누워 있었다. 그러나 지금은 새로운 기억이 파도처럼 밀려들어, 다른 기억을 휩쓸어 간 것 같았다. 그는 편지에서 문으로 시선을 돌려, 눈이 너무 흐려 잘 보이지 않는 것을 애써 보려는 듯이 근심 어린 눈으로 바라본 뒤, "귀여운 꼬마."라고 말했다.

그는 그 단어를 여러 번 초조하게 반복했고, 그 단 하나의 절박한 욕망 외에는 아무것도 의식하지 못하는 듯했다. 아내나 그 누구도 알아보는 기색이 없었다. 가엾은 털리버 부인은 갑자기 이런 문제들이 겹치자 연약한 정신이 거의 마비된 듯, 아직 도착 시간이 되지 않았는데도 레이스햄 마차가 오는지 보려고 문 쪽으로 왔다 갔다 했다.

마침내 마차가 도착했고, 무슨 일인지 걱정하는 가련한

소녀가 내렸다. 아버지의 다정한 기억 속이 아니라면 그녀는 더 이상 '귀여운 꼬마'가 아니었다.

"오, 엄마, 무슨 일이에요?" 어머니가 울면서 그녀에게 다가오자, 입술이 창백해진 매기가 물었다. 그녀는 아버지가 아플 거라고는 생각도 못 했다. 아버지가 세인트오그스에 있는 사무실에서 지시하여 보낸 편지를 받았기 때문이다.

턴불 씨가 그녀를 맞으러 나왔다. 근심이 있는 집에서 의사란 착한 천사와도 같은 존재다. 매기는 떨리고 궁금한 표정으로, 그녀가 기억하기로 아주 오랫동안 잘 아는 친구와도 같은 그에게 달려갔다.

"너무 놀라지 마라, 얘야." 그녀의 손을 잡으며 그가 말했다. "아버지가 갑자기 졸도하셔서 기억을 다 회복하지 못하셨다. 그런데 널 찾으시더구나. 널 보면 아버지에게 도움이 될 거다. 최대한 조용히 하렴. 외투를 벗고 나랑 2층에 올라가자."

매기는 그 말에 따랐다. 그녀의 몸은 고통스러운 맥박으로만 이뤄진 듯, 심장이 몹시 뛰었다. 턴불 씨의 조용조용한 어조가 그녀의 예민한 상상력을 놀래켰다. 그녀가 들어갔을 때 아버지는 여전히 불안하게 시선을 문 쪽으로 돌리고 있었다. 그녀는 헛되이 자기를 찾는 낯설고도 무력한, 열망에 찬 아버지의 시선을 보았다. 그는 갑자기 섬광처럼 잠깐 움직이더니 침대에서 몸을 일으켰다. 그녀는 아버지에게 달려가 가슴 아프게 키스하며 아버지를 껴안았다.

불쌍한 어린것! 인생의 저 최고 순간을 알기에는 그녀가 너무 어렸다. 그 절정의 순간에 우리가 바라고 즐거워하던 모든 것, 두려워하고 참던 모든 것은 우리의 관심에서 하찮은 것으로 밀려나 버린다. 즉 무력하게 고뇌에 빠져 있을 때, 그 모든 것은 가장 가까웠던 존재와 우리를 연결해 주는 저 단순하고 원초적인 사랑 속에서 사소한 추억처럼 사라져버린다.

그러나 섬광처럼 그녀를 잠깐 알아본 것이 상처 입고 약해진 아버지의 체력에는 너무 버거운 긴장이었다. 그는 의식 없는 경직 상태로 되돌아갔다. 그 상태가 여러 시간 지속되었다. 다만 의식이 가물가물 돌아온 때도 있었다. 그런 상태에서 그는 주는 대로 음식을 모두 받아먹었고, 매기가 가까이 있다는 사실에 어린애처럼 만족하는 듯했다. 아기가 간호사의 무릎에 다시 누웠을 때의 만족감 같은 것이었다.

틸리버 부인은 언니들을 불렀다. 아래층에서는 울고불고 삿대질을 하는 등 난리가 벌어졌다. 이모와 이모부들은 이제껏 그들이 예언해 왔던 대로 베시와 그녀의 가족이 몰락했음을 알았다. 대체로 친척들은 틸리버 씨에게 심판이 내려졌고, 지나친 친절을 베풀어 그 심판을 방해하는 것은 불경스러운 행동이라고 여겼다. 그러나 매기는 아버지의 침대 곁을 떠나지 않아서 그런 얘기를 거의 듣지 못했다. 그녀는 아버지 손에 자기 손을 얹고 아버지와 마주 앉아 있었다. 틸리버 부인은 톰을 집으로 부르고 싶어 했고, 남편보다 아들을 더 생각하는 듯했다. 그러나 이모와 이모부들은 반대했다. 톰은 학교에 있는 게 더 낫다는 것이었다. 당장 위험한 일은 없을 거라고 턴불 씨가 말했기 때문이다. 하지만 둘째 날이 지나갈 무렵 아버지의 의식 불명 증세와 아버지가 회복될 거라는 기대에 익숙해지자, 매기 역시 톰 생각이 간절해졌다. 그날 밤 어머니가 "불쌍한 내 아들……. 네가 집에 와야 할 것 같구나."라고 말하며 앉아 울자, 매기가 말했다. "제가 오빠한테 가서 알리게 해 주세요, 엄마. 아빠가 저를 못 알아보고 찾지 않으시면 내일 아침에 갈게요. 아무것도 모르고 집에 온다면 오빠도 힘들 거예요."

그래서 우리가 본 것처럼 다음 날 아침 매기가 떠났던 것이다. 남매는 집으로 돌아오는 마차에 앉아 서로 속삭였는데, 이따금 슬픔 때문에 말이 끊겼다.

"웨이컴 씨가 그 땅에 저당권인가 하는 걸 갖고 있었대, 오빠." 매기가 말했다. "아빠가 쓰러진 건 바로 그걸 알리는 편지 때문일 거래."

"그 악당은 아버지를 망하게 하려고 미리부터 내내 계획했던 거야." 아주 확실치 않은 생각을 확실한 결론으로 비약시키며 톰이 말했다. "내가 어른이 되면 호된 맛을 보여 줄 거야. 너 다시는 필립과 얘기하지 마."

"오, 톰!" 매기가 서글픈 항의 조로 말했다. 그러나 그녀는 논쟁할 기분이 아니었다. 더구나 톰을 거슬러 그를 화나게 할 생각은 더더욱 없었다.

# 2
## 털리버 부인의 가신상* 또는 집안의 보물

매기가 집을 떠난 지 다섯 시간 후에 톰과 매기는 마차에서 내렸다. 아마도 아버지가 자기를 보고 싶어 그 '귀여운 꼬마'를 헛되이 찾은 건 아닐까 하고 그녀는 떨면서 두려워했다. 그녀는 다른 변화가 있을 거라고는 생각도 못했다.

매기는 자갈길을 서둘러 걸어 톰보다 먼저 집 안에 들어섰다. 그녀는 입구에서 나는 진한 담배 냄새에 깜짝 놀랐다. 응접실 문이 조금 열려 있었고, 거기서 담배 냄새가 났다. 매우 이상한 일이었다. 이런 때에 어떤 방문객이 담배를 피울까? 엄마가 거기 계신 걸까? 그렇다면 톰이 온다

---

* 가신상(家神像) 또는 드라빔(teraphim): 구약 성서 「사사기」 18장 14~20절을 보면, 미가의 집에서 600명의 단 족속이 드라빔을 강제로 뺏는다. 여기서 털리버 집에 온 집달리는 단 족속을, 드라빔은 우상을 숭배하지 말라는 두 번째 계명을 아이로니컬하게 상징한다.

는 얘기를 들으셨을 텐데. 매기는 놀라 잠시 멈칫한 뒤 톰이 오자 문을 열었고, 함께 응접실을 들여다보았다. 집에는 상스럽고 더러운 남자가 있었다. 톰은 술병과 술잔을 옆에 두고 아버지 의자에 앉아 담배를 피우는 그 사람의 얼굴을 어렴풋이 기억해 냈다.

톰의 뇌리에 즉시 사건의 진상이 스쳤다. '집달리가 집에 온 것'이나 '팔아 넘긴다는 것'은 그에게는 익숙한, 심지어 어렸을 때에도 친숙한 말이었다. 그것은 불명예스럽고 비참한 '실패'를 하는 것과, 돈을 몽땅 잃고 파산하는 것—가난한 노동자의 상태로 몰락하는 것과 같은 말이었다. 아버지가 재산을 몽땅 잃었으므로 이런 일이 일어나는 것은 당연했다. 톰은 재판에서 진 것 말고는 바로 이런 불행이 일어난 다른 이유를 생각해 낼 수 없었다. 그러나 이런 불명예스러운 일을 직접 당하고 보니 톰이 우려했던 최악의 상황보다 훨씬 더 견디기 힘든 경험이었다. 그 순간 진짜 불행이 막 시작된 듯했다. 그것은 동시에 이미 멍하게 느끼고 있던 아픔에 더해져서 더욱 신경을 자극했다.

"도련님, 안녕하세요?" 그 남자는 입에서 파이프를 빼고 당황하면서 거칠지만 예의 바른 태도로 말했다. 두 아이의 놀란 얼굴 때문에 그도 좀 불편해졌다.

그러나 톰은 아무런 대꾸도 하지 않고 황급히 돌아섰다. 그 광경이 너무도 싫었다. 매기는 그 낯선 인물이 나타난 이유를 톰처럼 이해하지 못했다. 그녀는 톰을 따라가며 "오빠, 누구야? 무슨 일이지?" 하고 속삭였다. 그러고는 갑자기 그 낯선 사람이 아버지의 변화와 뭔가 관련된 게 아닐까 하고 알 수 없이 두려워져서 2층으로 달려 올라갔다. 그녀는 침실 문간에서 모자를 벗으며 마음을 가라앉히고 까치발로 살그머니 들어갔다. 모든 게 조용했다. 아버지는 주변에서 일어나는 일을 전혀 모르는 채, 그녀가 나갔을 때처럼 눈을 감고 누워 있었다. 하인 하나가 있었지만 어머니는 없었다.

"엄마는 어디 계셔?" 그녀가 속삭였다. 하인은 모르고 있었다.

매기는 서둘러 나와서 톰에게 말했다. "아빠는 조용히 누워 계셔. 가서 엄마를 찾아보자. 엄마가 어디 계신지 모르겠어."

틸리버 부인은 아래층 어디에도 보이지 않았다. 매기는 다락 밑 방만 찾지 않았다. 그곳은 어머니가 모든 리넨 제품과 특별한 때만 포장을 벗겨 내놓는 '가장 좋은' 귀중품을 보관해 두는 장소였다. 복도를 따라 되돌아오면서 톰은 매기를 앞질러 그 방문을 열고는 곧바로 "어머니!" 하고 불렀다.

틸리버 부인은 보물들을 앞에 늘어놓고 앉아 있었다. 리넨 상자 하나가 열려 있었다. 여러 겹의 종이로 싸여 있던 은 찻주전자의 포장이 벗겨 있었다. 닫힌 리넨 상자 위에는 최고급 도자기가 놓여 있었다. 숟갈과 꼬챙이, 국자들이 선반에 줄지어 널려 있었다. 가엾은 어머니는 고개를 저으며 입을 꼭 다문 채 식탁보 위에 얼굴을 파묻고는 울고 있었다. 무릎에 펼쳐진 식탁보 한구석에 '엘리자베스 도슨'이라는 표시가 붙어 있었다.

톰이 부르자 어머니는 그걸 떨어뜨리고 깜짝 놀라 일어섰다.

어머니는 톰의 목을 껴안고 "오, 내 아들, 내 아들." 하고 말했다. "이런 날이나 보자고 살았다는 생각을 하면! 우린 망했어……. 몽땅 다 팔릴 거야……. 너희 아버지가 나와 결혼해서 이런 꼴을 보여주다니! 우리에겐 아무것도 없어……. 우린 거지가 될 거야……. 구빈원에 가야 한다고……."

어머니는 톰에게 입을 맞추고는 다시 주저앉았다. 다른 식탁보를 무릎에 끌어당겨 조금 펼쳐서 무늬를 살펴보았다. 그사이 아이들은 비참한 마음으로 말없이 서 있었다. 그 순간 아이들의 마음에는 '거지'와 '구빈원'이라는 단어가 가득 찼다.

"내가 직접 짠 이 옷감들을 생각해 보렴." 그녀는 흥분해서 물건들을 들어 올렸다가 뒤집어 보며 계속 넋두리를 늘어놓았다. 보통 때는 너무나 얌전했던 이 뚱뚱한 금발 여인은 점점 더 낯설고 불쌍해졌다. 전에 그녀가 화를 낸 적이 있었다면, 겉으로만 그랬을 뿐이었다. "욥 학시가 이걸 짜서 등에 지고 집에 가져왔지. 문 앞에 서서 그가 다가오는 모습을 보던 기억이 나는구나. 네 아버지와 결혼할 생각을 하기도 전이었지! 이 무늬는 내가 직접 고른 거란다. 이렇게 곱게 표백해 놨는데. 아무도 못 보게 표시를 해놨는데. 독특한 바느질이어서 이 표시를 없애려면 천을 잘라야만 한단다. 그런데 이 천이 모두 팔려 모르는 사람들 집에 가야 하다니. 아마도 싹둑싹둑 가위질을 해서 내가 죽기 전에 모두 다 입어버리겠지. 내 아들아, 넌 이 천들을 하나도 갖지 못할 거다." 어머니는 눈에 눈물이 그렁그렁한 채 톰을 보며 말했다. "이 천들은 너희 주려던 것이란다. 너희가 이걸 모두 갖길 바랐는데. 매기에게는 커다란 체크 천을 주고 싶었다. 그 천은 접시를 올려놓으면 그리 멋져 보이진 않아."

톰은 뼈에 사무치게 마음이 아팠지만 즉시 화난 반응을 보였다. 그가 말할 때 그의 얼굴이 붉어졌다.

"하지만 이모들이 그게 다 팔리게 내버려두진 않겠죠, 어머니? 이모들이 이 사실을 알고 계신가요? 어머니의 리넨 천이 팔리게 놔두지 않겠죠? 이모들에게 소식 안 알리셨어요?"

"그래, 집달리들이 들이닥치자 루크를 직접 보냈지. 풀릿 이모가 오셨어. 저런 저런, 하며 언니가 울었지. 너희 아버지가 우리 가족을 수치스럽게 만들고 온 마을의 얘깃거리로 만들었다는구나. 물방울무늬 천은 언니가 사주겠대. 그런 무늬를 갖고 싶은 만큼 많이 갖고 있지 않다고 말이야. 그래서 모르는 사람에게 이 천을 안 팔아도 된단다. 하지만 체크 천은 이미 너무 많아서 어쩔 수가 없다는구나." (여기서 털리버 부인은 식탁보를 상자에 넣으려고 접다가 무심코 어루만졌다.) "글레그 이모부도 오셨지. 이모부는 우리가 누워 잘 침구를 사야 한다고 말씀하셨어. 하지만 이모와 의논해 봐야 한다는구나. 그래서 모두 의논하러 올 거야……. 하지만 그릇은 아무도 안 사줄 거야, 난 알지." 그녀는 컵과 컵 받침 쪽으로 몸을 돌리더니 이렇게 덧붙였다. "이걸 샀을 때 모두 그 물건에 흠을 잡았거든. 컵에 새겨진 작은 황금 가지가 꽃 사이로 지나갔기 때문이지. 하지만 더 좋은 컵을 가진 사람은 없단다. 풀릿 이모도 말이야. 난 열다섯 살이 되면서부터 돈을 모아 이런 그릇을 샀단다. 이 은 찻주전자도 그렇고. 네 아버진 그런 데 돈을 안 썼어. 나와 결혼하여 이런 불행을 초래한 걸 생각하면."

털리버 부인은 다시 울음을 터뜨렸다. 그녀는 잠시 눈에 손수건을 대고 울다가 손수건을 치우고는 여전히 반쯤 울먹이며 비난하듯 말했다. 목소리를 가다듬기 전에 말할 게 있는 것처럼.

"네 아버지에게 '뭘 해도 좋지만, 법정에는 가지 마세요.'라고 자주 말했단다. 그 이상 뭘 어쩌겠니? 내 재산이 없어지는데도 그냥 가만히 있어야 하다니. 게다가 우리 애들은 어찌되는 거야. 넌 한 푼도 못 갖게 될 거다. 내 아들아……. 하지만 그건 불쌍한 어미 탓이 아니란다."

그녀는 한 팔을 톰에게 뻗어, 어린애같이 무력하고 푸른 눈으로 아들을 가엾게 쳐다보았다. 그 가엾은 아들은 어머니에게 다가가 입을 맞추고 어머니는 아들에게 매달렸다. 톰은 난생처음 아버지를 비난하고 싶은 반발심이 생겼다. 그가 톰 털리버의 아버지라는 이유만으로, 아버지가 늘 옳다는 생각 때문에, 천성적으로 남을 탓하는 그의 성향은 이제껏 아버지에게 화살을 돌리지 않았다. 그런데 어머니의 불평으로 그런 성향이 이제 새롭게 바뀌었다. 웨이컴 씨를 향한 분노에 다른 분노가 섞이기 시작했다. 아마도 아버지 때문에 이 모든 일이 벌어지고, 세상 사람들이 그들을 경멸하게 되었는지 모른다. 누구도 오랫동안 톰 털리버를 경멸하는 말을 하면 안 된다. 이모들을 원망하는 마음과 남자다운 행동으로 어머니를 돌봐야 한다는 두 가지 생각이 들자, 천부적으로 강인하고 고집 센 그의 기질이 나타나기 시작했다.

"초조해하지 마세요, 어머니." 그는 부드럽게 말했다. "곧 돈을 벌 수 있을 거예요. 일자릴 구해 볼게요."

"장하기도 하지, 내 아들." 조금 위안을 받은 털리버 부인이 말했다. 그러고 나서 그녀는 서글프게 주위를 둘러보았다. "내 이름이 쓰인 물건들을 그대로 간직할 수만 있다면 이렇게 걱정하지는 않을 텐데."

매기는 이 장면을 보고 점차 화가 났다. 산송장처럼 누워 있는 아버지에 대한 비난 때문에, 식탁보와 그릇을 잃을까 봐 슬퍼하는 어머니에게 은연중에 느꼈던 연민이 모두 사라져버렸다. 또한 아버지 때문에 화가 났던 그녀는 다 같이 겪고 있는 비극에서 어머니가 매기 자신만 쏙 빼버리는 것을 암묵적으로 동의한 톰에게는 이기적인 반감을 느꼈으며 더욱 화가 났다. 어머니가 자기를 무시하는 습관은 대수롭게 여기지 않았지만, 아무리 수동적이라도 톰이 그 습관에 동조하는 데는 몹시 예민해졌다. 가엾은 매기는 순수하게 헌신적인 인물이 아니지만, 자신이 아주 사랑하는 대상에 대해서는 자기 입장을 강력하게 주장하는 인물이었다. 마침내 그녀는 흥분해서, 거의 화난 목소리로 감정을 폭발시키고야 말았다. "엄마, 어떻게 그런 말씀을 하세요? 엄마 이름이 새겨진 물건만 아끼고, 아빠 이름에는 관심도 없는 것처럼 말이에요. 게다가 소중한 아빠는 빼고 그런 물건에나 신경을 쓰시다니! 아빠는 저기 누워 계시고 다시는 우리에게 아무 말씀도 못 하실지 모르는 이때에 말이에요. 오빠, 오빠도 그렇게 말해야지. 누구도 아빠 험담을 못 하게 해야지."

매기는 슬픔과 분노에 거의 목이 메어, 그 방을 떠나서 아버지의 침대 옆 자기 자리로 갔다. 아버지를 탓하는 사람들 생각에 그녀의 마음은 예전보다 더 강하게 아버지에게 향했다. 매기는 남을 비난하는 걸 싫어했다. 그녀는 늘 비난을 받아왔고, 거기서는 나쁜 성격밖에 나올 게 없다. 아버지는 늘 그녀를 옹호하고 변명해 주었다. 다정한 아버지에 대한 따뜻한 기억은 그녀에게 아버지를 위해서라면 뭐든지 할 수 있고 뭐든지 참을 수 있는 힘이 되었다.

톰은 매기가 폭발하자 조금 충격을 받았다. 어머니뿐만 아니라 감히 자기한테까지 무엇이 옳다고 소리를 지르다니! 이번 기회에 그렇게 소리 지르고 주제넘게 구는 태도를 버리도록 가르쳐주리라 생각했다. 그러나 곧 아버지 방에 들어간 뒤, 그 방의 장면에 마음이 움직여 조금 전의 사소한 감정은 사라졌다. 매기도 마음이 움직인 톰의 모습을 보자, 아버지 침대 옆에 앉은 톰에게 다가가 오빠 목을 팔로 안았다. 두 아이는 그들에게 아버지가 단 한 분뿐이며 똑같이 슬픔을 겪고 있다는 사실 말고는 모두 잊었다.

# 3
## 가족회의

　다음 날 아침 11시에 이모와 이모부들이 의논하러 왔다. 커다란 거실에 불이 지펴졌다. 가엾은 털리버 부인은 그 일을 장례식처럼 중요한 가족 행사로 착각하여, 예쁜 끈으로 된 술 장식을 꺼내 커튼을 치고 적당히 주름을 잡아놓았다. 그녀는 잘 닦인 탁자 윗면과 탁자 다리를 둘러보고는 서글프게 고개를 가로저었다. 그래서 풀릿 언니는 탁자를 충분히 닦지 않았다고 나무랄 수 없었다.

　딘 씨는 오지 않았다. 그는 사업차 멀리 떠나 있었던 것이다. 그러나 딘 부인은 새로 장만한 멋진 이륜마차를 타고 정확히 제시간에 왔다. 한 필의 말과 마부가 구비되어 있었다. 그 마차의 모양은 세인트오그스에 있는 여자 친구들에게 그녀의 몇 가지 성격상의 특징을 아주 분명히 알려주었다. 딘 씨는 털리버 씨가 몰락하는 만큼이나 신속히 출세하고 있었다. 딘 부인의 집에서는 비슷한 종류로 최근에 구입한 고급 제품들 때문에 도슨가의 리넨과 접시들은 새 물건에 아주 부수적으로 딸린 위치에 있었다. 이런 변화 때문에 그녀와 글레그 부인 간의 우애는 종종 냉담해졌고, 글레그 부인은 여동생 수잔이 '다른 사람들'처럼 되어 간다고 느꼈으며, 곧 자신 말고는 진정한 도슨가의 정신이 거의 살아남지 못할 것이고, 그런 정신은 멀리 올즈에 있는 문중 땅에 도슨이란 이름을 간직한 조카들한테나 기대할 수 있을 거라고 느꼈다. 멀리 떨어져 살면 눈앞에 있는 사람보다 당연히 흠이 적어 보인다. 머나먼 에티오피아의 지리학적 위치와, 그리스인들이 그 에티오피아인과 얼마나 상관이 없는지 고려해 본다면, 호메로스가 왜 그들을 "흠 잡을 데 없는"* 사람들이라고 불렀는지 더 물을 필요가 없을 듯하다.

딘 부인이 제일 먼저 도착했다. 그녀가 커다란 응접실에 자리를 잡고 앉자, 털리버 부인이 우느라 약간 찡그리긴 했지만 아름다운 얼굴로 내려왔다. 그녀는 가구를 잃게 되리라는 생각이 아주 분명할 때를 제외하고는 펑펑 우는 여자가 아니었다. 그러나 그녀는 지금 상황에서 가만히 있는 것이 어울리지 않는다고 생각했다.

"얘야, 어쩜 세상에 이런 일이 있니!" 딘 부인은 들어서면서 소리쳤다. "무슨 일이니, 얘야!"

딘 부인은 말수가 적은 사람이었다. 특별한 상황일 경우 심사숙고해서 짤막하게 말하곤 했다. 그렇게 말한 뒤에는

---

* 호메로스의 『일리아스』 I. 429행에 나오는 구절이다.

남편에게 그 내용을 반복해 말하고 나서 자기가 제대로 말했는지 남편의 의견을 묻곤 했다.

"그래, 애야," 딘 부인은 신중하게 말했다. "세상이 변하고 있어. 내일 무슨 일이 닥칠지 오늘은 모른다니까. 그러니 만사에 대비해 두는 게 좋지. 어려움이 닥치면, 아무 이유 없이 닥친 게 아니라는 걸 생각해야지. 언니 마음도 아프구나. 의사가 털리버에게 젤리가 필요하다고 하면 알리렴. 기꺼이 보내주마. 아픈 동안에는 제대로 시중을 받을 권리가 있으니까."

"고마워요, 수잔 언니." 털리버 부인은 언니의 여윈 손에서 살진 자기 손을 빼내며 조금 힘없이 말했다. "하지만 아직 젤리 얘기는 없었어요." 그러고 나서 잠시 멈칫하더니 덧붙였다. "위층에 무늬가 있는 젤리 컵이 열두 개나 있는데…… 이젠 거기에 젤리도 못 넣겠네요."

이 마지막 말을 할 때 그녀의 목소리는 다소 흥분되어 있었다. 하지만 마차 바퀴 소리가 그녀의 생각을 다른 데로 돌려놓았다. 글레그 부부가 왔고, 바로 뒤따라 풀릿 부부가 들어왔다.

풀릿 부인은 울면서 들어왔다. 그녀는 대체로 자신의 인생관이 무엇인지, 즉 자기 앞에 닥친 특별한 상황을 어떻게 바라보고 있는지 늘 눈물로써 자기 의견을 나타낸다.

글레그 부인은 보푸라기가 많은 앞머리 가발을 하고, 마구 구겨놓았다가 최근에 다시 꺼낸 듯한 옷을 입고 있었다. 그 복장은 베시와 아이들에게 겸손을 철저히 주입하려고 의도적으로 고른 것이었다.

"부인, 불가로 더 가까이 오지 않겠소?" 글레그 부인에게 더 좋은 자리를 내주고 나서야 자신의 자리를 잡고 싶은 남편이 말했다.

"글레그 씨, 보다시피 여기 앉았어요." 남편보다 한 수 높은 글레그 부인이 대답했다. "그러다가 당신 몸을 다 구워버리겠어요."

"그래, 위층에 있는 가엾은 친구는 어떻소?" 기분 좋게 자리 잡은 글레그 씨가 말했다.

"턴불 박사님 말씀이 오늘 아침에는 남편이 훨씬 좋아졌대요." 털리버 부인이 말했다. "의식이 약간 돌아와서 내게 말도 했답니다. 하지만 아직 톰은 알아보지 못해요. 마치 모르는 사람처럼 가엾은 톰을 바라본답니다. 한번은 톰과 망아지 비슷한 얘기를 한 적이 있지만요. 의사 말로는 그의 기억력이 아주 옛날로 돌아가, 어린 톰을 생각하기 때문에 톰을 알아보지 못한다는군요. 저런, 저런!"

"제부 머리에 물이 찬 건 아닌가 몰라." 풀릿 부인이 말했다. 그녀는 큰 벽거울을 보면서 우울한 태도로 모자를 매만지다가 돌아섰다. "만약 다시 일어난다면 대단한 일이지. 그가 일어난다면 카 씨처럼 어린애 같을 거야. 불쌍한 사람! 그들은 카 씨에게 삼 년이나 아기처럼 수저로 음식을 떠먹여 줬지. 카 씨는 수족을 영영 못 쓰게 됐어. 그러고 나서는 누군가 휠체어를 탄 그를 끌어줘야 한다지. 그런데 제부가 설마 그렇게 되진 않겠지, 베시?"

"소피," 글레그 부인이 엄하게 말했다. "내가 제대로 알고 있다면, 우리가 오늘 아침 이렇게 모인 건 우리 가족에게 닥친 이 불명예를 어떻게 대처할 것인지 충고하고 의논하기 위해서지, 우리와 상관없는 사람들 얘기나 하자고 모인 건 아니야. 내가 듣기로 카 씨는 우리 집안사람도 아니고, 지금 우리와는 아무 상관도 없어."

"제인 언니," 풀릿 부인은 다시 장갑을 끼고, 흥분하여 손가락을 어루만지며 간청하듯 말했다. "카 씨에게 실례되는 말을 하려면, 제발 내게는 그런 말 하지 마요. 그가 어떤 사람이었는지 난 알거든요." 그녀는 한숨을 내쉬며 이렇게 덧붙였다. "그는 숨소리가 너무 가빠서 방 두 개나 떨어져 있어도 그 소리가 들릴 정도였지요."

"소피!" 글레그 부인이 화를 냈다. "넌 지나칠 정도로 사람들 불평이나 얘기하는구나. 하지만 아까처럼 다시 말하지만 말이야, 난 그저 알고 지내는 사람 얘기나 하자고 먼 길을 온 게 아냐. 그 사람들이 숨이 가빴든 안 가빴든 말이야. 동생과 조카들을 이 몰락에서 구하기 위해 어떻게 해야 할지 서로 들어보러 온 게 아니라면, 난 돌아가겠어. 다른 사람이 돕지 않으면 나 혼자선 할 수 없어. 나 혼자 다 할 수는 없지."

"그래요, 제인 언니." 풀릿 부인이 말했다. "언니가 그렇게 서두르는 건 본 적이 없어요. 내가 알기로 언니는 이번에 여기 처음 온 거죠. 집달리가 이 집에 왔었다는 소식이 알려진 뒤 말이에요. 난 어제도 여기 와서 베시의 리넨과 물건들을 모두 봤어요. 물방울무늬 식탁보를 사주겠다고 했죠. 더 좋은 말을 해줄 수는 없었어요. 베시는 찻주전자가 집 밖으로 팔려 나가는 걸 원치 않지만, 은 주전자를 두 개나 가질 수는 없으니까요. 쭉 뻗은 주둥이가 없다면 모르지만 말이에요. 하지만 그 물방울무늬 능직 천은 내가 늘 좋아하던 거예요."

"찻주전자와 찻잔, 그리고 최고급 양념 병이 팔리지 않게 일이 잘 처리되었으면 좋겠어요." 가엾은 털리버 부인이 애원하듯 말했다. "처음으로 샀던 설탕 집게도요."

"하지만 어쩔 수 없어요, 알잖아요." 글레그 씨가 말했다. "가족 중 누군가 그걸 골라 사면 되지만, 뭐든 다른 것과 똑같이 값을 매겨 내놓아야 해요."

"그리고 그런 걸 기대하면 안 되죠." 풀릿 이모부가 여느 때와는 달리 독자적으로 자기 생각을 말했다. "가족이라고 해서 더 비싸게 사주거나 더 많이 가져가야 한다고 기대하지는 마세요. 물건들은 헐값에 경매에서 팔려 나갈 겁니다."

"저런, 저런." 털리버 부인이 말했다. "찻잔이 그렇게 팔려 나간다고 생각하면……. 제인 언니나 소피 언니처럼 나도 결혼할 때 그걸 사 왔어요. 언니들이 내 물건 좋아하지 않았던 것 알아요. 그 잔가지 무늬 때문이죠. 하지만 난 그 무늬를 좋아했어요. 내가 직접 씻었기 때문에 하나도 깨지지 않았어요. 컵에 튤립과 장미 무늬가 있어서, 누구든지 가서 보면 좋아할 거예요. 언니들도 언니 찻잔이 헐값에 팔려 나가 짝이 안 맞는 걸 좋아하진 않겠죠? 언니 것은 색깔도 없지만요, 제인 언니. 온통 하얗고 세로 홈이 있어서 내 것처럼 값이 나가지도 않죠. 양념 병도 있어요. 딘 언니, 양념 병 갖고 싶어 했던 것 같은데요. 그게 예쁘

350

다는 언니 말을 들은 적이 있거든요."

"그래, 난 제일 좋은 걸로 몇 개 살 생각이란다." 딘 부인이 좀 거만하게 말했다. "우리 집에는 물건을 여분으로 둘 수 있거든."

"제일 좋은 거라고!" 글레그 부인이 오랫동안 아무 말도 않다가 더욱 엄해진 목소리로 소리쳤다. "그저 최고급 제품 얘기나 하고, 이것저것 은 제품과 그릇 같은 걸 사겠다는 말이나 듣고 있자니 더 이상 참을 수가 없구나. 네가 놓인 상황에 마음을 맞춰야 한단다, 베시. 은 제품과 그릇 따위엔 신경 쓰지 말고. 잘 때 쓸 양털 침대나 덮을 담요, 그리고 앉을 의자가 있는지부터 생각해야지. 하지만 그런 걸 갖게 되면, 친구들이 널 위해 사줬다는 사실을 꼭 기억해야 해. 친구들에게 만사를 의지하고 있으니까. 네 남편은 저기 무력하게 누워 있고, 자기 거라고 내세울 만한 게 이 세상에 한 푼도 없으니 말이야. 다 널 위해서 이런 말을 해주는 거야. 네 상황이 어떤지 잘 생각해 봐야지. 네 남편이 가족에게 어떤 수치를 가져왔는지도. 넌 모든 걸 신세 져야 하니까. 겸손한 마음을 갖도록 하렴."

글레그 부인은 잠시 말을 멈췄다. 애써 남이 잘되길 바라는 말을 하는 데 당연히 지쳤기 때문이다. 털리버 부인은 아주 어렸을 때부터 집안에서 어린 여동생에게 굴레를 씌워 지배한 제인 언니에게 억눌려 왔다. 털리버 부인이 간청했다.

"맹세해요, 언니. 난 누구에게도 부탁하지 않았어요. 다른 집으로 물건이 팔려버려서 못 쓰게 되지 않도록, 갖고 싶은 물건이 있으면 사라고 했을 뿐이에요. 나나 가족을 위해 뭘 사달라고 부탁하진 않았어요. 내가 짠 리넨 천도 있지만요. 톰이 태어났을 때였어요. 요람에 누워 있을 때 썼던 최고급품 중 하나죠. 내 돈으로 사서 아들에게 물려주려고 했던 모든 물건들처럼 말이에요. 하지만 날 위해 언니들이 돈을 쓰길 바란다고 말한 적은 없어요. 그런데 남편이 몰래 자기 여동생에게 베풀어준 일이 있대요. 돈을 빌려주고는 다시 돌려달라고 하지 않았다는데, 그렇게 하지 않았다면 지금 우리 형편은 훨씬 나았을 거예요."

"진정해요, 진정해." 글레그 씨가 다정하게 말했다. "너무 어두운 면만 보지 말자고. 이미 엎질러진 물을 주워 담을 순 없잖소. 우리가 돈을 변통해 필요한 건 충분히 사주겠소. 내 아내는 쓸모 있고 평범한 물건이어야 한다고 주장하지만. 불필요한 건 생각지 말아야지. 식탁과 의자 한두 개, 부엌살림, 쓸 만한 침대나 뭐 그런 것들이지. 아, 나도 마룻바닥에 있는지 거친 침낭에 있는지 몰랐던 시절이 있었다오. 우리 주변엔 쓸모없는 것들이 잔뜩 있어요. 그저 쓸 만큼 돈이 있기 때문에 말이지요."

"글레그 씨," 글레그 부인이 말했다. "내 말을 가로막지 말고 친절하게 말 좀 하도록 해준다면 이 말을 하고 싶어요. 베시, 우리에게 뭘 사달라고 부탁한 적 없다고 말하는 건 좋아. 하지만 말 좀 해야겠는데, 넌 우리에게 부탁을 해야 하는 거야. 가족이 돕지 않는다면 어떻게 살림을 장만하겠니? 만약 가족이 도와주지 않는다면 넌 교구 신세를 져야 해. 이걸 꼭 명심해. 널 위해 해줄 일을 우리에게 겸

손히 부탁해야 한다고. 아무 부탁도 안 한 것처럼 말하거
나 큰소리치는 대신에 말이야."

"모스네 얘기를 했죠. 동서가 그들에게 뭔가 해줬다고."
풀릿 이모부가 말했다. 그는 돈거래에 관련된 일이라면 머
리가 비상하게도 잘 돌아갔다. "그들은 가까이 살지 않나
요? 그들도 다른 사람처럼 뭔가 해야죠. 털리버 씨가 돈을
꿔줬다면, 마땅히 갚아야 하고요."

"맞아요, 그렇고말고요." 딘 부인이 거들었다. "나도 그
렇게 생각해요. 모스 부부가 여기에 우릴 만나러 오지 않
다니 어찌된 일이죠? 그들도 제 몫을 하는 게 아주 당연한
데."

"이런!" 털리버 부인이 말했다. "그들에게 남편 소식을
전하지 않았네요. 그들은 베싯 길가 뒤쪽에 살아요. 모스
씨가 장에 올 때 말고는 아무 소식도 못 듣거든요. 고모네
생각은 못 했네요. 아마 매기도 말하지 않았을걸요. 그 앤
모스 고모라면 아주 좋아했으니까요."

"애들은 왜 안 들어오니, 베시?" 풀릿 부인이 매기 이야
기가 나오자 물었다. "애들이 이모와 이모부들 말씀을 들
어야지. 그리고 내가 매 학기 학비를 반이나 댔는데, 매기
는 모스 고모보다 풀릿 이모를 더 좋아해야지. 오늘 집에
가면 갑자기 죽을지도 몰라. 아무 말도 못 하고 말이야."

"만약 나라면 말이다." 글레그 부인이 말했다. "애들이
처음부터 이 방에 있게 두었을 거야. 그 애들도 이제 누굴
의지해야 할지 알 때가 됐어. 누군가 말해 줘야 하는데.
애들에게 자기네 상황이 어떤지, 어떤 일이 닥칠지 알려주

고, 아버지 잘못 때문에 어떤 고통을 겪어야 하는지도 알려줘야지."

"알았어요. 가서 아이들 데려올게요." 체념한 털리버 부인이 말했다. 그녀는 이제 풀이 완전히 죽어서, 창고에 있는 보물들에 관해 망연한 절망만 느꼈다.

그녀는 톰과 매기를 데리러 2층으로 올라갔다. 아이들은 둘 다 아버지 방에 있었다. 다시 내려오는 길에 창고 문을 보자, 그녀에게 새로운 생각이 떠올랐다. 그녀는 그곳으로 가고 아이들끼리 내려가게 했다.

남매가 주춤하며 마지못해 방에 들어섰을 때, 이모와 이모부들은 열띤 의논 중인 듯했다. 어제부터 겪은 새로운 감정에 강한 자극을 받은 톰은 실용적인 총명함으로 이모나 이모부에게 제안할 새로운 계획을 구상 중이긴 했지만, 그들에게 우호적인 감정을 느끼지 못했고 갑자기 그들을 만난다는 게 두려웠다. 마치 소량의 약은 견딜 만하지만 농축된 다량의 약은 두려운 것처럼 말이다. 매기로 말하자면, 오늘 아침에는 특히 우울했다. 잠시 쉬고 난 뒤, 새벽 3시에 불려 갔다. 그녀는 이른 새벽 미명의 추운 시간에 병실에서 간호하느라 이상하게도 꿈을 꾼 듯 피곤했다. 그 시간에 바깥 일상 세계의 삶은 전혀 중요해 보이지 않고, 단지 어두운 방에서 보내는 시간에 매인 듯했다. 그들이 들어오자 대화가 중단되었다. 악수는 우울하고도 조용한 의식 같았다. 톰이 다가오자 풀릿 이모부가 말했다.

"그래, 도련님, 네게 펜과 잉크가 있어야 한다고 얘기하던 참이었단다. 그동안 학교를 다녔으니 이젠 글을 아주 잘 쓸 거라 생각하는데."

"그래그래," 글레그 이모부가 다정하게 대하려 하면서 이렇게 훈계했다. "우린 네가 받은 그 모든 교육이 좋은 결과를 낼 거라고 기대해야 해. 이제 네 아버지가 돈을 다 잃었으니 말이야.

'토지가 없어지고 돈을 탕진했을 때는
배움이 가장 훌륭한 것이다.'

톰, 이제 네가 연마한 실력을 발휘할 때가 되었어. 네가 나보다 더 잘할지 두고 보자고. 난 배운 것도 없이 재산을 모았어. 하지만 너도 알다시피 거의 무일푼으로 시작했지. 죽 한 그릇과 빵 한 조각, 그리고 치즈 한 조각만 먹고도 살 수 있었어. 하지만 넉넉하게 살아왔고 많은 학식을 쌓은 탓에, 젊은 넌 힘들 거야. 내 경우는 그렇지 않았지만 말이야."

"하지만 저 앤 꼭 견뎌내야 해요." 글레그 이모가 활기 찬 목소리로 끼어들었다. "힘들든 힘들지 않든 말이에요. 저 앤 뭐가 힘이 드는지도 아직 생각지 못했어요. 게으름 을 피우거나 사치스럽게 살게 해줄 만한 친구가 없다는 걸 깨달아야 해요. 저 앤 제 아버지가 저지른 실수 때문에 초 래된 결과를 감당해야 하고, 어려운 생활과 힘든 일을 생 각해 봐야 하죠. 그리고 이모와 이모부들이 제 부모에게 베풀어준 것에 겸손히 감사해야 해요. 우리가 돕지 않았다 면, 거리에 내쫓겨 구빈원에 갔을 테니까요. 여동생도 마찬가지고요." 글레그 부인은 매기를 엄숙한 얼굴로 바라보며 말을 이었다. 매기는 루시의 엄마라는 생각 때문에 딘 이모 곁의 소파에 앉아 있었다. "쟤도 겸손하게 마음먹고 일할 결심을 해야죠. 시중 들어줄 하인도 이제 없을 테니까요. 그 점을 명심해야죠. 집안일도 하고요. 저 앤 자기에게 많이 베풀어주고 조카들에게 물려주려고 돈을 저축 중인 이모들을 사랑하고 존경해야 해요."

톰은 여러 사람 가운데 놓인 탁자 앞에 여전히 서 있었다. 얼굴이 붉게 상기되었다. 그의 모습은 전혀 겸손해 보이지 않았다. 그러나 그는 전에 생각했던 말을 예의 바르게 할 참이었다. 그때 문이 열리고 털리버 부인이 다시 들어왔다.

가엾은 털리버 부인은 손에 작은 쟁반을 들고 있었다. 작은 은 찻주전자와 찻잔 견본, 찻잔 받침, 양념 병과 설탕 집게가 놓여 있었다.

"여기 좀 봐요, 언니." 그녀는 딘 부인을 바라보면서 쟁반을 식탁에 올려놓았다. "언니가 다시 보면 이 찻주전자 무늬를 더 좋아할지도 모른다는 생각이 들었어요. 이걸 본지 한참 되었잖아요. 차를 더 은은하게 보이도록 해주죠. 받침도 있고 뭐든 다 있어요. 언닌 이게 있으면 매일같이 쓰게 될걸요. 아니면 루시가 살림을 날 때를 대비해도 되고요. 다른 사람들이 이 찻잔을 골든 라이언에서 살지 모른다는 생각은 하고 싶지 않아요." 그 불쌍한 부인은 이렇게 말하며 격한 감정에 눈물을 주르륵 흘렸다. "결혼할 때 산 찻주전자가 긁혀서, 여행자나 다른 사람들 앞에 놓여 있다고 생각해 보세요. 게다가 내 이름을 나타내는 글자도 있고요. 여기 보세요. E. D.가 새겨져 있잖아요. 모두 그걸 보게 되겠죠."

"아, 저런, 저런!" 풀릿 이모는 깊은 슬픔에 잠겨 고개를 내저었다. "정말 안됐구나. 가족들 머리글자가 아무 데나 굴러다닐 거라고 생각하면. 예전엔 이런 일이 없었는데. 너무 운이 없는 동생이야, 베시! 하지만 찻주전자를 산들 무슨 소용이 있겠니? 리넨과 숟가락은 물론 물건이란 물건은 다 팔아야 하는데 말이야. 어떤 물건은 약자도 아니고 네 이름이 통째로 다 쓰여 있는데. 이건 쭉 나온 주둥이까지 있구나."

"가족의 수치가 문제라면," 글레그 부인이 말했다. "찻주전자를 사준다고 해서 문제가 해결되진 않아. 수치는 우리 문중의 딸이 결국 가족을 거지로 만들어버린 남자와 결혼했다는 사실이지. 물건이 경매로 다 팔려버린다는 게 수치지. 우리에겐 이 마을 전체가 이 일을 알지 못하도록 막을 도리가 없어."

매기는 아버지 얘기가 나오자 소파에서 벌떡 일어났다. 그러나 톰은 그녀의 행동과 상기된 얼굴을 보고 적당한 때 매기의 말을 가로막았다. "매기, 잠자코 있어." 그는 그녀를 옆으로 밀면서 권위 있게 말했다. 글레그 이모가 말을 마치자, 그는 조용히 예의 바르게 말하기 시작했다. 어머니의 말 때문에 가슴이 몹시 아파서 비록 목소리가 많이 떨리긴 했지만, 이 말은 열다섯 살짜리 소년으로서는 놀라운 자제력과 현실적 판단력을 보여주었다.

"그렇다면 이모님," 그는 글레그 부인을 똑바로 바라보며 말했다. "우리 집 물건이 모두 팔리는 게 가족의 수치라고 생각하신다면, 함께 막아주는 것이 좋지 않겠어요? 그리고 글레그 이모와 풀릿 이모," 그는 풀릿 이모를 바라보며 말을 이었다. "저나 매기에게 돈을 물려주실 생각이라면, 그 돈을 지금 주셔서 재산이 경매에 부쳐지기 전에 빚을 갚고, 어머니가 저 가구들과 헤어지지 않도록 해주시는 게 더 좋지 않겠어요?"

잠시 침묵이 흘렀다. 매기를 포함하여 모든 사람이 갑자기 의젓해진 톰의 말투에 놀랐기 때문이다. 글레그 이모부가 맨 처음 말문을 열었다.

"아, 아, 젊은이. 자 이리 오게! 좋은 제안을 했군. 하지만 이자가 있지, 이걸 기억해야 해. 이모들은 이자를 5퍼센트씩 받는단다. 미리 돈을 주면 이자를 못 받지. 그 점은 생각 못 해봤겠지."

"일을 해서 매년 그 이자를 갚을 수 있습니다." 톰이 즉시 말했다. "어머니가 저 물건들과 헤어지지 않을 수 있다면 뭐든 하겠습니다."

"훌륭하구나!" 글레그 이모부가 감탄하며 말했다. 그는 톰의 제안이 현실적인지 아닌지 생각하기보다 톰을 부추기고 있었다. 하지만 글레그 씨의 말은 불행히도 그의 부인을 자극하고야 말았다.

"그래요, 글레그 씨," 부인이 화가 나서 빈정댔다. "당신은 내 돈을 주는 게 즐겁겠지요. 내 재량에 맡기는 척하면서요. 게다가 내 돈은 당신이 준 게 아니라 우리 아버지께서 물려주신 거예요. 글레그 씨. 그 돈을 저축한 돈에다 더 보태서 매년 불렸지요. 그런데 그 돈을 다른 사람이 가구를 사는 데 써버리고, 부양 능력도 없는 사람들이 사치하고 낭비하게 부추기라고요? 그렇게 되면 저는 유언장을 바꾸거나 추가 조항을 만들어야 하고, 죽어서 200~300파운드도 못 남길 거예요. 집안 장녀로서 늘 바르고 사려 깊게 행동해 온 내가 말이죠. 그런데 내 돈을 나와 똑같은 기회를 가졌던 사람들에게 낭비하라고요. 그들은 악하고 낭비벽이 심해요. 소피, 넌 마음대로 해. 네 남편은 네게 준 돈을 뺏어 가겠지. 하지만 그건 내 성질에는 안 맞는 일이야."

"저런, 제인 언니, 단단히 화가 나셨네요." 풀릿 부인이 말했다. "너무 흥분한 것 같아요. 좀 진정해요. 베시와 애들이 가여워요. 확실히 난 밤마다 그들 생각을 끔찍이 해요. 요새 이 새 약을 먹고 나선 잠을 잘 못 잔다니까요. 하지만 언니가 나와 타협해 주지 않으면, 뭘 생각해 내도 아무 소용이 없어요."

"그런데 이 점은 고려해야지." 글레그 씨가 말했다. "소송 때문에 갚을 빚이 많이 남아 있어서, 이 빚 갚고 가구를 건져봐야 아무 소용없어요. 그들은 토지와 저금에서 뽑아낼 수 있는 것보다 더 많이, 단 한 푼이라도 더 빼앗아 갈 테니까. 변호사 고어한테 그렇게 들었다니까. 우린 돈을 모아 이 불쌍한 사람이 살아갈 방도를 마련해 줘야 해. 먹고 마실 것도 없는데 가구 사느라 돈을 낭비하지 말고. 당신은 너무 성급해, 제인. 마치 사리분별 못 하는 나처럼 말이야."

"그렇다면 조리 있게 말씀해 보세요, 글레그 씨!" 글레그 부인이 말했다. 그녀는 의미심장하게 남편에게 고개를 돌리고서 천천히 크게 강조했다.

이런 대화를 나누는 동안, 톰의 안색은 창백해지고 입술이 떨렸다. 하지만 그는 포기하지 않기로 결심했다. 그는 남자답게 행동할 터였다. 반면 매기는 톰의 말을 듣고 한순간 기뻐하다가, 떨리는 분노의 상태로 돌아갔다. 마지막 말을 하고 난 뒤 어머니는 톰 옆에 바짝 붙어 서서 아들 팔에 매달려 있었다. 매기는 갑자기 벌떡 일어나 그들 앞에 섰다. 그녀의 눈은 젊은 암사자처럼 번뜩였다.

"그렇다면 왜 오셨어요?" 그녀는 폭발했다. "그저 얘기나 하고, 우리를 간섭하고 꾸짖으러 오셨나요? 불쌍한 우리 엄마를 도우려고 뭘 하실 의향이 없다면 말이에요. 엄마는 이모들의 친동생이잖아요. 엄마가 곤경에 처해 어떤 물건도 내놓기 싫어하는데, 아무 느낌도 못 받는다면요, 이모들은 그런 것 그리워하지 않겠지만. 엄마를 고통에서 구할 생각이 없으시다면요. 그렇다면 나가주세요. 와서 아빠 험담이나 하지 마세요. 아빠는 여기 계신 누구보다 훌륭하신 분이에요. 아빠는 다정한 분이에요. 만약 이모들이 곤경에 처했다면 아빠는 도와주셨을 거예요. 톰 오빠와 나는 이모들 돈 원하지 않아요. 이모들이 엄마를 도와주지 않겠다면, 우린 차라리 돈 받지 않겠어요! 이모들 없이 우리 힘으로 해보겠어요."

매기는 이모와 이모부들에게 이렇게 항의하고 나서, 마치 어떤 결과라도 기다릴 태세가 되었다는 듯이 까맣고 큰 눈으로 그들을 바라보면서 가만히 서 있었다.

털리버 부인은 경악했다. 이 미친 듯이 쏟아내는 폭발적인 말에는 뭔가 불길한 것이 있었다. 부인은 앞으로 인생이 어떻게 전개될지 도무지 알 수 없었다. 톰은 화가 치밀었다. 그런 얘기를 해봐야 아무 소용이 없었다. 이모들은 놀라서 잠시 말을 못 했다. 결국 이렇게 정도를 벗어난 경우에는, 대답하는 것보다 의견을 표현하는 게 더 편했다.

"저 애가 아직도 말썽을 부리는구나, 베시." 풀릿 부인이 말했다. "저 앤 지나치게 뻔뻔하고 고마워할 줄도 모르는구나. 끔찍해. 더 나빠졌으니, 저 애 학비를 대주지 말아야겠어."

"내가 늘 말하던 대로야." 글레그 부인이 덩달아 말했다. "다른 사람들은 놀랐겠지만 난 아니야. 내가 여러 번 얘기했잖아. 몇 년 전에도 말했지. '내 말 명심해. 저 앤 절대로 잘될 수 없어. 저 앤 우리 가족과 전혀 닮지 않았다고.' 저 애가 학교 교육을 많이 받았지만 난 좋게 생각지 않아. 내가 학비를 안 대겠다고 했을 땐 다 이유가 있었다고."

"자, 자," 글레그 씨가 말했다. "논쟁하는 데 시간 낭비하지 말고 본론으로 들어갑시다. 톰, 가서 펜하고 잉크를 가져오너라."

글레그 씨가 이렇게 말하는 동안, 키 큰 검은 그림자가 창문가로 바삐 지나가는 모습이 보였다.

"아니, 모스 부인이네요." 털리버 부인이 말했다. "고모에게도 나쁜 소식이 알려졌나 봐요, 그럼." 그리고 그녀는 문을 열러 나갔다. 매기가 열심히 엄마를 따라갔다.

"다행이야." 글레그 씨가 말했다. "그 부인도 사야 할 물건 목록에 동의할 거야. 오빠 일이니 당연히 자기 몫을 해야지."

모스 부인은 털리버 부인이 자신을 얼결에 응접실로 데려오자 너무 흥분한 나머지 털리버 부인의 행동에 저항하지 못했다. 갓 도착해서 어색한 순간에 자기를 그토록 많은 사람 앞에 데려가는 털리버 부인의 행동이 전혀 친절하지 못하다는 걸 생각할 겨를도 없었다. 그녀가 숄과 모자를 서둘러 걸친 티가 나는 초라한 옷차림으로 들어서자, 머리가 검고 키가 큰 부인의 지친 모습은 도슨가의 자매들과 매우 대조적이었다. 그녀는 심한 고통 때문인지 전혀 수줍어 하지 않았다. 매기가 고모 팔에 매달렸다. 모스 부인에게는 톰 말고 아무도 보이지 않는 듯했다. 그녀는 곧장 그에게 다가가 손을 잡았다.

"오, 예쁜 것들," 그녀가 외쳤다. "날 생각해서 연락 안 했구나. 내가 한심한 고모이긴 하지. 가져가기만 하고 아무것도 준 게 없으니 말이야. 아빠 어떠시니?"

"턴불 씨 말로는 아빠가 좋아지실 거래요." 매기가 말했다. "앉으세요, 그리티 고모. 슬퍼하지 마세요."

"오, 귀여운 아가야. 내 마음이 두 갈래로 찢어지는 것 같구나." 소파로 이끄는 매기를 따라가면서 모스 부인이 말했다. 그러나 여전히 방에 다른 사람이 있다는 걸 눈치채지 못한 듯했다. "너희 아빠 돈을 300파운드나 빚졌단다. 이제 오빠와 너희 모두에게 그 돈이 필요하겠구나, 불쌍한

362

것들. 하지만 그걸 갚으려면 우리 물건을 다 팔아야 한단다. 게다가 불쌍한 애들이 여덟 명이나 있고. 어린 막내는 아직 말도 제대로 못하지. 내가 강도 같구나. 하지만 난 확실히 오빠만큼 생각해 주지 못했어……."

그 가여운 부인은 울음이 복받쳐서 말을 잇지 못했다.

"300파운드라고요! 저런, 저런." 털리버 부인이 말했다. 그녀는 남편이 자기 몰래 여동생에게 한 일을 듣자, 특별히 그 금액이 마음에 걸려서가 아니라 까맣게 자기만 모르고 있었다는 사실에 아내로서 화가 났다.

"그런 미친 짓을 하다니, 저런!" 글레그 부인이 말했다. "가족도 있는 남자가! 그에겐 그런 식으로 돈을 빌려줄 권리가 없어. 더구나 담보도 없었을 텐데, 틀림없어. 사실이 밝혀지면 다 알게 되겠지만 말이야."

글레그 부인의 음성이 모스 부인의 주의를 끌었고, 모스 부인은 글레그 부인을 바라보며 말했다.

"물론 담보가 있었지요. 남편이 그 돈에 대해 각서를 썼답니다. 저흰 오빠네 애들 돈이나 빼앗아 갈 그런 사람들은 아니에요. 남편이나 저나 말이죠. 사정이 좀 나아지면 돈을 갚기를 기대하고 있어요."

"그래요. 하지만 지금," 글레그 씨가 점잖게 말했다. "당신 남편이 이 돈을 구해 볼 방도는 없을까요? 우리가 털리버의 파산을 막으려면 그게 꽤 큰돈이 될 테니까요, 뭐랄까, 이 사람들에게는 말이지요. 당신 남편에게는 가축이 있지요. 그러니 당연히 그가 돈을 마련해야죠. 난 그렇게 생각하는데요. 당신에게는 유감스럽지만요, 모스 부인."

"오, 선생님, 선생님은 제 남편이 그 가축 때문에 얼마나 재수가 없었는지 모르시죠. 농장에서 전에 없이 고통을 겪은 건 가축이 부족하기 때문이었답니다. 그래서 저흰 밀을 다 팔아버렸지만 집세도 못 냈어요……. 저흰 마땅히 할 일을 하고 싶을 뿐입니다. 저는 한밤중까지 꼬빡 앉아서 일을 하곤 했어요. 그렇게 하면 좀 도움이 될까 해서요……. 하지만 애들이 불쌍해요. 아직 너무나 어린 애가 넷이나……."

"그렇게 울지 마세요, 고모. 슬퍼하지 마세요." 모스 부인의 손을 꼭 잡고 있던 매기가 속삭였다.

"털리버 씨가 그 돈을 한 번에 다 주었나요?" 자기가 모르는 사이에 일이 '벌어졌다'는 생각에 여전히 사로잡혀 있던 털리버 부인이 물었다.

"아니에요, 두 번에 걸쳐서였어요." 모스 부인이 눈물을 닦으며 대답하고는 울음을 참으려 애썼다. "마지막은 사 년 전 제가 몹시 앓고 난 뒤였어요. 매사가 잘못되었죠. 그때 두 번째 각서를 썼어요. 병에 걸린 데다 운도 없어서, 저는 평생 방해만 될 뿐이었지요."

"그래요, 모스 부인." 글레그 부인이 단호히 말했다. "당신 가족은 아주 운이 없군요. 하지만 내 여동생은 더 불쌍하답니다."

"무슨 일이 일어났는지 듣자마자 마차를 타고 달려온 거예요." 모스 부인이 털리버 부인을 보며 말했다. "이렇게 오랫동안 떨어져 있지 말았어야 했어요. 제게 알려줄 생각만 하셨어도. 저희 생각만 하고 오빠 생각을 전혀 안 한

건 아니에요. 다만 돈이 마음에 걸렸지요. 저는 그 애길 할
수가 없었어요. 그리고 남편과 저는 마땅히 해야 할 일을
하고 싶었어요, 선생님." 그녀는 글레그 씨를 보며 덧붙였
다. "어떻게 하든 저희가 돈을 변통해서 갚아보겠어요. 무
슨 일이 닥치더라도 말이죠. 그게 오빠가 기댈 전부라면
말이에요. 저희는 이런 어려움에 익숙하니 많이 바라지도
않아요. 다만 불쌍한 애들을 생각하면 마음이 아프죠."

"하지만 이걸 생각하셔야 합니다, 모스 부인," 글레그
씨가 말했다. "당신에게 알려드려야 할 것 같군요. 털리버
씨가 파산하고, 그가 당신 남편이 쓴 300파운드의 채무 증
서를 갖고 있다면, 당신은 그걸 갚아야 할 겁니다. 채권자
들이 그 돈을 받으러 올 거예요."

"오, 저런, 저런!" 털리버 부인은 모스 부인의 염려 따
위는 아랑곳하지 않다가 파산을 생각하고는 이렇게 말했
다. 불쌍한 모스 부인은 떨면서도 순종하는 마음으로 듣고
있었다. 그사이 매기는 톰이 이 난관을 이해하고 불쌍한
모스 고모 걱정을 하는 기색을 보이는지 살펴보려고, 당황
하고 걱정스러운 눈빛으로 그를 바라보았다. 톰은 그저 식
탁보에 눈길을 고정한 채 생각에 잠겨 있었다.

"그리고 그가 파산하지 않았다면," 글레그 씨가 말을 이
었다. "전에 말씀드린 것처럼, 300파운드는 그 불쌍한 사람
에게 꽤 큰돈이 될 겁니다. 잘은 모르지만, 다시 일어난다
해도 그는 몸을 못 쓸 겁니다. 이 일로 당신이 어렵게 되
어서 퍽 유감스럽군요, 모스 부인. 하지만 내 의견은 이렇
습니다. 한쪽에서 보면, 당신이 그 돈을 마련하는 게 옳습

니다. 다른 각도에서 본다면, 당신에게는 그 돈을 지불할 의무가 있습니다. 진실을 말했다고 해서 나를 나쁘게 보진 않으시겠죠?"

"이모부," 탁자보를 바라보며 생각에 잠겨 있던 톰이 갑자기 고개를 들고 말했다. "저는 모스 고모가 그 돈을 갚는 게 옳지 않다고 생각해요. 고모가 돈을 갚는 것이 아버지 유언에 어긋난다면요. 그렇지 않겠어요?"

다시 말을 잇기 전에 글레그 씨는 잠시 깜짝 놀란 것 같았다. "저런, 아니다, 아마 그렇지 않을 거야, 톰. 하지만 그 채무 증서를 없앴을지도 모르겠구나. 넌 그 증서를 찾아야 해. 어떻게 이게 유언에 어긋날 거라는 생각을 했니?"

"글쎄요," 톰은 얼굴이 붉어졌지만, 어린 소년처럼 떨면서도 분명히 말하려 했다. "저는 기억이 또렷해요. 제가 스텔링 씨 학교에 가기 전 어느 날 밤에 아버지께서 제게 말씀하셨어요. 그때 우린 난롯가에 같이 앉아 있었고, 방에는 아무도 없었죠……."

톰은 조금 주저하다 말을 이었다.

"아버지는 매기에 관해 뭔가 언급하시고 나서 이렇게 말씀하시더군요. '여동생이 내 뜻을 거스르고 결혼했지만 난 늘 잘해 주었단다. 모스에게 돈을 빌려주었지. 하지만 그 돈을 갚으라고 부담 줄 생각은 없단다. 차라리 그 돈을 잃어버리는 게 낫지. 내 자식들이 그 돈 때문에 가난해지더라도 신경 쓰지 말아야 한다.' 이제 아버지께서는 몸이 편찮아지셨고 혼자서는 말씀도 못 하시잖아요. 제게 하셨던 아버지 말씀을 거역하고 싶지 않아요."

"그래, 그렇지만 얘야." 글레그 씨가 말했다. 그는 마음씨가 착해서 톰의 의사에 동조하긴 했다. 그러나 그는 누군가의 재산을 크게 변화시킬 만한 중대한 것을 다른 데로 돌리거나 담보물을 없애는 것과 같은 분별없는 행동을 싫어하던 평소 습관을 즉시 떨쳐버릴 수가 없었다. "우린 그 보증서를 없애버려야 한다. 너도 알겠지만, 너희 아버지가 파산이라도 한다면 만일에 대비해서……."

"글레그 씨." 글레그 부인이 매섭게 끼어들었다. "당신이 무슨 말을 하는지 알고나 하세요. 당신은 남의 일에 지나치게 끼어들고 있어요. 당신이 경솔한 말을 한다고 해도, 내 잘못이라고 하지 마세요."

"그건 전에 들어보지 못한 황당한 일인데!" 풀릿 이모부는 자기가 놀랐다는 사실을 나타내려고 마름모꼴 과자를 급히 집어 먹었다. "보증서를 없애다니, 그런 짓을 하면 누구든 잡아가게 경찰을 부를 거요."

"그래요. 하지만," 털리버 부인이 말했다. "그 보증서에 그만한 돈의 값어치가 있다면, 왜 우리가 그 돈을 갚아 우리 물건이 팔려 나가지 않게 막을 수 없는 건가요? 톰, 아버지가 회복되었을 때 화를 낼 거라고 생각한다면, 우리가 모스 고모부와 고모 일에 간섭할 필요는 없단다."

털리버 부인은 교환이라는 문제를 깊이 생각해 본 적이 없었으며, 그 주제에 대한 원래 생각에 마음이 쏠려 있었다.

"이런, 이런, 이런! 여자들은 이 일을 잘 모르는군." 글레그 이모부가 말했다. "그 보증서를 없애는 것 말고는 모스 부부를 지켜줄 방법이 없어요."

"그렇다면 그렇게 할 수 있도록 이모부께서 도와주세요." 톰이 진지하게 말했다. "만약 아버지가 회복되지 못한다면, 막을 수 있었는데 아버지 뜻을 거역하는 일을 했다는 생각에 저는 아주 불행할 거예요. 그리고 분명히 아버지께서는 그날 저녁 하신 말씀을 제가 기억하길 바라셨을 거예요. 아버지 재산에 관해서라면 아버지 뜻을 따라야죠."

글레그 부인조차 톰의 말을 인정하지 않을 수 없었다. 그녀는 분명히 톰에게 도슨가의 피가 흐른다고 생각했다. 톰의 아버지가 도슨가 사람이라면, 돈을 빌려주는 따위의 이런 불쾌한 일을 결코 벌이지 않았을 테지만 말이다. 만약 모스 고모가 일어나서 톰의 손을 잡는 바람에 매기를 막지 않았다면, 매기는 뛰어올라 톰의 목에 매달리고 싶은 충동을 참기 어려웠을 것이다. 고모는 얼마간 목멘 소리로 말했다.

"하느님께서 하늘에 계신다면 넌 이 일로 절대 더 가난해지지 않을 거다, 얘야. 너희 아버지께 돈이 필요하다면 고모부와 내가 그 돈을 갚을게. 그 보증서가 있는 것처럼 말이야. 여태껏 해온 대로 우린 잘 해나갈 거야. 다른 운은 없어도, 우리 애들한테는 정직한 부모가 있으니까."

"그래." 톰의 말을 듣고 곰곰이 생각에 잠겨 있던 글레그 씨가 말문을 열었다. "너희 아버지가 파산했다고 가정할 때, 우리가 채권자에게 해가 될 만한 일은 하지 말아야지. 줄곧 생각해 봤단다. 나도 한 사람의 채권자니까. 하지만 사기 칠 생각은 없었다는 걸 안다. 너희 아버지가 이 서글픈 소송을 하기 전에 고모에게 돈을 주려고 했다면,

그건 그가 스스로 그 보증서를 없애버린 거나 마찬가지지. 그만큼 더 가난해지기로 결심한 거니까. 하지만 우린 생각할 게 아주 많구나, 젊은 친구." 글레그 씨는 타이르듯 톰을 바라보며 이렇게 덧붙였다. "네가 사업을 하게 되면, 그땐 어떤 사람의 아침을 마련해 주기 위해 다른 사람의 저녁을 빼앗을 수도 있단다. 알겠니!"

"네, 알았습니다." 톰이 단호하게 말했다. "제가 어떤 사람에게 빚을 졌다면 그 빚을 다른 사람에게 넘겨줄 권리가 없다는 것은 압니다. 하지만 아버지께서 빚을 지기 전에 고모에게 그 돈을 주기로 마음먹었다면, 아버지는 그렇게 하실 권리가 있지요."

"맞아, 젊은 친구! 네가 그렇게 똑똑한지 미처 몰랐구나." 글레그 이모부가 매우 솔직하게 말했다. "하지만 아마 너희 아버진 그 보증서를 없애버렸을 게다. 그게 금고에 있는지 가서 찾아보자꾸나."

"금고는 아빠 방에 있어요. 우리도 같이 가요, 그리티고모." 매기가 속삭였다.

# 4
## 꺼져가는 불빛

　말에서 떨어진 뒤로 털리버 씨는 가끔 재발하는 간헐적인 경직 증세 외에도 보통 때에는 의식 불명 상태여서, 누가 자기 방에 드나드는지 전혀 몰랐다. 매기는 아버지가 아침 내내 눈을 감고 너무나 조용히 누워 있으니, 누군지 알아볼 거라 기대하지 말라고 모스 고모에게 말했다.

　그들은 조용히 방에 들어갔다. 모스 부인은 침대 머리맡에 자리를 잡았다. 매기는 침대 곁의 자기 자리에 앉아 아버지 손에 자기 손을 얹었으나 아버지의 얼굴에는 아무 변화가 없었다.

　글레그 씨와 톰도 조심스레 발길을 옮겨 들어왔다. 둘은 톰이 아버지의 커다란 책상에서 가져온 열쇠 꾸러미 중 장롱 열쇠를 찾느라 바빴다. 그들은 낡은 떡갈나무 장롱을 열었다. 장롱은 털리버 씨의 침대 발치에 마주 보이게 놓여 있었다. 그들은 큰 소리를 내지 않고 쇠 받침대로 장롱

문을 버텨놓았다.

"여기 양철 상자가 있군." 글레그 씨가 나직이 말했다. "보증서처럼 작은 서류는 이 안에 넣었을 것 같은데. 꺼내. 톰. 난 이 증서들을 살펴볼 테니까. 어디 보자, 집과 물방앗간 권리 증서라. 이 밑에 뭐가 있는지 보자."

글레그 씨는 문서를 꺼내다가, 무거운 문짝이 쇠 받침대와 더불어 큰 소리를 내며 쓰러질 때 다행히 뒤로 조금 물러섰다. 그 소리가 온 집 안에 울렸다.

아마도 큰 진동을 일으켰다는 단순한 사실 이상으로 그 소리에는 뭔가 있었다. 누워 있던 사람에게도 즉시 영향을 미쳐, 잠시 동안 털리버 씨의 마비 증세가 완전히 사라졌던 것이다. 그 장롱은 그의 아버지와 친할아버지에게서 물려받은 것으로, 장롱을 여는 것은 언제나 차라리 엄숙한 의식과도 같은 것이었다. 매우 익숙한 물건, 즉 창문 빗장이나 문 걸쇠에 불과한 물건이 마치 사람을 알아보고 소리를 내는 것처럼 그 장롱이 소리를 냈던 것이다. 그런 소리는 살갗 깊숙이 온몸을 깨우듯, 우리를 소름 끼치게 하고 번쩍 깨어나게 한다. 방 안에 있던 사람들 모두가 털리버 씨에게 시선을 돌리는 바로 그 순간, 그는 벌떡 일어나 장롱과 글레그 씨 손에 들려 있는 서류며 톰이 안고 있는 양철 상자를 보았다. 완전히 정신이 들어 모든 것을 알아보는 듯한 눈길이었다.

"그 문서들 갖고 뭐 하려고?" 그는 감정이 격해졌을 때 힐문하는 예의 날카로운 목소리로 물었다. "톰, 이리 와. 그래 내 장롱으로 가서 뭘 하려던 참이냐?"

톰은 약간 떨면서 아버지 곁으로 다가갔다. 처음으로 아버지는 톰을 알아보았던 것이다. 그는 뭐라고 더 말하는 대신, 글레그 씨와 문서들을 점점 의아한 눈길로 줄곧 바라보았다.

"뭘 하고 있었냐고요!" 그가 날카롭게 물었다. "왜 내 문서를 만지작거리고 있죠? 웨이컴이 다 갖고 있던가요? 왜 뭘 하던 중이라고 말을 못 하는 거요?" 그는 글레그 씨가 미처 대답을 못 하고 침대 발치에 다가서자 성급하게 덧붙였다.

"아닐세, 아무것도 아니야. 털리버." 글레그 씨가 진정시키듯이 말했다. "아직은 누구에게도 자네 재산이 넘어가지 않았어. 우린 단지 장롱 속에 들어 있는 문서를 보러 온 것뿐이네. 자네가 아파 누워 있으니, 우리가 뭔가 돌봐야 했어. 하지만 자네가 곧 회복되어 만사를 직접 돌보게 되길 바라네."

털리버 씨는 생각에 잠겨 주위를 둘러보았다. 그는 톰과 글레그 씨, 그리고 매기를 둘러본 다음, 침대 머리맡에 누군가 앉아 있는 것을 갑자기 알아차린 듯 그쪽으로 재빨리 돌아서 여동생을 바라보았다.

"어, 그리티!" 그는 늘 하던 대로 그녀에게 슬프고도 정겨운 목소리로 말했다. "네가 여기 있다니, 웬일이냐? 애들은 어쩌고?"

"오, 오빠!" 마음씨 착한 모스 부인은 가슴이 미어져 가만히 있을 수가 없었다. "와서 오빠가 정신을 되찾은 걸 보니 정말 감사해요. 난 다시는 오빠가 우릴 못 알아보는 줄 알았어요."

"뭐라고! 그럼 내가 졸도했었단 말이냐?" 털리버 씨는 근심스러운 얼굴로 글레그 씨를 바라보았다.

"말에서 낙상을 했지. 조금 충격을 받았던 것뿐일세." 글레그 씨가 말했다. "하지만 곧 회복될 거야. 모두들 바라고 있으니까."

털리버 씨는 자기 잠옷을 내려다보며 이삼 분간 아무 말도 하지 않았다. 그의 얼굴에는 새삼 어두운 기색이 떠올랐다. 그는 먼저 매기를 쳐다보더니 나직이 말했다. "얘야, 그렇다면 네가 편지를 갖고 있겠지?"

"네, 아빠." 매기는 매우 다정하게 입을 맞추며 말했다. 그녀는 마치 아버지가 죽었다가 다시 살아 돌아온 것 같았고, 자기가 아버지를 얼마나 사랑하는지 늘 보여주려던 열망이 이뤄진 듯했다.

"어머닌 어디 계시냐?" 그는 생각에 잠겨, 마치 얌전한 동물이 키스를 받듯 조용히 딸의 키스를 받았다.

"엄마는 아래층에 이모들과 함께 계세요, 아빠. 엄마 모셔 올까요?"

"아, 아, 불쌍한 베시!" 그리고 그는 매기가 방을 나가자 톰을 보았다.

"내가 죽으면 네가 저 두 사람을 돌봐야 한다. 알겠지, 톰. 앞으로 네가 정말 힘들겠구나. 하지만 네가 모두에게 다 갚아줘야 해. 그리고 명심해라. 내가 사업 자금으로 루크의 돈을 50파운드나 썼단다. 한 번에 조금씩 빌려주었는데, 그 사람은 그 일을 조금도 내색하지 않는구나. 제일 먼저 그 사람 돈부터 갚아야 한다.”

글레그 이모부는 자기도 모르게 고개를 저었고 어느 때
보다 걱정스러운 표정이었지만, 톰은 확고하게 말했다.

“예, 아버지. 모스 고모부한테 300파운드의 채무 증서를
받지 않으셨나요? 우린 그걸 찾으러 왔어요. 그걸 어떻게
할 생각이셨어요, 아버지?”

“아! 네가 그걸 다 생각하다니 기쁘구나, 아들아.” 털리
버 씨가 말했다. “난 늘 그 돈을 마음 편히 생각하려 했단
다. 모두 네 고모를 생각해서지. 그 돈을 잃는다고 마음
상하면 안 돼. 그들이 돈을 못 갚아도 말이야. 아마도 갚
을 형편이 못 될 게다. 보증서는 그 상자 속에 있을 거야.
알아두어라! 난 언제나 네게 잘해 주고 싶었단다, 그리
티.” 털리버 씨는 여동생에게 돌아서며 말했다. “하지만
네가 모스 집안으로 시집갔을 때, 너도 짐작했겠지만 내
마음이 아팠단다.”

그때 매기가 어머니와 함께 들어왔다. 그녀는 남편이 완
전히 제정신을 찾았다는 소식을 듣고 무척 감동했다.

“오, 베시.” 부인의 키스를 받고 털리버 씨가 말했다.
“당신의 기대보다 못한 처지라면 날 용서하구려. 하지만
그건 법이 잘못한 탓이지, 내 탓은 아니오.” 그는 화난 목
소리로 말을 이었다. “그건 그 악당들 탓이야! 톰, 이걸 꼭
명심해 둬라. 만일 기회가 된다면, 웨이컴에게 따끔한 맛
을 보여줘야 해. 그러지 못하면 넌 아무짝에도 쓸모없는
자식이다. 말채찍으로 그놈을 후려갈겨 줘야 해. 하지만
그렇게 되면 그놈이 널 또 고소하겠지…… 법이란 악당들

편만 드니까."

틸리버 씨는 흥분한 나머지 몸에 해로울 만큼 얼굴이 붉어졌다. 글레그 씨는 뭔가 위로의 말을 건네고 싶었지만, 틸리버 씨가 부인에게 다시 말을 거는 바람에 틈을 놓쳤다. "저 사람들이 빚을 다 갚게 변통해 줄 거요, 베시." 그가 말했다. "그리고 아마 당신 가구야 그냥 놔두겠지. 당신 언니들이 당신에게 뭔가 해줄 테고…… 톰이 어른이 되면, 저 애가 앞으로 어떤 사람이 될지 알 수 없지만…… 난 저 애에게 할 만큼 했소……. 교육도 시켰고. 그리고 딸이 있군. 저 애는 곧 시집을 가겠지……. 하지만 정말 안됐소……."

틸리버 씨는 장롱의 요란한 소리로 인한 치료 효과가 다 떨어졌는지, 마지막 말을 마치고 나서 몸이 굳어지며 정신을 잃었다. 이전처럼 잠깐 정신이 들었다가 다시 혼미해진 것뿐이지만, 이제는 죽은 것처럼 보였다. 그 이유는 그가 너무도 생생히 제정신을 되찾았던 것과 대조될 뿐 아니라, 그가 한 말이 죽음이 임박했을 가능성을 말해 주는 듯했기 때문이다. 하지만 불쌍한 틸리버에게는 죽음이 그렇게 빨리 다가오지 않았다. 그의 죽음은 짙어지는 그림자 아래 서서히 기울듯 다가오기로 되어 있었다.

턴불 씨가 불려 왔다. 그는 그간의 경과를 듣고, 비록 순간이긴 했지만 그 완전한 회복이 매우 고무적인 징조라고 말했다. 결국 회복되지 못할 만큼 영원한 손상은 없음을 보여준다는 것이다.

졸도했던 사람이 생각해 낸 과거사 가운데 매도 증서 이야기만 빠져 있었다. 반짝했던 기억은 중요한 일들만 떠올랐다. 그는 치욕스러운 절반은 잊어버린 채 다시 망각 속에 빠졌다.

하지만 톰은 두 가지 사실을 분명히 알게 되었다. 모스 고모부의 보증서를 없애버려야 한다는 것과, 루크의 돈을 꼭 갚아주되 별다른 방도가 없으면 지금 은행에 저축된, 자신과 매기의 돈에서라도 갚아줘야 한다는 것이었다. 알다시피 이것은 수려한 고전적인 건물이나 수학의 증명 관계보다 톰이 더 신속하게 파악한 일이었다.

# 5
## 톰이 굴을 까려고 칼을 대어보다

　다음 날 아침 10시에 톰은 딘 이모부를 만나려고 세인트 오그스에 가고 있었다. 딘 이모부가 지난밤에 집으로 올 예정이라고 이모가 알려준 데다, 직장을 얻으려 조언을 구하기에는 이모부가 제일 적합한 분이라고 생각했던 것이다. 딘 이모부는 사업을 확장하고 있었다. 그는 글레그 이모부처럼 속이 좁지도 않았고, 톰의 야망을 자극할 만큼 성공한 사람이었다.

　비가 내릴 듯 어둡고 안개 낀 아침이었다. 행복한 사람들조차 미래에 대한 희망에 기대어 위안을 얻고 싶을 정도로 음산한 아침이었다. 게다가 톰은 매우 불행했다. 하지만 그는 긍지를 잃고 싶지 않았다. 앞으로 닥쳐올 곤경이나 그 때문에 겪어야 할 굴욕까지 짐작하고 있었다. 더욱이 아버지에 대한 확고한 의무감에 뿌리칠 수 없는 반항심까지 섞여 불행은 실제보다 더 심각했다. 일이 법정 문제로까지 번진 데에는, 이모와 이모부들의 말처럼 아버지의 잘못이 적지 않았다. 톰은 이모들이 어머니에게 좀 더 많이 해줘야 한다고 생각했지만, 열렬한 아량과 동정을 보이지 않는다고 해서 매기처럼 화를 낼 수는 없었다. 자기 돈도 제대로 간수하지 못하는 사람 때문에 왜 많은 돈을 지불해야 하는가? 톰은 그런 냉정함을 정당하다고 여겼다. 그는 자신이 그런 냉정함을 당할 이유가 없다고 확신했기 때문에 더욱 그렇게 생각했다. 아버지가 신중하지 못한 탓에 자기 일생이 그토록 불운해진 것이 그로서는 매우 견디기 어려웠다. 그러나 계속 불평이나 하고 남만 원망하고 있을 수는 없었다. 그렇게 불평이나 원망을 해봤자 그가 편안해지지는 않았기 때문이었다. 그에게 일자리를 주고 그 대가로 임금을 주는 것 말고는 그는 아무에게도 도움을 청하지 않을 생각이었다. 가련한 톰이었지만 집안 불행의 일부인 양 차갑고 축축하게 내리는 12월의 안개 속에서 위안을 얻을 희망이 전혀 없지는 않았다. 아무리 현실적인 사람이라도 열여섯 살의 나이에는 환상과 자기도취에 빠지지 않을 수 없는 법이다. 톰은 장래를 설계하는 데 자신을 용감하게 신뢰하는 것 말고는 사태를 정리해 줄 안내자가 없었다. 글레그 씨나 딘 씨도 한때는 매우 가난하지 않았던가. 그는 글레그 이모부처럼 조금씩 돈을 저축해 적당히 재산이 모이면 은퇴하고 싶지는 않았다. 그는 딘 이모부처럼 되고 싶었다. 일류 회사에 자리 잡아 빨리 출세하고 싶었다. 그는 지난 삼 년 동안 딘 이모부의 소식을 들은 바가 없었다. 두 가족은 더욱 멀어져 있었다. 그런 까닭에

378

톰은 이모부에게 더욱 의지해 볼 만하다고 생각했다. 확실히 그가 짐작하는 바로는, 글레그 이모부는 결코 어떤 용기 있는 계획을 권하지 않을 터였다. 톰은 딘 이모부에게 도움을 받아야겠다고 막연하나마 분명한 생각을 했다. 그는 오래전에 딘 씨가 게스트 회사의 매우 유력한 간부가 되어 사업을 한몫 기꺼이 물려받았다는 말을 아버지에게서 들은 적이 있었다. 바로 그것이 톰이 그를 거울 삼아 미래를 설계한 이유였다. 톰은 가난해져서 일생 동안 남의 멸시나 받을 거라는 생각을 견딜 수가 없었다. 그는 어머니와 여동생을 부양하며 남들에게 훌륭한 사람으로 평가받고 싶었다. 톰은 그런 식으로 세월을 뛰어넘어 강력한 목표와 소원을 성급히 펼쳤지만, 그러기 위해 얼마나 많은 세월과 시간이 흘러야 하는지는 모르고 있었다.

플로스 강 위에 놓인 돌다리를 건너 세인트오그스로 들어설 무렵, 톰은 돈을 많이 벌면 물방앗간과 땅을 다시 사들여 집을 수리해 거기서 살아야겠다고 생각했다. 새로 생긴 멋진 택지보다 그곳이 더 마음에 들 것이고, 그곳에서는 그가 좋아하는 말과 개를 많이 기를 수 있을 터였다.

톰은 빠른 걸음으로 시내를 걸으면서 이런 공상을 하다가, 자기도 모르게 길을 가로막는 낯익은 거친 목소리에 놀랐다.

"톰 군 아닌가, 아버님은 오늘 아침 좀 어떠신가?" 그는 세인트오그스의 수세리(收稅吏)로, 아버지의 고객이었다.

톰은 자신에게 말을 거는 사람에게 응할 기분이 아니었지만 정중히 대답했다. "여전히 많이 편찮으세요. 안부 인사 감사합니다."

"자네에겐 무척 힘든 때겠군, 젊은이, 그렇지? 재판에서 불리한 판결이 났으니, 안 그런가?" 수세리는 술에 취해 생각의 갈피를 잡지 못하는 듯했다.

톰은 얼굴이 붉어져서 계속 걸었다. 남에게 자기 처지를 점잖고 고상하게 변명해 봤자 오히려 자기의 상처를 건드리는 것 같았다.

"여보게, 이 젊은이가 바로 털리버 씨 아들이라네." 수세리는 옆집 계단 위에 서 있는 야채 장수에게 말했다.

"아!" 그 야채 장수가 말했다. "아는 사람 같다 싶더니, 젊은이는 외가 쪽을 빼닮았구먼. 외가가 도슨가였지. 아주 잘생겼군. 무슨 교육을 받았더라?"

"아, 그래! 내 생각에, 자넨 아버지 고객 따위는 콧방귀를 뀌어도 좋을 만큼 훌륭한 신사 교육을 받았다지."

미래에 대한 환상에서 깨어나 현실을 직시하게 된 톰은 되도록 빨리 게스트 회사의 도매 상점 사무실로 가려고 서둘렀다. 그곳에 가면 딘 이모부를 만날 수 있을 것 같아서였다. 하지만 그곳 직원은 딘 씨가 아침에 은행에 갔다고 퉁명스럽게 말했다. 딘 씨는 목요일 오전에는 리버 가(街)에 없다는 것이다.

은행에서 톰은 제 이름을 적어 낸 뒤에야 딘 이모부가 계신 사무실로 들어갈 수 있었다. 딘 씨는 회계 감사 중이었다. 그는 톰이 들어가자 고개를 들고 악수를 청하며 물었다. "아, 톰! 그래, 집안에는 별일 없니? 아버진 어떠시니?"

"여전하세요, 감사합니다, 이모부." 톰은 소심해졌다.

"의논 좀 드리러 왔는데요, 바쁘시다면서요."

"앉아라." 그는 이렇게 말하고는 하던 일을 계속했다. 이모부와 다른 회계사가 삼십 분이나 감사 일에 열중하자, 톰은 이러다가는 은행 문을 닫을 때까지 기다려야 하는 게 아닐까 걱정이 되었다. 단정하고 부유해 보이는 그들 사업가들이 하는 조용하고 단조로운 일은 좀처럼 끝날 기미가 보이지 않았다. 이모부가 은행에 일자리 하나를 마련해 줄까? 톰은 그런 일은 매우 따분하고 지루할 거라 생각했다. 저렇게 앉아서 커다란 시계 소리에 맞춰 영원히 글이나 쓰다니. 그는 돈을 벌 수 있는 다른 일자리가 필요했다. 그러나 마침내 변화가 있었다. 이모부가 펜을 들어 뭐라고 갈겨썼다.

"지금 곧 토리 씨 사무실로 가주시겠소, 스펜스 씨?" 톰의 귀에 크고 또렷하게 들리던 시계 소리가 갑자기 작아졌다.

"톰," 딘 씨는 둘만 남게 되자, 의자에서 풍채 좋은 몸을 조금 돌려 코담뱃갑을 꺼냈다. "무슨 일로 왔지, 무슨 일이야, 응?" 딘 씨는 어제 있었던 일을 부인에게 들어 알고 있던 터라, 톰이 물방앗간이 팔리지 않게 해달라는 부탁을 하러 찾아온 것으로 짐작했다.

"이모부께 심려를 끼쳐드려서 죄송해요." 톰이 얼굴을 붉힌 채, 목소리가 떨리기는 했지만 자존심 강한 당당한 어조로 말했다. "제가 지금 무슨 일을 해야 할지, 이모부가 누구보다 훌륭한 조언을 해줄 거라 믿어서요."

"네게 조언을? 그래, 무슨 말인지 들어보자." 딘 씨는 코담배 한 줌을 옮겨 담고 다시금 주의 깊게 톰을 쳐다보며 말했다.

"취직하고 싶어요, 이모부. 그래서 돈을 벌고 싶어요."
말을 돌려서 할 줄 모르는 톰이 말했다.

"취직을 하고 싶다고?" 딘 씨는 코담배를 양쪽 콧구멍에
잘 맞추면서 말했다. 톰은 그런 동작을 보면서 코담배는
성가신 습관이라고 생각했다.

"가만있자, 네가 지금 몇 살이지?" 딘 씨가 다시 의자에
몸을 기대며 물었다.

"열여섯 살입니다. 저, 곧 열일곱 살이 되지요." 이모부
가 자기 턱에 자라난 수염을 보기 바라면서 톰이 덧붙였다.

"네 부친은 너를 기술자로 만들고 싶어 했던 걸로 아는
데, 안 그런가?"

"하지만 기술자 일로는 돈을 빨리 벌기 어렵잖아요."

"그야 그렇지. 하지만 어떤 일을 해도 돈을 많이 벌 수
는 없을 게다. 넌 열여섯 살이잖아. 그런데 고등 교육을
받았으니, 어때, 회계와 부기는 배웠겠지?"

"아, 아뇨. 회계는 조금밖에 몰라요." 톰이 더듬거리며
이렇게 덧붙였다. "아주 조금밖에 몰라요. 하지만 스텔링
씨는 제 글씨체가 좋다고 했어요, 이모부. 이게 제가 쓴
겁니다." 톰은 어제 자기가 쓴 목록의 사본 한 장을 탁자
위에 꺼내놓았다.

"그래, 잘 썼구먼. 하지만 너도 알겠지만 글씨체만 좋아
봤자 필경사밖에 할 게 뭐 있겠니, 부기나 회계를 모른다
면 말이야. 그래도 학교에서 뭔가 배운 게 있을 것 아냐?"

딘 씨는 교육 과정에는 별로 관심이 없어 보였고, 학비

가 많이 든 학교에서 뭘 가르치는지도 제대로 몰랐다.

"라틴어를 배웠어요." 톰은 이렇게 더듬더듬 말했다. 마치 학교 책상에 앉아 책장을 뒤지듯 기억을 더듬는 것 같았다. "라틴어는 꽤 배웠지요. 작년에는 작문을 배웠어요. 한 주일은 라틴어 작문을, 또 한 주일은 영어 작문을 했지요. 그리스와 로마 역사 외에 기하학과 대수도 배웠지만 도중에 그만두었어요. 일주일에 한 번은 산수를 배웠고요. 그밖에 미술 공부도 했어요. 끝까지 읽거나 다 배운 책도 몇 권 있지요. 영시와 『바울의 시대』,* 또 블레어의 수사학을 배웠지만 그건 후반부 반만 배웠어요."

딘 씨는 코담뱃갑을 다시 두드리며 입을 다물었다. 그는 존경받을 만한 사람들이 새 관세표를 보고 자기들이 모르는 물품이 얼마나 많이 수입되어 오는지 알게 됐을 때의 그들 심정을 짐작했다. 그게 어떤 이득을 가져온다면, 자신처럼 성공한 사람으로서는 마땅히 알아야 한다고 생각했다. 라틴어에 대해서는 그도 나름대로 소견이 있었으니, 다시 전쟁이라도 나면 더 이상 쓰지 않을 머리 분처럼 라틴어도 그런 사치품으로 여겨 세금을 매기는 게 옳다고 생각했다. 상류층에서나 쓰고 선박 회사 같은 데서는 쓰지 않는 물건들이니 말이다. 하지만 그가 아는 한 『바울의 시대』를 공부했다는 말은 도가 지나치다고 생각했다. 대체로 톰이 배웠다는 목록 때문에 그는 가련한 톰에게 오히려 반감이 생겼다.

---

* 윌리엄 팔리라는 부주교가 「바울 서신」과 「사도행전」 등을 비교해서 바울의 역사를 밝힌 저서.

"글쎄," 마침내 그가 다소 냉정하고 빈정거리는 투로 말했다. "삼 년 동안 그런 걸 배웠구먼. 그런 것엔 아주 도가 텄겠어. 그럼 그런 지식을 써먹을 일자리를 찾아보지그래."

톰은 얼굴이 붉어졌지만, 다시 힘을 주어 말했다.

"그런 일자린 원치 않습니다, 이모부. 저는 라틴어니 그런 건 좋아하지 않아요. 제가 어쩌다 학교 보조 교사로 일하게 되면 모를까 그걸 가지고 뭘 해야 할지도 모르겠어요. 게다가 그럴 만큼 많이 알지도 못하고요. 차라리 짐꾼 일이 더 낫겠어요. 저는 그런 부류의 사람은 되고 싶지 않아요. 출세할 수 있는 사업에 뛰어들고 싶어요. 남자다운 사업 말이에요. 그래서 일을 추진해 남들에게 인정받고 싶어요. 어머니와 동생도 돌보고 싶고요."

"아, 젊은 친구," 딘 씨는 젊은이의 희망을 제지할 생각으로 말했다. 건실하게 성공한 오십 대는 그렇게 제지하는 게 그들이 아주 손쉽게 할 수 있는 의무라고 생각했다. "그게 말처럼 그렇게 빨리 되는 게 아니야. 말처럼 빨리 되는 게 아니라고."

"하지만 이모부께선 그렇게 빨리 출세하셨잖아요?" 톰은 딘 씨가 그 자리에서 자기 의견을 받아주지 않자, 다소 못마땅했다. "이모부는 능력과 훌륭한 처세술로 계속 승진하셨잖아요?"

"에, 에, 너 말이야," 딘 씨는 의자에 몸을 지그시 누이며 자신의 지난날을 생각하는 듯했다. "내가 어떻게 성공했는지 얘기해 주지. 막대기에 걸터앉아서, 그 위에 그냥 오래 앉아 있으면 막대기가 말[馬]이 된다고 생각해서 성공

384

한 게 아니야. 눈을 부릅뜨고, 귀를 쫑긋 세우고, 눕지도 않았어. 나는 주인의 이익을 내 이익이라고 생각했거든. 그래서 나는 방앗간 돌아가는 일을 열심히 지켜보았어. 그러다가 일 년에 500파운드의 손실을 막을 수 있다는 걸 알아냈지. 그런데 난 네가 아는 것처럼, 배운 거라곤 고아원 원아 수준밖에 안 되잖아. 그러나 회계를 제대로 모르면 더 이상 출세할 수 없다는 걸 알았지. 그래서 작업 시간 틈틈이 회계를 공부했어. 짐을 부리고 난 뒤에 말이야. 자, 이걸 봐." 딘은 책 한 권을 꺼내더니 어느 면을 펼쳐 보였다. "나도 글씨는 꽤 쓰는 편이었지. 또 암산이라면 무엇이든 누구하고도 겨룰 수 있었어. 이런 것은 모두 공들여 익힌 거야. 내가 돈을 벌어 그 값을 치렀지. 어떤 때는 점심이나 저녁을 못 먹기도 했어. 난 사업에 관해서라면 모든 걸 자세히 살폈고, 일을 하면서 사업하는 방법을 익혔지. 난 기계공은 아니니 그건 흉내도 내지 않았어. 그 대신 기계공이 생각해 내지 못한 걸 몇 개 생각해 냈지. 그 결과 우린 달라졌어. 우리 부두에서 싣고 내리는 화물 가운데 내가 모르는 게 없어졌지. 만일 내가 높은 자리를 얻었다면 그건 내가 그 자리에 있을 수 있을 만큼 스스로 나 자신을 만들었기 때문이야. 그러니까 내 말은 둥근 구멍 속에 들어가려면 자기 몸을 공처럼 둥글게 만들라는 얘기야. 그게 바로 비결이지."

딘 씨는 다시 코담뱃갑을 두드렸다. 그는 자기 말에 도취되어 계속 이야기하느라 자기 말이 듣는 사람에게 어떤 영향을 주는지도 잊어버린 것 같았다. 그는 앞에서 한 말을 되풀이하기도 했고, 자기 앞에 포도주가 있는 것도 모르는 듯했다.

"저, 이모부," 톰이 다소 불만스러운 투로 말했다. "그거예요. 바로 그런 식으로 출세하고 싶다고요. 저도 그런 식으로 출세할 수 없을까요?"

"나와 같은 방식으로?" 딘 씨가 조용히 생각에 잠겨 톰을 지그시 바라보았다. "그럼 내가 두세 가지 묻지. 톰, 네가 어떤 물건을 갖고 시작하며, 그걸 어느 방앗간에 공급하느냐에 달려 있어. 하지만 넌 자신부터 알아야 해. 네 아버지는 교육을 잘못 시켰어. 내 일이 아니라 간섭하진 않았지만, 우리 스티븐 게스트 군에게나 어울릴 법한 교육을 시켰어. 그 녀석은 일생 동안 수표에 서명이나 하면 되는 애이니, 그 머리에 라틴어를 채우든 무엇을 채우든 무슨 상관이겠니."

"하지만 이모부," 톰이 기를 쓰고 말했다. "라틴어가 왜 사업하는 데 방해가 된다는 건지 모르겠어요. 다 잊어버릴 거예요. 그게 뭐가 달라요. 학교에서는 어쩔 수 없이 공부했지만 속으론 늘 제게 별 도움이 되지 않을 거라고 생각했어요. 그러니까 전 그런 것에는 조금도 신경 안 써요."

"좋아, 좋다고." 딘 씨가 말했다. "그렇다고 내가 말하려는 게 달라지진 않아. 네가 라틴어와 불필요한 긴 문장을 곧 잊어버린다면, 그럼 네겐 뭐가 남지, 막대기보다 뭐가 낫냐고. 게다가 그렇게 지내다 보니 손은 하얗고, 거친 일은 해본 적이 없잖아. 그렇다면 네가 아는 게 뭐야? 지금 당장 써먹을 부기도 모르지, 암산은 웬만한 가게 일꾼보다 뒤지지. 넌 밑바닥부터 시작해야 해. 성공하려면 말이야. 네 부친이 시켜준 교육을 잊는다고 무슨 소용이 있냐고. 스스로 다시 배우기 전에는."

톰은 입술을 꽉 깨물었다. 눈물이 났지만, 눈물을 흘릴 바엔 차라리 죽어버리겠다고 생각했다.

"내가 일자리를 구해 주었으면 하겠지." 딘 씨가 말했다. "그래, 그걸 탓하진 않겠어. 뭔가 널 위해 해봐야겠는데, 요즘 젊은이들은 잘살면서 힘든 일은 하려고 하지도 않잖아. 걷기도 전에 뛸 생각은 금물이라고. 그러니까 네가 현재 어떤 사람인지 알아야 해. 나이는 열여섯 살 소년에, 뭐 하나 제대로 익힌 게 없어. 너 같은 일꾼은 얼마든지 있다고. 마치 쓸데없이 쌓인 자갈처럼 말이야. 어쨌든 무슨 일이건 견습공부터 해야겠지. 화학 공장이나 제약 회사 같으면 네가 익힌 라틴어를 조금 써먹을 기회가 있을까……."

톰이 뭔가 말하려 했지만 딘 씨는 손을 들어 막았다.

"잠깐! 내 말을 들어. 너는 견습공이 되기보다 어서 빨리 출세하고 싶겠지. 나도 알아. 그렇다고 계산대에 앉아 있기도 싫을 테고……. 하지만 필경사가 돼도 책상에 앉아 있기는 매한가지야. 하루 종일 잉크와 서류만 뒤적이면서 말이야. 그런 일은 전망도 없고, 한 해가 지난다고 더 나아질 것도 없어. 세상일은 펜과 종이, 잉크만으로 되는 게 아니거든. 그리고 네가 성공하고 싶거든 이 세상이 어떻게 돌아가는지부터 알아야 돼. 그러고 보니 가장 좋은 일자리는 부두나 창고 일 같군그래. 먼저 물품 냄새부터 맡는 거야. 그러나 그런 걸 좋아하진 않겠지. 틀림없어. 넌 그런 일을 하기엔 너무 곱게 자란 신사니까."

딘 씨는 이야기를 끝내고 매서운 눈초리로 톰을 쳐다보았다. 톰은 대답하기 전에 확실히 마음속으로 갈등을 느꼈다.

"제게 가장 좋은 일이라면 뭐든 하겠습니다, 이모부. 마음에 들지 않는 것쯤 견딜 수 있어요."

"그렇다면 좋아. 네가 해낼 수 있다면 말이야. 하지만 꼭 염두에 둬야 할 것은 그 일이 단지 밧줄을 잡고 있다고 되는 게 아니란 거야. 넌 그 줄을 계속 잡아당겨야 한다고. 너 같은 젊은이들이 하는 실수는 머릿속이나 주머니는 텅 빈 주제에, 깨끗이 옷을 입고 점원 아가씨들이 훌륭한 신사라고 여길 만한 장소에 죽치고 있는 게 세상에서 더 나은 출발을 한 거라고 생각한다는 거지. 난 그런 식으로 출발하지 않았어, 젊은이. 내가 열여섯 살 땐 옷에서 타르 냄새가 코를 찔렀고, 치즈 만지는 일도 마다하지 않았다고. 그랬기 때문에 지금은 좋은 옷을 입고 세인트오그스에서 가장 유망한 회사 간부와 똑같은 책상 아래 다리를 쭉 뻗고 지낼 수 있게 된 거지."

딘 이모부는 담뱃갑을 두드리고는 의자에 앉아 어깨를 펼 때, 입고 있는 조끼와 금줄 밑으로 약간 기지개를 켜는 듯했다.

"지금 제가 얻을 만한 일자린 없을까요, 이모부? 당장 일을 시작하고 싶습니다." 톰은 조금 떨리는 목소리로 말했다.

"잠깐, 잠깐만, 우린 그렇게 서두르면 안 돼. 이걸 명심해. 만일 내 조카라고 해서 어린 널 맡기기 어려운 자리에 앉힌다면, 널 책임져야 해. 네가 바로 내 조카이기 때문이지. 네가 어떤 일을 잘하고 못하는지 알기 때문이라고."

"절대 이모부 얼굴에 먹칠하는 일은 하지 않겠습니다, 이모부." 톰은 기분이 상한 듯이 말했다. 어린 시절에는 자신들이 아직 믿음직스럽지 못하다는 말을 들으면 마음이 상할 수밖에 없다. "그런 면에서 아주 조심하겠습니다." 톰이 다짐하였다.

"좋아, 톰. 좋아! 그게 바로 올바른 마음 자세지. 난 남을 돕기를 마다하진 않아. 자신의 진가를 제대로 발휘할 수 있다면 말이지. 요즘 내가 봐둔 스물두 살 난 청년이 있는데, 그 청년을 위해서라면 뭐든 할 참이야. 그는 열정적으로 일하지. 너도 알겠지만, 그는 자기 시간을 무진장 아껴 써. 계산도 아주 잘하고. 그는 어떤 물건이건 당장에 세제곱의 용적을 알아내고, 스웨덴 나무껍질을 팔 새로운 시장도 내게 알려줄 수 있어. 그 청년은 제품에 아주 통달했거든."

"그럼 전 부기를 배우는 게 좋겠죠, 이모부." 톰은 자기도 노력할 열의가 있음을 보이고 싶어 했다.

"암, 그야 당연하지. 그런데 말이야……. 아, 스펜스 씨, 돌아왔군. 톰, 오늘은 그만 얘기하지. 일을 계속해야 하거든. 그럼 잘 가거라. 어머님께 안부 전해 주고."

딘 씨는 다정하게 쫓아내는 태도로 악수를 청했다. 톰도 특별히 스펜스 씨 앞에서 다른 질문을 할 용기는 없었다. 톰은 차갑고 축축한 바깥으로 나왔다. 톰은 저축 은행에 넣어둔 돈 때문에 글레그 이모부 댁을 찾아가야 하는데,

딘 씨 집을 나왔을 때는 안개가 더 짙어져서 앞이 잘 보이지 않았다. 톰이 다시 리버 가를 따라 걷는데, 2미터가량 떨어진 어느 툭 튀어나온 쇼윈도가 보이는 곳으로 들어서다가 깜짝 놀랐다. 마치 톰이 보라고 일부러 놓아둔 것처럼 광고지에 '돌코트 물방앗간'이란 큰 글씨가 적혀 있지 않은가. 그것은 다음 주에 실시될 경매의 품목이었다. 톰은 서둘러 마을을 빠져나왔다.

가엾은 톰은 집으로 돌아올 때, 먼 앞날을 그려볼 기분이 아니었다. 다만 현재 난처한 처지란 것을 실감할 뿐이었다. 딘 이모부가 자기를 믿어주지 않는 것이 이모부의 잘못인 것 같았다. 그가 멋지게 해낼 수 있다는 것을 알아보지도 못하고……. 알아만 본다면 대낮의 햇빛만큼 확실한 일이라고 톰 자신은 믿었다. 덕분에 세상을 조금 알게 된 것 같았으니, 생전 처음으로 자신이 무식한 데다 무능하다는 생각에 톰 털리버는 낙담했다. 도대체 이모부가 말하는 그 청년은 누굴까? 물건의 용적을 단번에 알아내고, 스웨덴 나무껍질에 대해 제안할 수 있다는 그 녀석이 과연 누구일까? 스웨덴 나무껍질이라고! 톰은 수학에서의 증명과 '이제 그 힘을 발휘하라.'*는 말을 라틴어로 쓰는 것은 실패했지만, 늘 자신에게 만족했다. 그런데 다른 사람보다 아는 게 적기 때문에 자신이 불리할 수도 있다는 사실을 문득 깨달은 것이다. 그 스웨덴 나무껍질과 관련된 세계가 틀림없이 있었고, 그가 그걸 알기만 했어도 성공하는 데

---

* 베르길리우스의 『아이네이스』 5권 191행.

도움이 되었을 것이다. 활기찬 말과 새 안장이 있었다면 두각을 나타내는 게 쉬웠을 터였다.

두 시간 전에 세인트오그스로 걸어갈 때만 해도 톰은 자신의 먼 앞날을 그려볼 수 있었다. 마치 단단한 자갈밭 너머 매혹적으로 펼쳐진 고운 모래사장을 보는 듯했다. 그때 그는 풀이 자란 둑 위에 서서 그 자갈밭을 쉬이 넘어갈 거라 생각했다. 그런데 지금 그의 발은 거친 돌 위에 놓여 있고, 그 자갈밭은 차츰 더 넓어지고 모래사장은 매우 좁아졌다.

"딘 이모부가 뭐라셔, 오빠?" 부엌에서 쓸쓸히 불을 쬐며 몸을 녹이고 있던 톰의 팔짱을 끼며 매기가 물었다. "오빠에게 일자리 주신대?"

"아니, 그런 말씀 안 하셨어. 이모부는 아무 약속도 안 하셨어. 좋은 일자릴 얻기 힘들다고 생각하시는 것 같아. 내가 너무 어려서 말이야."

"그래도 친절하게 말씀하셨겠지, 오빠?"

"친절? 일자리를 얻을 수만 있다면 이모부가 친절하게 말씀하시든 그렇지 않든 그런 건 상관없어. 하지만 아주 불쾌하고 난처했어. 난 학교에서 라틴어 따위의 공부만 했잖아. 그런데 그런 건 아무 도움이 안 된다는 거야. 이모부는 내가 부기나 계산법 같은 것을 배웠어야 했대. 나를 아무짝에도 쓸모없는 인간으로 생각하시는 것 같아."

불을 보는 그의 입술이 낙담한 표정으로 일그러졌다.

"도미니 샘슨이 없어서 섭섭한데." 슬플 때에도 농담을 곧잘 하는 매기가 말했다. "만일 그분이 루시 버트램*에게 가르쳐주신 것처럼 내게 이탈리아식 복식 부기를 가르쳐주셨다면 오빠에게 다시 가르쳐줄 수 있었을 텐데."

"네가 날 가르친다고! 그래, 넌 항상 그런 식으로 말한다니까." 톰이 말했다.

"톰 오빠! 농담이야." 매기가 말하며 톰의 겉옷 소매에 자기 뺨을 갖다 대었다.

"넌 늘 그래, 매기." 톰은 자기가 옳다고 주장할 때처럼 미간을 찌푸렸다. "넌 언제나 나나 다른 사람 위에 올라서려 해. 이건 내가 여러 번 말하려던 건데, 이모부나 이모에게 그런 식으로 말하면 안 돼. 어머니와 널 돌보는 건 내 몫이야. 그러니까 쓸데없이 나서지 말라고. 넌 남들보다 똑똑하다고 생각하는 모양인데, 네 판단은 늘 거의 틀려. 내가 너보다 더 잘 판단한단 말이야."

가련한 톰! 그는 조금 전에 훈계를 받고 느꼈던 열등감에서 벗어났다. 자기를 내세우는 강한 성격상 어떻게든 반박해야 했는데, 이 경우가 바로 그의 우월함을 내세울 좋은 기회였다. 매기의 뺨이 붉어지고 입술이 떨렸다. 지금 매기는 보다 확고하고 활동적인 톰의 성격이 좋으면서도 애정과 엇갈리는 반감, 그리고 두려움까지 느꼈다. 매기는 그 자리에서 대꾸하지는 않았지만, 화난 말투가 입가에 맴돌았다. 그녀는 자제하며 이렇게 말했다.

"오빠는 가끔 내가 우쭐거린다고 생각하지만, 그런 뜻으

---

* 도미니 샘슨과 루시 버트램은 월터 스콧의 소설 『가이 매너링 *Guy Mannering*』의 등장인물들이다.

로 말한 건 아니야. 난 나를 오빠 위에 두려고 한 적 없어. 어제도 오빠가 나보다 잘 처신한 거 알고 있어. 하지만 오빠는 언제나 모질어."

매기가 말을 마칠 때쯤 톰은 자기도 모르게 화가 났다.

"뭐야? 내가 모질다고?" 톰이 외쳤다. "늘 네게 다정했잖아. 앞으로도 그럴 테고. 앞으로 널 돌봐줄 거야. 하지만 넌 내 말을 잘 들어야 해."

그때 어머니가 들어왔다. 매기는 눈물이 나올 것 같아서 2층으로 올라가 울어야겠다는 생각에 방을 뛰쳐나갔다. 매기는 서러웠다. 이 세상 사람 모두가 매기에게는 모질고 불친절한 듯했다. 매기가 상상 속에서 그려본 새로운 세상에는 사랑이나 용서 같은 것이 존재하지 않았다. 책 속에는 늘 친절하고 온유하며 기꺼이 남을 행복하게 해주는 사람들이 많고, 남의 흉이나 보면서 친절한 척하는 사람은 없다. 책 밖의 세상은 행복한 세상이 아니라고 매기는 느꼈다. 이 세상은 자기들이 사랑하지 않는 전혀 모르는 사람에게만 깍듯하게 행동하는 곳 같았다. 만일 인생에서 사랑이 없다면, 매기에게는 도대체 뭐가 남는가? 가난과 어머니의 슬픔을 지켜보는 것밖에 없었다. 어쩌면 아버지가 어린애처럼 의지하는 걸 가슴 아프게 지켜보는 것 말고 무엇이 남아 있단 말인가? 어떤 절망도, 그 영혼이 결여되어 있고 오랜 추억도 없고 다른 사람의 삶에 아무런 영향도 줄 수 없는 청소년의 절망보다 슬픈 것은 없다. 그러나 미래에 대한 우리의 환상이 아무것도 모르면서 고통 받는 사람의 현재를 밝혀주듯, 미래를 바라보는 우리는 그런 성급한 절망을 가볍게 무시한다.

갈색 원피스에 숱 많은 머리를 뒤로 넘긴 매기는 충혈된 눈으로 아버지가 누워 있는 침대에서 그 서글픈 방의 단조로운 벽을 바라보았다. 그 방은 그녀가 사는 세계의 중심이었다. 그녀는 매우 진지하고도 열정적으로 아름답고 즐거운 모든 것을 열망하고 모든 지식에 목말라했다. 그녀는 이제 사라져서 다시는 자기 곁에 오지 않을 듯한 꿈결 같은 음악에 귀를 기울이고, 이 신비스러운 삶이 주는 놀라운 인상을 한데 합쳐 그녀의 영혼을 편안하게 만들어줄 그 무엇을 무의식적으로 막연히 갈망하고 있었다.

마음 안팎에서 이런 갈등이 일어날 때, 당연히 고통스러운 충돌이 생긴다. 그녀는 미모가 뛰어나지도 않았고, 그리스 신화의 여류 시인 사포나 롤랑 부인*처럼 세상이 알아줄 만한 인물도 아니었다. 그러나 가슴속에 살아 있는 씨앗이 사방으로 흩어져 종종 격렬하게 스스로 살아남을 길을 열듯이, 그녀는 내면에 여전히 그런 힘을 지녔을 것이다.

---

* 사포는 여성의 힘과 열정을 대변하는 그리스 서정시인이며, 롤랑 부인(1754~1793)은 "오, 자유여! 너의 이름으로 얼마나 많은 죄가 저질러졌는가!"라고 외치며 교수형을 당했다고 한다.

# 6
## 주머니칼 선물에 대한 편견을 거부하려 하다

음침한 12월의 둘째 날, 정오가 넘도록 가구 경매가 계속되었다. 털리버 씨는 그사이 몇 차례 정신을 되찾았지만, 얼마 전부터는 신경과민 증세를 보이기 시작했다. 그 증세는 이따금 몸이 굳어지고 의식을 잃는 증상의 재발에 직접 영향을 미치는 것 같았다. 털리버 씨는 가구를 경매하면서 일어나는 소음이 방까지 들려오는데도, 식물인간이 되어 누워 있었다. 턴불 씨는 아무래도 그대로 누워 있게 놔두는 것이 덜 위험하겠다고 판단했다. 마음씨 착한 루크가 경매의 소음 때문에 주인님이 깨면 해로울까 싶어 자기네 오두막으로 옮기자고 털리버 부인에게 말했지만 그냥 놔두기로 했다. 그래서 부인과 자식들은 조용한 방에 갇힌 듯 앉아서, 침대에 누워 있는 우람한 털리버 씨를 지켜볼 도리밖에 없었다. 가족들은 귀에 거슬리는 소음이 계속 고통스럽게 들려오자, 혹시라도 정신을 잃고 있는 사람이 갑자기 깨어나면 어쩌나 떨면서 걱정하고 있었다.

　마침내 모든 게 끝났다. 가족들의 눈살을 찌푸리게 했던 일들이 지나간 것이다. 문이나 탁자 등을 두드리는 소리와, 그에 못지않게 귀찮았던 쇳소리도 그쳤다. 털리버 부인은 지난 서른 시간 동안 십 년은 더 늙은 것 같았다. 가여운 여인은 자신이 아끼던 물건들이 언제 끔찍한 못질을 당할지 몰라 가슴을 졸였고, 골든 라이언에서 모든 사람이 지켜보는 가운데 물건이 하나씩 자기 소유로 밝혀질 생각을 하면 가슴이 두근거렸다. 하지만 그러는 동안에도 마음의 동요를 드러낼 수는 없었다. 참고 견디자니 둥근 얼굴에는 주름살이 패었고, 맨머리로 나가 햇빛을 쪼인 사람처럼 머리가 전보다 더 희끗희끗해 보였다. 벌써 3시였고, 하녀 케지아는 마음은 착하지만 거친 성격이어서 경매에 몰려온 사람을 모두 적으로 간주했고, 특히 그들의 발에 묻은 진흙을 싫어했다. '남의 물건을 매점(買占)하러 온 사람들'에 대해 연신 낮은 목소리로 투덜거리며 그런 불만에 한층 힘을 얻어 솔로 닦고 물청소를 하기 시작했다. 그녀는 그들보다 더 나은 사람들이 내야 했던 마호가니 탁자 위의 흠집을 보고 그 흠집 낸 사람을 무시했다. 그녀는 그 흠집을 없애느라 행주를 적잖이 버려야 했다. 그녀는 아무렇게나 솔질할 수가 없었다. 지금 그 순간에도 물건을 운반하는 사람들이 남긴 지독한 먼지가 남아 있을지도 모를 일이었다. 그녀는 '담배를 피우던 그 돼지 같은 집달리'가 앉아 있던 응접실에 가족들이 사준 몇 점 안 되는 가구를 갖다 놓고, 깨끗이 청소해서 애써 그런대로 안락한 분위기를 만들었다. 케지아는 주인마님과 아이들이 그날 저녁 거기서 차를 마시게 해야겠다고 마음먹었던 것이다.

보통 때라면 차를 마실 5시와 6시 사이에, 케지아는 2층에 올라가 누가 톰을 찾는다고 알려주었다. 그를 찾는 사람은 부엌에 있었다. 처음에 톰은 희미한 난롯불과 촛불 때문에 그가 누구인지 알아보지 못했다. 그는 몸집이 좋고 활동적인 사람으로 보였다. 톰보다 두 살쯤 위인 것 같았는데 눈동자는 파랗고 눈가에는 주근깨가 잔뜩 있었다. 깍듯이 예의를 갖출 양으로 빨간 곱슬머리를 얌전하게 뒤로 묶고 있었다. 기름 먹인 천을 씌운 납작한 모자와 필기용 칠판처럼 옷에 먼지가 뽀얗게 앉은 것으로 보아, 보트와 관련된 일을 하는 사람 같았다. 그러나 그것은 그가 누구인지 기억하는 데 도움이 되지 않았다.

"접니다, 톰 도련님." 빨간 머리 사나이는 줄곧 취하고 있던 쓸쓸한 태도를 깨뜨리려는 듯 웃는 얼굴로 말했다. "저를 못 알아보시겠어요?" 그는 말을 이었다. 톰은 여전히 어리둥절한 얼굴로 그를 살펴보고 있었다. "드릴 말씀이 있어서요."

"응접실에 불을 피웠어요, 톰 도련님." 케지아는 토스트를 굽다가 부엌에서 나갈 수가 없어 이렇게 말했다.

"이쪽으로 오세요, 손님." 톰은 이 젊은이가 게스트 회사의 부두 직원이 아닌가 싶었다. 줄곧 그 특정한 장소를 생각하고 있었고, 이모부가 언제든지 일자리가 있다고 연락해 주리라 생각했던 것이다.

응접실에 피워놓은 불빛만이 방을 비추고 있었다. 그 불빛에 의자 몇 개와 책상, 카펫이 없는 마루와 탁자 하나가 보일 뿐이었다. 아니, 탁자는 하나가 아니었다. 구석에 탁자 하나가 더 있었는데, 그 위에는 성경과 책 몇 권이 놓여 있었다. 휑한 응접실에 충격을 받은 톰은 한참 뒤에야 희미하게 비친 그 낯선 사나이의 얼굴을 바라볼 생각이 났다. 그 사나이는 여전히 생소한 목소리로 입을 열며, 겸연쩍은 듯 톰의 얼굴을 살폈다.

"저예요! 봅이 누군지 모르시겠어요? 전에 제게 주머니 칼을 주셨잖아요, 도련님."

그는 이렇게 말하면서 조잡한 주머니칼을 꺼내 보이며 빨리 기억을 되살리고 싶은 듯 큰 칼날을 젖혀 보였다.

"뭐! 봅 제이킨이라고?" 톰은 말했으나 진심으로 기쁘지는 않았다. 주머니칼에 얽힌 어린 시절의 친밀함이 톰에게는 다소 창피하게 느껴져 봅이 그 이야기를 꺼내는 것이 아주 좋다고 확신할 수 없었기 때문이다.

"예, 예, 제가 바로 봅 제이킨이에요. 함께 다람쥐를 쫓던 여러 명의 봅 가운데서도 바로 그 제이킨이라고요. 그때 제가 나무 위에서 뛰어내리다가 무릎을 다쳤잖아요. 하지만 다람쥐는 꼭 붙잡고 있었죠. 그래서 그놈이 저를 할퀴었지요. 이 칼날 무뎌진 것 좀 보세요. 하지만 이걸 새것으로 바꿀 생각은 안 했어요. 왜냐고요? 누군가 저를 속여서 다른 칼로 바꿔줄 것 같아서죠. 세상에 이렇게 제 손에 꼭 맞는 칼이 또 어디 있겠어요. 아무도 제게 뭘 주려는 사람이 없었잖아요, 도련님 말고는요. 만일 빌 폭스가 테리어 강아지를 물에 빠뜨려 죽이는 대신 저에게 주지 않았다면, 저는 제게 주기 전에 그 자식을 혼내줬을 거예요.”

봅은 날카롭지만 좀 떨리는 목소리로 입심 좋게 말했다. 놀랄 만큼 재빨리 긴 이야기를 마치고는 칼날을 옷소매에 대고 북북 문질렀다.

“이봐, 봅.” 톰은 약간 은혜깨나 베푸는 듯이 말했다. 봅과의 친분이란 싸우면서 헤어졌던 이유밖에 기억나지 않았지만, 지난 일을 생각하니 친근감이 생겼다. “내가 뭐 도울 일이라도 있나?”

“아, 아닙니다, 톰 도련님.” 봅은 찰칵 소리를 내며 칼을 접어 주머니에 집어넣더니 주머니에서 뭔가 다른 것을 찾는 듯했다. “도련님이 어려움에 처해 있고, 주인님이 더 이상 얼굴을 들 수 없게 됐다고 사람들이 말해서 찾아온 건 아닙니다. 제가 새들을 쫓을 때 순무를 뽑아 먹다가 잡혀 주인님께 재미로 얻어맞기도 했죠. 도련님, 저는요, 전에 주머니칼을 주셨다고 해서 또 한 개 달라고 온 것도 아닙니다. 만일 누가 제 눈을 멍들게 했다고 해도 그것으로 그만이에요. 저도 한 방 먹이기 전에 또 한 방 치라고 부탁하지는 않는단 말씀이죠. 그놈이 제게 못되게 굴었더라도 저는 좋은 쪽으로 그 빚을 갚을 거란 말씀입니다. 어쨌든 더 이상 비굴한 태도는 갖지 않을 겁니다, 톰 도련님. 그리고 도련님은 어렸을 때 제가 제일 좋아했던 사람이죠. 그때 가죽 끈으로 패고, 다시는 거들떠보지도 않으셨지만 말이죠. 딕 브럼비 있잖아요, 그 녀석은 제가 마음만 먹으면 실컷 패줄 수도 있지요, 도련님. 아무리 패도 맞는 쪽에서 끄떡도 하지 않는다면 어쩌겠어요. 저는 눈알이 튀어

나올 만큼 얻어맞고도 끄떡없이 째려보는 놈들을 본 적이 있어요. 새 꼬리가 나뭇잎은 아니라고 결국 불게 되었지만요. 그런 놈들과 실랑이하는 건 할 일이 못 되죠. 그런데 도련님은 절대로 겁먹을 분이 아니잖습니까. 제가 숲을 뒤지면, 도련님이 달아나는 쥐나 담비 따위를 작대기로 틀림없이 때려잡을 거라 믿었어요."

봅이 더러운 헝겊 포대를 꺼냈는데, 마침 매기가 방에 들어와 놀라고 호기심 어린 눈길로 그를 바라보지 않았다면 아마 뭔가 계속했을 터였다. 그런 시선을 받자 그는 점잖게 빨간 머리를 다시 당겨 묶었다. 그런데 다음 순간 매기는 방이 바뀐 데 생각이 미치자 봅이 있다는 사실을 잊었다. 그녀는 곧 그에게서 시선을 돌려 책장이 있던 곳을 바라보았다. 그곳 벽에는 조금 전까지만 해도 책장이 장방형으로 놓여 있어서 빛에 바래지 않은 자국만 남았을 뿐, 그 밑에는 성경과 책 몇 권이 탁자에 놓여 있었다.

"톰 오빠," 매기는 기가 막힌 듯이 외쳤다. "책들이 다 어디 간 거야? 난 글레그 이모부가 다 사준다는 말을 들었는데, 아니야? 이게 전부야?"

"그런 것 같아." 톰 역시 기가 찬 듯 뇌까렸다. "가구도 조금 사줬는데 책을 많이 사주겠니?"

"하지만 오빠," 매기는 눈물이 그렁그렁해서는 어떤 책이 남아 있나 보려고 탁자로 다가갔다. "오빠가 예쁘게 색칠해 준 『순례자의 행진』이랑, 거북이 망토를 입은 순례자 그림이랑. 오, 이럴 수가!" 매기는 중얼거리며 몇 권 안 되는 책을 뒤적이다가 눈시울을 붉혔다. "난 평생 그 책들과 헤어지지 않을 줄 알았는데, 우린 모든 걸 잃었어. 아마 우리가 죽을 때는 처음 태어났을 때처럼 무일푼이 되고 말 거야."

매기는 탁자에서 돌아와 의자에 몸을 기댔다. 눈동자에 맺힌 커다란 눈물방울이 금세 뺨에 흘러내릴 것 같았다. 봅이 거기 와 있다는 생각은 미처 못 했다. 봅은 이해력보다 감각이 더 예민한, 말 못 하는 영리한 짐승처럼 매기를 바라보았다.

"저, 봅," 톰은 책 이야기를 하는 게 못마땅했다. "우리 불행을 듣고 보러 온 모양이군. 그렇다면 아주 친절하군."

"제가 왜 왔는지 말씀드리죠, 톰 도련님." 봅은 포대를 풀며 말했다. "지난 이 년 동안 나룻배 일을 했어요. 그걸로 먹고살았죠. 토리네 방앗간에서 이따금 화로 일을 봐주는 것 말고요. 그런데 이 주일쯤 전에 행운을 잡았어요. 저는 늘 운이 좋은 놈이라고 생각하거든요. 덫을 놓으면 안 걸린 적이 없다니까요. 덫 이야기를 하려는 건 아니고요. 토리네 방앗간에 불이 났어요. 그걸 제가 껐죠. 그러지 않았으면 기름에 불이 붙었을 거예요. 그래서 주인 양반이 제게 10파운드를 주셨어요. 지난주에 그분이 직접 주셨지요. 그분이 뭐라고 하셨는지 아세요? 제가 용감한 친구라는 거예요. 그거야 이미 알던 사실 아닙니까. 그렇게 말씀하시면서 10파운드를 주시더군요. 이게 그 돈이에요. 1파운드만 빼고요." 봅은 헝겊 포대를 탁자 위에 쏟아 돈이 나오게 했다. "이 돈을 받을 때 제 머리는 팔팔 끓는 주전자 같았어요. 어떻게 살아가나 하는 온갖 생각이 뒤범벅

되었기 때문이죠. 생각해 둔 장삿거리가 많았거든요. 나룻배 일은 신물이 났어요. 그 일은 돼지 곱창이 늘어나듯 아무리 해도 끝이 없다니까요. 그래서 처음 떠올린 생각은 흰족제비와 개를 사서 쥐 사냥꾼이 된 다음, 뭔지 잘 모르지만 나중에는 더 큰 일을 해야겠다는 거였어요. 쥐 잡는 일이야 속속들이 아니까요. 이렇게 생각한 끝에 마침내 행상인이 되는 게 좋겠다고 마음먹었죠. 행상인에 대해서라면 좀 알거든요. 될 수 있는 한 짐은 가볍게 지고……. 저는 또 말재간이 있잖아요. 쥐잡기나 나룻배 일은 말재간이 필요 없죠. 그래, 동네방네 돌아다니며 아줌마들을 말재간으로 속여먹고 주점에서 따뜻한 식사를 하고, 그것 멋지잖아요!"

봅은 일단 멈추더니, 그 청사진을 결연히 버리기라도 하듯 다시 결의에 차서 말을 이었다.

"하지만 그런 건 전혀 상관없어요. 저, 10파운드 중 1파운드는 어머님께 거위를 사시라고 드렸어요. 푸른 조끼하고 물가죽 모자를 사는 데도 썼고요. 행상인이 되려면 제대로 할 생각이었거든요. 하지만 이젠 상관없어요, 정말입니다. 제가 돌대가리인가요. 머지않아 불난 집 불을 또 끄게 될 텐데요. 저는 운이 좋은 놈이라고 했잖아요. 그러니 이 9파운드를 받아주시면 고맙겠어요, 도련님. 주인님이 망한 게 사실이라 해도, 이거 받고 힘내세요. 큰 도움은 못 돼도 조금은 도움이 될 겁니다."

톰은 자존심이나 의심을 잊을 정도로 크게 감명받았다.

"넌 정말 좋은 친구야, 봅." 톰은 이렇게 말하며 얼굴이 붉어졌고, 말도 더듬었다. 그의 떨리는 목소리 때문에 그의 자존심과 위엄까지 매력으로 느껴졌다. "널 잊지 않을게. 오늘 저녁엔 못 알아봤지만 말이야. 하지만 그 9파운드는 받을 수 없어. 너도 넉넉지 못한 데다, 그 돈은 별로 도움이 안 돼."

"도움이 안 된다고요, 도련님?" 뽑이 속상한 듯 말했다. "그 돈이 제게 필요할 거라고 생각하시는 말씀 같은데, 그럴 필요 없어요. 저는 가난하지 않아요. 어머니는 깃털 뽑는 일 등을 해서 곧잘 돈을 버세요. 게다가 어머니는 빵과 물만 드시거든요, 살이 너무 쪘다고요. 그러니까 저는 운이 좋은 놈이라고요. 하지만 톰 도련님은 그렇게 운이 좋은 편이 못 되잖아요. 주인어른도 그렇고요. 어쨌든 도련님이 제 행운을 조금 가져가도 하나도 해가 안 돼요. 참, 언젠가 강에서 돼지 다릴 주웠죠. 필경 네덜란드제 뱃머리에서 떨어졌을 거예요. 자, 잘 생각해 보세요, 도련님. 안 받으시면 제게 무슨 원한이 있는 것으로 생각할 겁니다."

뽑은 금화를 내밀었다. 그때 톰이 말하기도 전에 매기가 두 손을 맞잡고 미안한 얼굴로 뽑을 보면서 이렇게 말했다.

"아이, 미안해요, 뽑. 당신이 이렇게 따뜻한 사람인 줄 몰랐어요. 당신은 정말 이 세상에서 가장 친절한 사람이에요!"

뽑은 매기가 자기를 마음속으로 그토록 좋지 않게 생각하는 줄은 미처 몰랐다. 하지만 매기가 진심으로 후회하면서 그렇게 멋진 칭찬을 해주자 기분이 좋아져 웃었다. 특히 젊은 아가씨에게 칭찬받았으니 그럴 수밖에. 그날 저녁 봅은 "매기의 눈동자는 참 특별한데, 어쩐지 느낌이 좋지 않게 만들어요." 하고 어머니에게 말했다.

"아니, 받을 수 없어, 봅." 톰이 말했다. 그러나 내가 받지 않는다고 해서 고마운 네 마음을 몰라준다고 생각하지는 마. 난 지금 누구에게든 아무것도 받고 싶지 않아. 일을 해서 돈을 벌고 싶다고. 그리고 이 금화를 받아도 별로 도움이 안 돼, 정말이야. 대신 악수나 하자."

톰은 분홍빛 가냘픈 손을 내밀었다. 그러자 봅이 거칠고 때 묻은 손을 내밀어 톰의 손을 잡았다.

"내가 금화를 포대에 넣어줄게요. 그리고 장사가 끝나면 언제든지 놀러 와요." 매기가 말했다.

"쓸데없이 생색만 내려고 온 것 같네요. 돈 구경이나 시키러 온 것 같다고요." 매기가 자루를 돌려주자, 봅이 불만스럽다는 듯이 말했다. "이런 식으로 돈을 돌려받으면 제가 뭘 하려다 사실 아무것도 한 게 없는 셈이 되잖아요. 이건 악당이나 바보가 하는 짓인데, 저는 그런 놈은 두들겨 패주고 싶다고요, 젠장."

"아니야, 네가 잘못한 건 하나도 없어. 잘못했다면 잡혀가겠지, 안 그래?" 톰이 말했다.

"아닙니다, 아니에요. 그런 일 없어요, 도련님." 봅이 소리쳤다. 그는 매우 당당하고 기분이 좋아 보였다. "하찮은 일 갖고 트집을 잡지는 않습니다. 다만 이따금 바보를 골탕 먹이는 건 그 사람을 똑똑하게 만들어주려고 그러는 것뿐입니다. 안 그러면 그 녀석은 똑똑해질 수 없으니까요. 어쨌든 정 그렇다면 1파운드라도 받아주세요. 그걸로 도련님과 아가씨에게 필요한 물건을 사세요. 정표로 받아 주세요. 제게 주신 주머니칼 대신 받으시면 되잖아요."

봅은 이렇게 말하며 금화를 내놓고는 포대를 묶었다. 그러나 톰은 금화를 다시 봅 앞으로 밀어놓으며 말했다. "정말 고맙지만 받을 수 없어." 그러자 매기가 금화를 집어 봅에게 건네주며 다정하게 말했다.

"지금은 안 돼요. 이다음에 또 기회가 올지 모르잖아요. 만일 톰 오빠나 아빠에게 도움이 필요하면 그땐 알릴게요. 톰 오빠, 그럴 거지? 그럼 바라는 대로 되잖아요. 언제든 지 당신을 친구로 의지할 거예요. 그렇지, 오빠?"

"고맙습니다, 아가씨." 봅은 말하면서도 돈을 되돌려 받는 것이 어쩐지 내키지 않았다. "아가씨가 원하는 일이라 면 언제든지 돕겠습니다. 그럼 이만 인사하고 가보겠습니다, 아가씨. 행운을 빕니다. 톰 도련님. 악수해 주셔서 고 맙습니다, 돈은 안 받으셨지만요."

그때 케지아가 영 못마땅한 얼굴로 들어와서는 차를 지금 내와야 할지 물었다. 안 그러면 토스트가 돌덩이처럼 딱딱하게 굳을 거라는 것이었다. 그 때문에 봅의 수다에 적절히 제동이 걸려, 그는 황급히 인사하고 나갔다.

# 7
## 암탉은 어떻게 계략을 궁리하는가

날짜가 지남에 따라, 털리버 씨는 차츰 회복되는 기미가 뚜렷해졌다. 적어도 의사 눈에는 그렇게 보였다. 마비 증세로 인한 장애도 차츰 줄어들었다. 가끔 발작을 일으키곤 했지만 조금씩 정신이 회복되고 있었다. 그 모습은 눈사태를 만난 짐승이 벗어나려 애쓰지만, 눈이 자꾸만 무너져 내려 애써 뚫은 구멍을 다시 덮어버리는 것과 흡사했다.

만일 막연하고 확실치 않은 희망을 품고 방에서 순간순간 시간을 재고 있었다면, 그의 침대 곁을 지키는 사람들에게는 시간이 정말 기어가는 듯 느껴졌을 것이다. 하지만 그들은 밤이 너무 빨리 온다고 느낄 만큼 성큼성큼 다가오는 두려움에 의거해 시간을 측정했다. 털리버 씨가 서서히 정신을 되찾는 반면, 그의 운명은 매 순간 눈에 뚜렷이 보일 만큼 빨리 변하고 있었다. 세리들은 벌써 일을 마쳤다. 그들은 마치 용감한 군인이 제대로 조준만 한다면 한두 명의 생명을 앗아 갈 총을 양심적으로 제조하는 훌륭한 총포 대장장이처럼 일했다. 사건 처리 증명서*와 대법원의 청구서 뭉치, 매매 명령서 등은 법적인 연발 사격이나 포탄 투하 같았다. 그것들은 목표물만 맞추는 게 아니라 그 파편을 사방에 퍼뜨린다. 우리 인생에서 다른 사람이 저지른 죄 때문에 고통을 받는 일들은 너무 깊이 숨어 있고, 인간의 고통은 반드시 널리 퍼진다. 그래서 정의마저도 희생자를 만들고, 부당한 고통의 고동 속에서 원래 의도와는 달리 상처를 주게 된다.

1월 둘째 주 초에, 대법원 명령에 따라 털리버 씨의 농장과 가축을 경매한다는 전단이 배포되었다. 그것은 이미 공고된 물방앗간과 토지 매각에 따른 것으로, 골든 라이언에서 저녁 식사를 한 뒤 적당한 시각에 진행된다는 것이었다. 물방앗간 주인인 털리버 씨는 그동안 많은 세월이 흐른 줄도 모르고, 여전히 응급조치를 할 수 있는 초기 단계로 알고 있었다. 그는 가끔 정신이 들면, 자기가 '회복' 되면 할 계획을 기운 없이 횡설수설하곤 했다. 부인과 자녀들에게는 최소한 털리버 씨가 정든 고장을 떠나 전혀 낯선 고장에서 다른 일을 찾지 않아도 되리라는 희망이 없는 것은 아니었다. 일이 이렇게 되어서야 딘 이모부에게 그 일을 맡도록 부탁했기 때문이다. 이모부도 인정한 것처럼, 돌코트 물방앗간을 사서 경영하는 것이 게스트 회사의 투자 대상으로 결코 불리하지 않을 터였다. 그 사업은 유망

---

* 사건이 끝나면 공공 기관에서 발부해 주는 증명서.

하고 증기 기관을 설치한다면 더욱 발전될 것이다. 그렇게 되면 털리버는 경영자 자리를 유지할 수 있을 것이다. 딘 이모부는 그 일에 대해 결정적인 말은 아직 하지 않았다. 그 땅의 저당권을 웨이컴이 갖고 있으니 그 땅을 몽땅 사 버리고, 더 나아가 경매 때 사업을 감정적으로 하지 않는 신중한 게스트 회사보다 더 비싼 값을 부를 생각을 할 수 도 있었다. 딘 씨는 털리버 부인에게 그럴 가능성도 얼마 간 있음을 이야기해야 했다. 그때 그는 글레그 씨와 함께 물방앗간에 가서 장부를 살펴보려고 했다. 그러나 털리버 부인이 "그들의 제유 공장이 중요한 사업이 되기 전부터 털리버 씨의 아버지와 할아버지가 돌코트 물방앗간을 경영 해 왔다는 점을 게스트 회사 측에서 고려해 주기만 한다 면"이라고 말하는 바람에 설명을 해줘야 했다. 딘 씨는 그 두 가지 사업의 관계가 투자 가치를 정확히 결정지을지 의 문이라고 대답했다. 글레그 이모부 입장에서, 그런 일은 아예 그의 상상력을 초월한 사업이었다. 그 마음씨 착한 사 람은 진심으로 털리버 가족을 동정했다. 그러나 그는 돈이 란 돈은 모두 전망 좋은 저당권에 묶어두어서 모험을 할 수 가 없었다. 물론 친척에게는 부당한 일이었다. 그러나 그 는 자기가 더 부드러운 옷감을 고르느라 벗어놓은 새 플란 넬 조끼 몇 벌을 털리버 씨에게 주고, 털리버 부인에게는 가끔 홍차를 1파운드씩 사다 주기로 마음먹었다. 그가 갖 다준 최고급 홍차를 보고 기뻐하는 털리버 부인의 모습을 보는 것은 자비심 때문에 그가 이전부터 좋아하던 일이다.

게다가 딘 씨는 확실히 털리버 가족에게 친절한 마음을

품고 있었다. 언젠가 딘 씨는 크리스마스 휴가로 집에 와 있는 루시를 데리고 왔다. 루시는 금발의 천사 같은 얼굴을 더욱 가무잡잡해진 매기의 뺨에 대고 입을 맞추며 눈물을 흘렸다. 그 예쁘고 가냘픈 딸들이 유수한 회사에서 존경받는 동업자인 딘의 마음을 뭉클하게 만들었다. 루시가 불쌍한 사촌들에 대해 얼마나 걱정하고 동정하며 묻던지, 딘 이모부는 더욱 서둘러서 톰에게 임시 창고직을 얻어주고, 저녁에는 부기와 계산을 배우도록 도와주었다.

그때 아버지가 결국 파산하고 말았다는 두려운 사실이 알려지지 않았다면, 소년은 기분도 좋아지고 어느 정도 희망도 가졌을 것이다. 채권자들은 당초 액수보다 적게 받아야 했는데, 사정을 잘 모르는 톰이 보기에는 결과적으로 파산이나 다름없었다. 결국 아버지는 재산을 잃었을 뿐 아니라 사업에 '실패'했다고 소문날 터였다. 이 단어는 톰에게 가장 끔찍한 것이었다. 피고 측 비용을 다 갚는다 해도, 다른 빚과 은행에서 손해 본 금액과 사정을 봐줘서 싸게 매긴 고어 씨의 수고비가 아직 남아 있기 때문이다. "그래 봐야 반도 못 갚은 거야." 딘 씨는 입술을 꽉 다물고 단호하게 예언했다. 그 말이 떨어지자 톰은 계속 상처를 남기는 뜨거운 물을 뒤집어쓴 것 같았다.

톰은 자기 처지가 불행해지자, 활기를 얻을 만한 것을 찾지 못해 우울해졌다. 스텔링 학교에서 공부나 하며 지루하게 시간을 보내고 '마지막 학기'에는 공상이나 하며 놀던 톰이, 갑자기 자루와 가죽, 그리고 바로 옆에 무거운 짐을 요란하게 내려놓는 거친 목소리의 일꾼들 틈에 놓이게 되다니. 출세하려고 내디딘 그의 첫걸음은 춥고, 먼지 투성이에, 시끄러운 일이었다. 더군다나 세인트오그스에 있으려니 차도 못 마시고, 담배 냄새가 지독한 방에서 늙은 외팔이 직원에게 회계 공부를 해야 했다. 톰의 분홍빛 흰 얼굴은 저녁에 집에 돌아와 모자를 벗어 던지고 시장기를 몹시 느낄 때쯤이면 혈색이 매우 나빴다. 당연히 그는 어머니나 동생이 말을 걸어오면 화를 냈다.

그런데 그동안에 털리버 부인은 바로 다름 아닌 자기가 나서서 끔찍한 결과를 막아 웨이컴이 즐거이 물방앗간을 구입하지 못하도록 궁리 중이었다. 정말 존경할 만한 사랑스러운 암탉 한 마리를 상상해 보라. 머리를 굴려 생각을 짜맞추는 아주 이상한 변종으로서, 농부가 자기 모가지를 비틀거나 자기와 병아리를 시장에 내다 팔지 못하게 하는 암탉 말이다. 하지만 그 결과는 꼬꼬댁거리며 날개를 푸덕거리는 것 외에 아무것도 아니었다. 만사가 잘못된 것을 알게 된 털리버 부인은 그동안 자신이 너무 얌전히 살아왔으며, 사업에도 신경 쓰고 가끔 강한 결단을 내렸다면 자신과 자기 가족이 이보다는 낫지 않았을까 하는 생각을 하기 시작했다. 아무도 이 물방앗간 문제에 관해 웨이컴 씨에게 가서 얘기하려는 것 같지 않았다. 그러나 털리버 부인의 생각으로는 그것이 바람직한 결과를 보장하는 지름길 같았다. 확실히 털리버 씨가 직접 나서는 것은 아무 소용이 없을 터였다. 설사 그가 그만한 능력과 마음을 갖고 있다 하더라도, 그는 웨이컴과 '법정 대결'을 한 데다 지난 십 년간 그를 헐뜯었으니 말이다. 웨이컴도 항상 털리버 씨에게 반감을 갖고 있었을 것이다. 털리버 부인은 드디어 이런 결론에 도달했다. 즉 남편이 큰 잘못을 저질러서 자신을 이런 고생길로 몰아넣었기 때문에, 본인은 남편이 웨이컴에 대해 가진 생각도 틀렸다고 생각하게 되었다는 것. 웨이컴이 '집으로 집달리를 불러들여 물건들을 팔아치운' 것은 분명한 사실이지만, 털리버 씨에게 돈을 빌려준 사람들의 비위를 맞추려고 어쩔 수 없이 그렇게 한 것이라 짐작한다는 것이다. 변호사는 한 사람보다 여러 사람의 비위를 맞춰야 하기 때문이다. 그는 자기와 법정 소송까지 벌인 털리버 씨가 다른 사람들을 지배하게 할 것 같지 않았다. 그 변호사는 아주 합리적인 사람일지 모른다. 왜 그렇지 않겠는가? 그는 클린트 양과 결혼했다. 털리버 부인이 그 소식을 들은 것은 짧은 푸른 공단 재킷을 입었던 여름이었다. 부인은 웨이컴의 해악을 전혀 몰랐기 때문에, 털리버 씨에 관해 아무 걱정도 하지 않았다. 확실히 자기에 관해, 더욱이 자기가 도슨가 출신이란 걸 알게 된다면, 좋은 마음 외에 다른 마음은 품을 수 없을 것이다. 자신을 만나보기만 해도 당장 부인 자신은 법정까지 가기를 원치 않았다는 것과, 지금도 모든 일에 대해 남편보다 웨이컴 씨의 의견을 따르려 함을 알 것이다. 요컨대 자기처럼 우아한 부인이 '칭찬'하려는 것을 보면, 웨이컴이 어찌 자신의 제안을 듣지 않겠는가? 지금까지는 가만히 있었지만 이제부터는 그의 앞에서 그 문제에 관해 자기 의견을 명백히 제시할 참이었다. 그렇게 한다면 웨이컴이 자기를 괴롭히려고 일부러 가서 물방앗간을 입찰시키지는 않으리라 생각했다. 부인은 너무나 순진해서, 젊은 시절 자기가 달레이경 댁에서 그와 함께 춤을 췄다는 사실만으로도 충분하다고 생각했던 것이다. 그녀는 그 당시 그곳에서 열린 무도회에서 지금은 이름조차 생각나지 않는 젊은 남자들과 가끔 춤을 추었다.

털리버 부인은 이런 생각을 마음속에 감추고 있었다. 왜냐하면 그녀가 직접 웨이컴 씨에게 얘기하겠다고 딘 씨와 글레그 씨에게 암시하면, 그들은 "안 돼, 안 돼." 하거나 "홍, 체." 또는 "웨이컴은 그냥 건드리지 마."라고 말할 것이며, 그 말투는 그녀가 자기 계획을 더 분명히 밝히는 데 솔직히 주의하지 않을 남자들의 말투일 것이기 때문이다. 더욱이 털리버 부인은 자신의 계획을 톰이나 매기에게 말할 엄두는 내지 못했다. 아이들은 늘 어머니가 하는 일에 반대해 왔기 때문이다. 그녀가 보기에 톰은 아버지만큼이나 웨이컴에게 적개심을 품고 있었다. 하지만 이 기발한 생각에 집중하자 털리버 부인에게는 자연히 특별한 계획과 결심이 생겼다. 그녀는 더 이상 지체할 수가 없어 골든 라이언에서 매각이 이루어지기 하루나 이틀 전에 자기 계획을 실천에 옮겼다. 털리버 부인에게는 저장해 둔 오이 피클과 케첩이 많았는데, 자기가 직접 나서서 팔면 야채 상인 힌드마시 씨가 확실히 살 것 같았다. 이런 경위로 그녀는 그날 아침 톰과 함께 세인트오그스로 걸어가고 있었다. 톰은 지금으로서는 오이 피클은 그대로 두는 게 좋겠다고 말했다. 톰은 아직 어머니가 돌아다니는 것이 마음에 들지 않았다. 그녀는 소녀 시절 돌아가신 할머니에게 전수받은 비법에 따라 만든 오이 피클에 대해서 감히 반대하는 아들의 행동에 몹시 상처를 받은 듯했다. 그래서 톰이 양보했고, 어머니가 대니시 거리 쪽으로 돌아설 때까지 함께 걸었다. 그 거리에서는 힌드마시 씨가 야채 가게를 하고 있었고, 웨이컴 씨 사무실도 거기서 그리 멀지 않았다.

웨이컴 씨는 아직 사무실에 나오지 않았다. 털리버 부인은 사무실 난롯가에 앉아 기다릴 것인가? 시간을 잘 지키는 변호사가 금방 들어와서 털리버 부인은 별로 기다리지 않았다. 일어나 몸을 구부려 얌전히 인사하는 통통한 금발의 여인을 그는 이마를 찌푸리며 바라보았다. 그는 키가 크고 매부리코에 숱 많은 회색 머리였다. 여러분은 이제껏 웨이컴 씨를 본 적이 없었으므로, 그가 진짜 악당이며 교활한 데다 일반적으로 정직한 사람을 별로 좋아하지 않고, 특히 털리버를 싫어하는지 아마 궁금할 것이다. 사실 우리는 지금까지 물방앗간 주인의 마음속에 있는 그의 모습을 통해서만 그를 보아왔기 때문이다.

화를 잘 내는 물방앗간 주인은, 괴로운 일이 생기면 분명히 그 일이 자기 인생을 공격하는 것이라고 해석하는 사람이었다. 또 자신은 틀림없는 사람이라는 그의 절대적인 믿음도 한번쯤은 검토해 봐야겠지만, 어쨌든 이 복잡한 세상 분쟁에 대해 어느 정도 책임이 있다는 것은 분명한 사실이었다. 그 분쟁들을 설명하려면 아주 적극적으로 설치는 악마 같은 인물을 가정해 봐야 할 정도였다. 또한 그 변호사에게 더 죄가 있는 게 아니라고 생각할 수도 있다. 그 변호사에게 죄가 있다면, 그것은 규칙적으로 일만 하는 정교한 기계가, 너무 가까이 다가갔다가 갑자기 예기치 않게 기계 바퀴에 휘말려 다진 고기처럼 되어버린 성질 급한 사람에게 지은 죄 정도일 것이다.

그러나 사실 그의 얼굴을 한 번 보고 이 문제를 정할 수는 없을 듯하다. 사람의 얼굴 윤곽과 안색은 다른 상징처럼, 열쇠가 없으면 늘 쉽게 읽을 수 있는 것은 아니다. 털리버 씨 마음에 들지 않았던 그 매부리코에 대한 지금까지의 의견 말고, 이제껏 그를 악당처럼 보이게 한 것은 기껏 빳빳이 세운 칼라 정도였다. 물론 그 칼라의 모양새도 매부리코의 경우처럼, 일단 악당으로 낙인찍히면, 꼴사납게 보일 터였다.

"털리버 부인이신가 보군요?" 웨이컴 씨가 말했다.

"예, 선생님, 처녀 시절 이름은 엘리자베스 도슨이었습니다."

"앉으세요. 무슨 일로 오셨죠?"

"예, 의논드리고 싶은 일이 있어서요." 털리버 부인이 말했다. 그녀는 지금 정말 만만치 않은 사람 앞에 있는 자신의 용기에 놀라기 시작했다. 그녀는 무슨 말부터 꺼내야 할지 미처 결정 못 했다는 생각이 떠올랐다. 웨이컴 씨는 조끼 주머니를 뒤지며 말없이 그녀를 바라보았다.

"선생님," 그녀는 마침내 입을 열었다. "선생님, 제 남편이 소송에서 지고, 집달리가 들이닥쳐 옷감들이 팔려나갔다고 해서 제가 선생님을 원망하고 있을 거라고는 생각지 말아주세요. 정말……! 저는 그런 식으로 자라지는 않았으니까요. 제 아버님을 기억하시리라고 믿습니다만, 선생님, 그분은 달레이 경과 절친한 친구 사이셨지요. 그래서 우리는 늘 그곳 무도회에 가곤 했답니다. 우리 도슨가 자매들이 갈 때마다 모두의 시선을 끌었지요. 우린 네 자매였거든요. 글레그 부인과 딘 부인이 제 언니란 것은 알고 계시겠죠. 그리고 재판을 한다거나, 돈을 잃고, 사람이 죽기도 전에 그 집 물건을 팔아치우는 일로 말할 것 같으면 그런 얘기는 시집오기 전에는, 아니 시집오고 나서도 한동안 들어보지 못했어요. 더구나 우리 가문의 생활 방식과 전혀 다른 집안에 시집오게 된 것은 제가 책임져야 할 불행도 아니잖아요. 또 다른 사람들이 선생님 험담을 하는 것처럼, 제가 그런 험담에 말려들 사람도 아니고요. 아무도 제가 그런 사람이라곤 보지 않을 겁니다."

털리버 부인은 고개를 약간 저으며 손수건 가장자리를 바라보았다.

"부인께서 하신 말씀은 모두 믿겠습니다, 털리버 부인." 웨이컴 씨는 차갑지만 정중하게 말했다. "그런데 찾아오신 목적이 있는 것 같은데요?"

"그래요, 선생님. 늘 저 스스로 생각해 온 것인데요, 선생님께도 당연히 감정이 있을 거라고 말이지요. 남편은 지난 두 달 동안 제정신이 아니었답니다. 절대로 남편을 편들려는 게 아닙니다, 절대로요. 남편이 관개에 화를 낸 일도요. 나쁜 인간만 없다면 남편은 절대로 단 한 푼도 누구에게든 피해를 입힐 사람이 아닙니다. 고의로는 말이죠. 남편의 불같은 성질과 재판에 대해서 제가 뭘 할 수 있겠어요? 남편은 선생님께 토지 소유권이 있다는 소식을 알리는 편지를 받고는 마치 죽은 것처럼 졸도하고 말았답니다. 하지만 저는 선생님이 신사다운 행동을 하시리라 믿습니다."

"그게 다 무슨 말씀입니까, 털리버 부인?" 웨이컴 씨는 다소 날카롭게 물었다. "대체 내게 뭘 묻고 싶은 겁니까?"

"저, 선생님, 아량을 베푸신다면," 털리버 부인은 약간 놀라서 더 황급히 말했다. "만일 아량을 베푸셔서 토지와 물방앗간을 사지 않으신다면, 토지 자체가 문제는 아니거든요. 다만 남편은 선생님께서 그 땅을 소유하는 것을 몹시 못마땅하게 여기고 있답니다."

이때 웨이컴 씨 얼굴에 새로운 생각이 섬광처럼 스쳤다. 웨이컴 씨는 이렇게 말했다. "내가 그 땅을 살 거라고 누가 그러던가요?"

"저, 선생님, 그야 제가 꾸민 말도 아니고요, 저는 그런 생각을 해본 적도 없어요. 남편은 어쨌든 법이 뭔지 알아야 해요. 남편은 늘 변호사란 뭐든 매입해서는 안 된다고 말해 왔거든요, 땅이든 가옥이든 말이지요. 다른 방법으로도 항상 자기들 손에 넣을 수 있다고요. 그래서 저는 선생님도 그럴 거라고 생각했죠. 선생님, 선생님은 반대로 하실 분이 아니시겠죠?"

"아, 좋습니다. 그런데 누가 그런 말을 합디까?" 웨이컴은 책상을 열어 서류를 정리하면서 거의 들리지 않게 휘파람을 불었다.

"저, 선생님, 그건 글레그 씨와 딘 씨입니다. 모두 사업가들이지요. 딘 씨 생각으로는 게스트 회사가 물방앗간을 사서 털리버 씨에게 물방앗간 일을 맡기려 한다는군요. 그래요. 만일 선생님께서 경매에 입찰해 값을 올리지만 않는 다면요. 남편이 하던 일을 계속할 수 있다면 얼마나 좋겠어요. 게다가 생계도 유지되고요. 그 물방앗간은 전에 시아버님 소유였지요. 시조부님께서 세운 방앗간이거든요. 사실 저는 처음 결혼했을 때는 그 물방아 돌아가는 소리가 듣기 싫었어요. 우리 집에는 물방앗간이 없었으니까요. 도슨가 말이에요. 게다가 그 물방앗간이 그렇게 법과 많이 관련되어 있다는 걸 알았다면, 물방앗간 집에 처음으로 시집오는 도슨가의 딸이 되지도 않았을 겁니다. 하지만 저는 관개니 뭐니 그런 것은 하나도 몰랐거든요, 몰랐죠."

"그러니까 무슨 뜻입니까? 게스트 회사가 그 방앗간을 사서 당신 남편에게 월급을 준다는 겁니까?"

"그렇습니다, 선생님. 이해하기 힘드시겠지만," 가엾은 털리버 부인은 이렇게 말하면서 눈물을 흘렸다. "남편은 월급을 받아야 해요. 하지만 물방앗간에 있는 것이 다른 데로 옮기는 것보다 더 나을 것 같아요. 선생님께서 배려해 주신다면, 만일 선생님께서 물방앗간을 입찰해 구입한 다면, 남편은 전보다 더 큰 충격을 받을 겁니다. 그리고 지금만큼도 더 회복되지 못할 거예요."

"글쎄요. 하지만 만일 내가 물방앗간을 사서 당신 남편이 그전과 똑같이 운영하게 한다면 어떻겠습니까?" 웨이컴 씨가 말했다.

"오, 선생님, 남편이 그런 제안을 받아들일지 모르겠네요. 혹시 그 물방앗간이 제발 그래 달라고 하면 모를까요. 선생님 이름은 남편에게 독약이나 다름없거든요. 전에는 안 그랬는데, 선생님을 자신이 몰락하게 된 모든 원인으로 간주하게 된 거죠. 그러니까 목장 사이로 길을 놓겠다고 재판을 건 뒤부터 말이지요. 그게 팔 년 전인가요. 그때부터 늘 그러는 거예요. 그러나 저는 항상 그 생각이 옳지 않다고 말했죠…….."

"고집불통에 입이 더러운 바보 같으니라고!" 웨이컴 씨는 깜빡 잊고 소리를 질렀다.

"아니, 선생님!" 털리버 부인은 자기 생각과 전혀 다른 결과에 놀랐다. "저는 선생님께 반대할 생각은 아니었어요. 남편이 병을 얻고 난 뒤 마음을 바꿨을지도 모르겠군요. 늘 하던 얘기도 곧잘 잊어버리거든요. 그리고 선생님은 마음속에 송장을 품고 싶진 않으시겠죠. 남편이 혹시 돌아가신다면 어쩌겠어요. 더구나 사람들 말로는 돌코트 물방앗간은 주인이 바뀌면 재수가 없다고들 해요. 물이 몽땅 말라버린다나, 뭐 그런 얘기죠……. 저는 선생님께서 그런 불운을 당하길 원치 않아요. 참, 깜박하고 말씀드리지 못했는데요, 저는 선생님 결혼식을 어제 일처럼 기억하고 있어요. 웨이컴 부인은 클린트 양이었죠, 알고 있어요. 제 아들만큼 멋지고 잘생기고 예의 바른 애도 없을 텐데, 그 애가 선생님 아드님과 같은 학교에 다녔어요…….."

웨이컴 씨는 자리에서 일어나 문을 열더니 직원을 불렀다.

"말씀을 가로막아 죄송합니다, 털리버 부인, 할 일이 있어서요. 더 하실 말씀이 없나 본데요."

"하지만 이 일은 꼭 염두에 두시기 바랍니다." 털리버 부인이 일어나며 말했다. "저나 제 자식과는 다투는 일이 없었으면 합니다. 저는 털리버 씨가 잘못했다는 사실을 부인하려는 게 아니니까요. 다만 그는 이미 충분히 벌을 받았다는 겁니다. 이 세상에 더 나쁜 사람들이 얼마나 많아요. 남에게 퍼 주는 게 그의 잘못이죠. 하지만 자신과 가족 말고 남에게 해를 끼친 적은 없어요. 그러니 더 딱한 일이죠. 저는 매일 텅 빈 집 안을 둘러보며 거기 있던 제 물건들이 어디 갔나 생각하곤 한답니다."

"예, 예, 꼭 명심하지요." 웨이컴 씨는 열린 문 쪽을 바라보며 서둘러 말했다.

"한 가지 더 부탁드릴 것은, 제가 선생님께 왔다는 말씀은 하지 말아주세요. 아들이 알면 제가 스스로 품위를 떨어뜨렸다고 몹시 화를 낼 테니까요. 분명히 그럴 겁니다. 저는 자식들에게 잔소리를 듣지 않아도 몹시 괴롭답니다."

가엾은 털리버 부인은 목소리마저 떨려, 변호사가 "안녕히 가십시오."라고 인사를 해도 대답도 못 하고는 고개 숙여 인사만 하고 말없이 밖으로 나왔다.

웨이컴 씨는 그들만 남게 되자 직원에게 물었다. "그 돌코트 물방앗간이 매각된다는 날짜가 언제였더라? 공고가 어디 있지?"

"다음 금요일입니다. 금요일 6시요."

"오! 지금 곧 윈십에게 가보게. 그 경매인 말이야. 가서 그가 집에 있는지 알아보게. 그 사람에게 좀 볼일이 있거든. 그에게 곧 오라고 하게."

웨이컴 씨는 그날 아침 사무실에 출근할 때만 해도 돌코트 물방앗간을 살 생각이 전혀 없었지만, 이미 마음이 바뀌었다. 털리버 부인이 그에게 몇 가지 결정적인 동기를 알려준 셈이다. 그는 눈치가 빨랐다. 그는 덤벙대지 않고 일을 재빨리 처리할 수 있는 유형이다. 그런 유의 사람들은 마음만 먹으면 곧바로 결정하고, 갈등하면서 목표를 바꿀 필요가 없기 때문이다.

털리버가 웨이컴에게 품고 있는 것과 똑같은 증오심을 웨이컴이 털리버에게 품고 있으리라 가정하는 것은, 작살 끝과 잉어 눈이 비슷한 관점에서 서로 마주 본다고 가정하는 것과 마찬가지이다. 잉어는 의당 작살로 먹이를 잡는 방식을 못마땅하게 여길 것이고, 작살 입장에서는 좋은 먹이를 구하는 것 외에 잉어의 입장 따위는 생각하지 않을 것이다. 기껏해야 작살은 잉어가 막을 때 강한 개인적 적개심을 즐기겠지만, 털리버 씨가 변호사를 심하게 해치거나 방해하기라도 한다면, 웨이컴은 털리버를 특별히 복수의 대상으로 삼으리라는 사실을 부인하지 않을 것이다. 그러나 털리버 씨가 장터 식당에서 웨이컴을 악당이라고 불렀을 때, 웨이컴의 고객들이 그 변호사에게 소송을 취하하지는 않을 것이다. 웨이컴이 우연히 함께 있는 자리에서 술을 같이 마셔 분위기에 들뜬 장난기가 발동한 목동이, 이건 부인들도 원한다면서 시비를 걸 때에도, 웨이컴은 철저히 냉철한 자세를 유지했다. 그는 그 자리에 있는 대다수 사람들이 '자신이 어떤 인간인지' 잘 알고 있으며 불만도 없다는 것을 아주 잘 알고 있었다. 즉 그는 그런 일에 말려들면, 결국 자기가 꼴사나워진다는 것을 잘 알고 있었다는 말이다. 그는 재산을 많이 모았고, 토프턴 숲 가운데 멋진 저택을 갖고 있으며, 세인트오그스 주변에서는 최고급 포도주를 저장해 둔 터라, 아마 자기가 여론에 맞는 수준을 유지하고 있다고 생각했다. 법정이 싸움터라는 일반적 견해를 가졌으므로, 정직한 털리버 씨는 반대 입장에 있다고 해도, '웨이컴이 어떤 인간인지' 진실을 아주 제대로 알았다고 나는 확실히 말할 수 없다. 왜냐하면 역사에 남겨진 인물들을 보건대, 인간은 상대방이 정당하게 이겼을 때에도, 그 위대한 인물의 행동을 일일이 따져보고 싶어 하지 않기 때문이다. 그렇다면 털리버는 웨이컴의 적수가 될 수 없다. 오히려 변호사가 몇 번이고 때려눕힌 불쌍한 인간이다. 성질이 불같아서, 늘 자기 약점을 여러분에게 드러낸 인물일 뿐이다. 웨이컴은 그 물방앗간 주인에게 비열하게도 몇 가지 수작을 부렸기 때문에 양심이 불편하지는 않았다. 그가 패소한 고소인을 미워할 이유가 어디 있겠는가? 그물에 걸려든 불쌍한 성난 황소를 말이다.

더구나 인간성이 문제가 되는 여러 극단적 상황이 나타나는데, 도덕주의자들은 터놓고 욕하기 좋아하는 사람들을 절대로 세지 않는다. 하원 의원에 당선된 휘그 당 출신 후보는 아마도 낙선한 토리 당원이 자기를 지지해 주었던 선거민들을 모아놓고, 휘그 당원들이란 나라를 팔아먹는 놈들이며 사생활도 형편없다고 악의에 찬 욕설을 퍼부으며 자기 선거민들을 위로한다고 해서, 오랫동안 적개심을 품지는 않을 것이다. 그러나 법과 기회가 허락한다면, 아주 새파랗게 질리게 만들고도 유감스러워 하지 않을 것이다.

일이 잘 풀리는 사람들은 기분이 내키는 대로, 쉽게 사업에 지장이 없는 범위 안에서 이따금 복수를 한다. 그런데 이러한 사소하고 감정이 섞이지 않은 복수가 인생에 큰 파문을 일으킨다. 그런 복수는 가해자의 기분 좋게 온갖 고통을 일으키고, 적임자를 자리에서 쫓아내며, 무심코 내뱉은 말로 상대방에게 상처를 준다. 더구나 한때는 별 볼일 없었지만 그래도 우리에게 적대적이었던 사람들이 우리가 특별히 노력하지 않아도 몰락하여 수치를 당하는 꼴을 보면 은근히 기분이 좋아지는 경향이 있다. 우리 대신 섭리나 악마의 장난 같은 것이 보복해 주는 것처럼 보인다. 실제로 일이 이상하게 꼬여서, 우리의 적이 반드시 잘되는 것만은 아니다.

웨이컴은 아부할 줄 모르는 물방앗간 주인에게 이런 복수심이 없지는 않았다. 또 방금 털리버 부인 덕분에, 바로 털리버 씨에게 가장 치명적인 타격을 가할 즐거운 일에 대해 좋은 생각이 떠올랐다. 노골적으로 적개심을 나타내는 것도 아니고, 본인도 받아들일 만한 것이라 묘하게도 즐거운 일이었다. 수치를 당한 적을 보면 쾌감을 느끼게 된다. 하지만 여러분이 은혜를 베풀어서 상대방 스스로가 수치당하는 모습을 보는 고도로 복잡한 쾌감에 비한다면, 그것은 유치한 단계이다. 일종의 미덕이라고 할 수 있는 그런 복수인 것이다. 웨이컴은 스스로 그런 미덕을 보일 의사가 없지 않았다. 그는 언젠가 자신의 적을 세인트오그스의 구빈원에 보내, 자신이 낸 거액의 기부금으로 재기하게 만드는 쾌감을 누린 적도 있다. 그런데 이번에는 적을 자기 수

하의 하인으로 만들 만한 기회가 생긴 것이다. 그런 일은 번영을 완벽하게 만들며 양심의 가책을 받지 않아도 된다. 성질 급하고 시야가 편협한 복수자는 그런 일을 꿈도 꾸지 못하며, 정면으로 손해를 끼치는 일이나 벌인다. 털리버는 입이 거칠고 책임감도 강한 만큼, 잠시 성의 있는 체하는 뜨내기보다야 훨씬 더 훌륭한 하인이 될 것이었다. 털리버는 정직에 대해서라면 자부심이 대단한 사람으로 알려져 있었다. 웨이컴은 실제로 정직한지 아닌지 알아볼 만큼 눈치가 빨랐다. 웨이컴은 격언에 따라 사람을 판단하지 않았고, 사람을 하나하나 잘 관찰하곤 했다. 그는 모든 사람이 자기와 다르다는 것을 누구보다 잘 알고 있었다. 게다가 그 토지와 방앗간 일은 모두 철저히 감독할 생각이었다. 그는 이런 실제적인 시골 일을 좋아하기도 했다. 그런데 물방앗간 주인에게 너그러운 척하며 복수하는 것과는 별도로, 돌코트 물방앗간을 사들일 만한 이유는 많았다. 게다가 게스트 회사가 물방앗간 경매에 입찰할 예정이었다. 게스트 씨와 웨이컴 씨는 식사도 같이 하는 친한 사이였지만, 웨이컴은 식사 대화에서뿐 아니라 읍내 일에 대해 좀 큰소리치는 선주나 물방앗간 주인을 이번 기회에 눌러보고 싶었던 것이다. 웨이컴에게는 순전히 사업가적 기질만 있는 게 아니었기 때문이다. 그는 세인트오그스의 상류 사회에서는 유쾌한 사람으로 알려져 있으며, 자기 집에서 담근 포도주 이야기도 재미있게 하고, 심심풀이로 농사도 조금 짓고 있었다. 또 남편이나 아버지로서도 훌륭한 사람이었다. 대개 그런 처지라면 재혼을 했겠지만, 그는 교회에 가면 부인을 추모하기 위해 세워진 가장 멋진 벽의 기념물 아래 자리를 잡았다. 그는 다른 사람들이 제일 잘생긴 자식을 아끼는 것 이상으로 불구인 자기 자식을 아낀다고 소문이 났다. 웨이컴 씨에게는 필립 말고도 다른 자식이 있었으나, 그들에게는 형식적으로 사랑을 베풀었다. 그들에게는 각자 적당히 생활하게 도와주었다. 바로 이런 사실 속에 돌코트 물방앗간을 구입하려는 강력한 동기가 있다. 털리버 부인이 얘기를 하는 동안, 머리가 잽싸게 돌아가는 변호사에게는 물방앗간을 구입할 여러 가지 가능성 가운데 이런 생각이 떠올랐다. 물방앗간을 매입하게 되면 수년 안에 독립시킬 예정이었던 사랑하는 자식에게 아주 적절한 일자리를 마련해 줄 것이다.

털리버 부인은 이런 정신적 상황에서 설득하려 애쓰다가 실패했던 것이다. 이 일은 위대한 철학자의 말에서 예를 든다면, 제물낚시꾼이 물고기의 습성을 잘 몰라서 고기를 낚을 만한 정확한 지점에 놓을 미끼를 준비하지 못한 것과 마찬가지다.

# 8
## 난파선에 비친 햇빛

날씨가 맑게 개고 서리가 내린 1월의 어느 날 털리버 씨는 처음으로 아래층에 내려왔다. 그가 누워 있는 방 맞은편의 밤나무 가지와 지붕 위로 밝은 햇살이 비치자, 그는 더 이상 참지 못하고 방에 갇혀 있기 싫다고 선언했다. 이처럼 햇살이 비치는데 어디든 자기 침실보다야 더 낫지 않겠냐고 생각한 것이다. 그는 아래층이 텅 비어 있다는 사실을 까맣게 모르고 있었다. 텅 빈 방은 밀려드는 햇살을 꺼리는 것 같았다. 한때 낯익은 물건들이 그곳에 있었다는 흔적과 빈자리를 보여주고 싶지 않은 것처럼 말이다. 그는 바로 어제 고어 씨의 편지를 받았다고 착각해서, 입을 열 때마다 계속 그렇게 말했다. 그래서 그동안에 이미 몇 주일이 지났으며 여러 가지 일이 일어났음을 알리려고 해봤자, 그가 거듭 잊어버리는 바람에 금방 소용이 없어졌다. 턴불 씨마저도 현실을 대면하기 전에 미리 알려주어 마음의 준비를 시키는 데 절망하기 시작했다. 현재 어떤 형편에 놓여 있는지는 조금씩 새로운 경험을 해야만 완전히 이해할 수 있을 것이다. 지난번 경험한 일의 인상이 너무나 강해서 말로만은 그를 이해시킬 수가 없었던 것이다. 아래층에 내려가겠다는 털리버 씨의 결심을 듣고 부인과 자녀들은 걱정을 했다. 털리버 부인은 톰에게 세인트오그스로 가려면 여느 때 가던 시간에 가지 말고 기다렸다가 꼭 아버지가 내려가는 걸 보고 난 다음에 가라고 일렀다. 내심으로는 그런 고통스러운 장면을 전혀 보고 싶지 않았지만, 톰은 그 말을 따랐다. 지난 며칠 동안 세 사람은 그 어느 때보다 매우 낙담했다. 게스트 회사가 물방앗간을 구입하지 않기로 했기 때문이다. 방앗간과 토지는 모두 웨이컴에게 넘어갔다. 웨이컴은 그것들을 인수했고, 털리버 씨가 건강을 회복할 경우 그를 사업의 경영자로 고용할 생각이라고 털리버 부인이 있는 데서 딘 씨와 글레그 씨에게 말했다. 이 제안은 집안사람들 사이에 큰 논란을 일으켰다. 이모부들과 이모들은 거의 만장일치로 그런 제안이라면 받아들여야 한다고 했다. 그래서 털리버 씨가 마음속에 품고 있는 적개심 말고는 전혀 방해될 게 없었다. 그리고 이모부들이나 이모들은 모두 털리버 씨의 적개심에 공감하지 않았고, 그런 감정을 아주 불합리하고 어리석다고 간주했다. 따지고 보면, 털리버 씨는 자기가 감당해야 할 분노와 증오를 웨이컴에게 전가했다는 것이다. 오히려 걸핏하면 싸우는 자기 성격과, 특히 재판을 하면서까지 자기 성격을 그대로 드러낸 데 대해 자신에게 분노와 증오를 퍼부어야 하는데도 말이다. 이것이야말로 처가 식구의 도움을 전혀 받지 않고 쫄딱 망해 버린 털리버 씨가 고통스럽게도 길에서 만난 점잖은 일가친척의 품위를 떨어뜨리지 않고 처자식을 부양할 수 있는 기회였던 것이다. 글레그 부인은 털리버 씨가 제정신이 들면, 그가 충분히 겸손하지 못했다는 사실을 뼈저리게 깨닫도록 해야 한다고 생각했다. 그동안 늘 '가장 기대어야 할 자신들'을 무례하게 대한 대가를 치를 거라고 입버릇처럼 말해 왔던 대로 실제로 그런 일이 일어났기 때문이다. 글레그 씨와 딘 씨의 의견은 그보다 심하지는 않았으나, 둘 다 털리버 씨가 불같은 성질에다 변덕스러워서 이미 많은 손해를 봤으니 생계가 보장된다면 두말할 것도 없이 그런 성질 따위는 버려야 한다고 생각했다. 즉 웨이컴은 이 문제를 제대로 판단했던 것이다. 그는 털리버에게 악의는 없었다. 톰은 그런 제안을 기꺼이 받아들이고 싶지 않았다. 아버지가 웨이컴 아래서 일하는 걸 좋아하지 않았던 것이다. 그런 일은 비열해 보일 거라 생각했다. 그러나 어머니는 '털리버 씨의 마음을 웨이컴에게 돌리거나', 남편이 사리 판단을 제대로 할 가능성이 전혀 없다는 것만 주로 걱정했다. 그렇지 않으면, 남편이 대놓고 웨이컴에게 대들었기 때문에 그들 모두 쫓겨나 돼지우리 같은 데서 살아야 할지도 모른다고 걱정했다. 하지만 누구도 웨이컴 씨보다 나은 조건을 제시할 수는 없었다. 사실 털리버 부인은 이 말할 수 없는 낯선 슬픔을 겪느라 마음이 몹시 혼란스러웠다. 그런 혼란스러운 마음을 달래려고, 그녀는 "맙소사, 내가 무슨 죄를 졌기에 다른 여자보다 못한 처지에 있어야 하지?" 하고 자꾸 되물었다. 그래서 매기는 불쌍한 어머니가 혹시 정신이 나가는 게 아닌가 걱정하기 시작했다.

"톰 오빠," 둘이 아버지 방을 나올 때 매기가 말했다. "아빠가 아래층에 내려가시기 전에 무슨 일이 일어났는지 좀 알려드려야 하지 않을까? 하지만 엄마를 다른 데 보내야겠어. 엄마는 뭔가 일을 그르칠 말씀을 하실 것 같아. 케지아에게 엄마를 내려오게 하여 부엌에서 뭐든 하시게 해야겠어."

케지아는 그 일을 할 만했다. 그녀는 주인님이 다시 일어날 때까지는 월급을 받든 못 받든 머물러 있겠다는 결심을 밝힌 뒤, 주인마님을 좌지우지하는 데서 일종의 보상을 발견했다. 그녀는 주인마님이 '눈물이나 찔끔' 거리고, 모자도 바꿔 쓰지 않고 종일 나다니고 '망가진' 것처럼 보인다고 투덜거렸다. 바로 이런 어려운 시기야말로 그녀에게는 황금기였다. 그녀는 자기 마님을 마음 놓고 실컷 꾸짖을 수 있었다. 마침 말리던 옷을 거둬들여야 했다. 그녀는 혼자서 집안일과 바깥일을 다 해낼 수 있는지 알고 싶다면서, 모자를 쓰고 해야 할 일을 하면서 신선한 공기를 쐬는 게 틸리버 부인에게도 좋을 거라고 자기 생각을 말했다. 불쌍한 틸리버 부인은 순순히 아래층으로 내려갔다. 명령을 내릴 하녀가 있다는 것은 주부에게 마지막으로 남은 위엄이었다. 그나마 자기를 꾸짖는 하녀마저도 곧 사라질 판이었다.

틸리버 씨는 옷을 입는 게 피곤하여 잠시 의자에 앉아

쉬었고, 매기와 톰이 그 곁에 앉았다. 그때 루크가 들어와 아래층에 모시고 내려가도 되겠느냐고 물었다.

"오, 루크, 잠깐 거기 앉게." 털리버 씨는 의자를 지팡이로 가리키며 말했다. 그러고는 회복기에 들어선 환자가 그동안 자신을 돌봐준 사람에게 던지는 그런 시선으로 그를 바라보았다. 그 모습은 마치 아기가 유모를 쳐다보는 모습을 상기시켰다. 루크는 그동안 내내 주인님의 침대 곁에서 밤을 지새웠던 것이다.

"물은 어떤가, 루크?" 털리버 씨가 물었다. "딕스가 또 자네 숨통을 조르진 않겠지, 응?"

"아니에요, 주인님, 괜찮습니다."

"아, 내 생각에는 그렇지 않아. 그 녀석은 다시 서둘지 않을 거야. 지금쯤 아마 라일리가 충고를 했겠지. 어제 라일리에게 말했거든……. 내가 말했어……."

털리버 씨는 몸을 수그려 안락의자에 팔꿈치를 기대고, 바닥을 살피며 뭔가 찾는 듯했다. 잠을 쫓는 사람처럼 사라진 환상을 찾는 것 같았다. 매기는 마음이 아파 말없이 톰을 바라보았다. 지금 아버지의 정신은 현재와는 너무나 동떨어져 있었다. 점차 현재가 의식 속에 들어올 것이다! 톰은 소녀나 여인과는 달리 청년이자 남자로서 느끼는 고통스러운 감정을 참을 수 없어 거의 뛰쳐나갈 뻔했다.

"아빠," 매기가 자기 손을 아버지 손에 얹으며 말했다. "라일리 씨가 죽은 일 기억 안 나세요?"

"죽었다고?" 털리버 씨가 날카롭게 물었다. 그는 이상하다는 듯 의아한 시선으로 매기의 얼굴을 들여다보았다.

"네. 일 년 전쯤에 중풍으로 돌아가셨잖아요. 아빠가 그 분의 빚을 대신 갚아주셨다는 말씀을 들었던 기억이 나네요. 그분에게는 따님이 여럿 있었죠. 그중 한 명이 제가 다니던 퍼니스 양 기숙학교에서 보조 교사로 일한 것 아시죠?"

"어?" 아버지는 여전히 의아한 눈길로 매기의 얼굴을 바라보았다. 그때 톰이 입을 열자, 그는 아들 쪽으로 시선을 돌렸으나 아직도 미심쩍은 표정이었다. 그는 두 젊은이가 거기 있다는 사실에 조금 놀란 것 같았다. 머릿속으로 먼 과거를 헤맬 때면, 아들딸의 현재 얼굴은 잊어버리는 것이었다. 자식들의 얼굴이 지난날 그의 뇌리 속에 남아 있던 어린 소년 소녀의 모습이 아니었기 때문이다.

"아버지가 딕스와 싸운 건 벌써 옛날 일이에요, 아버지." 톰이 말했다. "삼 년 전에 그런 말씀을 하셨던 기억이 나네요. 제가 스텔링 씨 학교에 가기 전 일이니까요. 전 거기에 삼 년간 다녔어요. 기억 안 나세요?"

털리버 씨는 다시 의자에 몸을 기대었다. 밖에서 받은 인상으로부터 벗어나게 만드는 새로운 생각들이 몰려들자, 그의 얼굴에서 어린애 같은 표정이 사라졌다.

"그래, 그랬지." 그는 잠시 뒤에 입을 열었다. "많은 돈을 냈지……. 내 아들에게는 훌륭한 교육을 시켜야 한다고 결심했으니까. 난 제대로 교육을 받지 못했거든. 그게 아쉬웠지. 그러니 내 아들은 자기 처지가 다르길 바라지 않겠지. 난 이렇게 말했어……. 웨이컴이 다시 날 이긴다면……."

그는 웨이컴 생각에 다시 흥분하더니, 잠시 잠자코 있다가 입고 있던 코트를 쳐다보고 옆 주머니를 더듬었다. 그러더니 톰에게 돌아서서 이전처럼 날카롭게 말했다. "고어의 편지는 어디 뒀니?"

전에도 자주 찾았기 때문에 그 편지는 가까운 서랍 속에 넣어두었다.

"편지 내용이 뭔지 아세요, 아버지?" 톰이 아버지에게 편지를 건네며 물었다.

"알다마다," 털리버 씨가 다소 화가 나서 말했다. "뭐냐고? 펄리가 이 재산을 인수하지 않으면 다른 사람이라도 인수할 거다. 세상엔 펄리 말고도 얼마든지 사람이 있어. 하지만 귀찮은 일이지. 내 몸이 안 좋으니까. 마차에 말을 매라고 하게, 루크. 세인트오그스까지 충분히 갈 수 있어. 거기서 고어가 날 기다릴 거야."

"아니에요, 아빠!" 매기가 애원하듯 소리쳤다. "모두 벌써 옛일이에요. 아빠는 몇 주 동안이나 편찮으셨어요. 두 달도 넘게요. 모든 게 다 변했어요."

털리버 씨는 무척 놀라 세 사람 얼굴을 번갈아 쳐다보았다. 전에도 가끔 자기가 모르는 사이에 많은 일이 벌어졌다고 생각하긴 했지만, 지금 그에게 이번 일은 아주 새로운 상황이었다.

"그렇고말고요, 아버지." 톰은 그 시선에 대한 대답으로 이렇게 말했다. "다 나으실 때까지 아버지께서는 사업 걱정은 하실 필요 없어요. 지금은 만사가 다 해결되었어요. 방앗간도, 땅도, 빚도 말이에요."

"다 해결되었다고?" 아버지가 화난 듯이 말했다.

"그 일은 너무 걱정하지 마세요, 주인님." 루크가 말했다. "할 수만 있었다면 다 갚으셨겠죠. 그게 바로 톰 도련님께 제가 드렸던 말씀입니다. 할 수만 있었다면 주인님께서 다 갚았을 거라고요."

마음씨 착한 루크는 평생 동안 순종하고 힘든 일에 만족하며 살아온 사람답게, 주인님의 몰락을 자신의 비극으로 여기는, 마땅히 자기 지위에 맞는 감정을 느꼈다. 그는 느릿느릿 말하는 습관대로, 자신도 가족처럼 슬퍼한다는 사실을 나타내려면 뭔가 말해야겠다고 느꼈다. 그가 애들 돈에서 자기 돈 50파운드를 다 받을 수는 없다고 거절할 때, 톰에게 몇 번이나 되풀이했던 그 말이 재빨리 튀어나온 것이었다. 바로 그 말이 주인의 혼미한 마음에 무척 고통스러운 충격을 안겨주었다.

"모두에게 갚았다고?" 몹시 놀라 얼굴이 붉어지며 그의 눈빛이 번쩍였다. "이봐, 그러니까, 내가 파산했단 말인가?"

"저, 아빠, 아빠!" 그 끔찍한 말만 들어도 다시 실제로 파산할 것처럼 여겨지는 매기가 말했다. "꾹 참으셔야 해요. 저희가 아빠를 사랑하고 있잖아요. 아빠 자식들은 언제나 아빠를 사랑할 거예요. 오빠가 앞으로 다 갚을 거예요. 어른이 되면 다 갚겠다고 약속했거든요."

매기는 아버지 몸이 떨리기 시작하는 것을 느꼈다. 잠시 뒤에 입을 연 아버지의 목소리도 떨리고 있었다.

"애, 내 딸아, 하지만 내가 두 배나 오래 살 순 없잖니."

"하지만 아마 제가 돈을 다 갚을 때까지는 사실 겁니다, 아버지." 톰이 몹시 애를 쓰며 말했다.

"아, 내 아들아," 털리버 씨가 천천히 고개를 저으며 말했다. "한번 깨지면 다시 하나가 될 수 없단다. 하지만 네일이지, 내 일은 아니다." 그러고는 아들을 쳐다보았다. "넌 이제 겨우 열여섯이 아니냐. 힘든 싸움이 될 거다. 하지만 아버지를 욕하진 마라. 악당들이 나쁜 짓을 너무 많이 했구나. 네게 좋은 교육을 시켰으니 그걸 밑천 삼아 시작해 보아라."

목이 메어 마지막 말은 거의 나오지 않았다. 마비 증세가 재발하기 전에 너무나 자주 일어나곤 해서 자식들을 놀라게 했던 얼굴의 홍조는 가라앉았다. 그 대신 안색이 창백해지고 떨렸다. 톰은 아무 말도 하지 않았다. 톰은 여전히 뛰쳐나가고 싶은 마음과 싸우고 있었다. 아버지는 잠시 아무 말도 하지 않았지만, 다시 정신이 나간 것 같지는 않았다.

"그럼 그 녀석들이 몽땅 팔아치웠단 말이냐?" 그는 더욱 침착한 목소리로 물었다. 그는 다만 무슨 일이 일어났는지 알고 싶은 마음에 사로잡힌 듯했다.

"모두 팔렸어요, 아버지. 하지만 방앗간과 토지는 아직 잘 모르겠어요." 톰은 웨이컴이 주인이 되었다는 사실을 밝혀야 할 질문은 피해 보려고 안절부절못했다.

"아빠, 아래층 방이 텅텅 빈 걸 보고 놀라시면 안 돼요." 매기가 말했다. "하지만 아빠 의자랑 책상은 다 있어요. 그건 팔리지 않았어요."

"가보자, 좀 내려가게 해주게, 루크. 가서 다 봐야겠어." 털리버 씨는 지팡이에 몸을 기대고 다른 손을 루크에게 내밀며 말했다.

"예, 주인님." 루크는 주인에게 자기 팔을 내밀며 말했다. "모두 보시면 좀 더 체념하기가 쉬우실 겁니다. 곧 익숙해지실 겁니다. 저희 어머니께서 늘 하시던 말씀인데, 어머니의 숨 가쁜 증세 말입니다. 어머니는 그 증세가 이제 아주 친구처럼 친해졌다고 하더군요. 처음 그 증세가 나타났을 땐 그 증세와 힘겹게 싸웠지만요."

매기는 모든 게 제대로 되어 있는지 보려고 음산한 응접실로 먼저 달려갔다. 응접실은 서리가 내린 데다 그 위로 햇빛이 비치고 있었지만 어둠침침했고, 피워놓은 불이 전반적으로 누추한 분위기를 자아내는 듯했다. 매기는 아버지가 쉽게 들어오도록 아버지 의자를 돌려서 탁자 옆에 밀어놓았다. 그런 다음 떨리는 마음으로 서서 아버지가 들어와 처음으로 방 안을 둘러보는 모습을 지켜보았다. 톰은 발받침을 들고 아버지보다 앞장서서 들어와, 난롯가의 매기 곁에 섰다. 두 남매 중에서 톰은 고통을 있는 그대로 받아들였다. 감수성이 매우 예민한 매기는 슬픔 때문에 사랑이 더욱 용솟음치고, 그녀의 격하기 쉬운 성격에 숨을 쉴 만한 여유가 생긴 것처럼 느꼈다. 하지만 진짜 소년이라면 아무도 그런 감상에 젖어 있을 겨를이 없었다. 이길 수 없는 악당에게 영원히 애교나 떠는 걸 견디기보다는 차라리 네메아의 사자*에게 달려들어 놈을 죽이거나, 아니면 뭔가 영웅적인 행동을 해볼 것이다.

---

* 네메아의 사자 죽이기는 헤라클레스가 해야 할 열두 과제 중 첫 번째 과제였다.

털리버 씨는 문간 바로 안쪽에서 잠시 멈추더니 루크에게 기대어 텅 빈 방을 둘러보았다. 매일 친구같이 정겨운 물건들은 사라졌지만 그 그림자는 여전히 남아 그 방을 가득 채우고 있는 것 같았다. 감각이 또렷해지자, 그의 신체 기능에도 생기가 살아나는 듯했다.

"아!" 그는 의자 쪽으로 서서히 발걸음을 옮기며 말했다. "놈들이 다 팔아치웠군. 몽땅!"

그러고는 자리에 앉아 지팡이를 내려놓고는 루크가 방을 나간 사이에 주위를 둘러보았다.

"큰 성경은 남겨뒀군." 그는 말했다. "그 안에 모두 다 있지. 내가 태어나서 결혼한 날짜까지 말이야. 그것 좀 가져오너라, 톰."

사절판 성경의 겉장 속 백지가 펼쳐져 그의 앞에 놓였다. 그가 천천히 살피며 읽어나가는데, 털리버 부인이 방에 들어서다가 벌써 아래층에 내려와 앞에 큰 성경을 안고 있는 남편을 보고 깜짝 놀라서 말없이 멈춰 섰다.

"여기 좀 봐." 털리버 씨는 자신이 손가락으로 짚은 곳을 보며 말했다. "어머니 성함은 마거릿 비턴이었어. 마흔일곱 살에 돌아가셨지. 외가는 장수하는 집안이 아니었어. 우린 어머니 자식이니, 그리티와 나 말이야, 얼마 못 가 죽을 테지."

그는 마치 새로운 생각이 떠오른 듯, 여동생의 생일과 결혼 날짜를 살피는 것 같았다. 그러더니 갑자기 톰을 바라보며 놀란 듯 날카로운 목소리로 말했다.

"사람들이 내가 모스에게 꿔준 돈을 빼앗아 가진 않았겠지?"

"그럼요, 아버지." 톰이 말했다. "보증서를 태워버렸어요."

털리버 씨는 다시 책장을 보더니 이번에는 이렇게 말했다.

"아……. 엘리자베스 도슨……. 내가 결혼한 지도 십팔 년이 됐군."

"성모 마리아 축일이 되면 꼭 십팔 년이 되지요." 털리버 부인은 남편 곁으로 다가가 성경을 함께 들여다보며 말했다.

남편은 정색을 하고 아내를 바라보았다.

"가엾은 베시," 그가 말했다. "당신은 그때 예쁜 처녀였는데, 모두들 그렇게 말했지. 당신 모습은 늘 아름답다고 생각했는데, 당신도 많이 늙었군. 날 원망하지는 마오. 당신에게는 늘 잘해 주고 싶었소. 행복할 때나 불행할 때나 우린 함께 하기로 약속했잖소."

"하지만 이렇게까지 불행해질 줄은 몰랐어요." 가엾은 털리버 부인은 최근 수척해진 낯선 얼굴로 말했다. "아버지께서 물려주신 것들이 순식간에 몽땅 사라질 줄은요."

"오, 엄마." 매기가 말했다. "그런 말씀은 하지 마세요."

"아니, 네가 이 불쌍한 어미 입을 막으려는 것 다 안다. 늘 그랬지. 네 아버지는 내가 뭐래도 끄떡도 안 했어. 내가 빌고 졸라봐야 아무 소용도 없었지. 이젠 다 소용없다. 내가 무릎을 꿇고 빌 필요도 없어졌어."

"그렇게 말하지 말구려, 베시." 털리버 씨가 말했다. 창피했지만, 부인의 비난에도 일리가 있다는 생각에 생전 처음으로 자존심을 내세우지 않았다. "당신에게 뭔가 보상해

줄 게 남아 있다면, 마다하지 않겠소."

"그렇다면 우린 여기 그대로 살면서 생계를 꾸려나갈 수
있어요. 그럼 저도 언니들과 잘 지낼 수 있고요……. 저도
좋은 아내가 되어 매일 바가지를 안 긁어도 되고요…….
모두들 그렇게 말하고 있어요……. 그렇게 하는 게 옳다고
요……. 당신이 웨이컴에게 대들지만 않는다면요."

"어머니," 톰이 거칠게 말했다. "지금은 그런 말씀 하실
때가 아니에요."

"내버려두어라," 털리버 씨가 말했다. "무슨 생각인지
말해 봐요, 베시."

"제 말은요, 지금 방앗간과 토지가 모두 웨이컴 씨 것이
고, 모든 게 그 사람 소유가 됐어요. 그 사람에게 대들어
봐야 무슨 소용이 있어요? 그 사람은 최대한 공평하게 말
하더군요. 당신이 여기 남아서 사업을 관리해 준다면, 주
당 30실링씩 주고, 장 보러 갈 때 타고 갈 말도 주겠대요.
안 그러면 우리가 어디다 머리를 두겠어요? 시골에서 오두
막이나 한 채 얻어 살아야죠. 나와 자식들이 그런 꼴이 되
다니, 그게 다 당신을 미워하지도 않는 사람들을 당신이
미워했기 때문이에요."

털리버 씨는 몸을 떨면서 의자 뒤에 몸을 기댔다.

"내게 하고 싶은 대로 실컷 하구려, 베시," 그가 나지막
이 말했다. "당신을 거지꼴로 만들었으니……. 이 세상은
내게 너무 가혹하군……. 내가 파산을 하다니, 이제 아무
리 버텨봐야 소용없지."

"아버지," 톰이 말했다. "저는 어머니와 이모부들 생각

에 동의하지 않아요. 아버지께서 웨이컴 밑에서 굽실거려
야 한다고 생각지도 않고요. 저도 이젠 일주일에 1파운드
씩 벌어요. 또 아버지가 완쾌되시면 뭔가 하실 수 있을 거
예요."

"더 이상 말하지 마라, 톰, 오늘은 이만하면 됐소. 베
시, 키스해 주구려. 그리고 서로 싸우지 맙시다. 다시 젊
어질 순 없잖소⋯⋯. 이 세상은 정말 너무하는군."

# 9
## 가족란에 한 항목이 추가되다

체념하고 받아들이기로 했던 최초의 순간이 지나자, 방앗간 주인의 마음속에서는 하루하루 심한 갈등이 계속되었다. 차츰 몸에 기운이 되살아나자, 자신이 처한 모순된 여건들을 한눈에 모두 파악할 수 있는 능력도 점차 생겼다. 약할 때는 사지가 쉽게 묶이며, 병으로 약해진 상태에서는 옛날의 생기가 되살아나서 못 지킬 약속도 지킬 수 있을 것처럼 보인다. 가엾은 털리버는 자기가 베시에게 한 약속을 지키는 것이 인간으로서 너무나 힘든 일이라고 몇 번이나 생각했다. 그는 아내가 무슨 말을 하는지 미처 깨닫지도 못한 채 아내에게 약속을 했던 것이다. 차라리 아내가 1톤이나 되는 짐을 등에 져달라고 부탁하는 게 나았을 것이다. 하지만 아내가 자기와 결혼했기 때문에 살기가 힘들어졌다는 생각 말고도, 아내의 편을 들어줄 이유는 많았다. 그는 돈을 악착같이 절약해 월급을 쪼개면 채권자들에게 추가로 배당금을 더 지불할 수 있다는 것을 생각해 내었다. 다른 데서 일자리를 찾는 것도 쉽지는 않을 것이다. 지금까지는 편안히 살아왔다. 주로 명령이나 하며 일은 거의 하지 않았고, 새로운 사업을 할 만한 능력도 없었다. 아마 자신은 날품팔이를 해야 하고, 아내는 언니들의 도움을 받아야 할 것이다. 처형들에게 도움을 받아야 한다는 생각 말고도 섭섭한 일은 더 있었다. 지금 처형들은 베시가 귀하게 여기던 물건들을 몽땅 팔리게 내버려둔 것이었다. 아마도 바로 털리버 자신 때문에 베시가 그런 지경에 몰렸다는 것을 깨닫게 해서, 부부간의 금슬이 멀어지게 하려는 것 같았다. 처형들이 불쌍한 베시를 위해 그가 해야만 하는 일을 충고하러 왔을 때, 그는 처형들의 충고에 귀를 기울였다. 시선을 피하다가 처형들이 등을 돌리면, 가끔 번뜩이는 눈동자로 몰래 그들을 관찰했다. 다만 처형들의 도움이 필요할지 모른다는 두려움 때문에 그들의 충고를 듣는 게 한층 수월해졌던 것이다.

그러나 무엇보다도 가장 큰 영향을 미친 것은 정든 땅에 대한 애착이었다. 어린 시절에 그가 뛰어놀던 곳이며, 대를 이어 톰도 뛰놀던 곳이다. 털리버가는 여러 대에 걸쳐 이곳에서 살아왔던 것이다. 그는 겨울날 저녁이면 나지막한 의자에 앉아, 대홍수가 나기 전부터 거기 있었던, 반은 목재로 지어진 오래된 물방앗간 얘기를 아버지에게 듣곤 했다. 그런데 그 물방앗간이 홍수가 나서 너무 못 쓰게 되자 할아버지가 헐고 다시 지었다고 했다. 그는 걸음마를 시작해 그 낡은 물건들을 알아볼 수 있었던 시절부터, 마

치 자기 삶의, 아니 자기 자신의 일부인 양 그 낡은 집에
몹시 집착했던 것이다. 이곳 말고 다른 곳에서 산다는 것
은 상상도 할 수 없었다. 그는 그곳에서 나는 대문과 문소
리라면 모두 알고 있었고, 지붕의 생김새와 색깔, 비바람
에 씻긴 얼룩이나, 심지어 황폐한 뒷동산의 모습까지도 아
름답게 느꼈다. 그의 감각은 그것들과 더불어 자랐기 때문
이다. 집 울타리 근처에서 어정거릴 겨를이 없는, 요즘 꽤
교육받고 방랑벽이 있는 사람은 일찌감치 멀리 열대 지방
으로 도망가서 야자나무와 벵골보리수 밑에 있을 때 마음
이 편하다. 여행기를 많이 읽고 잠베지 강*까지 상상의 나
래를 펴는 사람은 털리버 씨 같은 구식 인물이 정든 이 고
장을 어떻게 생각하는지 전혀 알 수 없을 것이다. 그곳은
그의 모든 추억이 어려 있는 곳이며, 그곳에서의 삶은 손
에 익은 익숙한 연장과도 같았다. 그는 지금 아득히 머나
먼 시절의 추억을 다시 더듬고 있었다. 병에서 회복되느라
마음이 약한 때에는 그런 추억이 우리에게 밀려든다.

"여보게, 루크," 그는 어느 날 오후 과수원 대문 너머를
바라보며 말했다. "저 사과나무를 심던 날이 기억나네. 나
무를 심기엔 아버지 체구가 너무 크셨지. 마차 가득 묘목
을 싣는 일이 그분에겐 재미있는 놀이 같았어. 아버지는
날 떼어놓으시곤 했지. 그래도 강아지처럼 졸졸 따라다니
곤 했지."

그러더니 그는 돌아서서 문기둥에 기대어 맞은편 건물을

---

* 아프리카 중남부에서 남동부에 걸쳐 흐르는 강.

바라보았다.

"저 오래된 물방앗간은 날 그리워할 거야, 루크. 물방앗간 주인이 바뀌면 강이 화낸다는 얘기가 있었다네. 아버지가 여러 번 그렇게 말씀하셨어. 그 얘기가 진짜 맞는지는 알 수 없지만 말이야. 이놈의 세상은 영 알 수가 있어야지. 게다가 악마가 판을 치니, 이 세상은 정말 너무 가혹했어."

"예, 주인님." 루크가 위로하려는 듯 공감하는 목소리로 말했다. "밀밭에 녹병이 든다거나 건초에 불이 붙는다거나 하는 일은 보았지만, 가끔은 일이 우습게 되죠. 몇백 근씩 나가던 돼지의 베이컨 지방이 버터 녹듯 사라진 일도 있다니까요. 겨우 껍데기나 남았을까요."

"지금도 그게 꼭 어제 일만 같지 뭔가." 털리버 씨가 말을 이었다. "아버지가 엿기름 제조를 시작했을 때 말일세. 내 기억으로는 엿기름 제조소를 다 지은 날, 뭔가 큰일이 일어날 거라고 생각했거든. 그날 건포도 푸딩도 먹고, 조그만 잔치도 벌였어. 그래서 어머니께 말씀드렸다. 어머니는 아름다운 검은 눈동자를 지닌 분이셨어. 내 딸이 어머니를 똑같이 닮게 될 거야." 그는 이런 말을 하다 말고 지팡이를 다리 사이에 끼우고는 코담배를 꺼냈다. 그는 자기 이야기에 더욱 빠져 드는 것 같았다. 마치 그 당시를 회상하느라 이야기의 실마리를 잃은 것처럼, 이야기가 도중에 끊기곤 했다. "난 키가 어머니 무릎 정도밖에 안 되는 꼬마였지. 어머니는 자식들을 무척이나 사랑하셨어. 그리티와 나 말이야. 그래서 어머니께 여쭤봤지. '어머니, 엿기

름 제조소를 하게 되면 매일 건포도 푸딩을 먹게 되나요?'
어머니는 돌아가실 때까지 그 이야기를 몇 번이나 하셨어.
어머니는 젊은 나이에 돌아가셨지. 저 엿기름 제조소를 만
든 지 벌써 사십 년이란 세월이 흘렀으니. 하지만 사십 년
동안 저 마당을 내다보지 않은 날은 며칠 안 될 걸세. 아
침이면 제일 먼저 내다보곤 했지. 날씨가 궂으나 맑으나
일 년 내내 말이야. 이제 새로운 곳으로 떠나야 하다니.
난 마치 길을 잃은 것 같아. 어딜 봐도 다 힘들게 보이거
든. 마구(馬具)도 내게 상처를 낼 테니 말일세. 하지만 새
길보다는 정든 길을 따라가는 게 좋지 않겠나."

"맞습니다, 주인님," 루크가 말했다. "어디 다른 델 가
셔도 여기처럼 편하지는 못할 겁니다. 저 자신도 새로운
곳에서는 살 수 없거든요. 늘 모든 게 거북하니까요. 바퀴
가 가는 마차 같다고나 할까요. 하여간에 모양새도 영 딴
판이지요. 플로스 강 상류 어딘가 있다는 귀리 비스킷처럼
말입니다. 정든 시골을 떠난다는 건 정말 좋지 않은 일이
에요."

"하지만 루크, 아무래도 그들이 벤을 해고하고 자네는
젊은 녀석과 일하게 할 것 같네. 아마 난 방앗간 일이나
좀 도와야겠지. 자넨 더 안 좋은 자리로 밀려날지도 몰라."

"걱정 마세요, 주인님." 루크가 말했다. "저는 걱정 없
습니다. 주인님과 이십 년이나 함께 일해 왔잖아요. 그 이
십 년을 단번에 날릴 수는 없죠. 나무가 자라는 것도 그렇
잖아요. 전능하신 하느님이 키워주실 때까지는 기다려야
죠. 저는 새로운 음식을 먹거나 새로운 사람과는 살 수 없

어요, 없고말고요. 놈들이 주인님을 얼마나 괴롭히게 될지 절대 모르실 거예요."

이런 대화 뒤에 침묵 가운데서 산책이 끝났다. 루크도 더 할 말이 없을 만큼 많은 얘기를 했고, 털리버 씨도 회상에서 벗어나자 자기 앞에 놓인 역경을 어떻게 뚫고 나가야 할지 고민에 빠졌기 때문이다. 딸 매기는 그날 저녁 차를 마시는 시간에 전에 없이 넋 나간 아버지의 모습을 알아차렸다. 아버지는 차를 마시고 나서도 의자에 앉아 몸을 앞으로 숙인 채 바닥을 굽어보다가 입술을 움직거리고는 가끔 고개를 저었다. 그는 맞은편에 앉아 뜨개질하는 부인을 뚫어지게 바라보더니 다시 딸 매기에게 고개를 돌렸다. 바느질감에 몸을 구부리고 있던 매기는 아버지 마음속에서 어떤 소용돌이가 일어나고 있음을 확실히 눈치 챌 수 있었다. 갑자기 그는 부지깽이를 들고 커다란 석탄 덩어리를 마구 부수었다.

"여보, 털리버, 왜 그래요?" 부인이 놀라 고개를 들었다. "석탄을 그런 식으로 부수면 낭비예요. 석탄도 얼마 남지 않았어요. 모자라는 석탄을 어디서 구할지도 모르는데."

"아빠, 오늘 밤은 매우 편찮으신 것 같아요, 그렇죠?" 매기가 말했다. "불안해 보이세요."

"그런데 톰은 왜 아직 안 오나?" 털리버 씨가 초조하게 말했다.

"맙소사, 벌써 시간이 이렇게 됐어요? 가서 저녁 차려야겠네요." 털리버 부인은 뜨개질감을 내려놓고 방을 나갔다.

"8시 반이 다 됐는데." 털리버 씨가 말했다. "곧 오겠

지. 가서 그 큰 성경 좀 갖다주렴. 그리고 서명란이 있는
맨 앞 장을 펼쳐라. 잉크와 펜도 좀 가져오고."

매기는 시키는 대로 했다. 아버지는 더 명령하지 않고
톰이 돌아오는지 자갈 밟는 발소리에만 귀를 기울이고 앉
아 있었다. 바람이 불자 털리버 씨는 화가 난 것 같았다.
바람이 일기 시작해 다른 소리를 집어삼킬 듯 윙윙거렸다.
아버지 눈에 이상한 빛이 어려 매기는 약간 겁이 났다. 매
기는 톰이 어서 돌아오기를 바랐다.

"톰이 왔구나." 털리버 씨는 문 두드리는 소리가 나자
흥분한 목소리로 말했다. 매기가 문을 열러 나가는데, 어
머니가 부엌에서 급히 뛰어나오며 말했다. "잠깐만, 매기,
내가 열어주마."

털리버 부인은 아들을 대하기가 조금 두려웠지만, 다른
사람이 아들을 보살피는 것이 싫었다.

"부엌 불 옆에 저녁상 차려놓았다, 애야." 부인은 톰이
모자와 겉옷을 벗는 동안 옆에서 말했다. "혼자 먹고 싶으
면 그렇게 하렴. 말 걸지 않을 테니."

"아빠가 오빠를 보고 싶어 하시잖아요, 엄마." 매기가
말했다. "먼저 응접실로 가봐야죠."

톰은 여느 날 저녁처럼 우울한 얼굴로 방에 들어섰지만,
곧 펼쳐진 성경과 잉크스탠드에 시선이 멎었다. 그는 놀라
고 걱정스러운 얼굴로 아버지를 바라보았다. 아버지가 말
했다.

"어서 오너라, 어서. 늦었구나, 널 기다렸다."

"무슨 일이 있나요, 아버지?" 톰이 물었다.

"앉아라, 모두 앉아." 털리버 씨가 단호하게 말했다. "자, 톰, 이리 와 앉아라. 네가 성경에 뭘 좀 써야겠구나."

다른 세 사람은 모두 앉아 그를 바라보았다. 그는 먼저 부인을 보며 천천히 입을 열었다.

"난 결심했소, 베시. 꼭 내 약속대로 하겠소. 함께 묻힐 묘지가 있으니 우리 서로 미워하지 맙시다. 난 이곳에 머무르겠소. 웨이컴 밑에서 일하겠소. 털리버 가문에서 정직을 빼면 무엇이 남겠소. 명심해라, 톰." 그의 목소리가 여기서 높아졌다. "내가 배당금을 냈다고 사람들이 내 욕을 할 거다. 하지만 그건 내 잘못이 아니었어. 다 세상 악당들 탓이지. 그놈들을 당해 낼 재간이 없으니 내가 질 수밖에. 내가 멍에를 지겠소. 당신에게는 내가 당신을 고생시킨다고 말할 권리가 있으니까, 베시. 어쨌든 그놈이 악당이 아닌 것처럼, 난 정직하게 일할 셈이오. 내 더 이상 고개를 쳐들 수는 없겠지만 말이오. 난 부러진 나무와 같아, 부러진 나무."

그는 말을 멈추고는 바닥을 보았다. 그러더니 갑자기 고개를 들고 더 크고 무거운 목소리로 말했다.

"하지만 그놈을 용서하진 않겠어! 놈들이 뭐라고들 하는지 다 알고 있어. 내게 해를 끼칠 생각이 없었다고? 흥, 바로 그런 식으로 악마가 악당들을 믿었던 거야. 그놈이 모든 일을 꾸민 주범이야. 하지만 훌륭한 신사야. 그건 나도 알지, 그래. 내가 재판까지는 하지 말았어야 한다고들 하더군. 하지만 중재도 없고 정의도 없는 것처럼 일을 꾸민 게 누군데 그래? 그런 건 그 사람에게는 아무것도 아니야.

다 안다고. 그자는 가난한 사람을 상대로 돈을 버는 신사니까. 기껏 거지로 만든 다음 자비를 베푸는 그런 놈이라고. 난 그놈을 용서 못 해! 그놈이 아주 창피하게 벌을 받고, 제 자식까지 아비를 잊고 싶을 정도가 됐으면 좋겠어. 그놈이 일을 그르쳐 따분한 일이나 하게 됐으면 좋겠어! 하지만 그렇게는 안 되겠지. 그놈은 워낙 거물급 악당이라 법도 손대지 못하거든. 이걸 꼭 명심해라, 톰. 절대로 그놈을 용서하면 안 된다. 절대로. 내 아들이라면 말이다. 혹시 네가 그자에게 마음이 풀릴 때가 올지도 모르겠다. 하지만 난 그럴 수 없다. 난 멍에를 뒤집어썼어. 자, 써라, 성경에다 써."

"아빠, 뭘요?" 매기가 아버지 무릎 옆에 앉아 창백한 얼굴로 떨면서 물었다. "저주하고 악의를 품는 건 나쁜 일이에요."

"나쁘지 않아, 내 말 좀 들어봐." 아버지가 근엄하게 말했다. "악당이 잘되는 게 나쁜 일이지, 그건 악마의 소행이다. 내가 이르는 대로 써라, 톰. 써."

"뭐라고 쓸까요, 아버지?" 톰은 침울하게 순종하며 물었다.

"이렇게 써라. 네 아버지 에드워드 털리버는 자기가 망하는 데 일조했던 존 웨이컴 밑에서 일하겠다고. 아내의 고생에 대해 보상할 수 있다면 뭐든지 하겠다고 약속했고, 또 나와 내 아버지가 태어난 이곳에서 살다가 죽고 싶기 때문이라고 말이야. 바르게 적어라. 어떻게 쓰는지 알겠지. 그럼 계속 써라. 무슨 일이 있어도 난 결코 웨이컴을 용서하지 않으리라. 그놈을 위해 정직하게 일하기는 하겠지만, 그놈에게 불행이 닥치기를 원하노라. 그렇게 써라."

톰의 펜이 종이 위를 움직이는 동안, 주위는 쥐 죽은 듯 고요했다. 털리버 부인은 놀란 표정이었고, 매기는 사시나무 떨듯 떨고 있었다.

"자, 그럼 어떻게 적었는지 들어보자." 털리버 씨가 말했다. 톰이 천천히 큰 소리로 읽어나갔다.

"자, 계속 써라. 너는 웨이컴이 네 아버지에게 어떤 짓을 했는지 잊지 않을 것이며, 때가 되면 복수하고 보복을 느끼게 해주겠다고 써라. 이제 네 이름 토머스 털리버라고 서명해라."

"오, 아빠, 안 돼요, 아빠!" 매기가 두려워서 거의 목이 메어 말했다. "오빠에게 그런 걸 적게 하시면 안 돼요."

"조용히 해, 매기!" 톰이 외쳤다. "난 쓸 거야."

(2권에 계속)

세계문학전집 142

# 플로스 강의 물방앗간 1

1판 1쇄 펴냄  2007년 3월 30일
1판 19쇄 펴냄  2022년 3월 11일

지은이  조지 엘리엇
옮긴이  한애경, 이봉지
발행인  박근섭, 박상준
펴낸곳  (주)민음사

출판등록  1966. 5. 19. (제 16-490호)
서울특별시 강남구 도산대로1길 62(신사동) 강남출판문화센터 5층 (우편번호 06027)
대표전화 02-515-2000  팩시밀리 02-515-2007
www.minumsa.com

© 한애경, 이봉지, 2007. Printed in Seoul, Korea

ISBN 978-89-374-6142-2 04800
ISBN 978-89-374-6000-5 (세트)

# 세계문학전집 목록

세계문학전집은 계속 간행됩니다.